Lesley Grant-Adamson

Kein Engel so rein

Roman

Aus dem Englischen
von Hedda Pänke

Weltbild

Die Originalausgabe erschien 1998 unter dem Titel
Lipstick and Lies
bei Hodder and Stoughton, London.

Genehmigte Lizenzausgabe
für Verlagsgruppe Weltbild GmbH, Augsburg

Veröffentlicht 2000 im Ullstein Verlag, München
Umschlagkonzept: Patricia Büdinger, Augsburg
Umschlaggestaltung: Manuela Drechsler, Augsburg
Umschlagfoto: amana Germany GmbH, photonica, Hamburg
Gesamtherstellung: Freiburger Graphische Betriebe

Gedruckt auf chlor- und säurefreiem Papier

Printed in Germany

ISBN 3-8289-0463-7

2003 2002 2001
Die letzte Jahreszahl gibt die aktuelle Lizenzausgabe an.

Für Alisoun Gort

1. Kapitel

Ich weiß, was ich sage, wenn sie kommen. Ich erzähle die Geschichte, die mir alle Probleme erspart. Sie ist mir so geläufig wie die Wahrheit und wird mit jeder Wiederholung realer. Aber es ist nicht die Wahrheit.

Alljährlich gibt es drei Jahrestage: den des Mordes, den der Urteilsvollstreckung und Sandys Geburtstag. Ich halte sie nicht bewußt ein, sondern werde nur durch einen Blick auf den Kalender oder beim Eintragen des Datums auf einem Scheck an sie erinnert. Ohne diese schrecklichen Jahrestage wäre es vielleicht möglich, die Wahrheit zu vergessen.

Ich trage sie nicht etwa in mein Notizbuch ein. Ich bitte Sie, dort ist nur Platz für Verabredungen, nötige Einkäufe und Termine, an denen Rechnungen beglichen werden müssen. Schließlich möchte ich niemanden erschrecken, der mir zufällig über die Schulter blickt.

Noch zwei Tage. Bis zum Jahrestag des Mordes, meine ich.

Seltsamerweise werde ich ihn am Tatort verbringen. Nun, nicht direkt, aber doch in der Nähe, bei einer Cousine, die sich in der Stadt niedergelassen hat. June ist älter als ich, ein inzwischen gehbehindertes Familientier, das mich ständig anfleht, sie zu besuchen. Wie könnte ich mich weigern, ohne daß sie sich fragt, ob mein Grund weniger in einem umtriebigen Leben als vielmehr in einer tiefen Abscheu vor einem längst vergangenen Todesfall zu suchen ist? Zwei Todesfällen, genauer gesagt: der Tat und der schrecklichen Vergeltung des Gesetzes.

In diesem Jahr war es also June, die mich an den Jahrestag erinnerte, in einem Telefongespräch, das mit Andeutungen über ihre zunehmende Einsamkeit gespickt war. Sie beendete es mit den Worten: »Du hast doch nie genug Zeit, meine liebe Anna. Warum kommst du nicht mal für ein ganzes Wochenende her, dann können wir endlich einmal ausführlich miteinander reden. Wie wäre es mit Ende März?«

Und da war es, das fatale Datum. In diesem Jahr fiel es auf den letzten Sonnabend des Monats. Der Mord selbst hatte sich an einem Dienstag ereignet.

»Also gut, ich komme«, erwiderte ich unter Verzicht auf alle Ausflüchte.

»Bei June«, schrieb ich diagonal über zwei Tagesspalten in meinem Notizbuch. Und dabei sah ich sie triumphierend neben ihrem Telefon sitzen. Weil sie so gebrechlich wirkt, neige ich dazu, sie zu unterschätzen. Hätte ich die Hinfälligkeit ihres Körpers vergessen und mich statt dessen an den energischen Zug um ihr Kinn erinnert, der so viel deutlicher ist, jetzt wo sie ihrem spröden Haar mit Kämmen zu Leibe rückt und es zu einem Knoten im Nacken zusammenzurrt, wäre ich weniger schnell zur Aufgabe bereit gewesen. Wenn ich mich wieder einmal ärgere, nachgegeben zu haben, sage ich mir immer, daß sie egoistisch ist. Wir sind, glaube ich, insgesamt eine egoistische Familie.

Seit Junes Anruf will mir das Datum nicht mehr aus dem Kopf, eine drohende Qual, die durch meine bösen Vorahnungen noch schlimmer wird. Wenn ich doch nur sicher sein könnte, daß June der Jahrestag nicht auch bewußt ist. Aber natürlich kann ich mich darüber nicht vergewissern, ohne meine Überlegungen preiszugeben, daher bleibt mir nichts anderes übrig, als am Freitagabend dort aufzutauchen und auf das Beste zu hoffen.

Ich könnte Glück haben. Immerhin hat sie – bis auf ein paar vorsichtige Bemerkungen bei meinem ersten Besuch – seit Ewigkeiten nicht mehr über den Mord gesprochen. Damals hatte sie gerade erst wenige Monate in der Stadt gewohnt – einem ziemlich verwahrlosten Ort mit viel Vergangenheit, aber keiner Zukunft –, und es wäre eigenartig gewesen, wenn keine von uns ein Wort darüber verloren hätte, daß sie schließlich doch in das Haus ihrer Eltern zurückgekehrt war, und in die Stadt, in der sich die Familientragödie ereignet hatte. Alle von uns waren in den darauffolgenden Jahren fortgezogen. Auch Junes Eltern, sie hatten ihr Haus vermietet.

»Die letzten Mieter waren eine grauenhafte Bande«, sagte sie, und wir stürzten uns vehement in eine lebhafte Diskussion über das Verhältnis zwischen Mieter und Vermieter. Damit war der Mord erst einmal von der Tagesordnung.

Möglicherweise wollte sie auf ihn zurückkommen, bevor ich sie eine oder zwei Stunden später wieder verließ. Ja, ich bin sicher, daß sie es versuchte, aber ich bin gewieft in Ausflüchten und hatte die wundervolle Ausrede einer langen Heimfahrt. Wahrscheinlich entging ihr mein Widerwille gegen dieses Thema nicht, denn seither hat sie es nie mehr erwähnt, nicht einmal indirekt.

Mit June Erinnerungen auszutauschen ist eigentümlich. Da sie zehn Jahre älter ist, hatte sie schon immer eine ganz andere Sichtweise als ich. Was ich mit den Augen eines Kindes betrachtete, nahm sie mit der Sensibilität eines Mädchens auf der Schwelle zur Frau wahr. Alle Ereignisse und Personen, über die wir sprechen, haben wir ganz unterschiedlich im Gedächtnis.

»Auntie Patch war meine Lieblingstante«, gestand ich ihr einmal. »Als sie in die Staaten zog, habe ich das sehr bedauert.«

June lächelte spöttisch. »Aber Patch war ein gemeines Biest, Anna. Weißt du denn nicht mehr, was sie mit Nella gemacht hat?«

Nella hatte ich als fades und verschlossenes Geschöpf in Erinnerung. Ich runzelte fragend die Stirn, und June erzählte mir die Geschichte der beiden Schwestern. Viel besagte sie nicht, es sei denn, man war die gekränkte Schwester, sie bestätigte aber Junes Meinung. Ich konnte ihr nicht widersprechen, weil sie die Sache vom Standpunkt ihres höheren Alters aus betrachtete.

»Allmächtiger«, sagte ich und zeigte die erwartete Überraschung. Insgeheim war ich sicher, daß auch eine andere Interpretation möglich war, eine für Patch günstige. Wie Schönheit liegt Voreingenommenheit im Auge des jeweiligen Betrachters.

Bei einem anderen unserer gemeinsamen Ausflüge in die Vergangenheit hatte ich das Gefühl, daß June sich zurückhielt, um mir nicht zu widersprechen. Unsere Unterhaltungen könnten sehr leicht in kleine Streitigkeiten ausarten, die sie aufgrund des Vorteils ihrer zehn Jahre Vorsprung gewinnen würde. Sie erinnert sich an sehr viel mehr und weiß mehr über die Dinge als ich, jedenfalls behauptet sie das immer.

Komischerweise erinnere ich mich kaum an June aus der Zeit, als ich ein Kind war. So sehr ich mich auch bemühe, mir ein hochaufgeschossenes Mädchen vorzustellen, gelingt es mir nicht recht. An ihre Eltern und ihren ziemlich verwegenen Bruder erinnere ich mich deutlicher. Natürlich habe ich davon June gegenüber nichts verlauten lassen, denn das hätte doch entschieden etwas Distanzierendes, und sie empfindet ganz offensichtlich ein dringendes Bedürfnis nach familiärer Nähe.

Mit Ausnahme einiger Gene verbindet uns wenig. Sie ist eine pensionierte Angestellte des öffentlichen Dienstes, die ein gesichertes Leben in den niederen Bereichen irgendeines Ministeriums geführt hat. Eine Junggesellin, die meines Wissens nie in Versuchung geriet, irgend etwas an ihrem Status zu ändern. Ihr modischer Geschmack erschöpft sich in dezenten Jersey-Kostümen deutscher Hersteller. Urlaube sind dazu da, sich in Malerei weiterzubilden, Opern oder der Kochkunst. Sie liest den *Daily Telegraph* und trinkt furchterregend trockenen Sherry. Ich bin anders, mein Leben ist anders. Die Gene sind der Magnet, der mich zu ihr hinzieht und auf den ich pflichtschuldig reagiere.

Zweifellos verband uns in unserer Jugend mehr. Wir lebten in derselben Stadt und besuchten an den Sonntagnachmittagen dieselben Großeltern. Wir trafen uns bei Familienereignissen wie Taufen und Hochzeiten. Aber nie bei Beerdigungen. In unserer Familie wurden Kinder von Beerdigungen ausgeschlossen. Ich erinnere mich an das Ausgeschlossensein, erinnere mich daran, auf einem Fensterbrett gehockt und zugesehen zu haben, wie ein schwarzes Auto davonfuhr, und ich erinnere mich an die Stille im Haus, weil alle fortgegangen waren, um irgendwo anders traurig zu sein. Aber ich weiß nicht mehr, wie alt ich war, um wessen Beerdigung es sich handelte oder wer genau in diesem Auto saß. Mir ist eine Empfindung im Gedächtnis geblieben, eine Art Symbol, kein Ereignis als solches.

Für mich ist die Kindheit ein ferner, von Fremden bewohnter Ort. Vor meinem inneren Auge sehe ich das kleine Mädchen auf dem Fensterbrett und nenne es »ich«, aber nur, weil das meiner Erinnerung entspricht oder meiner Einbildung. Ich empfinde etwas bei diesem Moment, den das Kind durchlebt hat, bezweifle aber, daß dies wirklich seine eigenen Empfindungen sind. Nein, ich schmücke die kleine Szene mit einem Pathos aus, das ihr nicht zukommt, denn das kleine Mädchen war ein Bestandteil des Bildes, das ich lediglich betrachte, interpretiere. Manchmal, wenn ich mich hin und wieder an Augenblicke seines jungen Lebens erinnere, identifiziere ich mich mit dem Kind und akzeptiere es fraglos als »ich«. Doch das hält nie lange an. Vielmehr ist es so, als würde man glauben, auf der anderen Straßenseite einen Freund zu erkennen, auf ihn zuläuft, aber beim Näherkommen feststellen muß, daß man einem Fremden gegenübersteht.

Man redet gern davon, daß Kinder zu Erwachsenen aufblühen, und bemüht Rosenknospen als sentimentale Symbole für eine unschuldige Kindheit, aber diese Vergleiche kommen mir unangemessen vor. Das sanfte Entfalten von Blütenblättern ist keine passende Metapher für die Metamorphose des Säuglings zum Kind, vom Kind zum Erwachsenen. Wir durchlaufen eine Reihe ganz unterschiedlicher Erscheinungsformen, und es ist ebenso schwer, das Kind im Erwachsenen wiederzuerkennen wie die Raupe im Schmetterling. Der Schmetterling trinkt Nektar und weiß nicht, warum die Raupe an den Blättern herumgeknabbert hat. Wenn wir die Kindheit hinter uns lassen, verlieren wir eine bestimmte Ausdrucksweise, ein besonderes Denkschema, und einen Weg zurück gibt es nicht.

Das Kind, das ich war, ist mir inzwischen ebenso fremd wie das große Mädchen, das June war. Ich finde mich in den Bildern nicht wieder, die June in ihrer Erinnerung malt, auch wenn ich häufig so tue, weil wiederholte Distanzierungen das dünne Band verschleißen könnte, das uns verbindet.

Vielleicht sollte ich noch sagen, daß wir auch über aktuelle Ereignisse selten einer Meinung sind. So halte ich ihre Klagen über die Nachbarn, ihr Zündeln im Garten und den unerträglichen Lärm für maßlos übertrieben. Obwohl ich schon etliche Male in ihrem Haus war, habe ich noch nie Rauch gerochen oder auch nur einen Laut gehört.

Und dann die Sache mit den örtlichen Ladenbesitzern, die ihr Lebensmittel, Fleisch, Gemüse, dann und wann sogar eine Flasche anständigen Wein ins Haus liefern – ein Luxus, um den sie die meisten Hausfrauen nur beneiden können. Doch für June eine stete Quelle für Beschwerden: Sie verlangen überhöhte Preise, wiegen zu knausrig ab, klatschen unablässig hinter ihrem Rükken über sie.

»Dann trenne dich doch von ihnen«, wollte ich sie einmal gereizt anfahren. »Du brauchst sie doch nichts liefern zu lassen, wenn es dich jedesmal so aufregt.«

Gerade noch rechtzeitig biß ich mir auf die Zunge, denn sie hat keine andere Wahl, und diese Abhängigkeit ist es, die sie wirklich schmerzt. Ich nehme an, daß sie ihren Groll auf mich ausdehnt, weil ich das einzige Familienmitglied bin, das sie regelmäßig besucht. Dessen bin ich mir fast sicher. Anfangs ließ sie durchblicken, daß auch einige der anderen sie besuchten, und ich habe das geglaubt – einfach, weil sie näher wohnen. Inzwischen glaube ich, daß sie ihr einen einzigen Besuch abstatteten, bald nach ihrem Einzug und bewogen von der Neugier, das Haus ihrer Eltern wiederzusehen. Worüber haben sie sich unterhalten, frage ich mich. Vermutlich über die Dinge, über die sie mit mir nie spricht.

Sie ist noch nicht wirklich alt, auch wenn man das aufgrund meiner Äußerungen annehmen könnte. Nein, sie ist Anfang Sechzig. Aber sie benimmt sich alt, als würde das lahme Bein ihre ganze Lebenseinstellung beeinträchtigen. Das erstaunt mich, denn die Familie ist doch so stolz auf ihren Gleichmut. Zumindest war das früher der Fall, obwohl ich mich nicht recht erinnern kann, wann einer von uns das letzte Mal ein Wort darüber verloren hätte. Stoizismus ist irgendwie aus der Mode gekommen. Wer zeigt denn heutzutage noch Contenance? Die Leute tragen ihre nackten Brüste zur Schau und lassen jedermann an ihren Kümmernissen teilnehmen. Ist es nicht so?

Manchmal frage ich mich, was in zehn Jahren aus June und mir geworden sein wird. Wird sie so hilflos und gelähmt sein, wie sie immer behauptet? Und ich die einzige, die sie besucht und *nolens volens* für sie verantwortlich ist?

Aber es ist zu früh, sich darüber Sorgen zu machen. Abgesehen davon ist es höchst unwahrscheinlich, daß June jemals hilflos ist, irgendwann ist sie ganz oben auf der Warteliste und wird operiert. Und dann – wer weiß? Ein Salsa-Kurs? Eine Mittelmeer-Kreuzfahrt? Ein Spaziergang zum Fleischer und zum Lebensmittelgeschäft?

Wenn wir uns treffen, June und ich, schlagen wir ganz

behutsam ein paar Seiten im Buch der Erinnerung auf, erzählen uns Geschichten aus einer längst vergangenen Zeit, sprechen über ihre unangenehme Gegenwart und ihre Angst vor der Zukunft. Aber das Thema Mord wird tunlichst vermieden, wenn möglich.

Und doch spüre ich, wie er sich nähert. Der Moment, an dem die Sache unvermeidlich wird. Sie werden mich holen, wissen Sie, und irgendwas werde ich ihnen sagen müssen. Oh, ich bin zuversichtlich, sehr genau zu wissen, was ich erzählen muß. Die Geschichte, die schon immer meine Rettung war. Aber wenn sie mich dort aufspüren, besteht immerhin die Möglichkeit, daß sie auch das alte Haus aufsuchen, und dort werden sie auf June treffen, und ich kann mir kaum vorstellen, daß sie eine Geschichte parat hat, die alle weiteren Fragen von vornherein ausschließt.

Begreifen Sie mein Problem? Ich würde ihr zu gerne sagen, daß sie mit Fragen zu rechnen hat, aber das ist mir unmöglich, ohne über den Mord zu sprechen.

2. Kapitel

June brachte mich in dem früheren Schlafzimmer ihrer Eltern unter.

»Behaglich ist es vielleicht nicht unbedingt«, meinte sie, »aber es hat einen hübschen Ausblick auf den Park. Nun, aber das weißt du ja, oder? Dir brauche ich das nicht extra zu sagen.«

Und sie lachte, daß sie mich für eine Fremde gehalten und vergessen hatte, wie ich als Kind pausenlos in dieses Zimmer gelaufen war und hemmungslos mit den Parfums und Puderquasten auf der Frisierkommode ihrer Mutter gespielt hatte.

Ich trug meine Reisetasche allein die Treppe hinauf. Die Stufen sind eine Qual für June und ihr linkes Bein. Sie schläft in einem nach hinten gelegenen Raum und nutzt eine kleine Dusche im Erdgeschoß anstelle des geräumigen Badezimmers im ersten Stock. Ich fragte mich, wie häufig sie eigentlich ins Obergeschoß hinaufstieg und welche Mühe es ihr gemacht hatte, das Zimmer für mich vorzubereiten.

Oben angekommen, steckte ich meinen Kopf in das Bad. Es schrie förmlich nach einer Renovierung, die es mit Sicherheit nicht erhalten würde. Auch das Haus schrie – nach Bewohnern, die es gleichfalls nicht bekommen würde. Bevor ich die Tür zu meinem Zimmer öffnete, kam ich mir vor wie ein Gast in einem ansonsten leeren Hotel. Das war merkwürdig, denn gemessen an edwardianischer Vorortbebauung ist das Haus nicht sonderlich groß. Es hat lediglich drei Schlafräume und nur zwei Geschosse, es sei denn, man rechnet den Keller und den Dachboden mit.

Es liegt an der Unpersönlichkeit. Hier und da stehen ein paar Möbel aus Junes Citywohnung, doch das sind nicht unbedingt die Stücke, die sich für Räume dieser Größe eignen. Die Sachen, die sie neu gekauft hat, chintzbezogene Sofas und Sessel, passen zwar zu ihrer Umgebung, aber das Resultat ergibt eine irgendwie ungemütliche Mischung. Die Wirkung ist die einer Provinz-Pension. Die von Gästen nicht gerade überlaufen wird. Kein besonders angenehmer Aufenthaltsort.

Auch nicht unbedingt angenehm für June, in diese Ecke ihrer Jugend zurückgestoßen zu werden und festzustellen, daß sie nicht mehr hineinpaßt. Ich sollte sie fragen, warum sie das Haus nicht verkauft hat, anstatt zu versuchen, es zu ihrem Heim zu machen.

Das Bett sah nagelneu aus. Versuchsweise drückte ich mit dem Handballen auf die Matratze und bewunderte ihre Elastizität. Nun, zumindest würde ich gut schlafen. Dann packte ich ein paar Kleidungsstücke aus und hängte sie an die Tür, anstatt sie dem leicht muffig riechenden Schrank anzuvertrauen.

Bevor Ihnen meine Eitelkeit auffällt, lassen Sie mich Ihnen gestehen, daß ich ein gepflegtes Aussehen schätze. Das ist ein altmodischer Ausdruck, aber ich weiß keinen besseren. Meine Kleidung ist ebenso elegant wie teuer, und ich scheue keine Kosten für einen Spitzen-Friseur und ein erstklassiges Make-up. Vermutlich ist auch das altmodisch, aber ich beziehe nun einmal eine tiefe Befriedigung aus dem Wissen, daß ich gut aussehe.

Ich ließ den Rest unausgepackt und trat an das Erkerfenster. Vor meinen Augen erstreckte sich der Park. Mehr oder weniger so, wie ich ihn im Gedächtnis hatte, nur kleiner. Drei Jungen in Trikots irgendeines Erstliga-Clubs kickten einen Fußball hin und her. Ihre Torpfosten waren zwei Bäume. Ich versuchte mich zu erinnern, ob die Bäume auch früher schon da waren. Ich kenne mich mit Bäumen nicht sonderlich gut aus, weiß kaum etwas über die verschiedenen Arten oder ihre Wachstumsraten.

Der Weg ist noch immer da, wo er immer war, aber die Blumenrabatten wurden durch Rasenflächen ersetzt. Ich beklage das Verschwinden der Blumen und erinnere mich an intensiv duftenden Lavendel und hohe Malven. Der Himmel mag wissen, ob das je so war. Ich meine, kann man am selben Tag Lavendel riechen und Malvenblüten sehen oder nur zu unterschiedlichen Zeiten des Sommers? Meine Kenntnisse über Blumen sind nicht besser als die über Bäume, und meiner Erinnerung wage ich nicht zu trauen.

»Die Blumenbeete sind fort«, beschwerte ich mich ein paar Minuten später bei June. Wir saßen im großen Wohnzimmer und tranken ihren Lieblings-Sherry. Sie sah gut aus, trug das hellgrüne Jersey-Kostüm, das ihren blassen Teint attraktiv unterstrich. Wenn sie sitzt, fällt die unbeholfene Klobigkeit der flachen Schuhe, die sie neuerdings tragen muß, nicht so auf.

Sie entlastete die Stadtverwaltung mit einem Wort. »Kosten.«

Ich verzog das Gesicht. »Wie kann man die Freude,

die eine Blume bringt, nach Penny und Pfund berechnen?«

»Der Unterhalt der Rabatten wurde zu teuer, unter anderem auch deshalb, weil einige Zeitgenossen Pflanzen für ihre eigenen Gärten klauten.«

Übereinstimmend äußerten wir unser Mißvergnügen über eine Gesellschaft, in der sich Menschen zu einem solchen Verhalten bemüßigt fühlen.

»Zu unserer Zeit war es ein Verbrechen ...«, begann sie, trank aber schnell einen Schluck Sherry, um unauffällig das Thema wechseln zu können.

Ich war ihr nur zu gern dabei behilflich. »Habe ich dir schon erzählt, daß meine Nachbarin zweimal die Polizei gerufen hat, damit sie sich diese Mädchen in unserer Siedlung ein bißchen näher ansieht?«

June wirkte verblüfft. »Mädchen? Ich wußte nicht, daß es Mädchen sind.«

»Aber ja, fünf insgesamt. Die Älteste ist neunzehn.«

»Sagtest du nicht Drogenhandel und Schlägereien? So etwas erwartet man nicht gerade von Mädchen, oder?«

Ich hatte ihr die Geschichte schon bei früheren Besuchen erzählt, aber sie war zu intensiv mit ihren eigenen Sorgen beschäftigt, um sie zur Kenntnis zu nehmen. Dabei hatte ich sie mit meiner Schilderung ablenken, ihr beweisen wollen, daß es ernstere Probleme gab als den Verdacht, daß ein Lieferant drei Pence zuviel berechnete. Offenbar hatte es nicht funktioniert.

»Nur Gewalt und Verbrechen!« entfuhr es ihr schokkiert. Sie griff nach der Sherryflasche und murmelte mehrmals ungläubig »Mädchen« vor sich hin, während sie unsere Gläser auffüllte.

Die beiden Ringe an ihrer rechten Hand saßen so

locker, daß sie gegen die Flasche klirrten. Ich sah, daß es sich um den Trau- und Verlobungsring ihrer Mutter handelte, und war sicher, daß ich die noch nie an ihr gesehen hatte. Sie hat keine guten Hände für Schmuck. Sie sind zwar lang und schmal, aber zu knochig, um wirklich elegant auszusehen. Die Ringe rutschten hin und her, wurden aber von ihren ausgeprägten Gelenken am Herabgleiten gehindert. Während unserer Unterhaltung fummelte June ständig an den Ringen herum und bestätigte meine Annahme, daß sie ihr ungewohnt waren und sie sie am liebsten abgenommen hätte.

Ich hoffte, daß es bald etwas zu essen geben würde. Verlockende Düfte drangen aus der Küche, und ich hatte Hunger. Da June eine ausgezeichnete Köchin ist, hatte ich das Mittagessen ausfallen lassen und mir auch während der Autofahrt alle Naschereien verkniffen. Aber June verrät nicht gern, was sie auf den Tisch bringt. Seit mir bei meiner Ankunft der erste vielversprechende Duft in die Nase gestiegen war, stellte ich insgeheim Vermutungen an.

Sie erriet meine Gedanken. »Noch gut zwanzig Minuten, Anna. Also genügend Zeit, deinen Sherry zu genießen.«

Ich machte ihr ein paar der Komplimente, die Köchinnen gern hören, und sie erwiderte sie mit einem dankbaren Lächeln. Wenn June lächelt, sieht man ihre leicht schiefen Vorderzähne. Gerade als ich dachte, daß sie eine Spur zu alt für einen Schönheitsfehler war, der in der Kindheit hätte reguliert werden sollen, machte sie wieder den Mund auf. Und was sie sagte, kam total unerwartet.

»Ich fürchte, ich habe ein paar höchst beunruhigende Neuigkeiten, Anna. Eine Frau hat mich aufgesucht. Sie wollte wissen, was ich ihr über den Mord an Rita erzählen kann.«

»Oh«, war alles, was ich hervorbringen konnte.

»Ja, tut mir leid. Ich hätte es dir lieber nicht gesagt, weil ich weiß, wie ungern du darüber sprichst, aber mir bleibt keine Wahl. Wenn sie mich gefunden hat, wird sie auch dich aufspüren. Ich hielt es für besser, dich zu warnen.«

Ich versicherte sie meiner Dankbarkeit und erklärte, es sei stets nützlich, auf alles vorbereitet zu sein. »Hat sie ...?« begann ich, konnte aber keine sinnvolle Frage formulieren und beließ es dabei.

»Sie war sehr höflich«, sagte June. »Sie heißt Gillian Spry.«

Eine Frage bot sich an. »Hat sie dir ihre Karte gegeben?«

June griff in ihre Jackentasche und zeigte mir damit, wie gut sie sich auf unsere Unterhaltung vorbereitet hatte. Ich beugte mich vor und griff nach der Karte. Unter dem Namen standen eine Londoner CJI-Adresse, eine Telefon- und eine Faxnummer.

Also hatten sie sich nicht zunächst an mich gewandt. Sie waren zu June gegangen, die ich nicht vorbereitet hatte. Unterdrückt seufzte ich auf. Und nun saß ich hier, am Ort des Geschehens, am Jahrestag der Tat, und June erzählte mir, daß sich das CJI in die Angelegenheit eingeschaltet hatte. Nun, ich hatte gewußt, daß es irgendwann dazu kommen würde. Seit Wochen ging mir kaum noch etwas anderes durch den Kopf. Lediglich den Ablauf ihres Vorgehens hatte ich mir anders vorgestellt. Und jetzt ... Angst kam in mir hoch. Ich kämpfte dagegen an, bemühte mich um ein paar unverfänglich interessierte Fragen.

»Wann war diese Gillian Spry denn hier?«

»Dienstag vormittag.«

Ich fragte mich, warum mich June nicht angerufen hatte, um mir von diesem Besuch zu berichten. Vermutlich war sie völlig zu Recht davon ausgegangen, daß ich dann meinen Besuch abgesagt hätte.

»Was hat sie zu ihren weiteren Plänen geäußert?«

June runzelte die Stirn. »Nichts Genaues. Aber offen gesagt war ich viel zu durcheinander, um auf jedes Wort zu achten, das sie sagte.«

Ich nahm an, daß Miss Spry darin geübt war, andere zum Reden zu bringen, aber selbst wenig zu sagen. Ohne mich des Zynismus verdächtig machen zu wollen, konnte ich mir durchaus vorstellen, daß sie June nicht unbefriedigt verlassen hatte.

»Was hast du ihr erzählt, June?«

Nervös spielte sie mit ihren Ringen. »Mehr als ich wollte, fürchte ich. Aber sie hat mich ja förmlich überfallen. Ich meine, wenn sie vorher geschrieben oder auch nur angerufen hätte ...«

Genau aus diesem Grund verzichten sie immer auf eine Anmeldung. Ich murmelte etwas Mitfühlendes und bat sie, mir ganz genau zu erzählen, was vorgefallen war.

»Nun, sie stellte sich vor und fragte, ob ich zur Familie Foley gehöre. Sie sei sich nicht sicher, ob noch Foleys in der Stadt wohnten. Und als ich das bestätigte, sagte sie mir, worum es ging. Um den Mord. Ich war wie vor den Kopf geschlagen, sagte aber, daß ich darüber lieber nicht sprechen würde. Ohnehin sei ich keine Zeugin, weil ich zu dieser Zeit im Urlaub war.«

Sie stöhnte tief auf. »Der Himmel mag wissen, *was* ich eigentlich gesagt habe, Anna. Sie stand einfach da und ließ mich schwatzen, warf nur dann und wann eine

Bemerkung ein, um mich am Reden zu halten. Ich weiß, wie falsch ich mich verhalten habe. Ich hätte sie gar nicht ins Haus lassen dürfen, aber sie hat mich einfach überrascht.«

»Mach dir keine Vorwürfe. Es gehört zu ihrem Beruf, die Leute zu überrumpeln.«

»Ja, aber ... Dennoch bin ich sicher, mich äußerst töricht verhalten zu haben.«

Ich versuchte, genauer herauszubekommen, was Gillian Spray von ihr gewollt hatte. »Hat sie dich aufgefordert, ihr etwas Bestimmtes zu erzählen?«

Wieder runzelte sie die Stirn. »Das meiste kam mir einfach so über die Lippen. Daß ich die Tochter der Foleys bin, die seinerzeit hier wohnten, beispielsweise, und daß ich im letzten Jahr das Haus erbte. Sie schien einfach alles in sich aufzusaugen, was sie erfahren konnte. Oh, aber auf eine Sache kam sie immer wieder zurück. Sie drängte mich, ihr zu sagen, wo du wohnst.«

Ich biß mir auf die Lippe und machte mich auf das Schlimmste gefaßt, aber dann sagte sie: »Zum Glück hatte ich mich inzwischen wieder ein bißchen im Griff. Ich lehnte es ab, ihr deine Adresse zu nennen. Immerhin hast du nun genügend Zeit zu verschwinden, wenn du das willst.«

»Schon gut«, sagte ich und wünschte, sie wäre weniger verängstigt. »Du hast getan, was du konntest. Und vergiß nicht, daß sie auch bei anderen Leuten Nachforschungen anstellen wird. Selbst wenn du ihr nichts gesagt hättest, von ihnen würde sie es erfahren.«

June wirkte keineswegs beruhigt. Mir kam der vage Verdacht, daß sie mir etwas verschwieg.

»Oder gibt es da noch etwas? Wenn das so ist, würde ich es lieber gleich erfahren.«

»Nein, sonst gibt es nichts. Ich ärgere mich nur, Dinge ausgeplappert zu haben, die sie nichts angehen.«

Ich zuckte mit den Schultern. Gleichmütig, wie ich hoffte. »Aber deine Äußerungen waren doch harmlos genug, oder?«

»Ja, aber ... Vermutlich erbost es mich am meisten, daß diese Leute vom Fernsehen offenbar glauben, ihre Nasen in alles stecken zu dürfen. Ich sagte dieser Gillian Spry sehr deutlich, daß die Familie diese furchtbaren Dinge endlich hinter sich gelassen hat und kaum begrüßen wird, daß irgend jemand sie wieder hervorzerrt.«

»Sehr gut. Ich bin froh, daß du das gesagt hast.«

»Ich fürchte, ich war nicht besonders höflich zu ihr. Ich betonte, wie abstoßend ich es finde, menschliche Tragödien im Namen von Unterhaltung und Einschaltquoten auszubeuten. Und sie stand da, Anna, blickte mich freundlich und verständnisvoll an, aber ich wußte verdammt genau, daß ich mir meine Worte hätte sparen können.«

Ich nickte ihr verständnisvoll zu und stellte mein leeres Glas auf den Tisch neben meinem Sessel. June sah auf ihre Uhr und erhob sich. Als ich ihr in die Küche folgte, tröstete ich mich damit, daß ich mir während des Abendessens wenigstens keine langatmigen Beschwerden über ihren Lebensmittelhändler anzuhören brauchte. Das Tabu war gebrochen. Es war Zeit, über den Mord zu reden.

Aber schon waren wir wieder unterschiedlicher Ansicht und betrachteten die Dinge wie üblich von verschiedenen Standpunkten aus. Für June war unser Problem eine mögliche Fernsehsendung.

Als wir die Küche betraten, erhob sich ihr Spaniel

Frisky von seinem warmen Plätzchen vor dem Herd und schlurfte zu seinem Korb. Er ist unangenehm fett. June und ihr Hund widerlegen die gängige Meinung, daß sich Menschen und ihre Haustiere ähnlich sehen. In ihrem Fall scheint jedes Gramm Fett, das June fehlt, Frisky zuzukommen. Wegen ihres Beins kann sie ihn nicht ausführen, und aus Langeweile stopft er alles in sich hinein, was ihm zwischen die Zähne kommt. Fasziniert sah ich zu, wie er sich in den Korb quetschte. Sie kann mit dem Hund keine Spaziergänge unternehmen, aber könnte sie ihm nicht wenigstens einen größeren Korb kaufen?

June redete mit dem Hund wie mit einem leicht begriffsstutzigen Kind. Zu meiner Verblüffung hörte ich mich einstimmen: »Wie wäre es morgen mit einem kleinen Streifzug durch den Park, Frisky? Wie würde dir das gefallen?«

»Oooo ja! Du hast ein Glück, was, Frisky?«

»Diesmal mache ich es wirklich«, versprach ich June. »Letztesmal hat es geregnet, weißt du noch?«

»Ja, das war doch der Tag dieses furchtbaren Wolkenbruchs, oder? Als ich die Leine endlich gefunden hatte, stand bereits die ganze Stadt unter Wasser.«

Sie machte eine Kopfbewegung zur Tür. »Sie hängt jetzt dort. Immer griffbereit.«

Ich fragte mich, wie lange es her war, seit sie zuletzt benutzt wurde. Wochen? June äußerte sich nicht dazu, aber ich hatte Friskys Krallen über den gefliesten Boden klappern hören. Ein Zeichen dafür, daß sie nicht durch Spaziergänge kurz gehalten wurden.

Wir unterhielten uns weiter über den verfetteten Spaniel, bis wir uns an den Küchentisch setzten, obwohl keine von uns so recht bei der Sache war. Als wir uns über den ersten Gang, eine Gemüsepastete, hermachten, gaben wir alle Täuschungsmanöver auf. Ich ließ June den Anfang machen.

»Was meinst du, Anna? Sollten wir uns nicht im Hinblick auf Gillian Spry und ihr Team einen Plan ausdenken?«

»Einen Plan?«

»Weil ich es doch am Dienstag so verpatzt habe ...«

»Oh, das darfst du dir aber nicht einreden.«

»Du zeigst sehr viel Verständnis, Liebes, aber ich sehe es nun einmal so. Daher halte ich es für angebracht, uns zu überlegen, was wir sagen wollen, falls sie wiederkommt. *Wenn* sie wiederkommt. Irgendwie gab sie mir zu verstehen, daß sie diese Absicht hat.«

»Verstehe. Nun, ich werde gar nichts sagen. Bis auf die Feststellung natürlich, daß ich viel zu bestürzt bin, um jemals darüber sprechen zu können.«

June nickte. »Vermutlich ist das das Beste. Bleib standhaft, und sie wird ohne dich auskommen müssen. Und was mich anbelangt ...«

»Äußere dich nicht weiter. Was gesagt ist, ist gesagt. Neue Informationen brauchst du nicht hinzuzufügen.«

Erneut betonte June ihre Überzeugung, so sei es vermutlich am besten. Sie räumte die Teller ab und stellte ein appetitlich duftendes Lammragout auf den Tisch. Ich lobte sie überschwenglich, und dann, während wir zugriffen und unsere Teller füllten, erkundigte sie sich mit leichtem Zögern nach meinen wahren Empfindungen über Ritas Tod.

»Ich frage mich, Anna ... denkst du eigentlich häufig daran?«

»Kaum. Eigentlich nie.« Ich fühlte nicht die geringste Veranlassung, ihr auf die Nase zu binden, wie sehr ich um Verdrängung bemüht war oder daß mich die drei Jahrestage immer wieder daran erinnerten.

»Das überrascht mich nicht sonderlich«, sagte sie. »Schließlich ist es bereits so lange her.«

»Fünfundvierzig Jahre.« Die Worte kamen mir automatisch über die Lippen – und zu prompt. Ich hoffte, daß sie es nicht bemerkte.

Sie tat es nicht. »Himmel, so lange schon?«

»Ich war erst acht, als sie starb.«

»Wie schrecklich, in so jungen Jahren die Mutter zu verlieren. Und noch schlimmer, wenn sie ermordet wird, könnte ich mir vorstellen.«

Um jeder Rührseligkeit vorzubeugen, verwies ich auf die tröstlichen Aspekte, so wie sie mir selbst immer deutlich gemacht wurden. »Glücklicherweise waren wir eine große Familie. Ich hatte Großeltern, Tanten, Onkel, Cousins und Cousinen ... Und meinen Vater natürlich. Ich war stets von einer Menge Menschen umgeben.«

»Dennoch. Ich finde, du warst sehr tapfer. Eine Mutter ist etwas Besonderes, und sie zu verlieren der ärgste Schicksalsschlag. Vor allem für ein Mädchen ...«

»Hmm.« Mein Brummen sollte Zustimmung ausdrücken, wenn auch keine hundertprozentige. Ich kaute einen Bissen Lamm, bevor ich hinzufügte: »Viele Kinder verlieren ihre Mütter. Ist es da wichtig, auf welche Weise?«

Natürlich war das wichtig. Sehr wichtig sogar. Wer wüßte das besser als ich? Aber es war nicht gut, dieses Thema weiter zu vertiefen, daher fragte ich June, auf welche Weise sie von Ritas Tod erfahren hatte.

»Du sagtest, du wärst damals in den Ferien gewesen.«

Sie legte ihr Besteck auf den Tellerrand. »Telefonisch. Und schon das war aufregend, weil es sich um den ersten Anruf meines Lebens handelte. Wir hatten zu Hause kein Telefon, niemand hatte eins, obwohl wir seit Jahren auf der Warteliste standen. Aber die Eltern des Mädchens, bei dem ich wohnte, besaßen ein kleines Kurzwarengeschäft, und im Hinterraum des Ladens stand ein Telefonapparat. Ich weiß noch, daß ihre Mutter die Treppe heraufrief, daß mein Vater mich sprechen wollte.«

»Von wo aus rief er denn an?«

»Aus der öffentlichen Telefonzelle vor dem Postamt. Als ich die Treppe hinunterrannte, kam ich mir ungeheuer wichtig vor. Mein erster Telefonanruf! Aber schon bei seinen ersten Worten wußte ich, daß irgend etwas nicht stimmen konnte, denn er fragte mich überhaupt nicht, wie es mir in den Ferien gefiel. Er sagte: ›Es wird in den Nachrichten gebracht werden, aber ich möchte, daß du es vorher erfährst. Deine Tante Rita ist ermordet worden.‹ Ich bat ihn, es noch einmal zu wiederholen, weil ich es nicht glauben wollte. Ich dachte, ich hätte mich verhört.«

»Ein erstaunliches erstes Telefonat.«

»Ja, nicht wahr? Und dann sagte er, sie hätten beschlossen, daß ich nicht vorzeitig nach Hause kommen müßte, aber, und das schien sehr wichtig zu sein, ich sollte keiner Menschenseele etwas davon erzählen.«

»Aber das war doch unmöglich.«

»Genau. Zunächst einmal stand die Mutter meiner Freundin drei Schritte entfernt hinter dem Ladentisch. Sobald ich den Hörer aufgelegt hatte, starrte sie mich neugierig an. Und da habe ich es ihr erzählt.«

Bei einer zweiten Portion Lammragout und mit Ingwer gewürztem Obstsalat rief sich June den Sommer vor fünfundvierzig Jahren in die Erinnerung zurück. Aber sie hatte sich irgendwie an der Peripherie der Familientragödie befunden, beschützt von ihren Eltern, die ihr die dunkelsten Momente ersparten. Sie wurde nicht von der Polizei befragt, weil sie zum Zeitpunkt des Verbrechens nicht in der Stadt gewesen war. Alles, was sie über die Tat wußte, die Ermittlungen und den Prozeß, waren Informationen aus zweiter Hand. Einige davon sogar rundweg falsch, aber ich klärte sie nicht auf. Ich war an ihrer Meinung interessiert.

Als wir unseren Kaffee tranken, hatte sie eine tolerantere Einstellung zu Gillian Spry gefunden.

»Ich kann verstehen, warum Ritas Tod sie reizt. Der Fall hat etwas sehr Zeittypisches, und so etwas liebt das Fernsehen doch, oder?«

»Der Mord an meiner Mutter als Kostümdrama der Fünfziger?« fragte ich trocken.

»Oh, entschuldige, Anna. Ich höre mich gräßlich gefühllos an. So habe ich es natürlich nicht gemeint.«

Da sie nicht weiter ausführte, wie sie es gemeint hatte, blieb mir das geistige Bild einer jungen, attraktiven Schauspielerin in einem knappsitzenden Pullover in der Rolle meiner Mutter.

»Du warst damals noch zu jung, um es verstehen zu können, Liebes«, sagte June, »aber wegen der betroffenen Personen hat der Fall großes Interesse erregt.«

Ich beschäftigte mich damit, Zucker in meinen Kaffee zu schütten, den ich eigentlich lieber ungesüßt trinke. Was erwartete sie von mir? Sollte ich ihr zustimmen oder mich zu einer Verteidigung meiner Mutter und ihrer Bekannten aufschwingen? Aber ich beruhigte mich damit, daß sie mir bereits eine Antwort vorgegeben hatte.

»Wie du schon sagtest, war ich zu jung.«

So verließ ich mich wieder auf die bewährte Methode, wenig zu begreifen und noch weniger zu erinnern. Es funktionierte immer.

»Sandy!« rief sie plötzlich, als wir ein wenig später den Tisch abräumten.

Eine kalte Hand schien sich um mein Herz zu krallen. Ich mußte schlucken. »Was ist mit Sandy?«

»Was ist eigentlich aus ihr geworden? Weißt du irgendwas?«

»Keine Ahnung.«

»Sie muß inzwischen in den Fünfzigern sein. Ich frage mich, wie es ihr geht. Sie war ein bezaubernd temperamentvolles Geschöpf, findest du nicht auch?«

Einen Moment lang tauchte Sandy in meinem Kopf auf, ein lebhaftes, kleines Ding, wenn auch nicht ganz so klein wie ich. Sandy, meine große Freundin, meine unzertrennliche Gefährtin für zwei Sommer. Sandy, die geschworen hatte, auf ewig meine beste Freundin zu sein.

Mit einem feuchten Tuch wischte June Krümel vom Holztisch. »Weißt du eigentlich, daß ich dich ausnahmslos mit ihr zusammen in Erinnerung habe? Das kann doch so nicht stimmen, oder? Aber so seid ihr mir im Gedächtnis. Immer zusammen. Sandy und Ann.«

Sie spülte das Tuch aus und hängte es über dem Herd zum Trocknen auf. »Wie war eigentlich Sandys Nachname?«

»Minch. Sie hieß Sandra Minch.«

»Ja, natürlich. Minch.«

Während ich die letzten Teller in die Geschirrspülmaschine räumte, fügte sie hinzu: »Vielleicht hat sie sich als Erwachsene in Sandra verwandelt, so wie du aus Ann zu Anna geworden bist?«

Sie hatte es als Frage formuliert, auf die mir keine Antwort einfiel, aber da sie sich gleich darauf an ihre eigene Kindheit erinnerte, blieb mein Schweigen unbemerkt.

»Als ich ungefähr sechs war, glaubte ich, die Welt wäre vollkommen, wenn meine Freundin Babs und ich für immer in dem winzigen Cottage am Rand des Parks zusammen wohnen könnten.«

»In der Hütte des Parkwächters?«

»Ja. Wir beschlossen, von zu Hause und unseren widerlichen Brüdern davonzulaufen und dort in ungetrübter Harmonie zu leben. Wir hatten vor, den ganzen Tag im Park zu spielen und zum Süßwarenladen zu laufen, sobald wir Lust danach verspürten. Und wenn uns richtiger Hunger packte, würden wir uns eben Fish and Chips holen. Wir wußten sogar, daß wir dazu Lebensmittelmarken brauchten, und wollten die Karten zu Hause mopsen. Oh, wir hatten alles bis ins kleinste Detail geplant.«

»Wußtet ihr auch, was ihr mit dem Parkwächter macht?« fragte ich lachend. Ich sah ihn genau vor mir, einen mürrischen, einäugigen Mann mit einer Zigarette hinter dem rechten Ohr.

»Wir waren fest überzeugt, daß er jeden Tag seinen Einberufungsbefehl bekommen würde. Und sobald er davongeschlurft war, um den Krieg zu gewinnen, würden wir sein Cottage beziehen.«

»Aber er war doch uralt! Waren britische Parkwächter nicht hauptsächlich Kriegsversehrte aus dem *Ersten* Weltkrieg?«

»Das hat uns niemand gesagt. Wir warteten geduldig darauf, daß er auszog, damit wir einziehen konnten.«

»Also habt ihr eigentlich nie etwas unternommen?«

»Nein, bis auf die Lügen, die wir Babs' Eltern auftischten, weil die irgendwie dahinterkamen, daß wir etwas im Schilde führten. Und dieses Lügen fiel uns wirklich schwer, weil wir zu aufrichtigen Kindern erzogen worden waren. Unglücklicherweise ahnten ihre Eltern etwas von unserem Geheimnis, und wir fühlten uns bemüßigt, es zu wahren. Wir haben bewußt gelogen, das war keine kindliche Phantasterei. Oh, haben wir es gehaßt. Du ahnst gar nicht, Anna, wie schwer es uns gefallen ist!«

Ich lachte. »Haben euch eure schuldbewußten Mienen denn nicht verraten?«

»Wir glaubten nicht. Aber wir sind ja nicht ausgerissen. Wir verzichteten auf unser Abenteuer und wurden erwachsen.« Sie lachte und fügte dann nachdenklich hinzu: »Ist es nicht sonderbar, wie Kinderhirne funktionieren? Ihre Denkprozesse sind so abwegig, selbst wenn sie intelligent sind, was Babs und ich meiner Ansicht nach durchaus waren. Vermutlich liegt das an der mangelnden Erfahrung. Daraus darf man ihnen keinen Vorwurf machen, oder?«

»Die Vernunft schläft während der Kindheit.«

Ihr Stirnrunzeln bewies, daß sie das Zitat nicht zuordnen konnte, und ich kam mir lächerlich vor, Rousseau in unsere Unterhaltung mit einzubeziehen. Ohne sie aufzuklären, knüllte ich die Servietten zusammen und warf sie in den Mülleimer.

»Ich frage mich, von welchem Alter an sich Informationen im Kopf festsetzen und zu unveränderlichen Wahrheiten werden, anstatt wilden Deutungsversuchen unterworfen nur so herumzuschwirren. Eigentlich müßte ich das wissen, da ich es selbst erfahren habe, aber irgendwie bewertet man die eigene Entwicklung nicht. Verstehst du, was ich meine?«

Ich riet ihr, diese Frage einem Kind zu stellen und nicht einer ähnlich ignoranten Erwachsenen. Viel interessanter fand ich, daß sie Wahrheiten offenbar für unveränderlich hielt. Nach meiner Erfahrung ist die Wahrheit vielmehr eine beängstigend subjektive, vielschichtige, schwer faßbare Sache. Vielleicht hätte ich sie nach den Gründen für ihre Zuversicht fragen sollen, aber aus Angst vor den Konsequenzen tat ich es nicht.

Statt dessen bot ich ihr an, den fast vollen Abfalleimer hinaus zur Mülltonne zu bringen. Das ist ein Weg, den June wegen der steilen Stufen der Gartentreppe verabscheut.

Sie warf mir einen zustimmenden Blick zu und fuhr fort, die Überreste des ausgezeichneten Lammragouts in Friskys Topf zu füllen. Der Spaniel öffnete faul ein Auge und zuckte mit dem Nasenflügel.

Draußen im frischen Abendwind fragte ich mich, was der Rest des Wochenendes uns noch bringen mochte. June hatte die Kammern ihres Gedächtnisses durchstöbert und würde von mir das Gleiche erwarten. *Quid pro quo*. Aber das war kein fairer Handel, weil Junes lediglich Belanglosigkeiten zu bieten hatte. Sie wußte kaum etwas, und aus dem, was sie wußte, zog sie die falschen Schlüsse.

Ein neuer Gedanke durchzuckte mich. Wieviel wußte sie eigentlich wirklich? Da war dieser Moment im Wohnzimmer, beim Sherry, an dem ich fast sicher war, daß sie etwas zurückhielt. Ich zermarterte mir das Gehirn nach einer Erklärung. Vielleicht hatte Gillian Spry eine Bemerkung fallenlassen, die mit der Vorbereitung einer Fernsehsendung nicht zu vereinbaren war, die mir June aber verheimlichte. Absichtlich, um mich in die Irre zu führen? Nein, aber sie könnte über die Diskrepanz und ihre Bedeutung nachdenken, bevor sie mich damit beunruhigte.

Ich gab das fruchtlose Rätselraten auf und ging wieder ins Haus. Plötzlich verspürte ich in mir das Kind auf dem Fensterbrett des Schlafzimmers, das auf ihm unverständliche Dinge hinausblickt. Vielleicht war die Kleine einmal ich, aber ich kann nicht sie werden. Noch kann ich mich für sie verantwortlich fühlen, für ihre Gedanken, für ihre Taten. Sie bleibt ein Rätsel, gefangen in der Vergangenheit.

3. Kapitel

Mit einem Stock schrieb sie die Buchstaben SANDY MINCH in den feuchten Sand. Das C geriet zu klein, war schwerer zu formen als das schwungvolle Anfangs-S oder die geraden Balken der anderen Buchstaben ihres Namens.

Sie bastelte am C herum, versuchte, es auf gleiche Größe zu bringen.

»Laß es«, sagte Ann. »Du machst es nur schlimmer.«

Verkniffen fummelte Sandy weiter. Sie wollte Anns Ratschläge nicht. Nie.

Ann versuchte es andersherum. »Es lohnt sich doch nicht. Das Wasser wird die Worte ohnehin bald überspülen.«

Sandy schleuderte den Stock von sich und trampelte auf dem C herum. Nasser Sand blubberte hoch, bespritzte ihre Schuhe, ihre rutschenden Söckchen, ihre Beine. Sie brummte wütend, machte auf dem Absatz kehrt und schlenderte davon. Ann streckte einen Fuß aus und fuhr mit ihrer Sandalensohle über das Y, bis es nicht mehr zu sehen war. Dann lief sie Sandy nach.

Als Sandy sie kommen hörte, begann sie zu rennen, blickte über die Schulter und stieß herausfordernde

Schreie aus. Sie rannten, daß ihre geblümten Baumwollröcke und handgestrickten Jacken flogen. Über den Ufersand, die Uferböschung hinaus und eine Weile am Feldrain entlang, bis Sandy zum Fluß zurückraste und zwischen ein paar Bäumen verschwand.

»Kriegst mich nicht.«

Doch Ann hatte sie bald genug erreicht. Wie ein Warnfeuer leuchtete Sandys rotes Kleid durch das Laub. Sie hatte sich die Strickjacke ausgezogen und wischte sich damit den Schweiß von der Stirn. Ann sank neben ihr gegen einen Baumstamm und drückte sich eine Hand in die Seite.

»Ohne meine Stiche hätte ich dich noch schneller gehabt.«

Sandy tat so, als würde sie ihr die Seitenstiche glauben. »Du mußt dich vorbeugen, nicht gegen einen Stamm lehnen.«

Ann beugte sich vor.

»Schon besser?«

Ohne sie einer Antwort zu würdigen, sprang Ann auf und ließ die Arme kreisen. »Und was machen wir jetzt?«

Für einen kurzen Moment verdüsterte sich Sandys Gesicht, als wollte sie sagen: Immer fragst du mich, was wir tun sollen. Du machst nie irgendwelche Vorschläge. Es sei denn, es ist etwas Blödes.

»Wir könnten nachsehen, ob sie zurück sind«, sagte sie statt dessen.

»Ich wünschte, wir hätten eine Uhr.«

»Wir hatten eine.«

Ann errötete. Der Verlust der Uhr war ihre Schuld. Sie hatte sie an dem Tag getragen, an dem sie in dieser Theateraufführung waren, aber kurz bevor sie sie an

Sandy übergeben sollte, blickte sie auf ihr Handgelenk und stellte fest, daß sie nicht mehr da war.

»Aber dafür kann ich doch nichts«, hatte sie gejammert.

Aber Sandy erwiderte nur ungerührt: »Du hast sie getragen, als sie verschwand.«

Und deshalb war es Anns Schuld.

Ann drehte sich um und blickte über den Fluß, damit Sandy nicht sah, daß sie rot geworden war. »Sie könnten wieder da sein«, sagte sie.

»Also gut. Ziehen wir los.«

Aber keine von ihnen rührte sich. Unter ihnen platschte und gurgelte das Wasser, als der Wellenschlag eines Ruderbootes ans Ufer schwappte. Die Frühlingssonne beschien den Fluß, aber im Schatten der Bäume war es kühl. Sandy zog ihre Jacke wieder an, knöpfte sie zu und zupfte an den Ärmeln, bevor sie ihre Haare aus dem Halsausschnitt zog. Sie hatte rotbraune Haare, und sie ließ sie wachsen.

»Zu Weihnachten kann ich auf ihnen sitzen«, sagte sie immer triumphierend zu Ann, deren Haar feiner war und deren Mutter es regelmäßig schneiden ließ, um Spliß zu vermeiden.

Ann wußte, daß sie nie auf ihren Haaren würde sitzen können, aber das machte ihr nichts aus. Die Vorstellung, auf seinem Haar sitzen zu können, kam ihr albern vor, und sie konnte kaum glauben, daß ein Mädchen sich so etwas wünschen konnte. Doch das sagte sie Sandy nicht. Hauptsächlich, weil sie Sandy bewunderte, die älter war und allgemein für klüger gehalten wurde. Daran änderte auch die Tatsache nichts, daß sie in der Schule sitzengeblieben war. Die Erwachsenen mochten sie, lobten ihr fröhliches Naturell und lamentierten, daß ihre eigenen Sprößlinge nicht so waren wie sie.

»Was sie jetzt wohl machen? Was meinst du?« fragte Sandy und strich sich die langen Haarsträhnen glatt.

»Wer?«

»Das weißt du genau. Deine Mutter und dieser Mann.«

»Dennis.«

»Dennis Mallard.«

»Er heißt Aylard.«

»Dennis Mallard und deine Mutter. Ich finde, er sieht aus wie eine Ente – klein, fett und häßlich, mit aufgeworfenen Lippen.« Sie reckte den Hals, machte einen Schmollmund, winkelte die Arme an und bewegte sie quakend wie Flügel. »Ich werde ihn Dennis Duck nennen. Dennis Duck und Rita. Was glaubst du, was sie ...«

Ann schlug nach einer Fliege, die vor ihrem Gesicht herumtanzte. »Sie reden über geschäftliche Dinge, hat sie gesagt. Du hast es doch selbst gehört. Sie treffen sich zu Geschäftsgesprächen.«

»In einem Pub?«

»Das *Ship* ist kein Pub. ›Hotel‹ steht über der Tür. Du hast das Schild doch selbst gesehen.«

»Viele Pubs nennen sich ›Hotel‹. Das heißt noch lange nicht, daß sie keine Pubs sind.«

»Aber wenn doch ›Hotel‹ dransteht ...« Weiter kam Ann nicht, war aber darauf erpicht, das Thema weiterzuführen. Es war besser, als sich Sandys Theorien über ihre Mutter und Dennis anhören zu müssen.

»Eine geschäftliche Unterredung führt man in einem Büro. Und in keinem Pub, nicht einmal in einem Hotel. Das weiß doch jeder.«

»Dennis arbeitet in der Hotelbranche, also ist es total sinnvoll, sich in einem Pub zu treffen. In einem Hotel, meine ich.«

Sandy ließ ihre Haarsträhne los, sprang auf und hüpfte ein paarmal auf und ab. Sie begann zu singen, erfand spontan Worte zu einer bekannten Melodie. Ann wußte nicht, was sie damit ausdrücken wollte. Einstimmen konnte sie nicht, weil sie den Text nicht kannte, aber sie summte die Melodie mit. Manchmal meinte Sandy irgendwas, und dann kam sie sich töricht vor, es nicht sofort zu verstehen. Manchmal sang sie aber auch nur.

»Deine Mutter ist in Dennis Duck verknallt«, sagte Sandy.

»Trotzdem können sie über Geschäfte reden.«

»Aber sie hat kein Geschäft. Sie ist nur deine Mutter.«

»Sie arbeitet für ihn.« Ann biß sich auf die Lippe. Sie dachte an die Streitigkeiten, an die Kräche, an ihre entschlossene und triumphierende Mutter, ihren erschöpften Vater. Der Krieg hatte ihn zu einem resignierten Mann gemacht, einem Invaliden. Wie er davor war, konnte sie sich nicht vorstellen.

Vermutlich hat Sandy recht, dachte sie. Eine frohe Unbeschwertheit schien ihre Mutter zu erfassen, sobald Dennis auftauchte. Die Nähe zu ihm veränderte sie.

»Stell dir vor, sie haut ab und lebt mit Dennis Duck in einem seiner Hotels zusammen. Das würde dir bestimmt nicht gefallen.«

»Das würde mir nichts ausmachen.« Einen Moment lang dachte Ann an Heiterkeit und Unbekümmertheit. Eine angenehme Vorstellung.

»Sie würde dir fehlen«, sagte Sandy.

»Fehlen?«

»Nun, dich würde sie wohl kaum mitnehmen, oder? Zumindest wird er das nicht wollen. Sie wollen allein sein, unter sich.«

Ann bekam das unbehagliche Gefühl, daß Sandy über

Dinge sprach, die sie irgendwo gehört hatte. Gerede. Klatsch. Klatsch war etwas, was ihre Mutter seit Urzeiten bedrohte. Jetzt war er vielleicht Wirklichkeit geworden.

»Wo hast du das gehört?«

Schulterzucken.

»Wer hat das gesagt, Sandy?« Zorn kochte in ihr hoch. Über das Gerede und darüber, daß man auf so was hörte, aber vor allem auf ihre Mutter. Nicht so sehr auf Dennis. Männer konnten nichts dafür, jedenfalls nicht, wenn sich Frauen ihnen an den Hals warfen. Bemerkungen in dieser Richtung hatte Ann selbst gehört.

»Du würdest doch sowieso bleiben wollen, um für deinen Vater zu sorgen«, sagte Sandy. »Er wird dich brauchen, wenn sie nicht mehr da ist.«

Eine unangenehme Empfindung der Leere überkam Ann. Sie knöpfte sich ihre Jacke zu, obwohl das Gefühl aus ihrem Inneren kam. An manchen Tagen fühlte sie sich schutzlos, fürchtete sich, erwachsen zu werden, hatte Angst vor einer kalten, abweisenden Erwachsenenwelt.

»Vielleicht«, sagte Sandy, »kann dein Vater nicht mehr, wegen des Krieges.«

Als Ann sie verständnislos ansah, fügte sie schnell hinzu: »Du weißt doch, was sie miteinander tun, Ann. Vielleicht ist er wegen des Krieges nicht mehr dazu fähig. Manche Männer können es nicht mehr.«

Ann hatte natürlich keine Ahnung, worüber sie eigentlich sprachen, aber Sandy auch nicht; sie plapperte nur die Worte anderer Leute nach.

Sandy wartete auf eine Reaktion, und als keine kam, variierte sie das Thema. »Dir wird es gehen wie Peggy Moffit. Erinnerst du dich an sie? Ihre Mutter brannte durch, und sie mußte bei ihrer Granny leben. Aber fast ganz ohne Geld, denn das hatte ihre Mutter mitgenommen.«

Ann hörte nicht mehr zu. Sie hatte Peggy Moffit nie kennengelernt, das Mädchen war nicht mehr als ein Name für sie, dennoch empfand sie die Unterhaltung als schmerzlich. Es gab Dinge in ihrer Familie, die sie Sandy nie erzählt hatte, obwohl sie seit Jahren die besten Freundinnen waren. Sie hatte nicht die Absicht, sie ihr jetzt zu erzählen. Es tröstete sie, daß sie Geheimnisse bewahren konnte. Nicht jeder war dazu fähig, sie schon.

Theatralisch seufzend marschierte Sandy auf den Weg zu. »Komm, Ann. Sehen wir nach, was die Turteltauben machen.«

Unglücklich trottete Ann hinterher. Sandys Andeutungen hatten ein paar wirre Vorstellungen ausgelöst, und die irrten ihr nun durch den Kopf, machten ihr Angst. Sie wußte nicht, was sie sich wünschen sollte, was das beste wäre. Schon jetzt standen die Dinge schlecht. Ziemlich schlecht. Sie machte sich bewußt, daß sie hätten schlimmer sein können und noch schlimmer werden könnten. Da machte es nicht viel aus, daß Sandy ihr mit dem Gerede der Leute zusetzte. In gewisser Weise war es gut, endlich Bescheid zu wissen. Interessant auf jeden Fall.

Ihre Freundin wartete auf dem Weg auf sie, strich ihr liebevoll über das Haar. »Es wird schon alles gut werden, Ann.«

»Sicher.«

Ann begann zu rennen, lief den Weg am Fluß entlang, vorbei an der Stelle, wo SANDY MINCH kaum noch zu lesen war, bis zur Brücke. Als das *Ship* in Sicht kam, verlangsamte sie ihre Schritte.

Sie hatte ihre Mutter nach ihrer Arbeit für Dennis gefragt, doch ihre Fragen waren stets mit einem Lachen abgetan worden. Aber es waren keine unsinnigen Fragen, es waren die, die andere Leute auch stellten. Ein paar von ihnen hatten versucht, Ann ein paar Antworten zu entlocken, und enttäuscht reagiert, als Ann sie ihnen nicht geben konnte.

Sandy kam ihr nach, hakte sich bei ihr ein und zwang Ann zu einem zügigeren Tempo, obwohl die lieber langsamer gegangen wäre. Sie wollte weder das Auto auf dem Parkplatz hinter dem *Ship* sehen noch ihre Mutter mit Dennis. Sie wünschte sich, nicht hergekommen zu sein. Für Sandy hätte sich eine Alternative geboten, aber für Ann nicht. Wie immer war Ann aufgefordert worden, sich mit ihnen zu treffen, und Sandy sollte natürlich dabei sein. Mrs. Minch, eine gutmütige Plaudertasche mit einer ganzen Herde kleinerer Kinder, hatte sich mehr Sorgen darüber gemacht, ein paar Stunden auf die Hilfe ihrer ältesten Tochter verzichten zu müssen, als darum, wie die den Tag verbrachte.

»Wie langweilig«, hatte Sandy zunächst gemurrt. »Da gibt's doch nichts anderes zu tun, als am Fluß rumzuhängen.«

»Vergiß den Lunch nicht«, hatte Ann eingewandt. Die Mittagessen waren üblicherweise der Höhepunkt.

»Ich kann auch zu Hause essen, vielen Dank.«

»Oh, komm doch mit, Sandy. Bitte! Du hast doch nichts Besseres zu tun.«

»Höchstens Schlimmeres«, hatte Sandy düster gemurmelt und kapituliert.

Immer noch Arm in Arm betraten die beiden Mädchen den Parkplatz. Dennis' Auto war nicht da. Das sah man auf den ersten Blick, aber Ann lief dennoch suchend zwischen den geparkten Wagen herum. Sandy hockte sich auf eine Mauer und streckte das Gesicht in die Sonne.

»Du wirst es nicht finden.«

Ann tat so, als würde sie nichts hören, und musterte den großen schwarzen Standard, der auf dem Stellplatz stand, den zuvor Dennis' Humber eingenommen hatte.

»Ich habe dir doch gesagt, daß sie durchbrennen«, rief Sandy lachend.

»Halt den Mund!«

»Immer mit der Ruhe.«

»Das ist nicht komisch.«

»Finde ich auch nicht. Wir sind zwei arme kleine Mädchen, die auf einem Pub-Parkplatz versetzt wurden, ohne daß sie sich auch nur eine Limo leisten könnten ...« Sie verstummte, als Ann mit Tränen in den Augen auf sie zugelaufen kam.

»Keine Angst«, sagte Sandy. »Wir können im Pub bitten, daß man deinen Vater anruft. Dann sorgt er dafür, daß wir nach Hause kommen. Vermutlich wird er ihnen sagen, uns in ein Taxi zu setzen. Es kommt alles schon wieder in Ordnung.«

Mit einem zusammengeknüllten Taschentuch wischte sich Ann eine Träne fort. »Nein, nichts kommt in Ordnung. Er wollte mich nicht zu Hause haben. Und sie auch nicht. Ich habe gehört, wie sie sich deswegen angeschrien haben. Aber sie hat sich natürlich durchgesetzt. Das macht sie immer ...« Ihre Stimme wurde ruhiger, verlor den Beiklang der Hysterie. »Jedenfalls sagt er das immer. Aber es stimmt. Meistens jedenfalls. Und jetzt ...«

Sandy rutschte von der Mauer herunter und legte ihr einen Arm um die Schulter. Sie hatte die übliche hochwichtige Miene aufgesetzt, wie immer, wenn sie Ann dazu bringen wollte, etwas Bedeutungsvolles zu erzählen. Gerade als sie den Mund aufmachte, ging die Hintertür des Pub auf, und ein stämmiger Mann mit khakifarbener Tarnjacke und Tweedhosen kam heraus. Er war auf dem Weg zur Toilette, aber Sandy stellte sich ihm in den Weg.

»Befindet sich vielleicht ein Mister Mallard im Pub? Dennis Mallard?«

Ann zuckte zusammen. »Nein – Aylard«, zischte sie.

Sandy korrigierte sich, natürlich wäre der Name Aylard. »Er hat da drinnen eine Geschäftsbesprechung.«

Aber der Mann hatte noch nie von ihm gehört und bedachte die Vorstellung einer Geschäftsbesprechung in seinem Stammlokal mit einem skeptischen Blick. Als er zwei Minuten später zurückkam, betrachtete er angelegentlich die lockeren Dachziegel und vermied jeden Blick auf die beiden Mädchen.

Sandy versuchte, durch die mattierten Pub-Fenster zu spähen, konnte aber nur wenig erkennen. Zwei Männer kamen heraus und schlossen den Standard auf, konnten ihr aber auch nichts Näheres über den Verbleib von Dennis Aylard sagen. Eine Frau mit einer Brosche mit der Aufschrift »Mutter« auf dem Pullover und einer Schürze um die Taille scheuchte einen schwarzen Hund ins Freie, und Sandy trat auch an sie heran.

»Sie meinte, im Pub wären nur ein paar Stammgäste, und fremde Gesichter hätte sie heute noch gar nicht gesehen«, berichtete Sandy und schob flink eine Lüge nach: »Ich sagte ihr, daß man ihn nicht übersehen kann, weil er aussieht wie eine fette Ente.«

Wieder schlug Sandy mit imaginären Flügeln und zog einen Schmollmund, aber Ann ignorierte sie. Quakend und Luftküsse verteilend kam Sandy auf sie zugerannt. Ann schob sie zur Seite.

»Was meinst du, wie es ist, Dennis Ducks Gummilippen zu küssen?« wollte Sandy wissen.

Aber Ann weigerte sich, darüber Vermutungen anzustellen, und die Unterhaltung versickerte.

Wenig später, als sie gerade darüber stritten, was geschehen sein könnte, lenkte ein lautes Hupen von der Straße sie ab, und Anns Mutter winkte ihnen durchs Autofenster zu. Es war nicht der große glänzende Humber, aber Dennis saß am Steuer.

Die Mädchen kletterten auf den Rücksitz und warteten auf eine Erklärung. Sandy zeigte höfliches Interesse, aber Ann starrte nur mürrisch aus dem Fenster.

Sie erfuhren, daß der Motor von Dennis' Wagen Probleme gemacht hatte und er sich diesen Wolseley von einem Geschäftspartner leihen mußte.

»Meine Güte«, rief Sandy und fing im Rückspiegel Dennis' Blick auf. »Wurde Ihr Wagen abgeschleppt?«

Vornübergebeugt umklammerte er das Steuerrad. Eine Wulst behaarten Fleischs quoll aus seinem gestärkten Hemdkragen. Es sah so widerlich aus, daß sie den Blick nicht abwenden konnte.

»Er wird«, antwortete er vage.

Er räusperte sich kurz und haspelte dann eine ganze Liste von Motorteilen herunter, die für das Mißgeschick verantwortlich sein könnten. Das hörte sich ziemlich langweilig an, und keins der Mädchen ermutigte ihn, noch ausführlicher darauf einzugehen.

»Hat es Ihnen Ihre Besprechung verpatzt?« wollte Sandy wissen und bemühte sich vergeblich, auch den Blick der Beifahrerin einzufangen. Aber Anns Mutter antwortete ihr auch so.

»Nun ja. Wir haben viel Zeit mit der Benachrichtigung der Werkstatt vergeudet.«

Dennis nahm eine Hand vom Steuer, zog sein goldenes Zigarettenetui aus einer Innentasche seines Sakkos und gab es Rita. Sie steckte zwei Zigaretten an und reichte ihm eine. Zwei Rauchsäulen stiegen hoch, Tabakgeruch erfüllte das Wageninnere. Ann zuliebe verzog Sandy angewidert das Gesicht.

Als sie heimatliche Gefilde erreichten, hatte Ann kaum etwas gesagt. Zuerst setzte Dennis Ann und ihre Mutter ab, um danach Sandy die paar hundert Meter zu ihrem Haus zu fahren.

»Kommst du zu mir nach vorn, Sandy Minx?« fragte Dennis, bevor er wieder startete.

Sandy sprang hinten aus dem Auto und vorn wieder hinein. Ann winkte ihr zu, aber Sandy sah es nicht. Sie begann auf das Haus zuzugehen.

»Warte«, sagte ihre Mutter, sobald sie die Veranda erreicht hatten. Sie wollte ihre Tochter an sich ziehen, aber Ann sträubte sich. »Hör zu, Ann, bevor wir hineingehen ...« Ihre Stimme klang leise, verschwörerisch.

»Du bist verschwunden«, empörte sich Ann. »Mit ihm! Du warst nicht da, wo du es versprochen hattest. Ich wußte überhaupt nicht, was los ist.«

»Pst. Nicht so laut.«

»Ich war dir völlig egal. Du hast dich mit ihm davongemacht.«

»Das ist doch lächerlich.«

»Ist es nicht. Uns hast du gesagt, daß du zu einer Besprechung im *Ship* willst.«

»Augenblick mal, Ann. Ich sagte, daß wir uns in zwei Stunden auf dem Parkplatz treffen. Und dazu wäre es auch gekommen, wenn das Auto nicht versagt hätte.«

»Das hat es aber nicht vor dem *Ship* getan, oder? Die Wirtin hat gesagt, daß ihr nicht im Pub gewesen seid. Ihr habt gewartet, bis wir außer Sichtweite waren, dann seid ihr woanders hingefahren.«

»Pssst! Rede doch leiser. Am Fluß war es angenehmer für euch als ...«

»Als wo? Warum ist das so ein großes Geheimnis?«

Aber Rita antwortete ihr nicht. Sie schloß die Tür auf und schob Ann in die Diele, als befürchte sie, ihre Tochter könnte loslaufen und die Neuigkeit im ganzen Ort herumtrompeten. Als befürchte sie, Ann könnte zumindest davonrennen.

Ann ging in ihr Zimmer hinauf. Sie war hungrig. Eine der vielen Unannehmlichkeiten im Zusammenhang mit diesem Motorversagen bestand darin, daß die Mädchen nichts zu Mittag gegessen hatten. Ob Rita und Dennis einen Happen zu sich genommen hatten, blieb neben vielen anderen Dingen ungeklärt.

Als Ann auf ihrem Bett lag und Fensterscheiben zählte, dachte sie darüber nach, daß Sandy recht damit hatte, daß das *Ship* ein Pub war. Aber trafen damit ihre anderen Äußerungen gleichfalls zu? Es war oft schwer zu entscheiden, ob sie scherzte oder es ernst meinte.

Eine Sache beispielsweise stimmte eindeutig nicht. Dennis Aylard war nicht häßlich. Er sah gut aus, auch wenn sein Gesicht ein bißchen rundlich war. Und unabhängig davon, was sie über ihn sagte, fand auch Sandy ihn ganz sympathisch. Es gefiel ihr, daß er mit ihr herumalberte und sie Sandy Minx nannte.

Die Tür öffnete sich knarrend, und Anns Mutter trat mit einem Sandwich ein. Sie zeigte ein nervöses Lächeln, eins, das um Entschuldigung bat, um Stillschweigen und Komplizenschaft. Ann übersah das Lächeln und akzeptierte den Teller mit dem Sandwich. Aber als sie hineinbeißen wollte, ging ihr Hunger in einer Woge von Übelkeit unter. Sie öffnete das Fenster und warf es auf den Dachvorsprung, wo sich die Vögel darüber hermachen konnten. Aber Mabel, die gierige, schwarzweiße Katze von nebenan war schneller.

Zwei Wochen später verbrachte Ann das Wochenende bei den Minchs. Sandy wollte unbedingt mit dem Bus nach Copperton Woods fahren. Eigentlich gab es dort nichts Besonderes zu tun, und wenn irgendein Erwachsener gewußt hätte, daß sie so weit fahren wollten, hätte er die beiden sicher gewarnt, aber sie ließen niemandem gegenüber ein Wort verlauten.

Auf der Fahrt zeigte Sandy Ann die winzige Farm, auf der einer ihrer Onkel lebte. Da der Bus recht schnell fuhr, erhaschte Ann nur einen flüchtigen Blick auf weiße Gebäude und Gemüsereihen.

»Als ich einmal dort zu Besuch war, hat er eine Ente umgebracht«, sagte Sandy. »Es war grauenhaft. Ich ging zufällig in den Hof, und er riß und zerrte am Hals, als wollte er ihn abreißen.«

Schaudernd hielt Ann sich die Ohren zu. »Oooo nein! Das will ich gar nicht hören.«

»Auf Farmen müssen sie so was tun«, klärte Sandy sie auf. »Sonst würden die Enten und Hühner ja ewig leben, und die Menschen hätten nichts zu essen. Das war mir schon klar, aber ich wußte nicht, daß er es gerade in diesem Moment tat. Ich lief zufällig zur Tür hinaus, und er riß und riß . . .«

Ann kniff die Augen zu und hoffte, so die übelkeiterregenden Bilder verdrängen zu können. Glücklicherweise hielt der Bus an einer Haltestelle. Eine Familie stieg ein und und fesselte Sandys Aufmerksamkeit, so daß die Geschichte mitten beim Reißen und Reißen ein Ende fand.

An der Straßenkreuzung im Wald stiegen sie aus und verabschiedeten sich von dem Schaffner. Für Sandys Geschmack war er entschieden zu neugierig und wollte wissen, warum sie allein unterwegs waren und ob sie jemand abholte.

»Mein Bruder und seine Freunde«, erwiderte Sandy, die keinen dafür geeigneten Bruder hatte, nur ganz kleine.

Mit hochrotem Gesicht hatte Ann aus dem Fenster geblickt. Sie sprang als erste aus dem Bus und bog in den ersten, von der Straße wegführenden Pfad ein. Lachend lief Sandy ihr nach.

»Neugieriger alter Schnüffler! Was geht es ihn an, wohin wir wollen?«

Ängstlich sah Ann sich in der menschenleeren Gegend um. Sie wünschte, sie wäre zu Hause oder bei Sandy.

»Nur gut, daß er mich nicht gefragt hat«, sagte sie, »denn ich habe keine Ahnung, was wir hier eigentlich wollen.«

»Wir unternehmen einen Waldspaziergang.« Sandy streckte die Nase in die Luft, schlenkerte mit den Armen und marschierte los.

»Geh nicht zu weit, Sandy.«

»Wir haben ja noch nicht einmal angefangen.«

»Ich weiß, aber vielleicht finden wir nicht mehr zurück.«

Sandy gab nur ein schnippisches »Pph!« von sich.

Eine Stunde später fragten sie sich nervös, wo die Straße war. Sie hatten etliche Pfade überquert, aber die Bäume, die sie sich als Orientierungspunkte wählten, schienen Doppelgänger zu haben, es gab keine Verkehrsgeräusche, von denen sie sich hätten leiten lassen können, und langsam wurde es Nachmittag.

»Da entlang«, entschied Sandy.

»Das hast du vorhin schon gesagt. Zweimal.«

»Na gut, ich habe mich geirrt. Aber das hindert mich doch nicht daran, es noch einmal zu probieren, oder?«

Ann verkniff sich alle Bemerkungen, die möglicherweise dazu führen könnten, daß sie sich allein im Wald wiederfand. Mit Sandy könnte sie es ertragen, aber nicht allein.

»Nun?« Sandy wartete auf ihre Antwort.

»Ja.« Sie war froh, daß ihre Stimme nicht zitterte. Sie hörte sich sehr viel zuversichtlicher an, als sie war.

Wieder stellte sich Sandys Wahl als falsch heraus. Sie ärgerte sich über sich selbst und bekam es nun langsam auch mit der Angst zu tun. Dabei schien es so einfach zu sein. Man schlägt einen Weg ein, und wenn der sich als falsch erweist, dreht man um und geht zurück. Aber so war es nicht. Irgend etwas hatte sie übersehen, hatten sie beide übersehen. Sie ...

Sandy hob die Hand und blieb stehen. »Was war das?«

»Ich habe nichts gesehen.«

»Nein, das Geräusch meine ich.«

Einige Minuten später waren sie dem Geräusch näher. Dem Geräusch von Stimmen. Dem Geräusch von Menschen, die lachten, plauderten, miteinander anstießen, sich amüsierten.

»Mitten im Wald?« flüsterte Ann verblüfft.

Sie bekam einen vernichtenden Blick zur Antwort. »Wir müssen nahe an der Straße sein.«

»Ja, aber ...«

»Pst.« Sandy legte eine Hand ans Ohr und lauschte.

Ann sah sich um. Sie hatte nichts Besonderes gehört,

nur die Geräusche von Leuten, die in einem Haus im Wald eine Party feierten. Aber konnte man sie nicht fragen, in welcher Richtung die Bushaltestelle lag?

Leise näherten sie sich dem Haus. In den Räumen brannte bereits Licht, und auf der Terrasse vor dem Wohnzimmer stand eine Gruppe von Leuten. Es war ein großes, prächtiges Haus. Ann fragte sich, ob es in ihm vielleicht Angestellte gab, an die man sich wenden konnte. Es kam ihr ein bißchen dreist vor, ohne Ankündigung mitten in eine Party hineinzuplatzen und sich nach Bussen zu erkundigen.

An der Hecke, die den Garten vom Wald trennte, ging Sandy in die Hocke und forderte Ann mit einer Handbewegung auf, das gleiche zu tun.

»Nein. Laß uns hineingehen und nach der Haltestelle fragen.«

Sandy griff nach ihrer Hand und zog sie zu sich herunter. »Wir können da nicht einfach so reinmarschieren.«

»Warum nicht?« Ann suchte nach einem Tor oder einer Lücke in der Hecke, doch die gab es nicht. »Wenn jemand in mein Haus käme, der sich verirrt hat, würde ich ihm doch auch sagen, wo die nächste Bushaltestelle ist.«

Sandy hielt die Hand vor den Mund, um ihr Lachen zu unterdrücken. »Das ist kein Haus, du Schaf. Es ist ein Club. Da haben nur Mitglieder Zutritt.«

»Egal«, verkündete Ann entschlossen. »Ich gehe jetzt da rein. Und wenn du zuviel Angst hast, gehe ich eben allein.«

»Ich habe überhaupt keine Angst. Aber das ist ein Club, ein privater Club. Vermutlich wird er von Hunden bewacht.«

»Um Diebe abzuhalten. Aber wir sind keine Einbrecher.«

Im Garten gingen Laternen an. Musik erklang, und sie erkannten die Stimme von Alma Cogan. Ann bemerkte, daß die Frauen wunderbar elegante Kleider trugen und makellos frisiert waren. Aber das heisere, rauhe Lachen einiger Männer gefiel ihr nicht. Auch sonst waren sie ihr nicht gerade sympathisch. Sie konnte sich kaum vorstellen, daß sie freundlich reagierten, wenn sie durch die Hecke drang und sich nach der Bushaltestelle erkundigte.

Sie erinnerte sich an ihre Idee, einen Angestellten zu fragen. Eine Sekunde später erklärte sie Sandy, sie hätte genug. Je länger sie warteten, desto dunkler würde es, und damit konnte alles nur noch komplizierter werden.

»Ich gehe die Hecke entlang und hoffe, daß sie mich näher ans Haus bringt. Wenn ich die Küche finde, spreche ich mit der Köchin oder so.«

Sandy murrte unwillig, hielt sie aber nicht zurück. Und sobald sich Ann in Bewegung gesetzt hatte, hörte sie, daß Sandy ihr folgte. Die Hecke bog rechtwinklig ab, und Ann schlich weiter an ihr entlang, bis sie zu einer Pforte kam. Vorsichtig stieß sie sie auf und schlüpfte hindurch. Sie befand sich an der Seitenfront des Hauses.

Eine Hand zupfte an ihrem Ärmel. »Bleib im Schatten«, wisperte Sandy.

Vorsichtig und unter Umgehung der Lichtkegel schlichen sie auf das Haus zu. Sie kamen zu einem Parkplatz, und der erste Wagen, der ihnen ins Auge fiel, war Dennis Aylards Humber.

Ein dramatischer Seufzer entfuhr Sandy. »Glaubst du, daß deine Mutter auch hier ist?«

»Vielleicht gehört er ihm gar nicht mehr«, mutmaßte

Ann hoffnungsvoll. »Nach dem Motorschaden sprach er davon, ihn zu verkaufen.«

Aber eine Minute später entdeckte Sandy ihn in einem Zimmer, und kurz darauf traten er und Anns Mutter auf die Terrasse und begannen zu tanzen. Er drückte sie eng an sich, eine Hand strich über den Seidenstoff ihres Kleides, ihre Hüften.

Ann tat so, als würde sie Sandys Bemerkung über ein weiteres Geschäftstreffen gar nicht hören. Sie drehte sich um, raste über den Parkplatz zurück und zum Garten hinaus.

»Wir haben gar nicht nach der Richtung gefragt«, protestierte Sandy hinter ihr.

»Na und?«

Ann rannte weiter. Plötzlich hörten sie Autogeräusche. Sie erreichten die Straße, ein Bus verlangsamte die Fahrt und nahm sie auf.

Ann fühlte sich hin- und hergerissen. Sie wollte nicht bei Sandy bleiben, weil die sie ja nur dazu bringen würde, darüber zu reden. Sie wollte aber auch nicht nach Hause, denn es wäre schlimm, wenn ihre Mutter da wäre, aber ebenso schlimm, wenn nicht. Alles war schlimm. Sehr schlimm. Und konnte noch schlimmer werden.

»Ich habe wahnsinnige Kopfschmerzen«, sagte sie, als sie Sandys Haus erreichten, und ging sehr früh und allein zu Bett.

Jedesmal, wenn sie die Augen schloß, tauchten die Tänzer auf der Terrasse vor ihr auf. Immer wieder hörte sie die Musik. Sie glaubte, es nie wieder ertragen zu können, diese Melodie zu hören, oder Leute tanzen zu sehen, oder zu einem beleuchteten Haus im Wald zu kommen, oder ...

Dann ärgerte sie sich über sich selbst und sagte sich, daß das einzig Überraschende an der Schmuserei darin bestand, daß sie es beobachtet hatte. Der Mann war mit ihrer Mutter zu einer meilenweit entfernten Party gefahren, und durch einen erstaunlichen Zufall war sie den beiden begegnet.

Es vergingen Wochen, bis ihr klar wurde, daß es kein Zufall gewesen sein konnte, sondern Sandy es geplant hatte.

4. Kapitel

Gillian Spry legte den Hörer auf und schob das Telefon von sich. Mit einem leichten Kopfschütteln hakte sie das Gespräch ab und konzentrierte sich wieder auf den jungen Mann am Fenster.

»Entschuldigung, Richard. Wo waren wir gerade?«

»Bei Dalton«, antwortete er, ohne den Blick von der belebten Straße unter ihm zu wenden. »Ich sagte, daß wir mehr über ihn wissen müßten.«

»Oh. Ja.«

Sie hörte sich so desinteressiert an, daß er sie über seine Brille hinweg musterte. »Sie halten ihn also noch immer für unwichtig?«

Sie lachte. »Wenn ich ehrlich sein soll – ja. Er war nur ein Labortechniker. Ich hätte es lieber, daß wir uns auf die Hauptfiguren konzentrieren.«

»Hm.«

Richard zog sich einen Stuhl heran und setzte sich vor ihren Schreibtisch. Er sieht spitz um die Nase aus, fand sie. Entweder ist er übermüdet oder er bekommt eine Erkältung. Er nahm seine Brille ab und ließ sie abwesend kreisen.

»Die Sache ist nur die, daß sich Dalton durchaus als

das Bindeglied herausstellen könnte, das den Rest zusammenhält, Gill. Wenn wir herausfinden, daß er korrupt war oder auch nur unfähig ...«

»Fahrlässig.«

»Ja, es liefe auf Fahrlässigkeit hinaus.«

»Aber was er auch getan haben mag, er war nur ein Laborant. Ein Mann, dessen Tätigkeit überprüft wurde. Er war nicht verantwortlich, nicht wirklich.«

Richard unterdrückte ein Seufzen. Er hatte gewußt, daß sie sich für seine Idee nicht begeistern würde. »Also halten Sie es für überflüssig, daß ich ihn unter die Lupe nehme?«

Sie war bemüht, nicht zu dogmatisch zu klingen, eher wie eine große Schwester gegenüber einem aufgeweckten Anfänger, wie die erfahrenere Partnerin in einem Team, in dem Erfahrung einen unschätzbaren Wert darstellte. Eine Untersuchung zu leiten war etwas anderes, als die berufliche Begeisterung eines Kollegen nachhaltig zu dämpfen. Richard arbeitete noch nicht lange für sie, aber sie glaubte zu wissen, was sie ihm zumuten konnte und was nicht.

»Selbst wenn Sie ihm etwas nachweisen können, Richard, wird das nicht reichen. Es würde nur bestätigen, was wir bereits wissen: daß bei den Ermittlungen geschlampt und gepatzt wurde. Wir können die Verantwortung nicht bei einem einfachen Labortechniker abladen.«

Seufzend stand er auf. »Sie haben recht. Wenn Sie es so betrachten, haben Sie natürlich recht.«

»Habe ich da eben ein unausgesprochenes ›Aber‹ gehört?« fragte sie, als er wieder ans Fenster trat.

Er warf ihr über die Schulter einen kläglichen Blick zu. »Vermutlich wollte ich sagen: ›Aber mit den anderen kommen wir nicht weiter.‹ Den Hauptfiguren, wie Sie sie nennen. Pickford und Winterlea.«

»Aber Sie können doch nicht behaupten, wir stünden mit leeren Händen da.«

Er hob nur die Schultern.

»Nein, stehen wir nicht. Kommen Sie, sehen wir es uns alles noch einmal an.«

Sie tippte auf die Tastatur ihres Computers, und ein Text erschien auf dem Bildschirm. Sie wußte, warum er auf Dalton aus war. Vor allem, weil das ein Kurs war, der schnelle Ergebnisse versprach. Sie hatte schon bemerkt, daß er ein junger Mann war, der schnelle Resultate schätzte. Aber sie hielt es für klüger, die Angel nach den großen Fischen auszuwerfen, unabhängig davon, wie lange es dauerte, sie an Land zu ziehen.

Richard fuhr mit der Faust über den Fensterrahmen und starrte auf die Fußgänger hinunter. Sie musterte ihn einen Moment lang. Er wirkte gelassen, seine Haltung zeigte keine Spur von Widerwillen oder Aufsässigkeit. Bei ihrer ersten Begegnung war sie sich nicht sicher gewesen, ob er es packen würde. Er war jünger als sein Vorgänger, ein Schotte, der gekündigt hatte, um einen hochdotierten Job in Edinburgh anzunehmen. Ihr bevorzugter Kandidat für die Nachfolge hatte sie wegen einer Position in der Kronanwaltschaft sitzengelassen. Beim CJI machte man sich einen Namen, aber kein Geld, und das gefiel nicht jedem.

Richard Kings Referenzen nahmen sich vielversprechend aus, aber ihr erster Eindruck von ihm war, daß er zu jung und unsicher aussah. Braune Augen blinzelten sie durch eine Nickelbrille an, und er hatte die Angewohnheit, sich mit einer Kopfbewegung eine Haarsträhne aus den Augen schnellen zu lassen, bevor er etwas sagte. Das ließ ihn jungenhaft wirken. Altmodisch jungenhaft noch dazu.

Sie hatte ihre Meinung geändert, als sie mit ihm über einige ihrer früheren Fälle diskutierte. Richard zeigte ein brennendes Interesse an der CJI-Arbeit und eine schnelle Auffassungsgabe. Wie ihr selbst fehlte ihm jede Veranlagung für einen geregelten Achtstundentag, und da er ledig war, gab es auch niemanden, der ihn dazu ermutigt hätte, eine zu entwickeln. Schließlich erinnerte sich Gillian daran, wie häufig ihr Leute sagten, sie sähe jünger aus als Ende Dreißig, und daß es absurd wäre, ihm sein jugendliches Aussehen vorzuwerfen.

Noch immer aus dem Fenster blickend sagte Richard: »Wir haben es uns immer wieder angesehen, Gill. Aber es bringt uns keinen Schritt weiter.«

»Unsinn. Wir haben Details über Pickford und diesen Fall in Yorkshire ausgegraben ...«

»Nicht uninteressant, aber es führt zu nichts.«

Gillian war anderer Meinung, sagte das aber nicht. »Also gut. Winterlea. Über ihn können Sie das nicht behaupten.«

»Nein, tue ich auch nicht. Marcus Winterleas Ruf ist durch das, was wir über ihn wissen, schwer angeschlagen, aber es reicht nicht, und nun sitzen wir fest.«

Gillian blickte auf den Bildschirm. »Hören Sie sich das an.«

»Ich kenne es in- und auswendig«, murrte er ungeduldig, sah sich aber um und schien sich zu fragen, wo seine Brille geblieben war.

»Aber ...«

Das Telefon klingelte. Widerwillig nahm sie den Hörer ab.

»CJI, Gillian Spry am Apparat.«

Richard konnte sich denken, wer am anderen Ende der Leitung war: Stephen Kuyper, ein ehemaliger Polizist und seit einigen Jahren Teilzeitmitarbeiter des CJI. Mitunter waren seine Informationen durchaus hilfreich, mitunter mehr als unnütz, weil sie Zeit beanspruchten, die sinnvoller mit anderen Dingen verbracht worden wäre. Reizbar wie er heute nun einmal war, glaubte Richard nicht, daß dieser Anruf in die positive Kategorie gehörte.

Das Gespräch zog sich hin, war aber recht eintönig, weil vor allem Kuyper redete und Gillian sich auf knappe Bemerkungen beschränkte. Als es endete, hatte Richard seine Brille geortet und Kaffee zubereitet.

»Redet er Sie noch immer mit Miss Spry an?« Er stellte eine Tasse auf ihren Schreibtisch.

»Nein, das habe ich ihm abgewöhnt.« Sie trank einen Schluck Kaffee und ordnete ihre Gedanken, bevor sie Kuypers Informationen zusammenfaßte.

»Er war bei Mistress Margrove, Richard.«

»Der Wirtin, die Zeugin des Streits im Peckham-Fall war?«

»Ja. Sie nannte ihm zwei weitere Leute, die ganz interessant sein könnten. Sie wurden nicht vorgeladen, obwohl sie vor Ort gewesen sein sollen.«

»Gut.« Überaus begeistert klang er nicht.

»Es kann nichts schaden, sie sich anzuhören. Außerdem habe ich bereits zugestimmt.«

Sie haderten eine Weile miteinander über den Kosten-Nutzen-Effekt, wenn Stephen Kuyper ungehemmt herumstromerte. Das war Richards Formulierung, Gillian lehnte sie ab. Das CJI war eine gemeinnützige Institution, die mit ihrem Etat wirtschaftlich umgehen mußte, und Richard sah keinen Grund, in Kuypers Tasche zu wirtschaften. In Gillians Augen war der Mann eine Bereicherung, in seinen nicht. Es war eine grundsätzliche Meinungsverschiedenheit, bei der Richard wohl immer den kürzeren ziehen würde.

Gillian tippte wieder auf ihrer Tastatur herum, rief die Informationen über Winterlea auf. Irgend etwas weckte eine Erinnerung. »Ach ja, es war doch Kuyper, der herausfand, daß Winterlea auch mit dem Mordfall Rita Morden befaßt war.«

»Ich weiß, Gill. Aber wir wollen doch nicht etwa jeden Fall von Marcus Winterlea überprüfen, oder? Er war lange Jahre tätig, da könnten wir etliche Jahresetats des CJI verschwenden, in Bergen von Unterlagen herumstochern und zahllose Leute befragen, ohne etwas Brauchbares zu finden.«

Gillian lächelte ihn an. »Komischerweise habe ich das unbestimmte Gefühl, daß uns der Fall Rita Morden genau das bringen könnte, wonach wir suchen.«

Er schnaubte verächtlich. »Weibliche Intuition?«

»Keineswegs. Der Fall Morden war der erste nach Winterleas Umzug an die Südküste. Falls das Muster sich auch dort wiederholt hat, weist alles daraufhin, daß er die Hände im Spiel hatte.«

»Der erste nach seinem Umzug? Das wußte ich nicht.«

Sie schwieg. Die Information befand sich im Rechner. Er hätte sie lesen können, wann immer er wollte. Soviel zu seinem Unwillen, das vorhandene Material immer und immer wieder durchzugehen.

Richard ahnte ihre Gedanken, zog es aber vor, seine Laxheit nicht zu verteidigen. Die Ermittlungen ermüdeten ihn gewaltig. Er zog schnelle Ergebnisse vor, und bei früheren Gelegenheiten hatte er die auch bekommen. Er versuchte, verwirrt zu klingen, um seine Nachlässigkeit zu überspielen. »Dieser Fall kommt mir vor wie eine Schüssel Spaghetti. Jede Menge interessanter loser Enden, aber man hat keine Ahnung, wohin sie führen und wie viele von ihnen miteinander verbunden sind.«

Gillian belohnte ihn mit einem Lächeln und fragte sich, ob ihm bewußt war, wie häufig er kulinarische Vergleiche benutzte.

Sie rief die ersten Fälle, bei denen die beiden Männer miteinander zu tun hatten, auf ihren Bildschirm. Marcus Winterlea war ein Pathologe, der inzwischen seine Pensionierung in Frankreich verbrachte. Ross Pickford war Polizist gewesen. Er starb Ende der achtziger Jahre nach langem und offenbar sehr behaglichem Ruhestand im Norden von England. In den vierziger Jahren hatten sie einander bei dem sogenannten Tanzpuppen-Fall kennengelernt. Ein gewisser Doone war von seinem Geschäftspartner Rhea erschlagen worden, der dadurch das gesamte Unternehmen an sich reißen wollte, darunter auch das Patent für »Biddy, die erstaunliche, tanzende Puppe«, wie es auf der Verpackung hieß.

Biddy tanzte während der fünftägigen Verhandlung vor dem Schwurgericht. Sie sah zu, als Rhea zum Tode verurteilt wurde. Drei Wochen später starb er am Strang. Niemand fand auch nur ein gutes Wort für ihn. Zudem stellte sich heraus, daß er nicht nur gewalttätig, sondern auch mehr als dumm war, denn Biddy hätte er nie in die Finger bekommen. Doone hatte seine Erfindung testamentarisch seiner von ihm getrennt lebenden Frau und seinem Sohn vererbt, von deren Existenz Rhea nichts wußte. Detective Sergeant Ross Pickford nahm Rhea fest. Dr. Marcus Winterlea belastete ihn mit forensischen Beweismitteln.

Ein halbes Jahrhundert später machte sich eine beträchtliche Anzahl von Leuten ihre eigenen Gedanken.

Richard trat hinter Gillian und sah ihr über die Schulter. »Zeigen Sie mir, was Sie über den Fall Morden haben.«

Gemeinsam überflogen sie Presseveröffentlichungen über die polizeilichen Ermittlungen, den Prozeß, das vom Innenministerium abgelehnte Gnadengesuch und kommentierende Berichte über den Fall, die lange nach seinem Abschluß erschienen waren.

»Er hatte keine Chance«, sagte Richard. »Sehen Sie sich die Formulierungen an. Schwarzmarkthändler. Schürzenjäger. Skrupellos.«

»Fehlt nur ›Schieber‹. Und im Prinzip war er das, zumindest im Sprachgebrauch der damaligen Zeit.«

»Aber Rita Morden hat sich in ihn verknallt.«

Nachdenklich schürzte Gillian die Lippen. »Aylard hatte Geld, das er für sie ausgeben konnte. Ihr Mann litt unter einer Kriegsverletzung, und sie sah ihr Leben dahinschwinden.«

»Es schwand dann ja auch ziemlich radikal. Er hat sie umgebracht.«

»Keine Spur von Mitgefühl, weder für ihn noch für sie. Man sah in ihr ausschließlich die untreue Ehefrau. Ich glaube, dieser Fall gibt einen guten Einblick in die Denkweise der fünfziger Jahre. Eine Frau, die sich so kurz nach dem Krieg ihrer Lebensfreude hingibt, anstatt für den verwundeten Helden zu sorgen, ist besonders verächtlich.«

Aber Richard dachte über den Ehemann nach. »John Morden. Fiel denn kein Verdacht auf ihn? Üblicherweise ist doch der Ehemann der Täter, wenn die Frau ihm Hörner aufsetzt.«

Gillian verwies auf Zeugen, die ihn auf einer Party gesehen hatten, als Rita getötet wurde. »Abgesehen davon gab es Hinweise darauf, daß er für die Tat zu fragil gewesen sein könnte – psychisch weich, nicht unbedingt körperlich schwach. Über ihn erfahren wir aus den Unterlagen nur wenig.«

»Aber in sie können Sie sich hineinversetzen, oder? Nach freudlosen Jahren der Entbehrung kommt Mister Tunichtgut mit seinem Auto und seinen flotten Freunden daher, und eine ganz neue Welt tut sich auf.«

»Sie erzählten überall herum, daß sie für ihn arbeitete. Als persönliche Assistentin, obwohl ich nicht glaube, daß sie diese Bezeichnung damals schon kannten.«

»Und wann hat sie festgestellt, daß seine Unternehmungen kriminell waren?« fragte Richard.

»Darüber gibt es keine Aussagen. Ich halte es sogar für möglich, daß es ihr nie bewußt wurde.«

Er deutete mit dem Zeigefinger auf den Monitor. »Moment mal. Da steht, sie wurde umgebracht, weil sie hinter die Wahrheit kam.«

»Ich weiß, aber das ist nur eine Meinung.«

Auf seine überraschte Miene hin fügte sie hinzu: »Wie etliche andere Erklärungen vor Gericht konnte auch diese Annahme durch nichts gestützt werden, was Sie und ich als Beweise betrachten würden. Ein ausgebuffter Anwalt hätte die ganze Anklage zu Fall bringen können. Ich habe die Gerichtsprotokolle gelesen, ein solcher Versuch wurde nicht unternommen.«

Mürrisch sah er sie über seine Brille hinweg an. »Es gibt keine hoffnungsvollen Fälle, nur hoffnungslose Anwälte.«

Sie lachte. »Wie Ihr meint, Euer Ehren. Aber ich empfinde fast so etwas wie Mitleid mit seinen Verteidigern.

Gegen ihren Rat entschloß er sich zur Aussage und erregte damit keine Sympathien bei den Geschworenen – im Gegenteil. Die gesamte Verteidigungsstrategie ging zum Teufel. Sie wußten vorher, daß er das Kreuzverhör nicht durchstehen konnte. Er verwickelte sich in Widersprüche, stritt mit allen herum, auch dem Richter, und beschimpfte zum Schluß sogar seinen eigenen Anwalt. Danach waren die Schwachpunkte der staatsanwaltlichen Argumentation kaum noch von Belang. Sein eigenes Verhalten vor Gericht hat ihn an den Strang gebracht.«

Richard griff wieder in seinen juristischen Aphorismenschatz. »Nur wenige Dinge sind gefährlicher als ein unbeherrschter Klient.«

»Ich wage die Vermutung, daß sie vor Eurer Bank möglicherweise eine Chance hätten, Euer Ehren, aber in der Realität drehen sie sich nur selbst einen Strick.«

»Abgesehen von Aylards Verhalten«, ging Richard zu Winterleas Rolle über, »wie zwingend waren eigentlich die forensischen Beweise? Eindeutiger als im Fall Dormer? Oder Johnson? Oder im Tanzpuppen-Fall?«

»Im Grunde ist es immer das gleiche. Der Pathologe legt Befunde vor, die mit dem übereinstimmen, was die Anklage hören will, und der Verteidigung gelingt es nicht, ihm irgendeine Äußerung zu entlocken, die Raum für Zweifel oder zumindest eine andere Interpretation zuließe.«

Richard dachte einen Moment lang nach. »Und in fünf uns bekannten Fällen hat er seine ursprünglichen Erkenntnisse den polizeilichen Ermittlungen angepaßt. In dreien von ihnen *Pickfords* Ermittlungen.«

»Genau.« Sie deutete auf den Bildschirm. »Hier, im Fall Rita Morden äußerte er sich ungewöhnlich bestimmt über den Zeitpunkt des Todes, ohne daß ihn die Verteidigung davon abbringen konnte. Ebensowenig wie von seiner Überzeugung, daß es sich bei der Tatwaffe um die Anlasserkurbel handelte. Die Geschworenen wurden allen Ernstes darauf hingewiesen, wie belastend es wäre, daß sich Abdrücke von Aylards Handfläche auf seiner eigenen Anlasserkurbel befanden!«

»Wenn Aylard die Geschworenen nicht gegen sich eingenommen hätte, wenn er nicht aufgetreten wäre wie ein arroganter, hitzköpfiger Ganove ...«

»Habgier und Unbeherrschtheit sind nicht ungesetzlich«, unterbrach sie ihn trocken. »Sie sollten es vielleicht sein, aber sie sind es nicht.«

Richard äußerte die Ansicht, daß sich der Fall Aylard ausnahm wie ein einziges rücksichtslos durchgeführtes Kreuzverhör. »Kein Wunder, daß in anderen Rechtssystemen darauf verzichtet wird. Ich meine, schon die Vorstellung, daß man die Persönlichkeit eines Zeugen ebenso angreift wie die Aussagen, die er macht ...«

»Unsere Prozeßführung ist äußerst zynisch«, stimmte Gillian ihm zu. »Bedauerlicherweise ist das eine Art Berufsgeheimnis. Anwälte wissen es, die Öffentlichkeit aber nicht.«

Die Mängel des Rechtssystems beleidigten ihr Gerechtigkeitsgefühl, daher hatte sie es sich zur Berufsaufgabe gemacht, mögliche Fehler zu korrigieren. Das erklärte ihre Hingabe. Kollegen kamen und gingen, sie blieb. Die Arbeit war geistig anspruchsvoll, konnte körperlich aufreibend sein und ließ ihr so gut wie kein Privatleben. Die gelegentliche Befriedigung, einem Unschuldigen seine Ehre wiedergeben zu können, war das alles wert.

»Irgendwie bedauere ich die armen Kerle, die zu Geschworenen ernannt werden. Da sitzen sie nun und bemühen sich nach Kräften, und doch geht die ganze Sache schief. Mitunter frage ich mich, ob es nicht sachdienlicher wäre, wenn sie die Angeklagten gar nicht zu sehen bekämen, wenn sie sich mit Fakten zufriedengeben müßten.«

»Zumindest könnten sie dann nicht durch Äußerlichkeiten beeinflußt werden. Durch unstete Blicke, Zaudern, Sichwinden – all die angeblichen Anzeichen von Unaufrichtigkeit, die, wie wir inzwischen wissen, in Wahrheit Streßsymptome sind. Und wer würde auf der Anklagebank oder im Zeugenstand nicht unter Streß geraten?«

Er grinste sie mutwillig an. »Marcus Winterlea?«

Sie drehte sich auf ihrem Sessel, wandte sich vom Bildschirm ab. »Sie halten nicht viel davon, daß ich im Fall Morden herumstochere, was? Ich meine, bevor sich das für Sie zu einem Problem auswächst, würde ich lieber gleich darüber reden.«

Er lächelte sie beruhigend an. »Zu schade, daß Sie aus der Nichte nicht mehr herausholen konnten.«

»June Foley? Ja. Eine merkwürdige Frau. Ließ mich kaum über die Schwelle, erzählte mir aber bereitwillig Dinge, die ich nicht einmal im Traum zu fragen gewagt hätte. Beispielsweise, daß sie in den Ferien war, als ihre Tante getötet wurde, und daß ihre Eltern es in der Stadt nicht mehr aushielten und das Haus vermieteten.«

»Vielleicht wollte sie danach gefragt werden, auch wenn sie sich einen anderen Anschein gab.«

»Möglich. Ich werde es vermutlich herausbekommen, wenn ich sie noch einmal aufsuche. Über den Verbleib der restlichen Familie äußerte sie sich sehr zugeknöpft, vor allem über Rita Mordens Tochter Ann. Ich hielt es für günstiger, die Sache erst einmal auf sich beruhen zu lassen. Am Dienstag spreche ich noch einmal bei ihr vor. So hat sie Zeit zum Nachdenken. Entweder beginnt sie wirklich zu reden, oder ich setze sie unter Druck.«

Gillian ging mit ihrer Tasse zur Kaffeemaschine und goß sich noch einmal ein. »Oh, übrigens schien June Foley anzunehmen, daß wir ein Fernsehsender sind. Ich habe sie nicht über ihren Irrtum aufgeklärt.«

»Seltsam, wie oft das angenommen wird.«

»Das beweist nur, welche Macht und welches Ansehen das Fernsehen in der Öffentlichkeit hat. Aber wenn das die Leute zum Reden bringt, soll es mir egal sein.«

Wie immer ließ dieser Irrtum sie lächeln, zum Teil, weil ihre Arbeit nicht einmal ansatzweise die Faszination vermittelte, die das Fernsehen ausstrahlte.

»Aber sie hat nicht geredet.«

Gillian schnitt eine Grimasse. »Sie wird, verlassen Sie sich darauf. Das war erst ein tastender Versuch. Wenn ich zu Höchstform auflaufe, wird sie mir nicht widerstehen können.«

»Wie wir alle, Gill, wie wir alle.« Und hastig, weil sie nach einem Wurfgegenstand fahndete, fügte er hinzu: »Haben Sie schon irgendeine Ahnung, wo Sie diese Ann finden können?«

»Nein, aber das dürfte nicht allzu schwierig sein. Immerhin ließ June Foley verlauten, daß sie irgendwo in England lebt. Ich hatte den Eindruck, daß sie Kontakt zueinander halten.«

»Und wahrscheinlich hat sie sich nach Ihrem Besuch mit ihr in Verbindung gesetzt.«

»Davon gehe ich aus. Und da ist noch etwas, Richard.«

Er hob fragend die Brauen.

»Morgen ist der fünfundvierzigste Jahrestag der Tat.«

Er lachte abfällig auf. »O nein! Sie wollen mir doch nicht etwa einreden, daß sie am Tatort ein Familientreffen veranstalten?«

»Natürlich nicht. Aber irgend jemand gibt alljährlich in der Lokalzeitung eine Gedenkanzeige auf. Wer könnte das wohl sein?«

Sie grinsten sich an.

Sie zog eine Zeitung aus der Schreibtischschublade und schob sie ihm zu. »Das ist die Mittwochausgabe, die Hauptausgabe erscheint freitags. Ich nehme an, daß die Anzeige auch in ihr erscheint. Nehmen Sie mal an, ich könnte der Anzeigenabteilung ein paar Informationen entlocken.«

Seine Miene verfinsterte sich. »Und was bringt Sie darauf, daß nicht June Foley die Anzeige aufgibt?«

»Vor allem ihr Beharren darauf, daß die Familientragödie nicht zur Unterhaltung der Fernsehnation aus dem Dunkel der Geschichte gezerrt werden sollte. Darüber hinaus sind ihre Eltern inzwischen tot, was den Kreis möglicher Inserenten erheblich einschränkt. Für mich ist Ann die Hauptkandidatin.«

Er nickte. »Für mich auch. Aber seien Sie nicht allzu enttäuscht, wenn sie sich an nichts erinnern kann. Beim Tod ihrer Mutter war sie noch sehr jung.«

»Acht, Richard. Sie war acht Jahre alt. Sie waren nie ein achtjähriges Mädchen, aber ich. Glauben Sie mir, es besteht eine faire Chance, daß wir von ihr einiges erfahren können.«

5. Kapitel

Am frühen Morgen des Jahrestages regnete es. Das Trommeln der Tropfen gegen die Fensterscheiben weckte mich. Ich lauschte und stellte mir den regennassen Park gegenüber von Junes Haus vor. Auch am Tag des Mordes hatte es geregnet.

Das wird leicht vergessen. Die Leute erinnern sich an Sommerkleider, an den Sprint durch den Garten und das Vergnügen auf dem Rasen. Aber später am Tag hatte es geregnet. Ein Wind trieb Wolken von Westen heran, und gegen Abend goß es, daß jedermann eilends Schutz suchte und sich über Aprilwetter im März beschwerte. Es waren noch zwei Tage bis zum Beginn des neuen Monats, und das wechselhafte Wetter kam ihnen unfair vor. Auch die Polizei sollte die Tatsache beklagen, daß alles fortgespült und naß war, schlammig und ruiniert. Es erschwerte ihre Ermittlungen.

Unwillig, mich auch an das Folgende zu erinnern, setzte ich mich auf und knipste die Nachttischlampe an. Ihr hartes Licht machte das Zimmer mit seinen zusammengestoppelten Möbeln nicht schöner. Wieder hatte ich das Gefühl, in einem schäbigen Hotel zu sein, an einem Ort, den Menschen so schnell wie möglich wieder verließen, ohne irgendwelche Erinnerungen mit sich zu nehmen.

Ich stand auf und trat an das Erkerfenster. Auf der anderen Straßenseite warf eine Laterne ihren Lichtkegel auf den leeren Bürgersteig und den Park. Ich versuchte herauszubekommen, ob es langsam hell wurde, aber das Natriumlicht machte das unmöglich, und ich ging zur Mahagoniuhr auf dem Kaminsims. Wann hat in diesem Kamin zum letzten Mal ein Feuer gebrannt, fragte ich mich. Ein Elektroofen mit zwei Heizstäben stand in ihm, die Kabelschnur daneben zusammengerollt. Verblüfft stellte ich fest, daß der Stecker von der alten Sorte war: braun mit runden Stiften.

Die Uhr war um Viertel nach drei stehengeblieben, aber ob in der letzten oder einer vorangegangenen Nacht wußte ich nicht, denn gestern abend hatte ich keinen Blick an sie verschwendet. Vielleicht wurde von mir erwartet, daß ich sie mit Hilfe des kleinen Messingschlüssels aufzog, der griffbereit lag. Zusammen mit dem altmodischen Heizgerät gab mir die stehengebliebene Uhr das sonderbare Gefühl einer Zeitreise in die Vergangenheit. Es war ein erschreckender Moment, denn ich befürchtete, mich in den fünfziger Jahren zu befinden.

Ich riß mich in die Realität zurück, hielt meine Armbanduhr unter die Nachttischlampe und stellte fest, daß es in Wahrheit wenige Minuten vor sieben war. Es lohnte sich kaum, noch einmal zu Bett zu gehen, aber zum Duschen war es zu früh, vor allem, da ich vermutete, daß sich Junes Schlafzimmer direkt unter dem Bad im ersten Stock befand.

Erneut ging ich zum Fenster. Ein winziger Hund mit regennassem Fell stromerte am Rand des Parks entlang.

Sonst war nichts zu sehen. Ich drehte mich wieder um und begann mich zu sorgen, daß die Eintönigkeit mich meinem Gedächtnis ausliefern könnte, und heute, an einem der drei schicksalsträchtigen Tage meines Jahres waren die schlimmsten Erinnerungen denkbar.

Eine Angst lag bereits hinter mir. Kurz vor dem Erwachen wurde mein Gesicht von einer eiskalten Hand berührt. Das ist ein wiederkehrender, aber recht seltener Traum, wie ich mit Erleichterung sagen kann. »Annas Gespenst« nenne ich ihn. Das verdrehteste daran ist, daß ich absolut nichts erkennen kann, nur dieses Gefühl auf der Haut verspüre, und doch weiß, daß da eine Hand körperlos und furchterregend über mein Gesicht streicht. Jahrelang kann ich von ihm verschont bleiben, aber sobald ich unter ungewöhnlichem Streß stehe, überfällt er mich mit Sicherheit und macht alles noch schlimmer. Wann immer ich kann, betrachte ich ihn als Hinweis darauf, daß ich dringend ausspannen muß.

Doch heute verfing diese Methode nicht. Hilflos und nervös lief ich im Schlafzimmer umher und fragte mich, was dieser Tag, der so mies begonnen hatte, wohl noch bringen würde.

Ich tigerte auf und ab, ballte die Fäuste und öffnete sie wieder – wohl wissend, daß Unruhe Angstgefühle nur steigert, aber dennoch unfähig, mich zu entspannen. Ich wünschte mir, nicht gekommen zu sein, wünschte, June hätte mir nichts von Gillian Spry erzählt oder Sandy Minch erwähnt. Ich wünschte, nichts davon wäre geschehen.

Nach fünfundvierzig Jahren hierherzukommen, buchstäblich an den Ort der Tat, war mehr als leichtsinnig. Als ich Junes Einladung für das letzte März-Wochenende annahm, verließ ich mich auf ihre Abneigung, über den

Mord zu sprechen. Ich ging von einem stillschweigenden Einverständnis zwischen uns aus, daß das ein absolutes Tabu-Thema war. Aber nun befand ich mich hier, am gleichen Tag, am gleichen Ort, und June hatte bereits gestern beim Abendessen das Tabu gebrochen. Nach Gillian Sprys Besuch war ihr keine andere Wahl geblieben, und obwohl June nichts Entsprechendes geäußert hatte, hegte ich doch keinerlei Zweifel, daß der Besuch sie auf die Bedeutung des heutigen Tages aufmerksam gemacht hatte.

Fluchtgedanken überwältigten mich. Anstatt qualvolle Stunden unter Junes prüfenden Blicken durchleiden zu müssen, würde ich einfach davonlaufen. Ich griff nach meiner Reisetasche und einem der Kleider, die ich gestern abend aufgehängt hatte.

Irgendwo unten im Haus klappte eine Tür. Gleich darauf begann es in den Wasserleitungen zu stöhnen und zu ächzen. Ich hängte das Kleid wieder auf, schob die Tasche mit dem Fuß beiseite. Natürlich konnte ich nicht davonlaufen. Wie um alles in der Welt sollte ich ein derartiges Verhalten erklären? Und erklären müßte ich es, denn June war nicht einfach eine Freundin, sondern gehörte zur Familie, und Familienpflichten konnte man sich nun einmal nicht entziehen.

Anstatt das Haus zu verlassen, ging ich ins Bad und hoffte, unter einer prickelnden Dusche den Kopf wieder klarer zu bekommen. Aber das altmodische Bad verfügte lediglich über eine Wanne, daher warf ich Schaumbadkugeln hinein und drehte den Heißwasserhahn weit auf, ohne Rücksicht auf den extremen Wasserdampf in dem kühlen Raum, der mein Handtuch durchfeuchten mußte, bevor ich es überhaupt berührte.

Ich glitt unter den Schaum, schloß die Augen und

hoffte, daß es zu regnen aufhörte. Ein Spaziergang mit dem Hund war die einzig erfreuliche Aussicht, weil ich dabei eine Stunde für mich sein konnte.

Während ich mich abtrocknete und anzog, dachte ich mir andere Beschäftigungen aus. Vielleicht gab es im Fernsehen einen alten Film, den wir uns ansehen konnten? Oder June hätte Spaß an einer kleinen Spritztour mit meinem Auto? Eine gehbehinderte Frau, die nur selten das Haus verließ, mußte doch an einer Veränderung ihrer Umgebung interessiert sein. Ich stellte im Kopf eine Liste der Orte zusammen, die sie vielleicht gern besuchen würde.

Ich traf sie am Küchentisch vor einer Kanne Tee und diversen Tabletten an. Als ich über die Schwelle trat, schluckte sie eine Dosis Pillen und spülte mit Tee nach. Die Schmerzen ließen sie skelettähnlich aussehen. Routinemäßig erkundigten wir uns danach, wie gut jede von uns geschlafen hatte. Aber als ich eine Spazierfahrt vorschlug, lehnte sie kurzerhand ab.

»Es ist zu feucht, Anna. An Tagen wie heute geht es mir gar nicht gut. Sonst liebend gern, glaub mir, aber bei naßkaltem Wetter halte ich mich besser in meinen vier Wänden auf, wo es warm und trocken ist.«

Ich zerriß meine gedankliche Liste möglicher Ausflugsziele, versicherte sie meines Mitgefühls, fügte jedoch hinzu, daß ich den Eindruck hätte, es würde aufklaren.

Sie schüttelte den Kopf. »Und wenn, dann nicht für lange. Im Radio haben sie ausgiebige Regenfälle angekündigt.« Sie lachte. »Nicht, daß ich ihre Vorhersagen nötig hätte. Ich spüre es in den Knochen, wie man so schön sagt.«

Ich versuchte nicht, sie umzustimmen. Statt dessen

erneuerte ich meinen gestrigen Vorschlag, den Hund auszuführen. »Und auf dem Rückweg könnte ich gleich ein paar Einkäufe machen, wenn du das willst«, fügte ich hinzu.

June meinte, sie benötige eigentlich nichts, aber wenn ich schöne knackige Äpfel sähe, hätte sie davon gern ein paar. »Die mir der Obsthändler liefert, sind völlig mürbe«, erläuterte sie, als mein Blick die Obstschale streifte. »Wenn man nicht selbst auswählen kann, ist man auf die Gnade der Händler angewiesen. Und die drehen dir den größten Schund an, weil sie wissen, daß man nicht wagt, sich zu beschweren.«

Nach einer beiläufigen Bemerkung dazu nahm ich die Hundeleine von ihrem Haken an der Tür. Frisky beäugte mich träge von seinem behaglichen Plätzchen vor dem Herd und ließ keinerlei Interesse an körperlicher Betätigung erkennen.

Eine Stunde später schlenderte ich mit dem Hund durch den Park. Es war zu ein paar aufregenden Minuten gekommen, weil er beim Überqueren der Straße keinerlei Eile an den Tag legte und die heranbrausenden Autofahrer nicht begriffen, daß ich ihm keine Beine machen konnte. Nach dieser Episode hielt ich es für angebracht, uns beide ausschließlich auf den Park zu beschränken.

Wir waren nicht allein. Ein paar Jungen spielten Fußball und nutzten zwei Bäume als Torpfosten. Drei Männer sprinteten mit ihren Hunden die Wege entlang. Eine junge Frau mit zwei Kleinkindern in einer Sportkarre eilte vorbei. Frisky und ich waren die einzigen, die im Schneckentempo dahinschlichen.

»Laß dir ruhig Zeit«, murmelte ich ihm zu. »Mir macht das nicht das geringste aus. Je länger wir uns hier draußen herumtreiben, desto besser.«

Ein flüchtiger Gedanke an die schmerzgepeinigte June verursachte mir zwar vage Gewissensbisse, aber ich war froh, ihr entronnen zu sein.

Als wir so durch den Park zuckelten, stellte ich fest, daß nicht nur die Blumenrabatten verschwunden waren. Auch den Torbogen gab es nicht mehr. Der Pfad verlief noch immer vom Zugang, den Frisky und ich genommen hatten, quer durch den Park, aber der Torbogen am anderen Ende war durch eine Mauer ersetzt worden.

Anstatt den Park nahe der Methodist Chapel an der Willow Road verlassen zu können, mußten wir am Rand des Parks entlangschlendern, vorbei an einer viktorianischen Villa im Miniformat, dem Parkwächterhäuschen, das June und ihre Freundin beziehen wollten, nachdem sie von zu Hause ausgerissen waren. Dahinter gab es einen weiteren Torbogen. Er führte auf die Oak Road hinaus.

Wäre mir die Wahl gelassen worden, hätte ich die Oak Road gemieden und wäre statt dessen über die Willow Road zur Hauptgeschäftsstraße gelaufen und dann durch den mittelalterlichen Stadtkern. Auf diese Weise wäre ich in einer Art Kreis zu dem Vorort zurückgekehrt, in dem June lebt. Die Oak Road machte alles insoweit komplizierter, als die Stadt hier ihre Anstrengungen in puncto moderner Architektur manifestiert hat.

An der ersten Querstraße fielen mir ein paar moderne Wohnbauten ins Auge, die direkt an den Parkrand grenzten, und diese geschlossene Wohnanlage ist es, die mir den Durchgang zur Willow Road verwehrte. Ich kann mich nicht erinnern, was früher hier stand. Eine Reihe von Kiosken, glaube ich.

Als nächstes bemerkte ich, daß die alte Polizeistation

durch einen Supermarkt nebst Parkplatz ersetzt wurde. Auch das alte Gaumont-Kino ist verschwunden, doch das ist kein großer Verlust, da es seit Jahrzehnten nur noch von Tauben aufgesucht worden war. In der Nähe hatten sich die Behörden zur Lösung der Verkehrsprobleme einen Kreisverkehr einfallen lassen, aber auf jeden Hinweis verzichtet, wie Fußgänger und ihre Hunde ungefährdet auf die südliche Seite der Oak Road gelangen konnten.

Frisky protestierte auf seine Weise, indem er sich aufs Pflaster legte und leise zu schnarchen begann, während ich erfolglos über eine Lösung des Problems nachdachte.

»Komm schon, alter Junge. Davon werden wir uns doch nicht unterkriegen lassen, oder?« Ich zupfte an seiner Leine.

Wir gaben alle Gedanken an ein Durchqueren des tosenden Verkehrs auf und bogen Richtung Osten ab. Vor dieser Route hatte ich mich gefürchtet. Sie führt geradewegs in die Erinnerung. Vor mir reckte sich der Kirchturm über alte Dächer und moderne Einsprengsel. Gegenüber der Kirche erstreckte sich die Fassade des *Royal Hotel*, der altehrwürdigsten Herberge der Stadt. Wenigstens hatte es niemand für opportun gehalten, eines der beiden Gebäude plattzumachen oder den Marktplatz zwischen ihnen in einen Kreisverkehr zu verwandeln.

Erfreut stellte ich fest, daß das *Royal* kürzlich einen neuen Anstrich erhalten hatte und jemand es offenbar für der Mühe wert hielt, das Messing zu putzen, darunter auch das Schild mit der Aufschrift: Bitte nach dem Stallknecht klingeln. Die Efeuranken wuchern üppiger über die Mauern, und das Aushängeschild knarrt noch immer im Wind. Im kopfsteingepflasterten Kutschenhof hinter der Toreinfahrt waren dichtgestaffelt Autos geparkt.

Aber es gab für mich keinen Grund, hineinzugehen und nach Erhaltenem oder Veränderungen Ausschau zu halten. Als Kind habe ich nie einen Schritt über die Schwelle gesetzt. Damals betraten Kinder Schankstätten nur selten, es sei denn, ihre Eltern waren die Wirtsleute, und selbst dann wurden die Bestimmungen, die ihnen den Aufenthalt in Bars untersagten, in den meisten Fällen eingehalten.

Sandys Cousin Peter Minch ist im *Royal* aufgewachsen. Er war ein stupsnäsiger Junge mit einem hinterhältigen Glitzern in den Augen und für gewöhnlich zwei oder drei verpflasterten Schürfwunden. Ich weiß nicht mehr, ob seine Eltern Eigentümer des *Red-Lion*-Pub waren oder es nur für den Besitzer führten, aber das ist eigentlich unerheblich – abgesehen davon, daß es eine weitere Lücke in meiner Erinnerung zeigt.

Jedenfalls war Peter derjenige, der Sandy mit dem neuesten Klatsch aus dem *Royal* versorgte. Angesichts seiner Bedeutung als erstes Haus am Platz und seiner Wichtigkeit für Händler und Farmer an den Markttagen war jedes Wort, das im *Royal* gesprochen wurde, dazu angetan, sich in Windeseile in der gesamten Nachbarschaft zu verbreiten.

Als ich Frisky am Eingang vorbeizerrte, warf ich einen Blick auf die Konzession über der Tür. Den Namen Minch gab es längst nicht mehr. Und wohin hatte es Peter verschlagen? Er war rund drei Jahre älter als Sandy und hatte nach dem Mord ein außerordentliches Interesse an mir gezeigt. Wochenlang hatte ich Umwege um die Rückseite des Hotels gemacht, um ihm nicht zu begegnen, wenn er aus der Vordertür kam.

Im Nachhinein kommt mir das ziemlich töricht vor, da er vermutlich einen besonderen Zugang benutzte, der ihn von Alkohol und Trinkern fernhielt. Dennoch erinnere ich mich deutlich an mein Unbehagen, sobald das *Royal* auch nur erwähnt wurde oder die kleinste Chance bestand, daß ich mit Peter zusammenstieß.

Sandy begann ihn »Peter den Polizisten« zu nennen, was sie ihm angeblich auch ins Gesicht sagte. Davon bin ich allerdings nicht unbedingt überzeugt. Der Mord beeindruckte Peter so, daß er erklärte, später Polizist werden zu wollen. Die Tatsache, daß er mich durch Sandy ein wenig kannte und meine Mutter und Dennis Aylard zusammen im Royal gesehen hatte, vermittelte ihm offenbar das Gefühl, von den Ereignissen irgendwie besonders betroffen zu sein.

Vermutlich war er damit nicht der einzige, aber Erwachsene äußerten sich mir oder anderen Mitgliedern der Familie gegenüber sehr zurückhaltend. Peters Neugier kannte keinerlei Skrupel. Nachdem er mir zweimal aufgelauert und mich mit widerlichen Fragen bombardiert hatte, entschloß ich mich zu meinen Schleichwegen.

Von da an informierte mich Sandy über alles, was er sagte oder tat. Sie übermittelte Neuigkeiten aus dem *Royal*, wie sie es schon in den Monaten davor getan hatte. Sandy, die Plaudertasche, die Überbringerin von guten und schlechten Nachrichten. Sandy, die versprochen hatte, auf ewig meine allerbeste Freundin zu sein, das aber kaum mehr als zwei Sommer lang blieb.

Als ich Frisky über den Marktplatz zwischen Hotel und Kirche führte, vorbei am Postamt, von wo aus Junes Vater sie mit der katastrophalen Neuigkeit angerufen hatte, überlegte ich, was ich tun würde, wenn Sandy plötzlich vor mir auftauchte. Würde ich es wagen, sie eine Verräterin zu nennen, oder mutlos die Segel streichen, wie immer, wenn es galt, mich ihr gegenüber zu behaupten?

Als ich acht war und sie neun, glaubte ich, ihren Beistand nötig zu haben. Aber war das wirklich so? Wer von uns beiden hatte Unterstützung nötiger? Und wie denkt sie heute über das alles? Wie oft erinnert sie sich? Die Antworten darauf wüßte ich gern, aber ohne die Qual, Fragen zu stellen. Abgesehen davon: Wie könnte ich sicher sein, daß sie die Wahrheit sagt?

Mit acht Jahren vertraute ich auf ihre immerwährende Freundschaft. Die Geschehnisse schienen uns aneinander zu binden, für immer unzertrennlich zu machen, und doch wurde ich innerhalb weniger Wochen in einen anderen Teil des Landes verpflanzt, und wir sahen einander nie wieder. Sie beantwortete keinen meiner Briefe. Seinerzeit dachte ich, das läge am langweiligen Inhalt meiner Briefe, denn über interessante Dinge konnte ich nicht berichten. Aber später fragte ich mich, ob sie mich dafür strafte, sie verlassen zu haben, wenn auch unfreiwillig. Das Versprechen war schließlich beiderseitig gewesen: Freundinnen auf ewig.

Frisky trottete direkt vor einen Milchwagen. »Dieses Tier müßte aber dringend ein paar Pfund abnehmen«, spottete eine Frau.

Geringfügig aus der Fassung gebracht, murmelte ich etwas darüber, den Hund für seine gehbehinderte Besitzerin spazierenzuführen, was ihren Hohn in Mitgefühl verwandelte, aber ich ärgerte mich über mich selbst, mich als einen guten Menschen ausgegeben zu haben.

Ich zerrte an der Leine und nötigte Frisky zu einem leichten Trab.

Vor der Kirche zeigte ich mich nachgiebig. Aus unerfindlichen Gründen schien er zu erwarten, daß wir den Kirchhof betraten, und ich ließ ihm seinen Willen. Das gestattete uns zwar, das unsinnige Joggen aufzugeben, aber ich verspürte keine große Lust, mit ihm auf dem Friedhof herumzuspazieren. In meiner Vorstellung gehen Hunde und geweihter Boden nicht recht zusammen. Bevor ich feststellen konnte, auf welche Straße uns das andere Friedhofstor führen würde, galoppierte Frisky schwerfällig auf die Grabreihen zu. Wenn er sich einmal entschlossen hat, ist er nicht mehr zu halten.

Wilde Fluchtgedanken unterdrückend, ließ ich mich von Frisky weiterziehen. Außer uns war niemand zu sehen. Niemand würde beobachten, wenn ich ihn packte und durch das schmale Tor in der Ecke hinausschob, aber wenn er sich wehrte und ein wildes Gebell anstimmte, würde jeder auf dem Marktplatz erfahren, daß Anna das Grab besuchte. Ann. Sie kannten mich als Ann Morden, nicht als Anna Foley. Falls nach all den Jahren überhaupt noch jemand in der Stadt wohnte, der mich kannte.

Das war ein Risiko, das ich an einem Tag lieber nicht eingehen wollte, an dem sich alles gegen mich verschworen zu haben schien. Meine Route war mir verbaut worden, ich litt unter Ängsten, und jetzt zerrte mich ein normalerweise träges Tier auf das Grab meiner Mutter zu.

Frisky hastete an der letzten Reihe Grabsteine vorbei und kam zu einer eingeebneten Grasfläche. Er ging in die Hocke. Ich entfernte mich, so weit es die Leine erlaubte, und tat so, als würde ich den Kirchturm bewundern, seine Spitze und die Wetterfahne.

Ich hatte recht. Hunde und Kirchhöfe vertragen sich nicht.

Verstohlen blickte ich mich nach Zuschauern um, die mir unter Umständen vorwerfen könnten, ich hätte meinen Hund eigens hergebracht, damit er den Friedhof verunreinigte, auf dem meine ermordete Mutter lag. Frisky kam auf auf mich zugetrottet und leckte meinen Schuh.

Mein Plan, den Friedhof auf dem Weg wieder zu verlassen, den wir gekommen waren, änderte sich in dem Moment, als ein Mann das Gelände vom Marktplatz aus betrat. Statt dessen lief ich weiter, über den grünen Rasen, unter dem Generationen von Stadtbewohnern ruhen, mittlerweile anonym, so daß ein Traktormäher keine Mühe hat, das Gras kurz zu halten. Eine geringe Anzahl von Grabsteinen hatte die Räumung überlebt. Sie waren vor der Mauer aufgereiht wie Verurteilte, die darauf warten, erschossen zu werden.

Wie entscheiden sie eigentlich, welche erhalten bleiben und welche weichen müssen?

Neugierig betrachtete ich ein paar der Steine. Sie waren weder künstlerisch wertvoll noch besonders alt, unterschieden sich durch nichts von den Hunderten anderer, die vermutlich fortgeworfen worden waren. Fortgeworfen? Wohin? Was geschieht mit ausgemusterten Grabsteinen? Und wem gehören sie? Der Kirche oder den Familien, die sie bezahlt haben?

Für mich personifiziert sich die Kirche in einem anmaßenden Vikar, dem ich einmal begegnet bin. Nicht hier, sehr viel später, als ich in ein Dorf in der Nähe von Salisbury zog. Das Dorf war ein Irrtum. In einem kleinen Ort will jeder über jeden möglichst viel in Erfahrung bringen, um entscheiden zu können, ob es sich lohnt, seine nähere Bekanntschaft zu machen. Ich habe es dort nicht lange ausgehalten.

Ich bin nirgendwo lange geblieben. Jedenfalls nicht lange genug, um Wurzeln zu schlagen. Meine Tätigkeit in der Marketingbranche macht mich zu einer Art Zugvogel. Ich war zwar bei einigen großen Unternehmen angestellt, arbeitete aber vor allem für Agenturen, die Auftraggeber betreuen, die überall und nirgends sein können. Ich hatte auch eine eigene Beratungsfirma. Das mache ich inzwischen wieder, bin mein eigener Herr.

Im Moment habe ich ein halbes Dutzend Auftraggeber, aber in einem halben Jahr – wer weiß? Sie kommen und gehen, allerdings sind zwei von ihnen relativ sichere Garanten für meine Zukunft, und einer hat die Grenze vom Geschäftspartner zum Freund überschritten. Einmal hatte ich einen Auftraggeber in Frankreich und verbrachte einige Monate im Jahr dort. Eine meiner Angestelltenpositionen führte mich nach Amsterdam. Es gibt immer wieder Veränderungen in meinem Leben. Und genauso gefällt es mir. Ein neuer Klient, ein neues Abenteuer und, bevor das Leben auf eingefahrene Gleise gerät, eine Veränderung.

Ähnlich ist es mit Häusern und Wohnungen, mit Städten und Freundschaften. Zwei oder drei meiner Freunde kenne ich seit langer Zeit, aber was den Rest anbelangt, so tauchen im Abstand von etwa fünf Jahren immer wieder neue Gesichter auf. Das ist keine Absicht, dazu kommt es durch meine häufigen Umzüge. Aber vielleicht ist es auch andersherum: Ich ergreife die Flucht, sobald ich den Druck emotionaler Bindungen verspüre. Ich habe bereits zugegeben, aus einer egoistischen Familie zu kommen. Wir opfern auch Menschen.

Ich glaube nicht, daß ich je einen meiner Umzüge ernsthaft bereut habe. Was mich forttrieb, hat mich weitergebracht. Schon früh habe ich herausgefunden, daß man beim Hauskauf mehr auf die Nachteile als auf die Vorzüge achten sollte. Die guten Dinge bleiben gut, aber die schlechten scheinen sich zu verschlimmern. Ich lernte Orte und Häuser auszuwählen, die mir Frieden und Abgeschiedenheit garantierten. Mein einziger größerer Fehler war das Dorf mit dem hochnäsigen Vikar. Aber zu seiner Ehre sei gesagt, daß er immerhin keine Grabsteine forträumte.

Frisky setzte sich. Ich überblickte die Rasenfläche und versuchte mich zu erinnern, wo meine Mutter bestattet worden war. Die Tatsache, daß sie hier irgendwo lag, aber die genaue Stelle geheimgehalten wurde, war unangenehm. Ungerecht. Unangemessen.

Vermutlich weiß irgend jemand, wer wo liegt, nachdem Friedhofsabteilungen eingeebnet wurden. Wahrscheinlich brauchte ich nur die Kirche zu betreten und mich beim Vikar oder sonst jemandem zu erkundigen. Bedauerlicherweise kann ich nicht fragen. Ich darf keine Aufmerksamkeit auf mich lenken oder auf sie. Ich muß mir den gesamten Friedhof als ihre letzte Ruhestätte vorstellen, anstelle eines einzelnen Grabes.

Merkwürdigerweise glaube ich nicht, daß ihre unvorhergesehene Anonymität sie so verstören würde wie mich. Eigentlich sollte sie auf keinem Friedhof liegen. Rita, betonten Familienmitglieder immer wieder, wünschte sich, daß ihre Asche von einem Berggipfel aus in alle Winde gestreut wurde. Aber nun ja, unter den gegebenen Umständen blieb keine Wahl. Der Coroner verfügte die Bestattung. Das ist das übliche Verfahren bei Mordopfern, für den Fall, daß die sterblichen Überreste für erneute Untersuchungen exhumiert werden müssen.

Ich beschloß, entlang der Rasenfläche zum schmalen

Tor in der hinteren Ecke zu gehen. Erholt nach seiner kurzen Rast setzte sich Frisky bereitwillig in Bewegung, zog mich aber nach rechts, so daß ich die Leine von einer Hand in die andere nehmen mußte. Im Vorbeigehen studierten wir die Grabsteine, ich las die Inschriften auf ihnen und Frisky beschnüffelte sie.

Das Gras unter unseren Füßen war niedergetreten, und das bewies, daß noch immer Leute die wenigen noch verbliebenen Steine besuchten. Und tatsächlich, weiter vorn an der Mauer lag ein Strauß gelber Blumen.

Das war mir ein Trost, die Vorstellung, daß diese einfache Geste sowohl ein Protest gegen die Veränderung wie auch ein Beweis dafür war, daß Menschen Veränderungen überwinden. Obwohl ich in vielen Bereichen meines Lebens Veränderungen vorziehe, freut es mich doch auch, wenn andere ihnen widerstehen.

Eine Frau trat durch das hintere Tor und kam auf mich zu. Sie war noch recht jung und auf eine teure Art leger gekleidet. Ein Schal bedeckte ihre Haare. Ich kannte sie nicht, sorgte mich aber, daß sie mich erkennen könnte. Dann bemerkte ich, daß sie gar nicht auf mich zusteuerte, sondern auf den Stein mit den Blumen. Schließlich blieb sie stehen.

Vielleicht hätte ich mit Frisky den Trampelpfad verlassen und auf schnellstem Weg zur Pforte laufen sollen, aber die Frau und die Blumen hatten meine Neugierde geweckt. Ich ging weiter.

Im Näherkommen sah ich, daß sie gar nicht vor den Blumen stand. Die Inschrift, die sie zu interessieren schien, befand sich zwei Steine weiter. Aber wenn ich stehenblieb, um den Strauß zu bewundern, könnte ich auch erkennen, was sie da las.

Der Hund schlenderte auf die Blumen zu und beschnüffelte sie. Narzissen, zu dieser Jahreszeit allgegenwärtig. Ich verabscheue sie. Wenn Leute das überrascht, sage ich, daß ich weder ihre schreienden Farben noch ihren erdigen Geruch ausstehen kann. Ich erzähle ihnen nicht, daß meine Mutter mit Kränzen, Garben, Bergen von Narzissen zu Grabe getragen wurde, in einer Fülle, die selbst Wordsworths Phantasie übertraf.

Ich hob den Blick von den leuchtend goldenen Trompetenblüten und las die Namenszeile auf dem grauen Stein:

RITA MARGARET MORDEN

Schock durchzuckte mich. Meine Kehle zog sich schmerzhaft zusammen, und meine Hand schloß sich krampfhaft über dem Mund, als müßte ich einen Schrei unterdrücken. Aber der Schrei saß in meinem Schädel fest, hallte in meiner Erinnerung wider.

Frisky schien meine Veränderung zu bemerken und sah mich an. Mit übergroßer Deutlichkeit nahm ich den gelben Pollenstaub an seiner Schnauze wahr, das Lockenmuster seines Fells, die großen, traurigen Augen. Ich las die eingravierten Daten, das »RIP«. Niemand hatte sich einen Bibelvers abgerungen oder einen der kurzen und banalen Sprüche ausgewählt. Niemand hatte eine Blume oder einen Schnörkel einmeißeln lassen. Der Stein war absolut schmucklos. Nach allem, was sie sich vom Leben erhofft hatte, im Tod war ihr nichts geblieben.

Nach all ihren hochfliegenden Ambitionen war von ihr nichts geblieben als ein Name. Mitleid überwältigte mich, und ich mußte eine unwillkommene Träne fortwischen. Zumindest steht nicht »Hier ruht« auf dem Stein, dachte ich, denn das wäre unzutreffend gewesen.

Viele der anderen Steine trugen diese Inschrift, obwohl offensichtlich war, daß die Betreffenden nicht dort ruhten, jedenfalls nicht *genau* dort.

Mit leichtem Nachdruck zog ich Frisky von den Narzissen fort, kniete vor ihnen nieder und suchte nach einer Karte. June hatte zwar nichts darüber gesagt, aber ich nahm an, daß die Blumen von ihr stammten. Natürlich konnte sie sie nicht selbst hier niedergelegt haben, aber so etwas ließ sich leicht in Auftrag geben. Beim verleumdeten Gemüsehändler vielleicht? Da keine Karte zu entdecken war, schien der Gemüsehändler wahrscheinlicher als ein Florist.

Frisky leckte an meinem Ärmel und hinterließ auf ihm Pollenstaub. Ich stand auf und erinnerte mich an die Entschlossenheit, mit der er mich auf den Kirchhof und zu dieser Mauer gezogen hatte. June konnte mit ihm nicht hiergewesen sein, doch jemand anderes mit Sicherheit. Diese Folgerung ließ mich lächeln.

In diesem Moment spürte ich, daß die Frau mich musterte, und beschäftigte mich angelegentlich mit Friskys Leine. Ich bereitete mich darauf vor, ihren Blick mit einem höflichen Nicken zu quittieren, aber als ich sie ansah, hatte sie das Gesicht wieder dem Stein zugewandt. Als ich hinter ihr vorbeiging, murmelte ich einen Gruß. Sie reagierte nicht.

Der Stein, den sie studierte, war älter. Viktorianisch, nahm ich an, mit einem eingemeißelten Totenschädel und einem holprigen Vers unter dem Namen Frederick Smith. Bevor ich Epitaph und Daten lesen konnte, lag der Stein hinter mir.

Frisky zeigte sich weniger zielsicher über den Weg zum hinteren Tor und wirkte auf der dahinterliegenden Straße absolut verloren. Wer immer mit ihm den Friedhof aufsuchte, mußte ihn auf demselben Weg wieder verlassen.

Wir liefen zum Marktplatz zurück. An der Ecke gab es ein Obst-und-Gemüse-Geschäft. Ich sah mich nach knakkigen Äpfeln um und danach, ob die Narzissen aus diesem Geschäft stammen konnten. Neben der Tür standen zwei Eimer voll davon, aber sie waren anders, eher creme- und orangefarben. Oder waren es Osterglocken? Ich habe bereits gestanden, daß ich mich mit Blumen nicht auskenne. Auf mich wirken sie alle gleich abstoßend. Die Kränze für meine Mutter bestanden aus allen nur erdenklichen Formen, und seither verabscheue ich sie in jeder Gestalt.

Ich kaufte ein Pfund Äpfel und aß auf dem Rückweg gleich einen. Sie waren in Ordnung, aber das hieß noch nicht, daß June das auch fand. Wenn nicht, würde ich sie mit nach Hause nehmen.

Wie befohlen betrat ich Junes Haus durch die Hintertür, um zu verhindern, daß der Spaniel den Straßenschmutz durchs ganze Haus trug. June saß noch immer am Küchentisch, allerdings brütete sie jetzt nicht mehr über dem *Daily Telegraph*, sondern über dem lokalen Wochenblatt.

Sie sah mich über ihre Halbbrille hinweg an. »Was weißt du darüber, Anna?«

Um Details lesen zu können, mußte ich die Zeitung hochheben und ans Licht halten, aber ich wußte, was kam, sobald ich die »Im-Gedenken-an«-Zeile über der Spalte sah. Rita Margaret Morden hieß es da so knapp wie auf dem Grabstein auf dem Friedhof. Ihrem Namen folgte das Datum ihres Todes. Der Inserent hatte auf Bekundungen wie »Schmerzlich vermißt«, »Auf immer beweint« oder eine der anderen großspurigen Bemerkungen verzichtet, die die anderen Anzeigen schmückten.

Rita Morden war präsent, also warum ein »Unvergessen« oder »Für immer in unserem Gedächtnis« hinzufügen, wenn ihre Anwesenheit in der Spalte dies deutlich genug machte? Jemand hatte ihr Leben, ihren Tod nicht vergessen und dafür gezahlt, das zu demonstrieren.

Schulterzuckend legte ich die Zeitung auf den Tisch zurück. »Ich bin ratlos.«

June schob sich die Brille einen halben Zentimeter höher und blickte wieder in die Zeitung. »Ich dachte mir schon, daß du nicht dahintersteckst, aber wenn du und ich es nicht waren, wer dann?«

»Sie hatte Freunde.«

Die Worte, diese taktlosen Worte waren heraus, bevor ich es wußte. Sie hatte Freunde …

O ja, sie hatte Freunde, Freunde, die sie verführten und dann im Stich ließen. Diese Freunde hatten ihr Leben ruiniert, und dann war sie gestorben. Die Zeitungsreporter hatten sich über Ritas Freunde genüßlich die Hände gerieben. Mit lediglich einem Mindestmaß an Zurückhaltung hatten die Anwälte das juristisch Mögliche aus diesen Freunden gemacht. Dennis Aylard war der wichtigste von ihnen, und zur allgemeinen Befriedigung konnte ihm nachgewiesen werden, daß er sie getötet hatte.

Wenn irgend jemand von Rita Mordens Freunden sprach, meinte er damit weder die Jungen, die sie aus der Schulzeit kannte, noch ihre Nachbarn oder Kollegen aus ihrer Berufstätigkeit während des Krieges. O nein, damit war stets und ausschließlich die auffällige Clique gemeint, mit der sie sich in ihrem letzten Lebensjahr zusammentat, eine freigebige, feierfreudige Truppe, die es ablehnte, sich an die Regeln der faden fünfziger Jahre zu halten. Und vielleicht war das nicht einmal ungerechtfertigt, denn das waren nun einmal die Leute, die sie sich zu ihren Freunden wählte, sobald sie die Gelegenheit dazu erhielt.

June nahm ihre Brille ab und starrte mich an. »Aber *diese* Freunde, Anna ... Ich meine, von ihnen kommt doch wohl kaum einer in Frage. Wie du weißt, sind sie nicht einmal bei der Beerdigung gewesen.«

»Nein, nein, diese Leute meinte ich nicht. Ich weiß auch nicht recht, was ich dachte. Ich weiß nur, daß ich ratlos bin. Wenn du nicht ...«

»Natürlich nicht. Ich ziehe es vor, jedes Aufsehen zu vermeiden.«

»Und wenn ich nicht ...?«

Aber ich hatte immerhin eine dunkle Ahnung. »Wer führt eigentlich den Hund für dich aus, June?«

»Warum wechselst du das Thema?«

»Im Gegenteil. Ich bleibe beim Thema.«

»Mister Tompkins. Nicht oft, aber gelegentlich. Und was hat das nun mit dieser Zeitungsanzeige zu tun?«

»Frisky hat mich zu ihrem Grabstein geführt. Offensichtlich war er schon häufiger dort. Und irgend jemand hat vor dem Stein Blumen niedergelegt.«

»Blumen?«

»Narzissen. Hat das vielleicht jemand in deinem Auftrag getan?«

Sie schüttelte so heftig den Kopf, daß einer ihrer Kämme ins Rutschen geriet. »Mit Sicherheit nicht.«

»Und Mister Tompkins?«

»Aber was weiß der von Rita? Oder wo sich der Stein befindet?«

Fast sofort kamen wir überein, daß er es wissen mußte, weil er die meiste Zeit seines Lebens in der Stadt verbracht hatte. Und jeder, der nach dem Stein Ausschau hielt, brauchte angesichts der wenigen noch verbliebenen nicht lange zu suchen.

»Mir gegenüber hat er kein Wort erwähnt«, sagte June nachdenklich, »aber ich halte deine Vermutung durchaus für glaubhaft.«

»Wirst du ihn danach fragen?«

»Mit der gebotenen Behutsamkeit. Ich möchte nicht den Eindruck erwecken, daß ich ihn für einen Schwachkopf oder Grabschänder halte. Ich kann es mir nicht leisten, ihn als Hundeausführer zu verlieren.«

Und über Friskys geräuschvolles Wasserschlabbern hinweg fügte sie hinzu: »Schließlich hat es mich einige Mühe gekostet, ihn dazu zu bewegen.«

Dieser Mr. Tompkins, ein Junggeselle, dessen Hund das Zeitliche gesegnet und dessen Katze die Angewohnheit hatte, monatelang zu verschwinden, füllte die nächsten Minuten unserer Unterhaltung. June betrachtete ihn offenbar als nützlichen und sympathischen Nachbarn, einen, der stets bereit war, hilfreich einzuspringen. Die Spaziergänge mit Frisky waren nur ein Teilbereich seiner Dienste.

Natürlich entging mir nicht, daß der gefällige Mr. Tompkins in Junes regelmäßigen Klagen über ihre Hinfälligkeit und Isolation nie vorgekommen war. Nun, egal, aber ich nahm mir fest vor, das Gespräch auf ihn zu bringen, wenn sie sich das nächste Mal beschwerte. Aber zunächst einmal nahm ich ihr das Versprechen ab, mich zu informieren, falls er zugab, den Grabstein zu besuchen und mit Blumen zu schmücken.

June tippte mit der Brille auf die Zeitung. »Aber das da war er bestimmt nicht. Ich kann mir nicht vorstellen, daß er eine Anzeige aufgibt. So was fällt doch in eine ganz andere Kategorie, oder?«

Ich stimmte ihr zu.

»Ich werde die Zeitung anrufen und fragen, wer das Inserat aufgegeben hat«, sagte June. »Und ich werde auch fragen, ob das alljährlich vorkommt. Immerhin ist das durchaus vorstellbar.«

Auch dabei stimmte ich ihr zu. »Wirst du sagen, wer du bist?«

»Es wird mir wohl nichts anderes übrigbleiben. Vermutlich werden sie mir nur etwas sagen, wenn ich mich als Angehörige zu erkennen gebe.«

Ihre Entscheidung machte mich nervös. »Sei vorsichtig, June. Du könntest dir die lokalen Reporter auf den Hals holen.«

Aber darüber hatte sie bereits nachgedacht. »Ich werde so tun, als rufe ich aus London an. Irgend jemand hätte mir von dieser Anzeige erzählt, und nun wolle ich in Erfahrung bringen, wer von meiner Familie sie aufgegeben hat.«

Meine Miene verriet wohl meine Zweifel, denn sie fügte hinzu: »Keine Angst, Anna, das schaffe ich schon. Ich stelle Fragen, gebe aber nichts preis.«

Ich versuchte, überzeugt auszusehen, erinnerte mich aber daran, wie sie nach eigenem Bekunden das Gespräch mit Gillian Spry verpatzt hatte. Ich habe losgeplappert, hatte sie gesagt. Ungefragt. Könnte ihr beim Telefongespräch mit einer aufgeweckten Anzeigenverkäuferin nicht das gleiche unterlaufen? Oder schlimmer noch, mit einem Reporter? Wie gut kannte sich June mit Ausflüchten und Lügen aus?

Sie wollte sofort anrufen, aber ich entgegnete, daß an einem Sonnabend kaum jemand in einer Zeitungsredaktion anzutreffen sei, vor allem, wenn das Blatt an einem Freitag erscheint. June aber rechnete sich am Sonnabend eine bessere Chance aus, gerade weil es ein ruhiger Tag war.

Während sie telefonierte, ging ich ins Schlafzimmer hinauf, stellte mich ans Fenster und blickte in den Park hinüber. Von heftigen Regenschauern angetrieben, eilten Menschen und Hunde kreuz und quer über den Rasen. Was ging ihnen durch die Köpfe? Das Fußballspiel am Nachmittag? Die Einkäufe für das Sonntagsessen? Alltägliches und Naheliegendes – mehr gestand ich ihnen nicht zu.

Ich war überzeugt davon, die einzige zu sein, deren Kopf vor unerwünschten Erinnerungen fast zu bersten drohte. Die Vergangenheit stürmte auf mich ein, und ich konnte es nicht verhindern. Während der meisten Zeit meines Lebens war es mir gelungen, die Vergangenheit zu verdrängen, doch nun spürte ich, wie die Ereignisse auf eine Krise zutrieben. Was gut verborgen gewesen war, könnte schon bald aufgedeckt werden. Einige Leute bemühten sich bereits nach Kräften, genau das zu erreichen. Mir blieb keine andere Wahl, als meine Geheimnisse für mich zu behalten, die Wahrheit tief in mir zu verbergen. Ich mußte bei der Geschichte bleiben, die mich schon immer beschützt hat. Sie ist mir so geläufig wie die Wahrheit.

Doch diese Überlegungen sind nur ein schwacher Trost, weil die neuen Wahrheitssucher keine beliebigen Fragesteller sind. Es sind Profis und sehr erfahren darin, Wahrheiten aus der Vergangenheit aufzudecken und zu ergründen. Sie würden sich nicht leicht zufriedengeben und auch nicht freundlich sein.

An freundliche Rücksichtnahme bin ich gewöhnt.

Wenn ich mich an die flüchtige Befragung nach dem Mord erinnere, sehe ich wieder die Sympathie auf den Gesichtern der Polizisten und spüre die beschützende Nähe der jungen Polizistin namens Jenny. Sie hielt ein weißes Taschentuch in der Hand, und wann immer eine Frage zu qualvoll war, griff ich danach. Ich verbarg mein Gesicht darin, sah das gestickte »J« in einer Ecke und atmete den leichten Duft von Eau de Cologne ein.

Niemand versuchte, mich zu überreden, zu bedrängen, zu nötigen. Sie waren rücksichtsvoll, extrem freundlich. Ich wisse nichts, sagte ich, hätte nichts gesehen, könne mich an nichts erinnern. Und sie nickten einander weise zu, weil meine Worte ihren Erwartungen entsprachen und es höchst ungewöhnlich gewesen wäre, wenn ich ihnen irgend etwas anderes erzählt hätte.

Nachdem sie ihre behutsame Befragung beendet hatten, hörte ich, wie sie miteinander sprachen. »Die arme Kleine«, sagte einer der Männer. »Gott sei Dank hat sie nichts mitbekommen.«

»Aber da bleibt noch die Parkplatzgeschichte«, entgegnete Jenny.

»Nein, die können wir vergessen«, erklärte er. »Wenn sie nichts über die Szene im Garten weiß, kann sie auch nichts vom Parkplatz wissen, oder?«

»Nun ...«

»Nein, belassen wir es dabei. Ich werde sie nicht weiter quälen. Sie hat genug durchgemacht.«

Und so wurde ich nie über den Rest der Geschichte befragt, nur über die Episode im Garten. Vermutlich hört sich das unentschuldbar nachlässig an, aber ich war acht Jahre alt, ich schluchzte, und sie waren sehr fürsorglich. Vielleicht mutet es absurd an, aber aus den

Tagen unmittelbar nach dem Mord erinnere ich mich am besten daran, wie nett sie alle zu mir waren und daß sie immer liebevoller wurden, je heftiger meine Tränen flossen.

Meine Tränen und meine Erschütterung waren absolut aufrichtig, aber ich schien in eine surreale Welt gestoßen worden zu sein, in der alles ungemein drastisch und intensiv wirkte. Neben Mitleid und betonter Freundlichkeit zeigten die Menschen eine ausgeprägte Trauer. Ich weiß nicht, ob das immer geschieht, wenn eine junge Mutter eines plötzlichen und gewaltsamen Todes stirbt, oder ob dieses Phänomen auf Mordopfer beschränkt ist. Glücklicherweise ist es nichts, was selbst der Unglückliche mehr als einmal erfährt.

In meiner tränenverschwommenen Vorstellung von der Welt war ich eine der Hauptfiguren in einer furchtbaren Tragödie. Und doch stand ich nicht nur im Mittelpunkt, sondern auch irgendwie neben mir: Ich sah meine Tränenströme, sah meine Hand nach Junes Taschentuch mit dem gestickten Initial greifen und wußte, daß jede weitere Dokumentation meiner Verzweiflung zu noch größerem Mitgefühl führen würde, zu weniger Fragen.

Nie haben sie mich nach der Parkplatzgeschichte gefragt. Kein einziges Mal.

»Ju-hu!« rief June von unten herauf.

Ich eilte die Treppe hinunter. »Und?«

Sie verzog das Gesicht. »Nichts. Du hattest recht, Anna. Die Zeitung ist notbesetzt, und niemand hat Zeit, für mich nachzusehen.«

»Aber grundsätzlich würden sie Auskunft geben?«

»Ja. Am Montag rufe ich noch einmal an. Ich sage dir dann, was dabei herausgekommen ist.«

Ich sah, daß ihr die nächsten Worte nicht leicht fielen. »Hör mal, wäre es dir eigentlich sehr unangenehm, wenn wir zur Avenue führen?«

»Was?«

»Ja, ich weiß«, räumte sie kläglich ein. »Ich vermeide Diskussionen darüber, will keine Aufmerksamkeit erregen und so weiter ... Nun, inzwischen liegt das Thema auf dem Tisch, und ich würde das Haus gern wiedersehen.«

»Verstehe.« Aber natürlich verstand ich es nicht. Schließlich hatte sie sich zuvor strikt geweigert, wegen des Wetters das Haus zu verlassen. Ich fragte mich, ob ihre Knochen ihr nun sagten, daß der Regen jede Minute aufhören würde.

»Aber wenn du nicht willst, brauchen wir es nicht zu tun. Schließlich wohne ich jetzt wieder hier. Ich kann jederzeit hinfahren. Es ist wirklich nicht nötig, daß ich dich dorthin mitschleppe.«

Sie tat mir leid, also ließ ich mich erweichen. »Gut, June. Ich fahre mit dir hin.«

Wenn ich es nicht tat, würde sie ein Taxi rufen oder sich von einem Nachbarn hinbringen lassen.

Sie wirkte tief befriedigt über ihren Sieg. »Nach dem Mittagessen?«

Ich stimmte auch dem zu.

Und so kam es, daß meine Cousine und ich am Jahrestag des Mordes den Tatort aufsuchten. Sie mußte mich lotsen, weil die Veränderungen in der Stadt die Route, die ich im Kopf hatte, unbefahrbar machten. In dem komplizierten Einbahnstraßensystem hätte ich mich rettungslos verheddert.

Die Avenue liegt im Westen der Stadt. Es ist eine breite Wohnstraße mit roten Backsteinvillen, die um die

Jahrhundertwende auf großzügig geschnittenen Grundstücken entstanden. Bei näherer Betrachtung wird offenbar, daß die Häuser in einzelne Wohnungen aufgeteilt sind. Als meine Eltern hier lebten, waren sie halbiert. Wir hatten die rechte Hälfte von Nummer siebzehn gemietet. Daß wir sie nicht kauften, war damals die Norm. Für ein paar Pfund die Woche konnte man sich eine ausgezeichnete Adresse leisten.

Dieses Detail kam bei dem Prozeß nicht zur Sprache. Im Gegenteil entstand der Eindruck, daß mein Vater das Haus gekauft hatte. Ich habe den vagen Verdacht, daß mein Vater diese irrige Annahme durchaus förderte, weil auch die Verwandten ihn für den Besitzer hielten. Im Grunde ist das unerheblich, erregt jedoch einen gewissen Argwohn in Hinblick auf meinen Vater. Das ganze Land erfuhr von den törichten Ambitionen meiner Mutter, aber es ist möglich, daß auch mein Vater gern großspurig tat.

Ich parkte den Wagen gegenüber dem Eingang. Das schmiedeeiserne Tor gibt es noch, aber ein Teil des Vorgartens wurde in eine Kiesfläche verwandelt, auf der Autos wenden können. Abgesehen von diesen Zugeständnissen an die Modernität sieht Nummer siebzehn genauso aus wie in meiner Erinnerung.

»Kaum verändert«, sagte ich.

June verlagerte ihr Gewicht auf dem Sitz. »Weniger Bäume und eine Alarmanlage.«

Sie stieß die Tür auf, und das gefiel mir ganz und gar nicht. »Du willst doch nicht etwa hinein?«

»Nur bis zum Tor, weiter nicht.«

Vor dem Tor zögerte sie ein paar Sekunden und trat dann ein. Ich nahm an, daß sie trotz ihres Beins die Stufen zur Haustür hinaufgehen wollte, aber statt dessen lief sie um das Haus herum. Sofort sprang ich aus dem Auto und rannte ihr nach.

»Das kannst du doch nicht tun, June.«

»Warum nicht? Ich will nur einen Blick in den Garten werfen.«

»Und wenn nun jemand kommt?«

»Dann interessiere ich mich eben für die Wohnung im Erdgeschoß. Die Anzeige des Maklers hinter dem Fenster hast du gesehen, nehme ich an?«

»Deinen Sarkasmus kannst du dir schenken.«

»Ironie, meine Liebe. Sarkasmus ist grausamer.«

Ich griff nach ihrem Arm, aber sie schüttelte mich ab. »Mach dich nicht lächerlich, Anna.«

Über den Seitenweg betraten wir den Garten. Es hatte den Anschein, daß die einzelnen Mieter verschiedene Bereiche nutzten. Zu unserer Zeit war der Garten ungeteilt, aber im großen und ganzen hat sich der allgemeine Eindruck erhalten. Rechts steht das alte Gewächshaus und dahinter ein Geräteschuppen. Erfreut stellte ich fest, wie gepflegt alles wirkt. Auch das Gewächshaus ist voller offenbar prächtig gedeihender Pflanzen. Früher war der Garten schauerlich vernachlässigt.

June blieb stehen. »Zeig mir, wo es passiert ist.«

Ich verspürte Widerwillen, eine unerklärliche Abneigung, mein Wissen preiszugeben. Ich hob die Hand. »Da drüben. Bei dem Baum vor dem Gewächshaus.«

»Bei der Buche?«

»Kann sein. Mit Bäumen kenne ich mich nicht aus.«

»Dort hat man sie also gefunden?«

Ich befürchtete schon, June würde sich an Ort und Stelle begeben, um dort überauffällig herumzuschnüffeln. »Ja, dort wurde sie gefunden. Aber die Ermittlungen ergaben, daß sie am Rand des Gartens getötet wurde.«

»Oh? Heißt das, daß sie sich noch bis zur Buche geschleppt hat?«

»Nein. Der Täter hat sie bewegt.«

»Dieser Aylard.«

»Davon waren sie überzeugt.«

June erschauerte, als würde sie sich der Unangemessenheit ihrer Neugier bewußt. »Nun, ich denke, ich habe genug gesehen.«

Als wir zum Auto zurückkehrten, fühlte ich mich zu einer Erklärung bemüßigt. »Irgendwann, damals war ich schon fast erwachsen, fand ich es absurd, so gar nichts über den Fall zu wissen, und informierte mich. Anhand der Presseberichte, meine ich, in Büchern über authentische Verbrechen. Ich wollte etwas über die polizeilichen Ermittlungen erfahren und aufgrund welcher Indizien die Geschworenen zu ihrem Urteil kamen.«

June versicherte mir, daß meine Wißbegierde nur natürlich war. »Jeder hat ein Recht auf die Wahrheit, und in diesem Land halten wir uns viel darauf zugute, daß der Gerechtigkeit Genüge getan wird.«

Ihre Interpretation meiner Worte nötigte mir ein leises Lächeln ab. Ihre Überzeugung, daß Wahrheit und Gerechtigkeit Hand in Hand gehen, ist solider als meine. Aber schließlich besaß sie den Vorteil, die Wahrheit für etwas Eindeutiges und Unverrückbares zu halten. Mit dieser Überzeugung ist es leichter, an eine unfehlbare Justiz zu glauben.

Anstatt direkt Zweifel zu säen, schlug ich einen verschlungeneren Pfad ein und erwähnte einen Fall aus demselben Jahr, der in die Kriminalgeschichte eingegangen ist: Christopher Craig hatte auf dem Dach eines Warenhauses den Polizisten Miles erschossen, aber Derek Bentley, ein minderbegabter Neunzehnjähriger, der sich zur Zeit der Tat in Polizeigewahrsam befand, wurde dafür mit dem Tod bestraft. Da June zehn Jahre älter ist als ich, mußte sie sich doch an die Proteststürme erinnern, die eine Kampagne zur Abschaffung der Todesstrafe auslösten.

Aber entweder gab sie vor, mich nicht zu hören, oder sie war wirklich mit den Gedanken woanders, denn wir erreichten das Auto ohne ein weiteres Wort.

Eine Weile saßen wir schweigend da und starrten durch die Windschutzscheibe. »Was hattest du denn erwartet?« fragte ich schließlich.

Sie antwortete nicht.

»Hattest du mit irgendwelchen Empfindungen gerechnet?«

»Ich weiß auch nicht. Es kam mir nur plötzlich eigentümlich vor, nie dort gewesen zu sein.«

»Das glaube ich dir nicht. Normalerweise hüten sich die Menschen vor Orten mit schrecklichen Assoziationen.«

»Unsinn, Anna! Du weißt sehr wohl, daß das nicht stimmt. Die meisten Menschen fühlen sich von so etwas angezogen wie die Motten vom Licht.«

»Aber du nicht, bisher jedenfalls.«

»Und nun brauche ich nicht wieder herzukommen. Ich habe alles gesehen, was es zu sehen gibt.«

»Bis auf den Parkplatz.«

Keine Ahnung, warum ich das sagte. Es bestand kein Anlaß, den Parkplatz zu erwähnen, und June hätte nie an ihn gedacht.

»O ja, der Parkplatz. Es war doch von einem Streit auf dem Parkplatz die Rede, oder?«

Ich ließ den Motor an. »Wir fahren hin.«

Die Zufahrtsstraße hinter den Villen der Avenue ist

weiterhin zugänglich. Ich hielt hinter Nummer siebzehn, und wir stiegen aus. Wir befanden uns auf einem schattigen Parkgelände, der früher erdige Boden war mit einer Teerschicht überzogen. Eigenartig. Sie krempelten die Stadt um und um, aber niemand war auf den Gedanken gekommen, hinter der Avenue Wohnhäuser zu bauen. Ich sage »war«, weil ich kaum glauben kann, daß es nicht doch irgendwann geschieht.

Um es möglichst schnell hinter mich zu bringen, schilderte ich June mit knappen Worten, was den Ermittlungen zufolge hier geschehen war.

»Meine Mutter wollte sich mit Dennis Aylard treffen, dessen Auto hier geparkt war. Sie gerieten in Streit, weil sie erfahren hatte, daß ihre Tätigkeit für ihn illegal war. Sie drohte damit, seine Machenschaften der Polizei zu verraten.«

»Worum handelte es sich?«

»Genaues weiß ich nicht. Zigarettenschmuggel? Schieberei mit Gebrauchtwagen? Irgendeine für die fünfziger Jahre typische Gaunerei eben.«

Ich wedelte mit den Armen, um plastisch zu schildern, wie sie miteinander stritten und wie Rita in den Garten lief, er sie aber schnell einholte.

»Ich glaube mich zu erinnern, daß er sie mit einem Montiereisen niederschlug.«

»Mit einer Anlasserkurbel, genauer gesagt.«

»Nun, wenn er sie mit diesem Ding in der Hand durch den Garten verfolgte, kann man kaum von einer Spontanhandlung sprechen, oder? Bis zum Baum und dem Gewächshaus hatte er jede Menge Zeit, seine Absicht zu ändern.«

Ich rief ihr in Erinnerung, daß ihre Leiche bewegt wurde.

»Aber er hat alles geleugnet, oder?«

»Auch, an diesem Abend überhaupt hiergewesen zu sein.«

»Ganz schön abgebrüht, danach einfach davonzufahren und so zu tun, als wäre nichts geschehen.«

Ich öffnete ihr die Wagentür.

Sie zögerte einen Moment, bevor sie einstieg. »Andererseits ... Vermutlich tun die Menschen, was sie glauben, tun zu müssen. Man weiß nie, wozu man fähig ist, bevor man sich dazu gezwungen sieht.«

Wir durchquerten fast die gesamte Stadt, ohne daß eine von uns etwas sagte.

»Ungefähr eine Woche danach kam mein Bruder. Mit einem Freund. Sie konnten es gar nicht erwarten, sich alles ganz genau anzusehen. Aber ich ... Nun, sie fragten mich, ob ich mitkommen wollte, aber ich lehnte ab. Ich war zu erschüttert, weißt du. Ich hatte Rita sehr gern. Sie war so unbeschwert und temperamentvoll. Sie brachte mich zum Lachen.«

Ich lächelte sie traurig an und dachte darüber nach, wie selten jemand ein gutes Wort für meine Mutter fand.

6. Kapitel

Gillian Spry griff in ihre Handtasche und zog eine Visitenkarte heraus. Sie hatte gehofft, ein strahlendes Lächeln würde genügen, aber heute war nicht ihr Glückstag. Erst ließ man sie warten, und nun wurde sie aufgefordert, ihre Identität nachzuweisen.

Die Frau, die ihr die Karte abnahm, war grauhaarig, schmallippig und verbarg ihre Gedanken hinter dicken Brillengläsern. Gillian versuchte mit einem Lächeln ihren Blick einzufangen, konnte aber nicht erkennen, ob ihr das gelang. Plötzlich dachte sie an Richard Kings braune Augen, die so klar und deutlich durch seine Gläser blickten, daß sie sich fragte, ob er die Brille trug, um sich älter, verläßlicher wirken zu lassen.

Die Frau studierte die Karte aufmerksam. Dann sagte sie: »CJI? Das steht für Criminal Justice Investigations, oder? Sie sind Juristin.«

»So ist es.« Ungewöhnlich, daß man nicht annahm, sie käme vom Fernsehen.

»Sie gehen möglichen Justizirrtümern nach.«

»Ja, das ist unsere Aufgabe.«

Die Frau hob den Kopf, sah sie vermutlich an, obwohl das aufgrund der dicken Gläser nicht auszumachen war.

»Könnten Sie bitte einen Augenblick warten?« Sie eilte davon.

Gillian unterdrückte ein Seufzen. Sie überlegte, ob ihr genug Zeit für einen Anruf zu Hause blieb, bevor die Frau zurückkam. Ihr Freund wollte nach London kommen, und es bestand immerhin die Chance, daß er bereits in der Wohnung war. Aber es wäre ihr unangenehm, wenn dieses Gespräch Ohrenzeugen hätte. Vielleicht könnte sie statt dessen Richard King anrufen. Bei einem früheren Versuch war die Leitung besetzt gewesen.

Keine Zeit. Die Frau kam zurück und öffnete einladend die Durchgangsklappe ihres Tresens. »Mister Pritchard steht zu Ihrer Verfügung, Miss Spry.«

Mr. Pritchard, ein onkelhafter Mann von unterdurchschnittlicher Größe und mit unterdurchschnittlichem Haarwuchs, war der Chefredakteur und sah so aus, als wäre er das schon eine ganze Reihe von Jahren. Gillian wußte, daß ihr ein erbittertes Gerangel bevorstand. Er machte nicht den Eindruck, als wäre er bereit, ihr auch nur ein Quentchen Information ohne Gegenleistung zukommen zu lassen. Sie schüttelten sich die Hände, und sie ließ ihn den Eröffnungszug machen.

»Ich bin ein großer Bewunderer Ihrer Tätigkeit, Miss Spry. Natürlich beruht mein Eindruck vor allem auf den Fernsehsendungen, die andere aufgrund Ihrer Nachforschungen produzieren, und ich bezweifle keine Sekunde lang, daß Sie faszinierende Geschichten über die Unterschiede zwischen der Realität und ihrer Darstellung auf dem Bildschirm erzählen könnten.«

Er legte eine winzige Pause ein, und sie belohnte ihn mit dem Lachen, das er zu erwarten schien. »Warum interessieren Sie sich für den Fall Rita Morden?«

»Ich würde gern wissen, wer die Gedenkanzeige in der letzten Freitagausgabe aufgegeben hat, Mister Pritchard. Ich nehme an, es bereitet keinen großen Aufwand, das festzustellen.«

Er machte eine Kopfbewegung in Richtung der Welt jenseits seines Zimmers. »Yvonne bemüht sich bereits darum.«

»Vielen Dank.«

»Ich habe sie auch gebeten festzustellen, ob das Inserat zum ersten Mal bei uns veröffentlicht wurde.«

Gillian lächelte. »Das ist nicht der Fall. Es tauchte mit schöner Regelmäßigkeit in den letzten fünf bis sechs Jahren auf. Wann genau die Anzeige erstmals erschien, kann ich nicht sagen, weil ich nur die letzten Jahrgänge überprüft habe. Aber dort habe ich sie gefunden, in gleicher Aufmachung, mit denselben Formulierungen.«

Nathan Pritchard runzelte die Stirn. »Was Sie nicht sagen. Das hätte uns auffallen müssen. Andererseits wissen wir nicht, wann und warum sich das CJI für irgend etwas interessiert.«

Erneut wich sie ihm aus. »Und in Ihrer Redaktion gibt es vermutlich niemanden mehr, der sich an den Fall erinnert, so daß der Name keinerlei Assoziationen auslöste.«

Aber da widersprach er ihr. »Es gibt zwar niemanden mehr, der zur Zeit des Mordes bei der Zeitung tätig war. Immerhin ist das fünfundvierzig Jahre her, wie Sie wissen. Aber etliche unserer Reporter haben von Zeit zu Zeit immer mal wieder über den Fall berichtet. Er ist eins dieser lokalen Vorkommnisse, die nie ganz in Vergessenheit geraten. Wenn wir an Ereignisse von vor sagen wir dreißig oder vierzig Jahren erinnern, könnte der Fall Rita Morden durchaus wieder erwähnt werden.«

Darüber äußerte Gillian insofern Erstaunen, als daß es sich weder um einen besonders faszinierenden noch juristisch bedeutsamen Fall handele.

»In unserer Stadt kommt es glücklicherweise nur selten zu Mord und Totschlag, und der Fall erregte seinerzeit großes Aufsehen. Aber auch ohne unsere Rückgriffe in die Geschichte kommt der Fall nicht zur Ruhe. Da war beispielsweise diese Friedhofsgeschichte. Als der neue Vikar ankündigte, die alten Grabsteine forträumen zu lassen, gab es eine große Diskussion darüber, ob der von Rita Morden davon ausgenommen werden sollte. Schließlich blieb er, wo er war.«

Ein bebrilltes Gesicht blickte zur Tür herein.

»Was haben Sie gefunden, Yvonne?«

»Nicht mehr als das hier.« Sie drückte ihm einen Bogen Papier in die ausgestreckte Hand.

»Ist das alles? Sind Sie sicher, daß in den älteren Akten nichts zu finden ist?«

»Ich habe alle überprüft, die in Frage kommen könnten.«

»Gut, belassen wir es zunächst einmal dabei. Vielen Dank, Yvonne.«

Die Frau verließ den Raum, und Mr. Pritchard klärte Gillian auf. »Die Anzeige wurde uns über Nacht zugestellt, zusammen mit Bargeld zur Begleichung der Kosten. Die zuständige Mitarbeiterin dachte sich nichts dabei, weil sie in der entsprechenden Ausgabe des letzten Jahres nachsah und feststellte, daß das Inserat bereits in dieser erschienen war.«

»Oh. Ich hatte angenommen, daß Sie gehalten sind, Namen und Adresse eines Inserenten zu vermerken.«

»Es ist mit Sicherheit ungewöhnlich für uns, aber nein, bindend vorgeschrieben ist es nicht.«

Er sah zu, wie sie ihre Jacke zuknöpfte, gehen wollte. »Als Rita Morden ermordet wurde, war mein Onkel Chefredakteur dieser Zeitung. Sie haben mir zwar nicht gesagt, worauf Sie aus sind, aber wenn Sie an einem alten Mann mit gutem Gedächtnis interessiert sein sollten, wüßte ich, wo einer zu finden ist.«

Gillian strahlte ihn an. »Ich würde sehr gern mit ihm sprechen. Und worauf ich genau aus bin, würde ich selbst gern wissen. Der Fall Rita Morden hängt vielleicht mit einer Untersuchung zusammen, die wir gerade durchführen, vielleicht aber auch nicht. Die Gedenkanzeige und die Blumen vor ihrem Grabstein sind winzige Puzzleteile, die möglicherweise ohne jede Bedeutung sind, andererseits ...«

»Blumen?« Es war nahezu komisch, wie die Verblüffung ihn vom Sessel hochschießen ließ.

»An Ihrer Stelle würde ich einen Fotografen zum Friedhof schicken, solange sie noch frisch sind.« Sie genoß diese Revanche auf seinen anfänglichen Spott.

Als sie wenige Minuten später zu ihrem Auto eilte, das sie vorschriftswidrig in der Nähe des Marktplatzes abgestellt hatte, dachte Gillian darüber nach, was das Gespräch gebracht hatte. Pritchards verblüffte Reaktion auf die Blumen war nicht schlecht gewesen, aber die endgültige Bewertung hing davon ab, als wie auskunftsfreudig sich der ehemalige Redakteur erwies.

Sie schloß den Wagen auf, fuhr ihn auf einen ordentlichen Parkplatz und rief Richard King an.

»Meiner Ansicht nach steckt mehr dahinter«, sagte sie und brachte ihn auf den aktuellen Stand ihrer Erkundungen.

»Es steckt immer mehr dahinter«, wandte er ein. In seinen Augen glich sie einem Hund, der sich in einen Knochen verbissen hatte und unermüdlich an ihm herumnagte, bis keine Faser Fleisch mehr an ihm war.

»Ich weiß, ich weiß. Wir dürfen uns nicht verzetteln. Das sagen Sie mir immer wieder.«

»Gehen Sie heute zu June Foley?«

»Eigentlich wollte ich sie morgen besuchen.«

»Sicher, Sie sagten Dienstag, aber wo Sie schon einmal da sind ...«

»Ich würde sie lieber noch bis morgen schmoren lassen.«

»Also rücken Sie dem alten Herrn auf den Pelz?«

»Nun, er war der Chefredakteur und stand vermutlich auf vertrautem Fuß mit der örtlichen Polizei. Ja, ich glaube, ich werde ihn heute ein bißchen aushorchen.«

»Moment!« rief er, offenbar aus Angst, sie könnte auflegen. »Ich möchte Ihnen noch etwas über Winterlea erzählen.«

Sie war davon ausgegangen, daß er am Wochenende genug mit seiner Erkältung zu tun gehabt hatte, und wollte ihn nicht unter Druck setzen. »Haben Sie etwas Neues ausgekundschaftet?«

Er lachte kläglich. »Eigentlich ist das Stephen Kuypers Verdienst. O ja, er ist wieder aufgetaucht, fand es aber nicht der Mühe wert, zu erklären, wo er sich versteckt hat, als wir ihn sprechen wollten. Wie auch immer. Er hat einen Pathologen ausgegraben, inzwischen im Ruhestand und vermutlich nicht zitierbar, der mit Winterlea eine erbitterte Auseinandersetzung darüber geführt hat, aus Gefälligkeit gegenüber der Polizei forensische Feststellungen zu manipulieren.«

»Klingt nicht schlecht. Aber wann war das?«

»Gegen Ende von Winterleas Laufbahn. Kuyper meinte, Winterlea hätte sich mit der Frage verteidigt, aus welchem Grund er eine lebenslange Gewohnheit aufgeben sollte.«

Es entstand ein längeres Schweigen, während sie über Stephen Kuypers neueste Entdeckungen nachdachte. Es war einer der Tage, an denen Richard nicht dagegen zu protestieren wagte, daß sie dem ehemaligen Polizisten freie Hand gab, aber sie jubilierte nicht. Sie war entsetzt über das Ausmaß des Schadens, den Winterlea offenbar angerichtet hatte.

Wenn auch nur ein Bruchteil ihrer Vermutungen zutraf, hatte er seine Karriere damit gefördert, daß er der Strafverfolgung ihr genehme Beweise lieferte. Bedauerlicherweise waren Geschworene nur allzu bereit, den Experten zu vertrauen, weil ihre Erkenntnisse den Anschein der wissenschaftlichen Neutralität hatten. Aber wie könnte selbst das weiseste Schwurgericht über Dinge befinden, die es nie erfuhr: daß vor Gericht vorgetragene Beweismittel früheren Erkenntnissen widersprachen, weil diese den Nachteil hatten, den Angeklagten möglicherweise zu entlasten?

Dadurch hatte Winterlea bewußt dazu beigetragen, daß Menschen zu Unrecht zu Gefängnisstrafen verurteilt oder sogar hingerichtet wurden.

7. Kapitel

Ich hatte sie erwartet, und sie sind gekommen. Es ist Monate her, seit ich begriff, was geschehen würde, und volle zwei Wochen, seit June mir von dem Besuch der CJI-Mitarbeiterin erzählte. Das ist eine lange Zeit des Wartens, der Unsicherheit und, trotz meiner Bemühungen, mich selbst zu beruhigen, auch der Angst.

Es hat Zeiten gegeben, in denen ich versucht war, die Nummer des CJI zu wählen und zu sagen: »Hier bin ich. Also was wollen Sie wissen?« Aber ich denke, es war gut, nicht anzurufen, denn das wäre ein mehr als ungewöhnliches Verhalten gewesen.

So unternahm ich nichts, rief jedoch einmal bei June an, um mich danach zu erkundigen, was sie über die Anzeige herausgefunden hatte.

»Das ist merkwürdig, Anna«, sagte sie. »Angeblich wissen sie nicht, wer die Anzeige aufgibt.«

»Aufgibt?«

»Ja, sie erscheint seit einigen Jahren. Soviel konnte ich ihnen zumindest entlocken.«

Mit »ihnen« meinte sie eine Frau namens Yvonne.

Einen Moment lang überlegten wir, ob Yvonne die Wahrheit gesagt hatte, die ganze Wahrheit und nichts als die Wahrheit. Dann sagte June: »Ich bin nicht überzeugt, weiß aber nicht, wie ich sie dazu bewegen kann, mir mehr zu sagen.«

»Du hast getan, was du konntest.«

»Sie müssen doch wissen, wer für die Anzeigen verantwortlich ist, die sie veröffentlichen, Anna.«

»Von ihren juristischen Verpflichtungen habe ich keine Ahnung, aber ich hätte zumindest erwartet, daß sie sich über die Identität eines Anzeigenkunden informieren. Schon um sich dagegen abzusichern, daß ein Scheck platzt.«

Da erzählte sie mir, daß angeblich nachts Bares durch den Briefschlitz der Redaktionstür geschoben worden war.

Ich korrigierte meine Ansicht. »Nun, wenn sie das behauptet haben, bin ich geneigt, ihnen zu glauben. Weshalb sollten sie sich so etwas ausdenken, anstatt sich einfach zu weigern, dir Auskunft zu geben?«

So hätte sie das noch gar nicht betrachtet, meinte June, glaube nun aber, ich könne recht haben.

Beflügelt von meinem Triumph schob ich den kleinen Scherz nach, daß sie ihren Angriff im nächsten Jahr möglicherweise wiederholen müsse, falls der mysteriöse Inserent erneut zuschlage.

»Dann wird es vermutlich zu einer konzertierten Attacke kommen«, erwiderte June. »Ich gehe davon aus, daß ich nicht die einzige bin, die sich für die Anzeige interessiert.«

Man hätte sie nachdrücklich befragt, wer sie sei und aus welchem Grund sie sich nach dem Inserat erkundige, erzählte sie mir. Wie abgesprochen, nannte sie zwar ihren Namen, behauptete aber, in London zu wohnen. Und dann hätte diese Yvonne eine weitere Nachfrage erwähnt.

»Aber ich konnte ihr leider keinen Namen entlocken«, sagte June. »Meiner Vermutung, es müsse sich um ein Familienmitglied handeln, stimmte sie nicht zu, wollte sich aber weiter nicht äußern. Dennoch hatte ich irgendwie das Gefühl, daß es sich um eine Frau handelt.«

»Diese Gillian Spry, nehme ich an.«

»Die Frau vom Fernsehen? Oh, ich kann nur hoffen, daß du dich irrst.«

Aber sicher konnten wir nicht sein, und ich verbrachte etliche ungewisse Tage, bevor mein Verdacht bestätigt wurde.

Gewißheit gewann ich an dem Morgen, an dem ich meine Tür öffnete und mich Gillian Spry gegenübersah. Sie wollte mich sprechen und hatte einen bebrillten jungen Mann mit gerötetem Teint und einer üblen Erkältung mitgebracht. Verglichen mit ihm wirkte sie jung und überzeugend. Sie trug einen dunklen Hosenanzug, und um ihre Schultern hing eine fellgefütterte Jacke: lässig, aber beileibe nicht nachlässig. Wenn ich es mir recht überlege, trifft das auf die junge Frau insgesamt zu.

Sie knipste ein zuversichtliches Lächeln an. »Ich bin Gillian Spry vom CJI, und das ist mein Kollege Richard King.«

Sie streckten mir Visitenkarten entgegen.

Ich kannte sie. Sie war die Frau, die ein paar Meter vom Grabstein meiner Mutter entfernt so nachhaltig das Epitaph für Frederick Smith studiert hatte.

Mir blieb eine knappe Sekunde für die Entscheidung, was nun zu tun war.

Ich hatte mir ganz genau überlegt, was ich ihnen erzählen würde, wenn sie kamen. Die alte Geschichte natürlich, aber darüber hinaus galt es, eine bestimmte

Atmosphäre zu schaffen. Ich war stets überzeugt davon, daß der erste Eindruck entscheidend war. Statt dessen sah ich mich nun mit einer Frau konfrontiert, die mich bereits kannte. Am Jahrestag des Mordes hatte sie mich vor dem Grabstein gesehen.

Großer Gott, um ein Haar hätten wir uns sogar miteinander unterhalten. Nun ja, ich hatte einen Gruß gemurmelt, sie mich aber keiner Antwort gewürdigt. Ich sah die Szene überdeutlich vor mir. Den bekümmerten Frisky, das Bündel widerwärtiger Narzissen, die an der Mauer lehnenden Grabsteine, die Frau, die auf mich zukam, dann aber zwei Grabsteine von mir entfernt stehenblieb.

Das war kein zufälliges Zusammentreffen gewesen. Gillian Spry hatte es arrangiert. Vielleicht war sie mir durch die Stadt gefolgt, hatte mich mit dem Hund kämpfen sehen, mich unter Umständen sogar bis zu Junes Haus verfolgt. Schlimmer noch: Sie hätte beobachten können, daß June und ich in der Avenue waren, am Tatort des Verbrechens.

Angst trieb mir das Blut ins Gesicht. Ich spürte, daß ich so rot wurde wie der erkältete junge Richard King, der sich gerade wieder mit dem Taschentuch die Nase betupfte.

Ich nahm Gillian Spry die Karte aus der Hand und sagte mit überraschend gelassener Stimme: »Ich habe mit Ihrem Besuch gerechnet. Wollen Sie nicht hereinkommen?«

Mit gemurmelten Dankesbezeugungen und Bemerkungen über den kalten Wind, der durch die zu meinem Haus führende Gasse pfiff, folgten sie mir ins Wohnzimmer. Gillian Spry ging auf den großen Armsessel neben dem Fenster zu. Bei meinen gedanklichen Proben dieser

Szene hatte ich mich immer auf diesem Sessel gesehen. Das Zimmer ist nicht allzu geräumig, und wer auf ihm Platz nimmt, hat den besten Blick auf andere im Raum. In ihm lese ich, das Licht fällt über meine linke Schulter, und mein Gesicht liegt im Schatten.

Aber es war zu spät, sie unter irgendeinem Vorwand wieder aus dem Sessel herauszukomplimentieren. Sie war eine professionelle Fragestellerin, die sich treffsicher für die günstigste Position entschied. Sie von dort zu entfernen, wäre ein Eingeständnis meiner Nervosität gewesen.

Richard King nieste. Ich kam zu der Erkenntnis, daß er einer von den Männern war, die eine Frau um sich brauchten, die ihnen sagte, daß sie sich einen Schal umbinden sollten, bevor sie in die Kälte hinausgingen, die sie päppelte und verwöhnte.

Unverzüglich übernahm ich diese Rolle. »Sie haben sich aber eine unangenehme Erkältung eingefangen. Wie wäre es, wenn ich uns etwas Heißes zu trinken mache?«

Er nickte dankbar und schniefte in sein Taschentuch. Durch die Wärme im Zimmer waren seine Brillengläser beschlagen. Irgendwie wirkte er rundum unbehaglich.

»Kaffee? Tee?«

Sie entschieden sich für Kaffee, was mir nicht unrecht war, denn seine Zubereitung dauert länger. Nachdem ich sie gebeten hatte, ihre Jacken abzulegen und es sich gemütlich zu machen, begab ich mich in die Küche.

Das Hantieren mit Kaffeekanne und Geschirr beruhigte mich beträchtlich. Als ich mit dem Tablett zurückkehrte, hatte ich meinen Schock über die Wiederbegegnung überwunden und der Frau verziehen, sich in meinen Sessel gesetzt zu haben. Es war nicht auszuschließen, daß die Panik zurückkehrte, aber für den Moment hatte ich meine Gefühle unter Kontrolle. Der Rolladen in meinem Kopf hatte sich geschlossen.

Ich war Richard King für seine Grippe geradezu dankbar. Das Niesen und Schniefen konnte kaum ignoriert werden und würde für gelegentliche Ablenkungen sorgen, falls ich sie brauchte. Als er seinen Kaffee trank, beschlug seine Brille erneut, und er mußte sie absetzen. Er deponierte sie auf der Armlehne seines Sessels. Einmal glitt sie auf den Fußboden, und auch das war eine willkommene Ablenkung.

Kurz nach dem Beginn unseres Gesprächs kam mir der Verdacht, daß der eine oder andere meiner Besucher vielleicht eine versteckte Kamera bei sich hatte. So etwas sieht man im Fernsehen schließlich immer wieder, oder? Sie kennen doch diese leicht verschwommenen und verwackelten Aufnahmen, die um so wirksamer sind, als sie offenkundig nicht geprobt wurden. Ganz gleich, was im Rest der Sendung von Leuten gesagt wird, deren Auftritte mit dem Aufwand von Maskenbildnern, Beleuchtern und Regisseuren aufgezeichnet wurden – es sind diese Momentaufnahmen des wirklichen Lebens, die den nachhaltigsten Eindruck machen.

Etliche Nachforschungen des CJI dienten als Grundlage für Fernsehdokumentationen. Wenn Gillian Spry und Richard King eine Kamera mitgebracht hatten, könnte ich es ihnen wirklich nicht verübeln. Ich bewundere ihre Tätigkeit und empfinde keinerlei Skrupel hinsichtlich ihrer Methoden. Angesichts meiner Vergangenheit mag das überraschen, aber ich bin eine begeisterte Zuschauerin von Sendungen, die auf authentischen Kriminalfällen basieren.

Crimewatch und die zahllosen Plagiatoren mit ihren

Rekonstruktionen und Katalogen von Verbrechen interessieren mich nicht sonderlich, mit Ausnahme der Frage vielleicht, wie sie den Fall Rita Morden behandelt hätten. Nein, ich bevorzuge die gründlicheren Untersuchungen von Verbrechen, denen das Bemühen anzumerken ist, hinter die Motive für die Katastrophen zu kommen und aufzuzeigen, wie die Betroffenen mit dem Geschehenen fertig werden.

Wie Sie wissen, ist es in unserem Land zu den unvorstellbarsten Verbrechen gekommen: Kinder morden Kinder in Merseyside, die grauenhaften Funde in der Cromwell Street Nummer fünfundzwanzig ... Und während wir hilflos nach Erklärungen suchen und nach Wegen, unsere Gesellschaft zu verbessern, ist es für die Programmgestalter zur Routine geworden, uns von Justizirrtümern zu überzeugen. Nicht nur die bekannten sogenannten Gruppentäter – die Guildford-Vier, die Birmingham-Sechs und die Bridgewater-Vier –, sondern eine schier endlose Reihe begibt sich aus der Gefängniszelle auf den Fernsehschirm und die Schlagzeilen der Zeitungen.

Sobald in der Presse ein Artikel über die Ermittlungen des CJI erscheint, lese ich ihn mit äußerster Sorgfalt. Daher wußte ich, daß sie näherkamen. Daher war ich überzeugt davon, daß sie mich aufsuchen würden.

Wir tranken unseren Kaffee und unterhielten uns. Noch immer dachte ich über die Möglichkeit einer versteckten Kamera nach und überlegte, wo sie sein könnte. In einer Tasche, heißt es immer im Fernsehen. Richard King war mit einer schwarzen Nylontasche gekommen, die in der Form einer Aktentasche ähnelte, aber die hatte er außerhalb meiner Sichtweite neben seinen Sessel gelegt. Hin und wieder bückte er sich und zog aus ihr frische Papiertaschentücher hervor. Ich schloß ihn als potentiellen Kameramann aus.

Gillian Spry war mit einer mittelgroßen Schultertasche erschienen, die sie vor ihren Sessel auf den Fußboden gestellt hatte. Durchaus möglich, daß sie eine Kamera enthielt, und ich bemühte mich sehr, sie nicht ständig anzustarren. Aber ein paar Minuten nach dem Beginn unserer Unterhaltung stieß sie die Tasche unabsichtlich mit dem Fuß um. Sie bemerkte es, ließ die Tasche aber liegen und überzeugte mich so davon, daß sie keine Kamera enthielt.

Wo sonst? Im Geist durchsuchte ich das gesamte Zimmer. Aber das war reine Zeitverschwendung. Die modernen Apparate sind so winzig. Möglicherweise verbarg sich das Ding hinter dem Wollschal über ihrer Schulter oder in einer der Taschentuchpackungen, die er stets griffbereit hielt. Ich gab meine Recherchen auf und konzentrierte mich auf unsere Unterhaltung.

Ich nenne es Unterhaltung, weil sie hofften, es würde als solche erscheinen. In Wahrheit war es eine Befragung. Sie hatten mich aufgesucht, um mir Informationen abzuringen. Sie waren sehr gewandt darin, unseren Wortwechsel im Fluß zu halten wie eine durchaus angenehme Diskussion. Themen wurden angesprochen, umgangen, wiederbelebt, ausweichend beantwortet und dann in der Hoffnung auf eine erfolgreichere Annäherungsweise stillschweigend beiseite gelegt. Wie ihnen stand es mir frei, Fragen zu stellen.

»Wie sind Sie auf mich gekommen?« fragte ich schon recht früh.

»Wir haben kürzlich mit Ihrer Cousine gesprochen. Vielleicht hat sie es Ihnen erzählt.«

June hatte geschworen, sie nicht auf meine Spur gesetzt zu haben, und ich glaubte ihr. Diese Andeutung des Gegenteils paßte mir nicht, und ich hob zweifelnd die Brauen.

Das nötigte Gillian Spry zu einer Richtungsänderung. »Doch eigentlich sind wir durch unsere üblichen Methoden auf Sie gekommen.«

Vermutlich glaubte sie, damit die Vorstellung eines einsatzfreudigen Teams heraufzubeschwören, das die computerisierten Daten der Steuerbehörden, des Ministeriums für Dies und Das oder des National Health Service durchforstet hatte und auf die Änderung meines Nachnamens gestoßen war. Aber wir alle stehen in so vielen offiziellen Dateien, daß es nur dann beeindruckend wäre, wenn einer von uns *nicht* gefunden werden könnte.

Zweifellos besitzt das CJI ausgezeichnete Kontakte, und jedes Computersystem spuckt ihm bereitwillig Informationen aus. Nichtsdestotrotz neigte ich der Ansicht zu, daß sie durch die älteste und simpelste Methode der Welt auf mich gekommen waren: Irgend jemand hatte ihnen erzählt, wo ich wohne. Aber das, beschloß ich, könnten wir später diskutieren, falls nötig.

Zunächst einmal sprach ich die Frage an, die zwischen uns hing, seit ich meine Tür geöffnet und Gillian Spry vor mir gesehen hatte.

»Wußten Sie, wer ich bin, als Sie mich auf dem Friedhof sahen?«

»Ich war mir nicht sicher.«

»Aber Sie hielten es für möglich, daß ich es sein könnte?«

»Möglich, ja. Es schien eine gewisse Ähnlichkeit zu bestehen, aber ...« Sie zuckte mit den Schultern.

Nun wußte ich, daß sie zuvor weder mich noch ein

Foto von mir als Erwachsene gesehen hatte. Ich habe eins von den Gesichtern, die im Laufe der Jahre nicht allzusehr altern. Und das ist nicht meine Eitelkeit, die wieder aus mir spricht. Ich meine damit nicht, daß ich besonders jugendlich wirke, aber mein Aussehen wurde irgendwann in meinen Teenagerjahren festgelegt, und da ich weder dicker noch dünner geworden bin, ist das Gesicht, das ich heute der Welt zeige, nahezu das gleiche.

Ich beschloß, keine weiteren Fragen mehr zu stellen, sondern ihr das Feld zu überlassen. Mit einer Entschuldigung dafür, daß ich mit meiner Neugierde ihre Arbeit behindert hätte, gab ich ihr Gelegenheit, ernst zu machen.

»Wir sind hier, Anna«, sagte Gillian Spry, »weil wir Gerichtsverfahren untersuchen, an denen ein Pathologe namens Marcus Winterlea beteiligt war. Der Tod Ihrer Mutter ist eines davon.«

»Den Namen kenne ich. Ich meine, nicht aus dem Verfahren um den Tod meiner Mutter, damals war ich noch viel zu jung. Aber ich bin sicher, seinen Namen vor einiger Zeit in einem Artikel über Ihre Arbeit gelesen zu haben.«

Sie nickte. »Es sind eine Reihe von Artikeln erschienen, auch im Fernsehen wurde darüber berichtet. Jedenfalls taucht sein Name in einer Reihe von Fällen auf, in denen es unserer Ansicht nach zu Justizirrtümern gekommen sein könnte.«

»Aber das heißt doch nicht etwa ...«

»Nein, wir sind nicht gekommen, um Ihnen zu sagen, daß Dennis Aylard unserer Überzeugung nach zu Unrecht verurteilt wurde. Es haben sich nur einige Zweifel an Winterleas Verhalten ergeben.«

Ich schwieg.

Richard entfernte das Taschentuch lange genug von seinem Gesicht, um zu sagen: »Es scheint da ein bestimmtes Muster in seiner Arbeitsweise zu geben, das sich auch im Fall Rita Morden wiederholt. Deshalb möchten wir Sie um Ihre Unterstützung bitten. Und wenn Sie uns nicht helfen können, sind Ihnen vielleicht andere Leute bekannt, an die wir uns wenden könnten.«

Gillian Spry wirkte, als würde sie ihn am liebsten unterbrechen, sagte aber kein Wort.

»Ich fürchte, Sie haben recht. Ich kann Ihnen nicht helfen. Das alles ist schon sehr lange her, und ich war noch sehr jung. Erst acht Jahre alt.«

»Ja, es tut uns sehr leid, es wieder in Ihr Gedächtnis zurückzurufen. Natürlich ist uns bewußt, daß Sie nichts Direktes über Winterlea und seine Befunde wissen können.«

»Ich bezweifle, damals auch nur seinen Namen gehört zu haben.«

Gillian Spry konnte sich nicht mehr beherrschen. Aus dem Augenwinkel sah ich, daß sie unruhig wurde. Es dauerte auch nur ein paar Sekunden, bis sie eingriff.

»Es ist uns wichtig«, sagte sie, »eine Reihe von Punkten zu klären. Sie könnten darüber entscheiden, ob wir gegen Winterlea vorgehen können oder die ganze Sache im Sande verläuft. Wir möchten Sie nicht über ihn befragen, sondern über andere Aspekte des Mordes, die uns unklar sind. Sie stimmen mir sicher zu, daß Sie darüber sehr wohl etwas wissen könnten, obwohl Sie erst acht Jahre alt waren.«

Nachdem sie die Zügel des Gesprächs wieder ergriffen hatte, gab sie sie nicht mehr aus der Hand. Sie wollte wissen, ob ich irgendwelche Erinnerungen an den Abend des Mordes hätte.

»Nur sehr wenige«, sagte ich. »Ich weiß, daß nebenan eine Party stattfand. In der anderen Hälfte des Hauses, meine ich. Nummer siebzehn war damals in zwei Haushälften geteilt.«

Sie interessierte sich nicht für die Wohnungsknappheit in den fünfziger Jahren, sondern brachte mich wieder auf die Spur zurück. »Erinnern Sie sich tatsächlich daran, oder könnte Ihnen das auch erzählt worden sein?«

»Ich erinnere mich. An die Vorbereitungen und dann an viele Gäste und Musik. Jazz. Mein Vater verabscheute Jazz und beschwerte sich über den Lärm. Danach spielten sie Ruby Murray.«

Sie wollte Details, also lieferte ich sie ihr. Ich vergaß auch das Wetter nicht, einen entscheidenden Faktor.

»Etwa eine Woche lang war es ungewöhnlich warm gewesen, deshalb fand die Party im Garten statt. Die Frauen trugen Sommerkleider, und jedermann redete nur über das Wetter. Unsere Butter war ranzig geworden, obwohl wir sie in Zeitungspapier einwickelten und im kühlsten Raum des Hauses aufbewahrten. Nachbarn baten uns um Milch, weil ihre am Umkippen war. Und meine Mutter träumte von einem Kühlschrank.«

Gillian Spry lächelte. »Ist es nicht eine seltsame Vorstellung, daß Kühlschränke erst lange nach dem Krieg Einzug in die Küchen hielten?«

Ich kehrte zu der Geschichte zurück. »Weil die Party im Freien stattfand, sah ich bei den Vorbereitungen zu. Vom Fenster in meinem Zimmer aus konnte ich den Rasen überblicken, auf dem sie Klapptische aufstellten. Und vom Erdgeschoß aus sah ich, daß unser Nachbar seine Musiktruhe direkt vor ein geöffnetes Fenster geschoben hatte.«

Schon bald war ich sehr zufrieden mit mir. Trotz meines anfänglichen Schocks beim Anblick von Gillian Spry und der beunruhigenden Tatsache, daß sie sich meines Sessels bemächtigt hatte, liefen die Dinge nun genau in die Richtung, die ich mir immer ausgemalt hatte. Meine Geschichte – die Party, mein Rückzug in mein Zimmer, das Feuerwerk und der plötzliche Regenguß – war in der Tat dürftig und wurde in regelmäßigen Abständen durch Entschuldigungen über mein mangelhaftes Gedächtnis unterbrochen.

Richard King nickte jedesmal mitfühlend, wenn ich mich wieder einmal an irgend etwas nicht erinnern konnte. Und als ich betonte, wie frustrierend es doch sei, dieses oder jenes nicht mehr zu wissen, sprang er mir mit der tröstlichen Versicherung bei, daß wir alle aus Selbstschutz dazu neigen, das zu vergessen, was wir als zu schmerzlich empfinden.

»Ich würde gern noch einmal auf den Moment kurz vor dem Feuerwerk zurückkommen, wenn es Ihnen recht ist«, sagte Gillian Spry.

»Ich fürchtete mich davor. Deshalb lief ich in mein Zimmer hinauf.«

»Ja, das verstehe ich. Aber wo war zu diesem Zeitpunkt eigentlich Ihre Mutter? Ich meine, haben Sie sie gesucht, um ihr zu sagen, daß Sie zu Bett gehen?«

Ich runzelte die Stirn, dachte nach und sagte schließlich: »Ich glaube nicht.«

»Aber vor wenigen Minuten sagten Sie, sie wäre mit allen anderen im Garten gewesen, als Sie sie zum letzten Mal sahen. War das unmittelbar bevor Sie ins Haus gingen oder früher?«

»Das weiß ich nicht.«

»Könnte es früher gewesen sein?«

Ich wußte, worauf sie hinauswollte. Nach den Erkenntnissen des Gerichts war meine Mutter auf den Parkplatz hinter dem Garten gegangen, um sich mit Dennis Aylard zu treffen.

Ich blieb bei meinen vagen Äußerungen darüber, wann und wo ich sie zuletzt gesehen hatte. Im Garten, ja. Aber Zeitpunkt und genaue Stelle? Keine Ahnung. Das war die Geschichte, die ich immer erzählte, und sie mußte auch dem CJI reichen.

»Entschuldigen Sie«, sagte ich, »aber irgendwie kann ich nicht erkennen, wie Ihnen das bei Ihren Ermittlungen gegen Marcus Winterlea weiterhelfen könnte.«

Sie ließ mich auf die Erklärung nicht lange warten. »Winterlea hatte offenbar die Angewohnheit, seine Befunde dem anzupassen, was die Polizei von ihm hören wollte. Hier geht es darum, ob die polizeiliche Version der Ereignisse zutreffend war oder nicht.«

»Damit meint Miss Spry, daß es keinerlei Beweise dafür gibt, daß Ihre Mutter an diesem Abend überhaupt auf dem Parkplatz war«, mischte sich Richard King ein. »Keiner der befragten Zeugen konnte sich erinnern, ob sie den Garten verlassen hat.«

»Ich auch nicht.«

Gut, daß ich nicht schwankend geworden war und, verlockt durch ihre bohrenden Fragen, ein oder zwei Bruchstücke nebelhafter Erinnerung aus meinem Gedächtnis gekramt hatte. Wieder einmal fühlte ich mich darin bestätigt, bei der Geschichte zu bleiben, die mir alle Probleme ersparte.

Wozu das alles? Meine Mutter ist lange tot. Ihr Geliebter ist lange tot. Und falls ihnen Unrecht geschehen ist, haben sie nichts mehr davon, daß in der Vergangenheit herumgestochert wird. Was geschehen ist, ist geschehen. Wenn Marcus Winterlea, der seinen Ruhestand in Frankreich verbrachte, dazu beigetragen hatte, Unschuldige hinter Gitter zu bringen, dann sollte sich das CJI auf deren Fälle konzentrieren. Auf Strafgefangene, denen die verspätete Wahrheitsfindung nutzen konnte. Toten ist nicht mehr zu helfen.

Ich ließ den beiden ihre Hoffnung, daß ich bemüht war, mich an Details zu erinnern, die ihnen helfen könnten, dann sagte ich: »Tut mir leid, aber ich fürchte, ich kann dem, was ich Ihnen bereits gesagt habe, nichts hinzufügen.«

Ich stand auf und bot an, frischen Kaffee zu brühen.

Während ich ihn zubereitete, machte ich mir erneut Sorgen über eine verborgene Kamera. Dann fiel mir ein, daß ein Tonbandgerät ihnen ähnlich gute Dienste leisten würde. Sie befragten eine Frau in mittleren Jahren, die als Kind ihre Mutter durch einen Mord verloren hatte, keine Verdächtige. Was um alles in der Welt konnten sie sich von heimlichen Filmaufnahmen versprechen? Aber da sich keiner von ihnen Notizen machte, wäre eine Aufzeichnung unseres Gesprächs genau das, was sie brauchten.

Ich stellte mir vor, wie sie ihr Band ablaufen ließen. Oder Bänder? Tauschten sie gerade das Band aus, während ich darauf wartete, daß das Wasser endlich kochte? Ich stellte mir vor, wie sie in ihrem Büro dem Tonband lauschten, meinem Ausweichen und Verweigern. Wie oft würden sie es abspielen, bis einer von ihnen bemerkte, daß ich meine Aufmerksamkeit Richard Kings Grippe zuwandte, anstatt eine einfache Frage zu beantworten?

Ich trug den frischen Kaffee ins Wohnzimmer und gab

ihnen die Chance, das Vorhandensein eines Tonbandgeräts zu leugnen. »Es überrascht mich, daß Sie mich nicht baten, unsere Unterhaltung aufzeichnen zu dürfen.«

Gillian Spry lachte. »Oh, Richard und ich können uns gut erinnern.«

Die Worte waren unglücklich gewählt. Ich wußte, daß sie sie nicht ironisch gemeint hatte, konnte mir eine Entgegnung aber nicht verkneifen. »Im Gegensatz zu mir, meinen Sie.«

Sicher war es unsinnig von mir, Genugtuung über ihr Unbehagen zu empfinden, aber absolut unwiderstehlich.

Sie fragten, erkundeten, sondierten und bohrten noch eine weitere Stunde nach, doch langsam wurde deutlich, daß die Unterhaltung an Schwung verlor. Sie hatten Hunger, nahm ich an. Vielleicht würden sie irgendwo essen gehen und mit frischen Kräften zu einer neuen Runde zurückkehren.

Mein Telefon klingelte und bot mir die benötigte Unterbrechung. Eine Freundin war am Apparat und wollte wissen, ob es bei unseren Plänen blieb, am Wochenende ein Konzert zu besuchen. Kate faßt sich stets kurz am Telefon, und es bestand keine Veranlassung, sie zu weiterer Eile zu drängen.

Als ich in der Hoffnung zurückkehrte, sie hätten inzwischen ihren Aufbruch beschlossen, fragte Gillian Spry: »Wissen Sie, wo sich Sandy Minch aufhält?«

Die Frage traf mich wie ein Schlag. Haltsuchend legte ich meine Hand auf die Sessellehne.

»Nein«, hörte ich mich mit der gelassenen Stimme sagen, die so vertraut klang und doch so überraschend. »Ich habe sie seit ... nun ja, seit ein paar Wochen nach dem Ereignis nicht mehr gesehen.«

Ich blieb stehen, um anzudeuten, daß die Zeit ablief,

die ich ihnen zu widmen bereit war. Als keiner von ihnen eine Frage nachschob, fühlte ich mich zu weiteren Äußerungen veranlaßt.

»Wir versprachen uns, für immer Freundinnen zu bleiben. Sie wissen, was kleine Mädchen alles so sagen. Wir schworen es, doch dann verloren wir uns aus den Augen.«

»Sie sind fortgezogen«, wandte Gillian Spry ein, die das von ihrem ersten Gespräch mit June wußte. Bei ihrem zweiten Besuch hatte sie gar nichts erfahren, denn June hatte sich geweigert, ihr auch nur die Tür zu öffnen.

»Ja«, sagte ich. »Und im Lauf der nächsten Jahre haben auch alle anderen Mitglieder der Familie nach und nach die Stadt verlassen. Durch den Mord waren sie so bekannt geworden, daß sie es nicht mehr ertrugen.«

»Bekannt« stimmte nicht, das korrekte Wort war »verfemt«. In Auseinandersetzungen hatte ich es oft genug gehört.

Wegen dieser verdammten Frau können wir nicht mehr auf die Straße gehen, ohne daß die Leute über uns tuscheln. Durch sie sind wir zu Verfemten geworden.

Gut, gut. Wir ziehen fort.

Wohin denn?

Irgendwohin.

Und schließlich waren sie alle fortgezogen – hierhin, dorthin, überallhin.

Aber ich war die erste der Morden-Migranten, diejenige, die den Stamm ins Exil führte. Allerdings war es eher eine Diaspora als ein Exil. Früher einmal hatte unser Stamm in einer Kleinstadt gelebt, aber nach dem anrüchigen Fall Rita Margaret Morden wurden wir in alle vier Winde verstreut. Es ist ein Trugschluß anzunehmen, daß Schwierigkeiten die Menschen aneinanderbinden. Sie reißen sie gleichermaßen auseinander.

»Haben Sie irgendeine Vorstellung«, versuchte es Gillian Spry noch einmal, »was aus Sandy Minch geworden sein könnte?«

Sie erhielt ein entschiedenes Kopfschütteln zur Antwort. »Und ich wüßte auch nicht, was sie Ihnen mehr sagen könnte als ich.«

»Aber sie war auch auf der Party, oder?«

Ich tat, als müsse ich mich konzentrieren. »Ich glaube, sie hat mich irgendwann früher am Tag besucht, aber ich bin mir nicht sicher, ob sie bis zur Party blieb.«

»Seinerzeit sagten Sie ...«

»Meine Güte, Sie hören sich ausgesprochen inquisitorisch an«, lachte ich.

»Entschuldigung, Anna«, sagte sie schnell. »Ich hatte nicht die Absicht, Ihnen etwas vorzuwerfen, was Sie vor fünfundvierzig Jahren sagten. Ich hoffte, Ihrem Gedächtnis nachhelfen zu können.«

»Ich muß eine große Enttäuschung für Sie sein«, sagte ich.

Falls sie darauf etwas erwiderte, blieb es ungehört, weil Richard King anhaltend zu niesen begann. Ich riet ihm, nach Hause zu gehen und sich mit einem Aspirin ins Bett zu legen. Meine Andeutungen fielen so deutlich aus, daß sie nicht länger zu ignorieren waren. Gillian griff nach ihrer Schultertasche. Richard holte ein Bündel Taschentücher aus seiner Nylonaktentasche und stopfte sie sich in die Jacke. Eine Minute später schloß ich meine Haustür hinter ihnen.

Ich widerstand der Versuchung, die Gardine einen Spalt zur Seite zu schieben, als sie die windige Gasse hinuntergingen, aber mit meinem geistigen Auge verfolgte ich jeden einzelnen ihrer Schritte. Ich hatte sie mir anders vorgestellt. In meiner Phantasie waren Unklarheiten oder Schnitzer nicht vorgekommen und ganz gewiß keine tropfende Nase. Sie waren mir nicht unsympathisch, aber ich nahm übel. Sie wissen von meinem Bemühen, die Geschichte der Vergangenheit zuzuordnen. Diese beiden zwangen mich zur Einsicht, daß das Zeit meines Lebens nicht möglich war.

8. Kapitel

Sandy Minch saß auf dem Küchentisch und warf die Beine hoch. Rechts, links, recht, links, rechts ... Ihre neuen Söckchen zuckten wie strahlendweiße Blitze durch den leicht düsteren Raum. Anns Vater weigerte sich, für die Renovierung der nur gemieteten Haushälfte von Nummer siebzehn, in der die Familie lebte, auch nur einen Penny auszugeben.

Ein frischer Deckenanstrich hätte die Küche aufgehellt, ein neuer Linoleumbelag das Laufen sicherer gemacht und ein paar Dosen Farbe das Vorkriegsbraun der Wände verschwinden lassen. Doch so, wie die Dinge nun einmal standen, waren Sandys Socken das einzig Helle in der Küche. Links, rechts, links, rechts, links, rechts ...

Sandy bog den Kopf nach hinten, um zu sehen, ob sie schon auf ihrem Haar sitzen konnte. Nicht einmal annähernd. Zu Weihnachten vielleicht. Sie setzte sich wieder gerade hin und betrachtete ihre Socken.

Ann hauchte gegen das Fenster und malte einen lockigen Mädchenkopf auf die beschlagene Scheibe. Sie wünschte, Sandy würde endlich gehen. Sie wollte allein sein, wollte das schon seit Tagen, aber Sandy war entschlossen, ihre Loyalität zu beweisen, indem sie immer wieder vorbeikam. In der Küche hielten sie sich auf, weil der Boiler sie warmhielt.

Die Locken verliefen zu Rinnsalen und verunzierten das Gesicht. Ann wischte es mit der Faust fort und rieb sich die Hand an ihrem gepunkteten Kunstseidenrock ab. Sie wünschte, Sandy würde gehen.

Seit einigen Minuten hatten sie kein Wort gewechselt. Es gab Dinge, über die sie nicht sprechen konnten. Sie konnten über sie nicht sprechen, weil es schwer war, Worte zu finden, die nicht vorwurfsvoll klangen, und weil Worte den Alptraum zur Wirklichkeit machen würden. Wenn man nicht darüber sprach, hatte Ann festgestellt, konnte man so tun, als wäre alles ganz normal.

Aus dem Augenwinkel sah Ann, wie Sandys Socken durch die Luft wirbelten, fast peinigend unsynchron mit dem Ticken der Wanduhr mit ihrem vergilbten, rostpockigen Emailzifferblatt. Abrupt wandte Ann den Kopf ab.

Die Uhr erinnerte an Streitereien und Katastrophen, und weil es eine Uhr war, konnte sie nicht ignoriert werden. Eine Uhr mußte man ansehen, sie zwang einen dazu. Vor allem eine, die in einem leeren Raum röchelnd das Verrinnen der Sekunden verkündete und zu jeder vollen Stunde in dissonante Jubelschreie ausbrach.

»Diese verdammte Uhr!« hatte Rita geschrien. »Warum müssen wir mit so einem gräßlichen Ding leben? Sie gehört auf den Müll.«

»Sie hat meiner Mutter gehört, das weißt du doch«, entgegnete Anns Vater auf seine gewohnt sanfte Art.

Vor sich hinmurmelnd, daß seine Mutter die Uhr vermutlich in einer Mülltonne gefunden hatte, war Rita aus der Küche gestürmt. Häufig hatte sie erbittert einen frischen Deckenanstrich gefordert, ein wenig Lack für Fensterrahmen und Tür, einen neuen Linoleumbelag für den Boden, damit sie nicht ständig über die Risse und Löcher stolperte.

Als er sich als halsstarrig knauserig erwies, richtete sie ihren Zorn gegen die schäbige Uhr, bis sie alles das verkörperte, was in ihrem Haus abgenutzt und in ihrem Leben unbefriedigend war. Das wußte er und ignorierte ihre Klagen, jede einzelne.

Ann preßte die Hände gegen die Ohren, um den Nachhall der Streitereien nicht mehr hören zu müssen. »Warum machst du das?« erkundigte sich Sandy, der nie etwas entging.

»Ohne Grund.« Ann drehte sich um und hopste von einem Fuß auf den anderen. »Ohne Grund, Grund, Grund.«

Sandy mußte ihre Beine stillhalten, um Ann vorbeihopsen zu lassen. Ihr Rhythmus war unterbrochen. Sie glitt auf den Boden und sah auf die Uhr.

»Wollte dein Polizist nicht ...«

Ann stieß gegen die Tür und blieb stehen. »Er ist nicht mein Polizist.«

»Haha. Ich meine den Fetten mit den komischen roten Haaren.« Wenn sie jemanden nicht leiden konnte, bezeichnete sie ihn immer als fett.

Ann reagierte nicht.

»Meine Mutter sagt, er ist ständig angesäuselt«, sagte Sandy.

»Was heißt das?«

»Beschwipst. Angetrunken.«

»Ist er nicht. Er ist ... er ist ganz in Ordnung.«

»Na bitte, du ...«

Aber die Haustür fiel ins Schloß, und Anns Vater rief: »Ann?«

Die Mädchen erstarrten. Sandy gab Ann wilde Zeichen.

»Hier, Dad. In der Küche.« Ann lief in die Diele.

Ihr Vater stand im Hausflur und sah aus wie ein Fremder, der hereingestürmt war, aber nun nicht wußte, was er tun sollte. Er sah seine Tochter auf sich zueilen, unternahm aber keinen Versuch, auf sie zuzugehen oder etwas zu sagen.

»Dad?« Ann zupfte ihn am Ärmel.

»Sie haben gegen Dennis Aylard Mordanklage erhoben«, sagte er, ohne sie anzusehen.

Anns Körper sackte zusammen. Sie drückte ihr Gesicht gegen die Jacke ihres Vaters und spürte, daß ihr die Tränen kamen.

Vor zwei oder drei Tagen hatte Sandy ihr gesagt, daß ihr Vater unter Umständen für den Mord verantwortlich gemacht werden könnte. Ann war zu entsetzt gewesen, um sich diese Möglichkeit einzugestehen. Aber als er heute so lange auf der Polizeistation blieb, hatte sie schon angenommen, es wäre ein unvorstellbar furchtbarer Fehler begangen worden.

Seine Jacke bestand aus dem derben Tweed, der sich vor allem für das Tragen im Winter eignete. Aber seit dem Krieg war ihr Vater anfällig und fröstelte leicht. Die Leute sagten, davor wäre er anders gewesen, doch das konnte sie nicht beurteilen, damals gab es sie noch nicht. Sie hob den Kopf und sah zu ihm auf.

Er legte ihr weder den Arm um die Schulter noch die Hand auf den Kopf. Er schien sich ihrer Anwesenheit nicht einmal bewußt zu sein. Abwesend und starr blickte er ins Leere.

Wieder zupfte Ann sanft an seinem Ärmel, und als er darauf nicht reagierte, noch einmal energischer. Da spürte sie, wie er sich leicht von ihr zurückzog. Sie ließ seinen Jackenärmel los und ging wieder in die Küche.

»Ich habe alles gehört«, sagte Sandy. »Sie werden Dennis Mallard dafür hängen.«

»Nein!«

»Oh, entschuldige – *Aylard*«, sagte Sandy, die sehr wohl wußte, daß Ann das nicht gemeint hatte. »Also gut, sie klagen ihn an, machen ihm den Prozeß, und *danach* hängen sie ihn.«

Wie ihr Cousin Peter Minch aus dem *Royal*, wie alle von Mord und Totschlag faszinierten Menschen, kannte sich Sandy mit dem strafrechtlichen Verfahren genau aus.

Plötzlich wurde Sandy von unbändigem Frohsinn ergriffen. »Dennis Duck wird der Hals umgedreht!« Sie reckte den Hals, schlug mit den Ellbogen und quakte.

Ann hielt sich die Ohren zu. »Nein, nein, nein ... Das können sie nicht tun!« Sie sah seinen fleischigen Hals vor sich, wie er über den gestärkten Hemdkragen quoll. Sie begann zu schluchzen.

Abrupt schwand Sandys Heiterkeit. »Reiß dich zusammen, Ann. Ich weiß nicht, was du mit deinem Ausbruch bezweckst.« Es war keine Kinderstimme, die aus ihrem Mund kam.

»Nein«, schluchzte Ann weiter. »Das dürfen sie nicht tun. Es ist ... Nein, nein, nein ...«

Sandy schlug zu.

Der Hieb ließ Ann verstummen.

»Es tut mir nicht leid, Ann«, erklärte Sandy barsch. »Wenn jemand hysterisch wird, muß man ihn mit einem Schlag zur Vernunft bringen. Denk daran, was für einen

Eindruck es machen muß, wenn du heulst und zeterst, weil der Liebhaber deiner Mutter angeklagt wird, sie ermordet zu haben.«

Ann sank auf einen Stuhl und versuchte, sich zu beherrschen. Das Verhalten ihrer Freundin verwirrte sie. In einer Sekunde zog Sandy sie triumphierend damit auf, daß Aylard hingerichtet würde, und in der nächsten ließ sie sie ihre ganze Verachtung spüren.

Dann dämmerte es Ann, daß Sandy sich fürchtete. Viele Menschen wurden wütend, wenn sie Angst hatten. Sandy fürchtete sich davor, daß das Geschrei und das Schluchzen Aufmerksamkeit erregte, fürchtete sich davor, daß Ann zusammenbrach, fürchtete sich vor einer Menge von Dingen – mit einer Ausnahme: Sie fürchtete sich nicht davor, daß Dennis Aylard hingerichtet werden könnte.

Ann nahm ihre ganze Kraft zusammen und forderte Sandy auf, nach Hause zu gehen. »Ich möchte mit meinem Vater zusammensein«, sagte sie. »Mit dir kann ich heute einfach nicht mehr reden.«

Sandy blickte zur Uhr und erklärte, sie müsse ohnehin gehen, würde aber am nächsten Morgen wiederkommen, um sich danach zu erkundigen, wie es Ann ging.

»Und was ist mit der Schule?« fragte Ann, die vergessen hatte, daß morgen Sonnabend war. Seit zwei Wochen, seit dem Tod ihrer Mutter, war sie nicht mehr in der Schule gewesen.

Sie vereinbarten eine Zeit für Sandys morgigen Besuch. Sandy zog sich die weißen Söckchen hoch und schlenderte zur Hintertür.

»Mach dir keine Sorgen um Dennis Mallard«, sagte sie. »Die Geschworenen werden ihn nicht für schuldig erklären.«

Ann nickte nur benommen.

Sandy drehte den Knauf, stieß die Tür auf und ließ dabei unabsichtlich Mabel herein, die schwarzweiße Nachbarskatze. »Mach dir keine Sorgen«, wiederholte sie und lief nach Hause zu ihrer geschwätzigen Mutter und den kleineren Geschwistern.

Ann brühte Tee, goß eine Tasse ein und machte sich auf die Suche nach ihrem Vater. Er war nicht im Wohnzimmer. Er war nicht in der Diele. Er war nicht im Schlafzimmer. Sie starrte die geschlossene Badezimmertür an. Hinter ihr waren Geräusche zu hören, als müsse sich jemand übergeben.

Sie trug die Teetasse ins Wohnzimmer und stellte sie auf den Tisch neben seinem Lieblingssessel. Es war kühl im Raum, daher schaltete sie die Gasheizung an. Dann ging sie in die Küche, kletterte auf den Schrank, öffnete den Glasdeckel der Uhr und verbog die Zeiger, bis sie sicher war, daß sie nie wieder die Zeit anzeigen oder einen Laut von sich geben konnte.

9. Kapitel

Zum ersten Mal seit mehr als vierzig Jahren brenne ich darauf, mit Sandy Minch zu sprechen.

Ich möchte sie darauf aufmerksam machen, daß sich das CJI in Gestalt von Gillian Spry und Richard King an ihre Fersen geheftet hat. Ich muß unbedingt über die Gedenkanzeige, die Blumen auf dem Friedhof und Junes erfolglose Telefonate mit der Zeitungsredaktion reden. Und ich würde gern erfahren, was sie in den Jahrzehnten mit ihrem Leben angefangen hat, seit Freundinnen für ewig zu solchen wurden, die kein Wort mehr miteinander wechselten.

Ich muß sie vor ihnen aufspüren, dachte ich, als sich Gillian Spry und Richard King von meinem Haus entfernten. Es war eine Herausforderung, da sie als Profis Sandy offenbar nicht gefunden hatten.

Sie waren kaum am Ende der Gasse angelangt, als ich bereits konkrete Pläne hatte, auch wenn sie nicht allzu erfolgversprechend waren. Beispielsweise suchte ich im Telefonbuch nach dem Namen Minch. Er war viermal vertreten. Einen Anschluß verwarf ich sofort, da es sich um ein Fischrestaurant handelte. Eine irgendwie willkürliche Entscheidung, denn wie kann ich sicher sein, daß nicht jemand aus ihrer Familie in dieser Branche tätig ist?

Junes regionales Telefonbuch wäre nützlicher gewesen, denn wenn der Name dort verzeichnet war, bestand eine größere Chance, daß es sich um einen Angehörigen handelte. Unglücklicherweise mußte ich June erst wieder besuchen, um in ihrem Telefonbuch blättern zu können. Eine andere Möglichkeit des Zugangs fiel mir nicht ein.

Ich legte mein Telefonbuch ins Regal zurück. Minch war kein ungewöhnlicher Name, und ich verspürte keine Lust, sinnlos Fremde anzurufen. Ich konnte nicht darauf hoffen, daß sich Sandy selbst meldete, denn sie war vermutlich verheiratet und trug einen anderen Namen.

Ich bemühte mich um Ruhe und Sachlichkeit, da der Besuch des CJI mich ziemlich nervös gemacht hatte, und überlegte mir andere Möglichkeiten der Nachforschung. Neben dem Telefonbuch gab es die Wählerverzeichnisse. Um ihren jetzigen Namen zu erfahren, könnte ich im Standesamtsregister in London nachsehen.

Daß ich ihren Geburtstag und -ort kannte, gab mir einen beträchtlichen Vorteil. Ermutigt durch diese Überlegung rief ich im Family Records Centre an und erkundigte mich nach den Öffnungszeiten. Ich sah keinen Grund, nicht gleich morgen mit meinen Nachforschungen zu beginnen.

Nachdem ich mir eine Aufgabe gestellt hatte, kam ich mir weniger hilflos vor und malte mir mein weiteres Vorgehen aus, wenn ich in Erfahrung gebracht hatte, wie sie inzwischen hieß. Mit ein wenig Glück trug ihr Mann einen nicht unbedingt alltäglichen Namen und war so relativ leicht aufzuspüren.

Je länger ich darüber nachdachte, desto mehr erstaunte mich, daß Gillian Spry behauptete, sie nicht gefunden zu haben. Ich, ein absoluter Laie, war innerhalb weniger Minuten auf eine mögliche Fährte zu Sandy gekommen, und sie ... Aber was hatte sie eigentlich genau gesagt?

Die Frage nach Sandy war wie ein Schlag vor den Kopf gewesen, und ich konnte mich an die genauen Formulierungen nicht mehr präzise erinnern. Gillian Spry überlegte sich jedes Wort sehr genau. Das war mir klargeworden, als sie so tat, als hätte sie meine Adresse von June erfahren, und meine Frage nach ihren Methoden ausweichend beantwortete.

Ich goß mir ein Glas Wein ein, setzte mich in meinen Sessel am Fenster, schloß die Augen und rief mir den letzten Teil des Besuchs in Erinnerung, beginnend mit dem Moment, als Sandy so überraschend ins Gespräch gebracht wurde.

»Wissen Sie, wo sich Sandy Minch aufhält?« hatte Gillian Spry gefragt.

Was war dem vorausgegangen? Ah ja, der Anruf meiner Freundin Kate. Das war eine ganz normale Unterbrechung gewesen, danach kam die Frage. Erst Gillian Sprys Frage, meine gelassene Reaktion, ihr Hinweis auf meinen Umzug, meine Schilderung, daß die gesamte Familie nach und nach die Stadt verlassen hatte, und dann, während mich Erinnerungen überwältigten, Gillian Sprys zweiter Vorstoß.

»Haben Sie irgendeine Vorstellung, was aus Sandy Minch geworden sein könnte?«

Als nächstes die Suggestivfrage: »Aber sie war doch auf der Party, oder?«

Während der Unterhaltung glaubte ich, relativ gut und überzeugend reagiert zu haben, aber jetzt, in der

Rückschau, war ich mir nicht mehr so sicher. Wenn sie unser Gespräch auf Tonband aufgenommen hatte, würde ihr auffallen, wie ich ihr in dem Moment, als sie nachhaken wollte, mit meiner scherzhaften Bemerkung in die Parade fuhr.

»Meine Güte, Sie hören sich ausgesprochen inquisitorisch an.«

Und mit ihrer Antwort hatte sie sich quasi verraten: »Entschuldigung, ich hatte nicht die Absicht, Ihnen irgend etwas vorzuwerfen, was Sie vor fünfundvierzig Jahren gesagt haben.«

Unabhängig von ihren Behauptungen, lediglich die Machenschaften des Pathologen zu überprüfen, hatte sie sich meine damaligen Aussagen gegenüber der Polizei sehr genau angesehen. Ja, je schneller ich mich mit Sandy in Verbindung setzte, desto besser.

Am nächsten Morgen fuhr ich mit dem Zug nach London, bestieg dann die U-Bahn nach Farringdon und stürzte mich in das Gewimmel im Family Records Centre in der Myddletonstreet in Clerkenwell. Zeitungsberichte hatten mich auf die hektische Betriebsamkeit vorbereitet, mit der die Leute Bände aus den Regalen greifen, sie durchblättern, wieder zurückstellen und andere herausziehen. Auf den ersten Blick erinnert die Aktivität an einen besonders turbulenten Tag in einer Leihbibliothek, in der jeder wie wild sucht und doch die Bücher nicht findet, die ihn genügend ansprechen, um sie mit nach Hause zu nehmen und zu lesen.

Die professionellen Nachforscher sind sehr schnell auszumachen: Zielsicher greifen sie im richtigen Regal nach dem richtigen Buch. Sie und die geübten Amateure, die sich über Familiengeschichte informieren, bildeten zwar die Mehrheit, aber ich war nicht die einzige, die planlos herumirrte. Am Informationsschalter gab uns ein geduldiger Mann darüber Auskunft, wo wir suchen sollten.

Ich hielt mich etliche Stunden dort auf. Zunächst reagierte ich verwirrt und hilflos, aber mit der Zeit machte ich mich mit dem System vertraut und geriet nicht mehr sofort in Panik, wenn ein Band nur aus einer Lücke im Regal bestand. Ich blieb in der Nähe stehen und wartete darauf, daß er zurückgestellt wurde.

Während des Wartens überlegte ich, ob ich nicht auch meine eigenen Daten einsehen sollte. Es ist eine eigentümliche Vorstellung, daß unsere Leben in diesen Reihen gleichgültiger Bände eingefangen, tragische und glückliche Ereignisse in simplen Namen und Daten zusammengefaßt sind. Mein Leben muß sich so banal ausnehmen wie jedes andere auch: Tag und Ort der Geburt, Datum der Eheschließung, der Geburt meines Kindes und meiner Scheidung.

Man braucht schon eine Menge Phantasie, um sich hinter diesen trockenen Zahlen und Buchstaben ein Familienleben vorzustellen. Hinter meiner kurzen Zeit mit Rob vermutet man wahrscheinlich eine turbulente Ehe und das schnelle, ernüchternde Ende eines Traumes, der in einem Juli so verheißungsvoll begonnen hatte. Die Phantasie mag Erklärungen finden, aber ich kenne den wahren Grund: Die verdammte Vergangenheit hat mich zu einer eheunfähigen Frau gemacht. Doch die Trennung war ebenso meine Entscheidung wie die Heirat.

Ich wollte heiraten, wünschte mir sehnlichst Kinder und ein normales Familienleben. Wollte also genau das, was das Leben mir stets verweigert hatte. Nichts von dem, was zwischen uns schieflief, war Robs Schuld. Er begriff es nicht, kann es vermutlich heute noch nicht verstehen. Ich hatte ihm nichts von den schrecklichen Ereignissen erzählt, die mich geformt haben. Er wußte nur, daß ich meine Mutter schon früh verloren hatte. Er kam aus Australien, daher sagte ihm ihr Name nichts, und da ich mich inzwischen Foley nannte, hätten nur wenige Menschen eine Verbindung hergestellt.

Die Daten meines Lebens könnten die Phantasie eines scharfsichtigen Nachforschers anregen. Mein Sohn Mikey kam wenige Monate vor der Scheidung zur Welt. Die lange Zeit, die es damals dauerte, bis eine Scheidung rechtskräftig wurde, legt die Vermutung nahe, daß er nach unserer Trennung, aber vor der offiziellen Scheidung geboren wurde. Rob weiß nichts von Mikey. Er ist eins meiner Geheimnisse vor ihm. Das hört sich vielleicht herzlos an, aber ich befürchtete, er könnte sich durch das Kind an mich gebunden fühlen, und ich schätzte seine Freiheit ebenso hoch ein wie meine. Hätte er von dem Kind gewußt, wäre er nicht in der Lage gewesen, mit einer anderen Frau ein neues Leben zu beginnen, was er sehr schnell tat.

Wenn er nicht gerade in den standesamtlichen Unterlagen in Clerkenwell nachschaut, wird er wahrscheinlich nie etwas von Mikey erfahren. Und wenn er es doch tut, besteht durchaus die Chance, daß er nicht nachrechnet und damit herausfindet, daß ich schon einige Wochen schwanger war, als ich ihn verließ. Verstehen Sie mich nicht falsch: Damals wußte auch ich noch nichts von Mikey. Meinen Entschluß, ihn zu verschweigen, kam später, als ich meinen Mann verlassen hatte und feststellte, daß ich von ihm schwanger war. Alle Bedenken wegen der Lieblosigkeit dieser Entscheidungen schwanden angesichts der späteren Ereignisse. Mit dem Schmerz und den Enttäuschungen muß ich fertig werden. Rob lebt weiter in glücklicher Ungewißheit.

Vielleicht ist diese Schilderung ein hervorragendes Beispiel für den Egoismus der Foleys, für die Bereitschaft meiner Familie, Menschen zu opfern. Vielleicht. Ich erzähle Ihnen jedoch nur, was ich tat und warum. Als ich meinen Entschluß faßte, glaubte ich, im besten Interesse aller Beteiligten zu handeln: Rob, Mikey und mir. Hätte ich mich anders entschieden, wären die Resultate möglicherweise schlimmer gewesen, für Rob und Mikey, wenn auch nicht für mich. Um Robs willen hoffe ich, daß er seine Nase nicht in die standesamtlichen Archive steckt.

Aber ist Ihnen eigentlich bewußt, daß diese Datensammlung ein leicht verzerrtes Bild unserer Gesellschaft bietet, da nicht mehr so häufig geheiratet wird? Um eine umfassendere Vorstellung zu erhalten, brauchen wir ein ergänzendes Register all jener, die entschlossen sind, unvermählt zusammenzuleben und sich fortzupflanzen, oder?

Nun, bevor ich noch sicher war, ob ich mich auf einen Namen und eine Handvoll Daten reduziert sehen wollte, kam ein Mann mit dem Band, der auch die Briten namens Minch enthielt, herbeigeeilt und schob ihn ins Regal zurück. Meine Hand schoß so zielsicher vor wie die Hände aller jener, die ich seit meiner Ankunft hier bewundert hatte.

Als ich das Family Records Centre verließ, wußte ich, daß Sandra Minch im Alter von vierundzwanzig Jahren einen Mann namens Eliot Brown geheiratet hatte. Damals lebte sie in Sherborne in Dorset. Sein Beruf auf der Heiratsurkunde war mit Lehrer angegeben. Weitere Dokumente belegten die Geburt von drei Kindern – Zwillingssöhne und acht Jahre später ein Mädchen. Hinweise auf Scheidung oder Tod fand ich nicht.

Einen kurzen Augenblick lang erwog ich, die Unterlagen über Dennis Aylard einzusehen, um mich vom gerichtlich bestimmten Termin seines Todes zu überzeugen. Dann kam ich wieder zur Vernunft und eilte an die frische Luft hinaus. Keine Ahnung, warum ich überhaupt auf eine derart abwegige Idee gekommen war. Es sei denn, ich rühmte mich meiner Kenntnis der Geschichte hinter den dürren Worten und Zahlen.

Mein kleiner Triumph der erfolgreichen Informationssuche versetzte mich in geradezu absurde Hochstimmung. In dem Gefühl, mir eine Belohnung verdient zu haben, fuhr ich mit einem Taxi zum Oxo Tower am südlichen Themseufer. Aus dem Restaurant im obersten Geschoß hat man einen phantastischen Blick über die Umgebung. Nach einem Konzert im letzten Jahr hatte mich Kate zu ein paar Drinks auf der Terrasse eingeladen.

Mir fällt auf, daß ich Ihnen noch gar nichts von Kate erzählt habe, obwohl ihr Name bereits mehrfach gefallen ist. Nun, sie ist die persönliche Assistentin des Geschäftsführers eines großen Unternehmens, etwa in meinem Alter, aber ganz anders. Sie liebt Kamelhaarmäntel, Zuchtperlen und trägt Seidentücher mit den übergroßen Initialen des Modeschöpfers anstatt eines ansprechenden Designs. Ich fürchte, ich habe für den traditionellen »englischen Stil« nicht allzuviel übrig, zu dem Frauen Zuflucht nehmen, wenn sie glauben, der Mittelklasse anzugehören und mittleren Alters zu sein. Er läßt Kate älter aussehen als sie ist und altbacken noch dazu.

Kate fühlt sich damit überall und immer gut angezogen, aber wenn wir uns nicht gerade unter die aus den

Vorstädten angereisten Besucherströme der Royal Academy mischen, trifft das selten zu. An jenem Abend auf der Terrasse stand ihre dezente Zurückhaltung in eklatantem Gegensatz zu den flotten Lycragewandungen und gewagten Farben der Umgebung.

Während meines Solobesuchs zur Mittagszeit kümmerten sich die Gäste ausschließlich um sich selbst, und Kates Cashmere-und-Kamelhaar-Look hätte keinen zweiten Blick auf sich gezogen. Schauspieler speisten mit ihren Agenten, energische junge Frauen aus der Werbebranche flirteten mit ihren Klienten. Superschlanke, vermutlich beim Fernsehen beschäftigte Frauen beschränkten sich auf frugale Vorspeisen oder Salate. Mindestens zwei Führungskräfte befanden sich in den Fängen ihrer Sekretärinnen.

Ich bestellte einen Tisch in fünfzehn Minuten, ging mit einem Glas Wein auf die Terrasse und ließ den Ausblick auf mich wirken. Es war ein strahlender Apriltag. Wenn man allein ist, braucht man etwas, was die Aufmerksamkeit fesselt. Ein Fluß ist dafür perfekt geeignet.

Kate hält die Überzeugung für unsinnig, schöne Ansichten wären nur in der naturbelassenen Landschaft zu finden. Sie ist eine überzeugte Großstädterin und hat eine Liste der zehn großartigsten Anblicke. Nahezu alle sind Stadtansichten.

Dazu zählt sie den Markusplatz in Venedig, die Karlsbrücke in Prag, eine Straße in Amsterdam, deren Namen ich nicht aussprechen kann, die Dächer von Florenz, den Blick bei Sonnenaufgang von Sliema aus über das Wasser auf Valetta und praktisch jede Ansicht in Hongkong. An die anderen erinnere ich mich nicht, und ohnehin ist ihre Liste ständig Aktualisierungen unterworfen.

Es ist ihr ein Bedürfnis, mir die mir noch unbekannten Anblicke zu zeigen und mich von Stadtansichten zu überzeugen, aber unsere Reise muß noch ein paar Jahre warten. Dafür brauchen wir eine Menge Zeit, und auch wenn ich mit meinen Aufträgen jonglieren kann, ist sie an Bürostunden gebunden, und das wird sich bis zu ihrem Ruhestand nicht ändern.

Ich trank meinen Wein und beobachtete das rege Treiben auf dem Fluß. Zur Mittagsstunde mitten in der Woche bestanden zwei Drittel der Boote aus Touristendampfern und der Rest aus leeren gelben Containerschiffen, die von den Mülldeponien zurückkamen, auf denen sie den Abfall der City abgeladen hatten. Orangefarbene und gelbe Busse überquerten die Waterloo Bridge und verwirrten Touristen, die es, wie ich, vorzogen, Rot zu sehen. Links von mir zeichnete sich der Turm des Post Office scharf vom Horizont ab, und rechts ragte die Kuppel von St. Paul's Cathedral in den Himmel.

Tief unter mir auf dem Gehweg riß sich ein kleines Kind von der Hand seiner Mutter los, um ins Wasser zu spähen. Seine Mutter fing es wieder ein und verpaßte ihm eine Ohrfeige. Sein Geschrei mischte sich mit dem Lärm der Autos auf dem Embankment am gegenüberliegenden Ufer und dem Tuckern der Bootsmotoren. Spontan empfand ich Mitleid mit dem Kind, das bestraft wurde, nur weil es sich den Fluß genauer ansehen wollte.

Obwohl ich hungrig war, bedauerte ich es, die Terrasse verlassen zu müssen, weil mein Tisch auf mich wartete. Ohne den Fluß als Anschauungsobjekt sah ich mich der undankbaren Rolle des einsamen Essers ausgeliefert. Man braucht nur vage die Augen zu heben und gerät sofort in den Verdacht, Leute zu beobachten. Aber wohin kann man seine Blicke lenken, ohne scheinbar seine Mit-Esser abzuschätzen und Mängel an ihnen zu entdecken?

Es ist ein großes Restaurant, in hellen, beruhigenden Blautönen gehalten, mit einer breiten Fensterfront, einer abgeschrägten Decke und diversen stählernen Stützpfeilern, die den Eindruck erwecken, man säße in einem Zelt direkt unter den Wolken. Ich mußte eine längere Wanderung durch den überfüllten, geräuschvollen Raum zurücklegen, um dann enttäuscht festzustellen, daß ich vom Tisch aus nicht hinaussehen konnte. Der Kellner rückte mir den Stuhl zurecht, ich entfaltete meine Serviette, warf einen Blick in die Speisekarte und sah mich dann um.

Die beiden Verliebten am Nebentisch flüsterten miteinander. Offenbar waren sie bereits davon überzeugt, daß ich lauschte. Und wie sollte ich ihnen das übelnehmen, wenn ich stumm an meinem Tisch saß und genau diesen Eindruck machte? Nun, wenigstens waren sie bereits bei ihrem Nachtisch angelangt und würden bald aufbrechen. Um sie zu beruhigen, zog ich mein Notizbuch hervor und vertiefte mich in meine neuerworbenen Informationen über Sandy Minch.

Es war nicht leicht, sich Sandy als Frau eines Lehrers und Mutter dreier Kinder vorzustellen. Die Fakten waren keineswegs ungewöhnlich, aber ich kannte Sandy und ... Nein, ich *hatte* sie gekannt, das war etwas anderes. Sie war aufgeweckter als ich, schlauer, überaus selbstsicher und wußte ganz genau, was ich tun sollte und wie. Sie wachte über mich, und wie mir nach den grauenhaften Ereignissen allmählich bewußt wurde, hat sie mich auch beobachtet.

Sandy war eine scharfsinnige Beobachterin, konnte

aber der Versuchung nicht widerstehen, sich einzumischen. Zu manipulieren, wenn Sie so wollen. Auszuprobieren, wie weit sie selbst gehen und wozu sie andere bringen konnte. Sicher, ich weiß, daß sie sich damit nicht anders verhielt als jedes x-beliebige neunjährige Mädchen. Das ist ein Alter, in dem man unbedingt erkunden muß, welche Macht man ausüben kann. Hätte sie einen Bruder oder eine Schwester gehabt, die ihr altersmäßig näher standen, wäre er oder sie das natürliche Opfer ihrer Experimente gewesen. Das Bedauerliche war, daß sie mich auswählte.

Die Erkenntnis des wahren Charakters unserer Beziehung kam mir erst im Verlauf der Jahre. Früher hätte ich sehr empört auf die Behauptung reagiert, daß ich ein nicht sonderlich intelligentes Kind war. Aber die Art und Weise, wie ich mich von der ein Jahr älteren und geistesgegenwärtigeren Sandy abhängig machte, läßt keinen anderen Schluß zu. Ich sah mich nicht als Denkerin oder Handelnde, weil ich im tiefsten Innern wußte, daß ich dazu nicht fähig war. Meine Intelligenz bestand in meiner Bereitwilligkeit, sie für mich denken zu lassen. Mein Leitstern. Meine Freundin für immer.

Ich saß in dem Restaurant, aß Forelle mit Fenchel und dachte über diese Dinge nach, als plötzlich etwas Furchtbares geschah. Unvermittelt wurde ich von der Gewißheit überwältigt, daß ein in der Nähe des Fensters sitzender Mann mein Vater war.

Meine Sicht auf ihn war bis zu dem Moment verstellt gewesen, an dem ein anderer Mann seinen Tisch verließ. Die Bewegung erregte meine Aufmerksamkeit, und ich sah mich meinem Vater gegenüber.

Ich rang so hörbar nach Luft, daß die Flüsterer am Nebentisch die Köpfe in meine Richtung drehten. Das merkte ich, doch alle anderen Antennen meiner Wahrnehmung waren auf meinen Vater gerichtet.

Ein Bissen Fisch rutschte mir von der Gabel und platschte auf den Teller zurück. Die Wisperer steckten die Köpfe zusammen und ignorierten mich auf die Art und Weise, die Leute an den Tag legen, wenn sie sich mit einem komischen Kauz konfrontiert sehen.

Eine Sekunde lang war ich wie erstarrt. Ihn wiederzusehen ... Ausgerechnet hier ... Was für ein erstaunlicher Zufall ...

In meinem Kopf überschlugen sich die Gedanken. Ein Wunder. Nein, irgend jemand hat ihm gesagt, wo ich zu finden bin. Soll ich zu ihm gehen? Ihn ansprechen? Nein, es wäre besser, erst einmal abzuwarten. Mit wem sitzt er da zusammen? Soll ich beim Verlassen des Restaurants auf ihn zugehen oder sofort?

Meine Gabel klirrte auf den Teller. Die Serviette mit den Fingern umkrampfend, stand ich auf. Die Flüsterer wichen vor mir zurück wie im Wind schwankende Bäume. Schweißperlen traten mir auf die Stirn, und ich hob die Serviette, um sie mir abzutupfen. Das Leinentuch flatterte wie eine weiße Fahne.

Er kann es nicht sein, widersprach eine innere Stimme. Das ist unmöglich. Nicht nach so vielen Jahren. Es kann nicht sein ...

Ich starrte ihn unverwandt an, aber er bemerkte mich nicht. Seine Blicke waren auf seine Tischgenossen gerichtet. Lächelnd hörte er ihnen zu, machte dann einen Scherz, über den sie lachten.

Ich machte einen Schritt vorwärts, achtete nicht auf den Tisch und stieß mit der Hüfte so heftig gegen ihn, daß mein Weinglas umstürzte und scheppernd auf den Teller fiel. Ein paar Leute blickten sich um, aber der

Lärm im Raum war so groß, daß sonst niemand reagierte. Mein Vater widmete sich weiter seinen Freunden und beachtete mich nicht.

Dann verwandelte sich die unsägliche Freude, ihn wiederzusehen, in dumpfe Leere und breitete sich so schnell in mir aus, daß kein Raum für angenehme Empfindungen blieb.

Als die besorgte Kellnerin erschien, bemerkte ich das umgestürzte Glas, die starrenden Gäste an den Nebentischen und hörte mich gelassen sagen: »Tut mir sehr leid, ich hatte wohl einen kleinen Schock, aber jetzt bin ich wieder völlig in Ordnung.«

»Kann ich vielleicht irgend etwas für Sie tun?«

»Vielen Dank, nein.«

»Wirklich nicht? Aber ich werde Ihnen zumindest ein neues Glas Wein bringen.«

Als sie damit zurückkehrte, hatte ich mich wieder soweit gefaßt, daß ich einen Nachtisch bestellen konnte. Der Mann, den ich für meinen Vater gehalten hatte, saß zwar noch immer am Fenster, doch der andere Mann war wiedergekommen und blockierte meine Sicht. Ich verspürte keinen Wunsch nach seinem Anblick.

Ich kann Ihnen nicht sagen, was mich plötzlich davon überzeugte, daß es sich nicht um meinen Vater handelte. Mein Gefühl des Wiedererkennens hatte meinem Verstand einen Streich gespielt, und erst später, als ich Pflaumentorte mit Mascarponecreme löffelte, machte ich mir klar, daß jede eingebildete Ähnlichkeit nur mit dem Mann bestand, der vor fast einem halben Jahrhundert mein Vater gewesen war. Ich glaube, es waren seine Kopfform und seine Körperhaltung, die mich an ihn erinnert hatten. Darüber hinaus war durch mein Nachdenken über den Frühling vor so vielen

Jahren meine Phantasie in eine bestimmte Richtung gedrängt worden.

Diese Vorkommnisse suchen mich in meinen Träumen heim, aber ich weiß, daß es lediglich Träume sind, und habe mir angewöhnt, sie zu ignorieren. Es gibt einen oder zwei, die regelmäßig wiederkehren. In einem streicht eine Hand über mein Gesicht, und in dem anderen macht sich meine Mutter über mich lustig. Die Szene in dem Restaurant war die erste gewesen, bei der ich Menschen sah, die nicht da waren. Und das ließ mich an meiner Fähigkeit zweifeln, die Suche nach Sandy weiterzuführen. Ich begann mir Sorgen um Sinnestäuschungen und Anfälle von Panik zu machen.

Offen gestanden weiß ich nicht, was ich riskiere, wenn ich weiterhin nach ihr suche. Ich ertrage das alles nur, weil ich zwischen dem Mord an meiner Mutter und dem Rest meines Lebens den bewußten Rolladen herunterlasse. Mit den drei Jahrestagen – dem Mord, der Hinrichtung und Sandys Geburtstag – werde ich irgendwie fertig, aber vielleicht kann ich mehr als das nicht bewältigen.

Traurige Ereignisse neigen dazu, sich in späteren Jahren in verhängnisvolle Erinnerung zu bringen, sagen die Leute. Immer wieder hört man von älteren Frauen, die durch Schuldgefühle über zu frühe Schwangerschaften, die mit Adoption oder Abtreibung endeten, in Verzweiflung und Neurosen getrieben werden. Längst vergangene Tragödien können einen verzehren. Als ich da vor meiner Pflaumentorte und einer Tasse Espresso saß, befürchtete ich, es könnte auch in meinem Fall so sein.

Ihnen ist doch klar, was ich mache, oder? Ihnen kann meine Angewohnheit, dem Thema auszuweichen, nicht verborgen geblieben sein. Hier kann es doch nun wirklich nicht darum gehen, ob ich zusammenbreche, wenn ich mit meiner Freundin aus Kindertagen spreche. Nein, vielmehr sollte ich erklären, warum ich das mögliche Zusammentreffen mit meinem Vater als so traumatisch empfand.

Ich werde es versuchen. Allerdings ist Ausweichen etwas, was mir zur zweiten Natur wurde. Es ist meine vorrangige Überlebenstechnik. Mehr oder weniger bewußt weiche ich ständig aus, seit ... Aber nein, nicht jetzt. Wenn es überhaupt irgendeinen Sinn machen soll, Ihnen das alles anzuvertrauen, müssen Sie alles erfahren.

Also gut. Ich werde von meinem Vater erzählen. Daß er nach dem Krieg hinfällig und kränklich war, habe ich bereits erwähnt. Jede Unpäßlichkeit konnte auf Erlebnisse im Krieg geschoben werden, und wer wollte dem widersprechen? Alle versicherten immer wieder, daß der Krieg John Morden verändert hatte, und in diesem Bewußtsein wuchs ich auf. Er war entweder angeschossen worden, auf eine Mine getreten oder hatte einen Nervenzusammenbruch erlitten. Niemand erzählte mir, welche der Möglichkeiten zutraf.

Diese fehlende Information beunruhigte mich nicht besonders. Es gab unzählige Dinge, für die ich nach Ansicht der Leute, die ich nach Details ausfragte, »zu jung war«. In dieser Kategorie speicherte ich auch die Kriegserlebnisse meines Vaters. Mitten in einer Situation neigt man dazu, diese zu akzeptieren, und bringt nicht die Neugierde auf, die man als betrachtender Außenseiter zeigen würde.

Beispielsweise erinnere ich mich an mein lebhaftes Interesse am Schicksal des Taubstummen, der am oberen Ende der Avenue lebte. Erst drückte er sich vor der Grundschule herum, wenn wir unsere ersten Worte von der Tafel ablasen, zündelte dann irgendwo und »mußte weggebracht werden«. Ich betrachtete verstohlen seine Brüder, die mit schamroten Köpfen zur Schule kamen, und fragte mich ständig, wie es nun wohl bei ihnen zu Hause aussah. Saßen sie verzweifelt herum oder waren sie froh, ihn los zu sein? Besuchten sie ihn dort, wo er war? Und falls man selbst einmal »weggebracht« wurde, wie lange dauerte so was? Irgendwann mußte der Sohn des Gemüsehändlers ins Gefängnis, tauchte aber in Windeseile wieder im Geschäft auf – sehr zum Leidwesen derjenigen, die er beklaut hatte.

Natürlich war es die Außenseiterin Sandy, die die allgemeine Überzeugung in Frage stellte, daß mein Vater zu den Kriegsversehrten zählte.

»Er bekommt keine Kriegsopferrente«, sagte sie.

»Davon weiß ich nichts.«

»Wenn ich es dir doch sage. Er kriegt keine. Meine Tante arbeitet bei der Assistance und erzählte mir, daß er keine bekommt.«

Gleichmütig zuckte ich mit den Schultern, fragte mich aber, worauf das alles hinauslaufen würde. Häufig plapperte sie einfach vor sich hin, um sich wichtig zu machen, aber manchmal gab sie auch hochinteressante Informationen weiter. Sie war eine extrem nützliche Quelle und erzählte mir Sachen, die ich sonst nie erfahren hätte. Zwar trafen sie nicht immer hundertprozentig zu, aber dieses Risiko geht man nun einmal ein, wenn man auf Klatsch hört.

Irrtümer konnten Sandy weder erschüttern, noch entschuldigte sie sich. Um eine erfolgreiche Klatschbase zu sein, bedarf es einer bestimmten Denkweise, finden Sie nicht auch? Die Minchs waren eine Familie von Tratschmäulern. Informationen flogen ihnen förmlich zu, und es war ihre Freude und Aufgabe, sie weiterzugeben. Mit Sandy auf der Lauer in der Stadt und ihrem Cousin Peter mit gespitzten Ohren im Pub seiner Eltern war ich mit Neuigkeiten stets gut versorgt. Im nachhinein glaube ich nicht, daß sie mir jemals etwas Gutes erzählt hat.

Ihre schlechten Nachrichten über meinen Vater untergruben seinen Status als verwundeter Kriegsheld. Und das in einem Maße, daß ich begann, mich kritisch mit der Sache auseinanderzusetzen.

»Bei dem alten Parkwächter weiß man sofort, woran man ist«, betonte Sandy. »Er hat eine Narbe im Gesicht und nur noch ein Auge.«

»Granatsplitter«, sagte ich, stolz darauf, die Ursache zu kennen.

Sie setzte noch eins drauf: »Ja, an der Somme.« Dann fügte sie hinzu: »Und jedermann weiß, daß Mister Todd mit zwei Beinen zur Armee ging und mit nur einem zurückkam.«

Der einbeinige Frittenbudenbesitzer war in der Stadt bekannt wie ein bunter Hund; weniger wegen seiner Behinderung, sondern weil er mit an den Kittel gehefteten Orden und Ehrenzeichen hinter dem Tresen stand.

Ich versuchte, meine Mutter zu befragen. Sie erklärte, ich sei für derlei Dinge noch viel zu klein. Lachend scheuchte sie mich fort, weil sie sich ein Kleid für den Abend heraussuchen wollte. Auf meine Frage erhielt ich zur Antwort, sie gehe zu einer geschäftlichen Besprechung.

Ich blieb neben der Schlafzimmertür stehen und sah zu, wie sie Kleider aus dem Schrank zog und sich vor dem Spiegel anhielt, bevor sie sie wieder zurückhängte.

Da gab es ein fließendes Kleid in einer Farbe, die sie »pudriges Pink« nannte. Darin sah sie aus wie ein Himbeerpudding, und ich war froh, daß sie sich dagegen entschied. Dann griff sie nach einem Kleid aus blauem, mit Schmetterlingen bedrucktem Crêpe. Das sah ganz attraktiv aus, aber als sie es sich vor dem Spiegel anhielt, bemerkte ich, daß sie das Gesicht verzog. Sie schnupperte an dem Stoff, warf das Kleid zu Boden und murrte etwas über die Kosten der chemischen Reinigung. Ich konnte nur die Mischung aus muffigem Parfum und Zigarettenrauch wahrnehmen, der allen Kleidungsstücken im Schrank anhaftete.

Sie entschied sich für ihr schwarzes Kleid, bürstete Make-up-Reste vom Ausschnitt und hängte es an die Schranktür.

»Bist du immer noch da?« fragte sie und tat so, als würde sie mich jetzt erst entdecken.

Ich schwieg, drückte mich gegen den Türrahmen und reckte mich, als sollte meine Größe gemessen werden. Als ich noch klein war, hatte sie das immer getan. Ich frage mich, ob die Striche noch immer zu sehen sind. Sie hatte sie auf die Holzverkleidung der Diele unseres Hauses an der Avenue gekritzelt. Aber das war nur eine ihrer Launen. Die höchste Markierung befand sich knapp einen Meter über dem Fußboden.

Als sie ins Bad ging, nahm ich das schwarze Kleid vom Bügel und hielt es mir an. Ein kleines Mädchen mit einem eleganten Ripskleid: Es sah grotesk aus. Ich hätte es am liebsten zerfetzt, damit sie zu Hause bleiben mußte und nicht zu ihrem geschäftlichen Treffen gehen konnte.

Aber auch wenn ich das schwarze Kleid ruinierte, wären da immer noch das pudrig-pinkfarbene und das blaue mit den Schmetterlingen. Es hätte keinen Sinn, es zu zerreißen.

Statt dessen zog ich es mir über den Kopf und verrenkte mir fast die Arme, um die Rückenhaken zu schließen. Dann griff ich zu den Kinkerlitzchen in ihrem Schmuckkasten und steckte mir Broschen an, behängte mich mit Ketten, schob Reifen und Armbänder über meine Handgelenke, befestigte baumelnde Ohrgehänge. Mit ihrem Puder färbte ich meinen Teint. Schließlich bemalte ich meine Kinderlippen mit knallroten Bögen, bis es die sinnlichen Lippen einer erwachsenen Frau waren, einer herausgeputzten Frau, die sich amüsieren will.

Als sich die Badezimmertür wieder öffnete, posierte ich vor dem Spiegel, ein anstößig herausgeputztes Geschöpf, das durch Übertreibung seinen Staat als wertlosen Tand entlarvte. Ich sah sie im Spiegel, wollte mich umdrehen, aber sie war zu schnell für mich.

Finger krallten sich in meine Haare. Sie zerrte mich vom Spiegel fort, zu sich herum und schlug mir ins Gesicht. Hektisch riß ich an den Armbändern und Reifen, schleuderte sie von mir, auf den Ankleidetisch, auf das Bett, auf den Boden. Sie riß mir die Ohrringe ab, das Kleid herunter. Ich hörte mich angstvoll wimmern, aber sonst war nichts zu vernehmen, kein Schreien, keine Beschimpfungen, nur das Toben ihres unbändigen Zorns.

Als mir nur noch meine knallroten Lippen geblieben waren, schlug sie mir mit dem Handrücken mit voller Wucht auf den Mund. Irgendwann lag ich auf dem dunklen Treppenabsatz und hörte, wie sich der Schlüssel im Schloß des Schlafzimmers drehte.

Sie fragen, ob ich geweint, in die Kissen geschluchzt

habe, während sie ihren Vergnügungen nachging? Ein anderes Kind hätte das vielleicht getan. An einem anderen Tag hätte sogar ich es wahrscheinlich getan. Aber ich weinte nicht, ich war fassungslos über meine und ihre Wut. Gelegentlich folgt auf ein schockierendes und verblüffendes Ereignis ein Moment klarer Erkenntnis. Und genauso war es bei mir an jenem Nachmittag auf dem Treppenabsatz.

Ich erkannte, daß mein Herumpfuschen mit Dingen, für die ich noch zu klein war, einen wunden Punkt in ihr berührt hatte. Die extreme Heftigkeit, mit der sie mir meinen Putz vom Körper riß, schien eine bemerkenswerte Überreaktion auf die Mätzchen einer ungebärdigen Tochter zu sein. Auch wenn mir zum aktuellen Zeitpunkt sowohl das Vokabular als auch die nötige Erfahrung für eine Erklärung fehlten, gelangte ich doch später zu der Überzeugung, daß sie damit gegen einen Aspekt von sich selbst anging, den ich mit meinem Auftritt hervorgehoben hatte.

Obwohl ich aus dem Zusammenstoß mit herausgerissenen Haarbüscheln, geschwollenem Gesicht und aufgesprungenen Lippen als Verliererin hervorging, bescherte er mir doch auch ein gewisses Gefühl von Macht. Mit so einfachen Mitteln wie einem Lippenstift konnte ich einen Erwachsenen zur Weißglut treiben.

Im Bad wusch ich mir so lange das Gesicht mit Wasser und Seife, bis keine Spur von Lippenstift und Puder mehr zu sehen war. Ich blickte in den Spiegel und imitierte die Grimasse, die ihr sonst so hübsches Gesicht verzerrt hatte, als sie mich verdrosch. Und ich wiederholte ihre Worte, die einzigen, die ihr über die Lippen gekommen waren.

»Ich bringe dich um, du kleine Schlampe.«

Ich wartete einen Tag, aber die Szene wurde mit keinem Wort erwähnt. Meinem Vater fielen meine aufgesprungenen Lippen und das geschwollene Gesicht gar nicht auf. Meine Mutter kam und ging auf ihre gewohnte Art. Ich wartete noch einen zweiten Tag und empfand fast so etwas wie Enttäuschung. Es kam mir einfach nicht richtig vor, daß nach einem derartigen Drama zur Tagesordnung übergegangen wurde.

Selbst Sandy wußte nichts davon. Ich hatte beschlossen, ihr nichts zu sagen, und führte meine Verletzungen auf einen Treppensturz zurück. Vielleicht hat sie mir geglaubt. Hätte ich ihr die Wahrheit erzählt, wäre sie zu Peter Minch gelaufen, und damit hätte es zu den Neuigkeiten gehört, die aus dem *Red Lion* drangen.

Ein weiterer Grund für mein Schweigen war mein Wunsch, das Geheimnis für mich zu behalten. Sobald man ein Geheimnis preisgibt, verändert es sich. Die Interpretationen und Kommentare anderer Leute verwandeln es. Das Ausmaß ihres Interesses bleibt nicht ohne Auswirkungen auf die eigene Wertschätzung des Geheimnisses. Daher hielt ich den Mund.

Am dritten Tag änderte sich meine Einstellung ohnehin. Meine Enttäuschung wurde zunehmend durch Neugierde auf meine neuerworbene Macht ersetzt. Ich beschloß, sie auf die Probe zu stellen.

Als meine Mutter zu einem Treffen mit Dennis Aylard ging, malte ich mit demselben roten Lippenstift »Ich bringe dich um, du Schlampe« auf den Spiegel in ihrem Schlafzimmer.

Mein Vater saß in der Küche, auf dem warmen Fleckchen vor dem Boiler, hörte BBC und rauchte eine Gold Flake, was er abends meistens tat. Ich streunte eine

Weile durch den Garten, aber dann begann es zu regnen. Also kehrte ich ins Haus zurück und versuchte zu lesen. Ich hatte inzwischen gelernt, mich trotz der Radiogeräusche zu konzentrieren, konnte mich aber mit den handelnden Personen des Buches nicht anfreunden. Sie führten sorglose Existenzen, mit jeder Menge Geld für Partys und Ferienreisen, einem Auto und einer Hausangestellten. Solche Leute kannten wir nicht. Es sei denn, man rechnete Dennis Aylard zu seinem Bekanntenkreis.

Hin und wieder dachte ich an die Lippenstiftdrohung im Schlafzimmer, fühlte mich jedoch nicht versucht, sie wieder fortzuwischen. Ich brühte meinem Vater eine Tasse Tee und bat ihn, mir vom Krieg zu erzählen und wie es zu seiner Verletzung gekommen war. Bis zu seiner Rente kam ich nicht.

Er lehne es ab, über den Krieg zu reden, erklärte er. »Das weißt du, Ann. Er ist vorüber, und es macht wenig Sinn, noch darüber zu sprechen.«

Ich schmeichelte, bettelte und versuchte, auf Umwegen zum Thema zu kommen, aber er musterte mich mißbilligend und forderte mich auf, ruhig zu sein. Er drehte das Radio lauter und hüllte sich in sein gewohntes mürrisches Schweigen.

Nachdem ich das Geschirr abgewaschen und weggestellt hatte, betrachtete ich ihn. Er war meilenweit weg, wie man so sagt. Er nahm mich nicht wahr, und das tat weh.

Das ist es, was ich Ihnen über ihn erzählen wollte. Er übersah mich. Er lehnte mich ab. Nie gab es Streit zwischen uns, wie so oft zwischen ihm und meiner Mutter oder, gelegentlich, zwischen meiner Mutter und mir. Ich kann Ihnen kein katastrophales Ereignis schildern, das etwa dazu führte, daß er mich fallenließ. Die kleinen tagtäglichen Zurückweisungen waren es, die ich kaum ertragen konnte. Selbst wenn wir beide allein waren, hatte er kein Interesse an mir.

10. Kapitel

Sie hockten auf dem Schuppendach. Über einen Ast war das Flachdach leicht zu erklettern. Das Laub des Baumes und die Gebäudeseite verbargen sie vor allen Blicken aus Haus und Garten.

»Ich wünschte, sie wäre tot«, sagte Ann in dem grämlichen Ton, der Widerspruch herausforderte.

»Das meinst du nicht ernst.« Sandy hörte sich ungemein überlegen an.

»Da irrst du dich«, entgegnete Ann tonlos. »Manchmal tue ich es.«

»Wenn sie zu ihren geschäftlichen Verabredungen geht?«

»Das sind keine geschäftlichen Verabredungen. Das sind Verhältnistreffen.«

Sandy lachte schallend. *»Was?«*

»Pssst! Schließlich braucht nicht gleich die ganze Welt zu erfahren, daß wir hier oben sind.«

»Entschuldige, aber was du da eben gesagt hast, hörte sich zu komisch an.«

»Du weißt genau, was ich meine. Jedenfalls solltest du es wissen. Schließlich warst du es, die mir davon erzählt hat.«

Normalerweise hätte sie das nur ungern eingeräumt, aber an diesem Nachmittag war ihr alles egal.

Sandy lächelte selbstgefällig. »Immerhin ist sie jetzt mit Dennis Duck auf und davon.« Sie schob die Lippen vor und machte schmatzende Kußgeräusche.

»Sag doch so was nicht.«

»Du hast gesehen, wie sie mit einem Koffer durch den Garten gelaufen ist. Wir beide haben sie gesehen.«

Den Koffer hatte Ann nicht gesehen. »Vielleicht kommt sie wieder.«

»›Vielleicht‹. Das ist ein großes Wort. Fast so groß wie ›falls‹. ›Falls‹ ist ein sehr großes Wort. Jedenfalls sagt meine Mutter das immer.«

Mrs. Minch war eine Frau, die pausenlos schwatzte. Stets war sie von einer Schar Freunde, Bekannte und Kinder umgeben, darunter auch den Freunden ihrer eigenen Kinder. Sie dirigierte das Durcheinander, ohne zu merken, wie groß es eigentlich war, und schwatzte dabei munter weiter.

Ann fand Mrs. Minch sehr nett. Seit einiger Zeit wünschte sie, sich irgendwie in die Familie Minch einschmuggeln zu können, ihre eigene Familie kurzerhand gegen die von Sandy einzutauschen. Sandy gefiel es dort allerdings weniger. Ständig klagte sie darüber, sich um ihre kleinen Brüder und Schwestern kümmern zu müssen, und nutzte jede Gelegenheit, zu Ann zu entkommen.

Sandy betonte gern, daß sie Erwachsene nicht ausstehen konnte, daß sie alle ausnahmslos blöd waren. Aber Ann wußte, daß Sandy nicht alles ernst meinte, was sie sagte. Beispielsweise hatte sie nichts gegen Dennis Aylard, obwohl sie alberne Namen für ihn erfand und häßliche Dinge über ihn sagte. Ann war nicht entgangen, daß es Sandy durchaus gefiel, wenn er sie aufzog und erklärte, sie seien alle kesse Fratzen, aber Sandy Minx der schlimmste. Er hob die Hand, als wolle er ihr das Hinterteil versohlen, und brachte sie dazu, lachend davonzurennen. Für Ann hatte er keinen Spitznamen.

Auf den Knien rutschte Ann nach vorn bis fast an den Rand des Daches und blickte in die Richtung, in die ihre Mutter verschwunden war.

»Fall nicht runter«, mimte Sandy die neunmalkluge Erwachsene.

Ann reagierte mit einem gereizten Schulterzucken.

»Ich glaube, er war braun«, sagte Sandy. »Hat sie einen braunen Koffer?«

»Mein Vater hat einen.« Sie sah seine abgestoßenen Ecken vor sich.

»Na, dann wird sie den genommen haben. Für den Fall ihres Sündenfalls.« Sie kicherte. »Hast du das gehört? Für den Fall ihres Sündenfalls habe ich gesagt.«

Mürrisch rang sich Ann ein »Ja« ab. Es war nicht komisch. Vermutlich konnte man nichts komisch finden, wenn seine Mutter dabei war durchzubrennen.

»Ich frage mich, was sie hineingetan hat.«

»Wo hinein?«

»In den Koffer, Dummchen. Wir reden von dem Koffer. Was würdest du denn mitnehmen, wenn du abhauen willst?«

Das Spiel machte Ann keinen Spaß. Sie rutschte weiter nach vorn, streckte die Beine aus und ließ sie über den Dachrand baumeln. Schmutz klebte an ihren Knien, die Zweige hatten in ihrem grünen Rock Fäden gezogen, aber es kümmerte sie nicht.

»Schmuck und Abendkleider, nehme ich an«, fuhr Sandy fort.

»Vergiß den Lippenstift nicht.«

Glücklicherweise brauchte Ann ihren Beitrag nicht weiter zu erklären, denn Sandy hakte ihre eigene Liste ab. »Nylons. Schuhe mit hohen Absätzen. Eine Zigarettenspitze.«

»Zigarettenspitzen kann meine Mutter nicht leiden.«

»Oh.« Ironisch fügte Sandy hinzu: »Stenoblock und einen oder zwei Stifte für den Fall, daß sie sich bei ihren Geschäftstreffen etwas notieren muß.«

»Du hast schon wieder ›für den Fall‹ gesagt.«

Erneut begann Sandy zu kichern, offenbar über sich selbst begeistert. Gefährlich nah am Rand tanzte sie über das Dach und schwang ihr Bein über einen Ast.

»Willst du gehen?« Die Frage war heraus, bevor Ann recht nachgedacht hatte.

»Vielleicht.«

»Das ist ein großes Wort.«

Sandy verzog das Gesicht. »Hier gibt es doch nichts Interessantes mehr. Sie ist weg. Dennis Mallards Auto ist weg.«

»Woher willst du das wissen? Wir haben ihn nicht fortfahren hören.«

»Aber das ist doch klar. Was sollen sie auf einem Parkplatz herumsitzen, wenn sie zu einem Verhältnistreffen fahren können?«

Ann wünschte sich, den Koffer in der Hand ihrer Mutter, Aylards Wagen auf der Parkfläche hinter dem Garten gesehen, sie davonfahren gehört zu haben. Sandy wußte immer genau über alles Bescheid, aber Ann war es entgangen, weil sie in die falsche Richtung geblickt hatte, einfach nicht schnell genug war.

Inzwischen hockte Sandy rittlings auf dem Ast. »Sie *könnte* sterben. Immer wieder kommen Leute in Autos um, und er ist ein verwegener Fahrer. Weißt du noch, wie wir beim letzten Mal ins Schleudern geraten sind?«

Nach jenem Tag vor etlichen Wochen hatten die Aufforderungen an Ann, sie auf ihren Spritztouren zu begleiten, ebenso abrupt geendet wie Sandys Vergnügen daran. Aber das Schleudern war nicht nur seine Schuld, dachte Ann.

»Der Farmer ist mit seinem Traktor ohne anzuhalten aus der Ausfahrt gekommen«, korrigierte sie Sandy. »Das weißt du genau.«

»Trotzdem ist Dennis Duck zu schnell gefahren.« Sandy fuhr mit der Hand über die rauhe, absplitternde Rinde des Asts. »Wie auch immer. Jetzt ist sie mit ihm auf und davon, und du wirst sie wahrscheinlich nicht wiedersehen.«

Ann biß sich auf die Lippe, wandte den Blick ab.

»Mach dir nichts draus«, sagte Sandy. »Ich nehme an, daß sie dir eine Postkarte schickt. Und Geld. Jeder sagt, daß er schrecklich reich ist. Reich und fett. Du wirst ihm leid tun, so daß er ihr sagen wird, sie soll dir ein bißchen Geld schicken. Als eine Art Entschuldigung.«

Sie wolle sein Geld nicht, entgegnete Ann spitz, aber Sandy begann laut zu überlegen, mit welchen Summen zu rechnen wäre, ob es bar per Paket käme oder ob er eine Postanweisung vorzog. Als sie ihre Grübeleien beendete, war nur schwer vorstellbar, daß das Geld lediglich in ihrer Phantasie existierte.

»Aber schließlich«, schweifte Sandy ab, »ist sie gar nicht deine richtige Mutter, oder?«

Ann runzelte die Stirn. »Was meinst du damit?«

»Tu nicht so einfältig! Ich habe es dir doch erzählt.«

Jetzt erinnerte sich Ann. Sie hatte es nicht vergessen, aber verdrängt. Vor Monaten waren Sandy Gerüchte zu Ohren gekommen, daß Rita Morden keine Mutter war. Und Ann hatte Gesprächsfetzen aufgefangen, die diese Vorstellung bestärkten. Bemerkungen wie: »Sie ist die Tochter ihres Vaters, nicht Ritas.«

»Und jetzt, wo sie fort ist, könnte deine richtige Mutter zurückkommen«, fuhr Sandy fort. »Wenn sie will. Und wenn du es willst.«

»Meine richtige Mutter?«

Anns Begriffsstutzigkeit schien Sandy zu verärgern. »Wenn Rita nicht deine Mutter ist, muß es eine andere Frau sein. Schließlich mußt du doch eine Mutter haben, oder? Rita ist nur deine Stiefmutter. Deine richtige Mutter ist jemand anderes.«

»Wer?«

Sandy zuckte mit den Schultern. »Woher soll *ich* das wissen? Die Frau, mit der dein Vater zuvor verheiratet war.«

»Aber er war nicht schon einmal verheiratet.«

Sandy blinzelte sie mit zusammengekniffenen Augen an. »Vermutlich glaubten sie, du wärst noch zu klein, um es dir zu sagen.«

Ann schüttelte den Kopf. »Nein, er war wirklich nicht schon einmal verheiratet.«

»Nun, vielleicht war er mit ... mit dieser Frau auch nicht wirklich verheiratet.«

Ann wappnete sich für das, was nun kam.

»Man braucht nicht verheiratet zu sein, um Babys zu bekommen«, erklärte Sandy. Und als Ann nichts erwiderte, fügte sie hinzu: »Vor allem Männer nicht.«

In Anns Kopf drehte sich alles. Sie erinnerte sich an Bemerkungen von Erwachsenen, die Sandys Behauptungen zu bestätigen schienen, aber sie überzeugten sie nicht. Wäre ihr Vater dagewesen, wäre sie sofort ins Haus gestürzt und hätte ihn gefragt, aber er wollte eine neue Röhre für das Radio besorgen.

Sandy redete weiter auf sie ein, ließ ihr keine Sekunde Zeit zum Nachdenken. Sie rasselte die Namen von Leuten herunter, Filmstars und ganz gewöhnlichen Einheimischen, deren Herkunft zweifelhaft oder allzu eindeutig war. Es hörte sich nicht beruhigend an. Es war keine Liste, zu der Ann gehören wollte.

Sie hielt sich die Ohren zu. »Das hast du dir alles nur ausgedacht. Ich glaube dir nicht.«

Aber die Vorstellung, es könnte wahr sein, hatte durchaus etwas Faszinierendes.

11. Kapitel

Richard King trug eine neue Brille, ziemlich groß, mit dunkelbraunem Kunststoffgestell.

»Wie gefällt sie Ihnen?«

»Damit sehen Sie aus wie eine Eule«, erwiderte Gillian Spry nicht unfreundlich. Und als er enttäuscht das Gesicht verzog: »Eine knuddelige Eule.«

»Oh, und ich hoffte auf einen gesetzten, seriösen Eindruck.«

»Tut mir leid. Für mich sind Sie damit eine knuddelige Eule.«

Sie dachte an die Plüscheule ihrer Nichte mit dem phantasielosen Namen Owlie. Ja, der Optiker hatte Richard in Owlie verwandelt. Die Brille ließ ihn nicht ernsthaft und weise aussehen, sondern erstaunt und irgendwie geistesabwesend.

Richard beäugte sich in der Fensterscheibe und suchte nach dem klugen, abgeklärt wirkenden jungen Mann, den er im Spiegel des Optikers erblickt hatte. Es gelang ihm nicht. Zwischen dem Brillengeschäft an der High Street und dem hundert Meter entfernten Büro hatte sich etwas höchst Sonderbares ereignet. Er war zu einer knuddeligen Eule geworden.

»Wahrscheinlich kann ich sie nicht umtauschen«, sagte er.

Sie hatte sich die Winterlea-Erkenntnisse auf den Computerschirm geholt und sah ihn nicht an. »Das vermute ich auch. Im Grunde ist doch auch nichts an ihr auszusetzen.«

»Obwohl sie den Käufer zu einer Lachnummer macht?«

»Sie sind Anwalt. Lassen Sie sich etwas einfallen.«

Er nahm die Brille ab und deponierte sie auf seinem Schreibtisch. Zwischen den diversen Papierstapeln, der ungeöffneten Post und den sonstigen Ablagerungen war gerade noch Platz für sie.

Gillian nahm an, daß auch in seiner Wohnung das blanke Chaos herrschte. Mit dieser Vermutung lag sie zwar richtig, würde sich davon jedoch nicht überzeugen können, weil er sich fest vorgenommen hatte, sie nie über seine Schwelle zu lassen. Ein flüchtiger Blick in ihr makellos aufgeräumtes Dachgeschoß an der Themse hatte ihm bewußt gemacht, daß das ein schwerer Fehler wäre.

Sie vertrat die Theorie, daß er jedesmal in Anfälle akuter Faulheit verfiel, wenn ihm eine Freundin den Laufpaß gab, und nur durch eine neue Flamme aus dieser Trägheit aufgerüttelt werden konnte. Sie hoffte inständig, daß die Neue bald auftauchte. Wenn sie Richards bedacht ausgestreuten Andeutungen Glauben schenkte, war sein Leben eine ununterbrochene Kette amouröser Abenteuer. Sie glaubte ihnen nicht, gab aber aus Höflichkeit vor, es zu tun.

»Also gut, fassen wir zusammen«, sagte er und kehrte zu ihrer Unterhaltung zurück, die er unterbrochen hatte, um seine Brille abzuholen. Er rieb sich den Nasenrücken, auf dem die noch ungewohnte Brille eine rötliche Druckstelle hinterlassen hatte.

»In Ordnung.«

Gillian Spry wandte sich vom Bildschirm ab und zog einen mit ihrer festen, entschlossenen Handschrift eng beschriebenen Notizblock an sich heran. Bevor sie zu sprechen begann, drückte sie auf eine Taste am Telefon, um zu verhindern, daß sie durch Anrufe gestört wurden.

»In neun uns bekannten Fällen weichen Winterleas Aussagen vor Gericht von seinen ursprünglichen Feststellungen ab und passen sich den Vorstellungen der Staatsanwaltschaft an«, sagte Gillian. »In diesen neun Fällen war seine Beweisführung entscheidend für eine Verurteilung.«

»Die meisten von ihnen stammen aus den fünfziger und sechziger Jahren, stimmt's?«

»Sechs. Aber der Tanzpuppen-Fall kam siebenundvierzig vor Gericht, Middlemarsh im Jahr zweiundsiebzig und Restoril fünfundsiebzig. Dennoch weisen unsere neun Fälle nach, daß er über einen Zeitraum von rund dreißig Jahren, also für den größten Teil seiner Tätigkeit, seine Beweismittel manipulierte, um Menschen verurteilen zu lassen, gegen die keine unwiderlegbaren forensischen Beweise vorlagen.«

»Und bis zur Abschaffung der Todesstrafe im Dezember vierundsechzig brachte er sie an den Strang.«

»Ja, aber vergessen Sie nicht, daß nach siebenundfünfzig aufgrund des Homicide Act bei Mord gewisse Qualitätsunterschiede im Hinblick auf die Schwere des Verbrechens gemacht wurden. Danach war es nicht mehr so leicht, jemanden zum Tod durch den Strang zu verurteilen.«

»Es sei denn, Winterlea wies einem Angeklagten die besondere Schwere seines Vergehens nach.«

Sie schlug eine Seite um. »Im Tanzpuppen-Fall wurde Rhea wegen Mordes an Doone gehängt. Die Familie fand sich mit dem Urteil nicht ab und legte vor fünf Jahren Beweise für seine damalige Behauptung vor, er wäre zum Zeitpunkt der Tat in Schottland gewesen. Offensichtlich hat die Polizei den Alibizeugen gar nicht befragt.«

Auf dem Sterbebett hatte ein kleiner Ganove den Mord gestanden, für den Restoril gehängt worden war. In seinen posthum publizierten Memoiren schilderte ein Mitglied einer berüchtigten Londoner Gang, daß er einen Mann durch Kopfschuß tötete, dafür aber Bacton, der Angehörige einer rivalisierenden Bande, zum Tode verurteilt wurde. In einigen Fällen spürten Familienangehörige der Verurteilten in mühsamer Kleinarbeit Leute auf, die Alibis bestätigten oder weitere Informationen lieferten, die die betreffenden Fälle in einem anderen Licht erscheinen ließen. Zwei Männer, deren Todesurteile in lebenslange Haft umgewandelt worden waren, verbrachten Jahre damit, ihre Unschuld nachzuweisen.

»Manchmal brauchte Winterlea lediglich den mutmaßlichen Zeitpunkt des Todes zu verändern. So bestritt Helmdon beispielsweise nicht, in die Fabrik eingebrochen zu sein und die Nylons gestohlen zu haben, erklärte aber, daß das gegen halb neun gewesen sei und er niemanden gesehen hätte. Nach Winterleas ursprünglichen Feststellungen wurde der Hausmeister zwischen zehn Uhr und Mitternacht getötet. Bei seinen Ermittlungen stellte Ross Pickford fest, daß Helmdon gegen zehn im *Green Man*-Pub in Hackney Nylons verkaufte. Also sagte Winterlea vor Gericht aus, der Hausmeister wäre zwischen acht und zehn Uhr ermordet worden. Helmdon starb am Strang.«

Richard griff nach seiner Brille und wirbelte sie herum. So hatte er seine alte Brille zerbrochen. Er spielte mit ihr herum, bis ein Bügel abbrach und der Rest durch den Raum flog. Als er aufsprang, um sie zu retten, war er prompt auf die Gläser getreten.

»Nun, die Sache Winterlea scheint mir sonnenklar zu sein. Inzwischen wissen wir von neun Fällen. Und an drei von ihnen war Ross Pickford beteiligt?«

»Ja, drei. Aber vergessen Sie nicht, daß die beiden nicht ständig im selben Gebiet arbeiteten.«

»Ich weiß. Und nun werden Sie mir sicher gleich erzählen, daß Winterlea bald nach seiner Versetzung auch im Mordfall Rita Morden herumpfuschte.«

Richard konnte Gillians Begeisterung für den Morden-Fall nicht teilen. Seiner Ansicht nach war jede Beschäftigung damit nur Zeitverschwendung, da sie gegen Winterlea längst genügend Beweise in der Hand hatten. Er wünschte sich sogar, Stephen Kuyper würde aus den geheimnisvollen Tiefen auftauchen, in die er sich zwischen seinen Anrufen zurückzog, und schlüssige Hinweise liefern, die sie von Rita Morden abbrachten.

Gillian blätterte in ihrem Block, bis sie auf ihre Notizen über den Morden-Fall stieß. »Ich weiß nicht recht, Richard. Winterleas Notizen sind zwar zu entziffern, aber vor Gericht sagte er aus, sie sei zwischen halb zehn und zehn gestorben, und das ist ungewöhnlich präzise. Es gibt jedoch keinen Hinweis darauf, daß er davon nicht von Anfang an ausgegangen ist oder daß es nicht zutrifft.«

»Aber die Anlasserkurbel bereitet Ihnen Kopfschmerzen.«

»Er äußerte sich sehr bestimmt, daß es sich dabei um die Tatwaffe handelte. Und genau das wollte die Anklage hören, weil die Anlasserkurbel Aylard gehörte und seine Fingerabdrücke darauf waren.«

»Auch Abdrücke der Handfläche.«

»Ja. Aber wenn ich Winterleas Notizen über seine erste Untersuchung der Leiche richtig deute, schreibt er von durch Schädelsplitterungen verursachten subduralen Blutungen. Mit anderen Worten: Er kam zu dem Schluß, daß sie vier heftige Schläge auf den Kopf erhalten haben muß. Die Worte ›hölzerner Gegenstand‹ sind ziemlich deutlich zu entziffern, wie auch ›Holzsplitter‹, die er offenbar in ihrem Haar und in den Kopfwunden gefunden hat.«

Richard verzog das Gesicht. Einzelheiten der Verletzungen hörte er nie gern.

Unbeeindruckt fuhr Gillian fort: »Doch vor Gericht ist er überzeugt, daß sie infolge eines Schlags mit einem metallenen Gegenstand ums Leben kam, bei dem es sich höchstwahrscheinlich um eine Anlasserkurbel handelte. Und als die Verteidigung nach Holzsplittern fragt, erklärt er die mit der Tatsache, daß die Tote einige Zeit lang unentdeckt unter Bäumen lag.«

Richards Widerwillen schien nachgelassen zu haben. »Nach mehreren Schlägen spritzt Blut nur so durch die Gegend, aber einen einzigen Schlag kann man ohne großes Geschmadder ausführen. An Aylards Kleidung konnten sie keine Blutspuren feststellen, oder?«

»Nicht die geringsten. Und Sie sehen, wie Winterleas Meinungsänderung der Staatsanwaltschaft nutzte? Hätte er im Zeugenstand von vier Schlägen mit einem hölzernen Gegenstand gesprochen, wäre die Verteidigung vor Begeisterung außer sich geraten. An der Kleidung und im Auto des Angeklagten waren keinerlei Blutspuren zu entdecken, und er besaß auch keinen blutbefleckten Holzgegenstand. Statt dessen schwafelt Winterlea von nur einem Schlag, der ›höchstwahrscheinlich‹ mit einer metallenen Anlasserkurbel ausgeführt wurde. Nun, es war davon auszugehen, daß er als Autofahrer eine besaß.«

Gillian ließ den Notizblock sinken und ging zum Fenster. »Wie ich schon sagte, bin ich mir wirklich nicht sicher, Richard, aber wenn es sich um einen weiteren manipulierten Fall handelt, dann um einen besonders dreisten. Erinnern Sie sich an das, was mir dieser frühere Chefredakteur erzählt hat. Er stand auf gutem Fuß mit den Polizeioberen und behauptet, von Anfang an Zweifel gegenüber den Ermittlungen empfunden zu haben.«

Sie schwieg und beobachtete, wie eine Frau mit einem Kinderwagen die Straße überquerte und ein Radfahrer ihr nur im letzten Moment auswich. Sie wünschte, sie hätte zusammen mit Geoff nach New York fliegen können. Seine Tage in London waren zu kurz, ihre Reisen in die Staaten zu selten. So etwas konnte doch kaum als normale Liebesbeziehung bezeichnet werden. Nun, wenigstens hatte sie ihn heute früh zum Flughafen gefahren, auch noch die allerletzten Sekunden mit ihm verbracht. Jetzt fühlte sie sich einsam und verlassen. Dagegen gab es nur ein Mittel. Arbeit. Aber es war nicht leicht, sich auf diesen verdammten Winterlea-Fall zu konzentrieren.

»Erzählen Sie mir etwas mehr über Aylards Background«, unterbrach Richard ihre Gedanken.

»Er hat sein Geld auf dem schwarzen Markt gemacht. Vor allem mit geschmuggelten Zigaretten. Als er Rita Morden kennenlernte, lebte er von seiner Frau und dem gemeinsamen Kind getrennt und hatte eine ganze Reihe ehemaliger Geliebter. Die Polizei interessierte sich für ihn, weil sein Name immer wieder bei Ermittlungen im Zusammenhang mit Diebstählen und Einbrüchen auftauchte. Damit meine ich nicht, daß er mit einem Schlapphut herumlief und eine abgesägte Schrotflinte mit sich herumtrug, aber man verdächtigte ihn, hinter den Raubzügen zu stecken.«

»Aber eine große Nummer kann er doch kaum gewesen sein«, wandte Richard ein. »Irgendwie kann ich mir das nicht vorstellen.«

»O nein, sie nahmen an, daß er einem kriminellen Netzwerk angehörte. Man überprüfte seine Aktivitäten und verhörte ihn sogar nach einem dieser Raubzüge, konnte ihm aber nie etwas nachweisen. Die erste Anklage, die gegen ihn erhoben wurde, war die wegen Mordes an Rita Morden.«

»Und der frühere Chefredakteur besaß intime Kenntnisse davon, daß sich die Polizei zuvor schon für Aylard interessierte?«

»Ja, Mister Pritchard und zwei Polizeiinspektoren gehörten demselben Club an. Er wußte, daß sie Aylard seit Jahren im Visier hatten. Aber den Zoll und die Finanzbehörde zu betrügen oder ein paar Ganoven anzuheuern, die nachts in ein Lagerhaus einbrechen, ist seiner Meinung nach etwas anderes, als seiner Freundin in ihrem eigenen Garten eins über den Schädel zu geben.«

»Weil das eine Broterwerb und das andere Privatsache ist?«

Gillian starrte durchs Fenster auf eine Reihe aufgespannter Schirme hinab. »Ich glaube, in diese Richtung gingen seine Überlegungen. Aber die Anklage behauptete, daß es zwischen Aylard und Rita Morden zu einem

Streit kam, weil sie herausfand, daß seine Geschäfte illegal waren. Sie wurde mehrmals als Deckmäntelchen benutzt. Mister Pritchard erzählte mir, wie enttäuscht die Polizei war, keine Zeugen für die Auseinandersetzung finden zu können, vor allem, da sie sich angeblich in einem oder in der Nähe eines Gartens abspielte, in dem eine Party stattfand.«

Richard riskierte einen kleinen Scherz. »Vielleicht rockten sie zu laut, um etwas hören zu können.«

»Ich glaube, so etwas nennt man Anachronismus«, entgegnete sie freundlich gelassen. »Rock 'n' Roll war später. Bill Haley und die Comets schossen erst fünfundfünfzig über unseren Himmel.«

Er gab sich einsichtig. »In Geschichte war ich noch nie gut.«

»Zurück zu Mister Pritchard, wenn Sie nichts dagegen haben. Meinem Gespräch mit ihm entnahm ich eine gewisse Diskrepanz zwischen dem, was vor Gericht über die Ereignisse des Tatabends ausgesagt wurde, und dem, was Leute zuvor Mitarbeitern ihrer Lokalzeitung erzählt hatten.«

»Zeugen haben ihre Meinung geändert?«

»Nein. Es geht vielmehr darum, daß Zeugen nicht geladen wurden. Ein weiteres hübsches Beispiel für die britische Justiz in Aktion: Die Staatsanwaltschaft wählte Zeugen aus, die ihre Anklage gegen Aylard bekräftigten, und ließ die anderen unter den Tisch fallen. Hätte sie die Existenz der anderen zugegeben, wären Zweifel an Aylards Verbleib an diesem Abend laut geworden.«

»Vermutlich hatte er kein Alibi.«

Aylard hätte Alibizeugen genannt, erzählte sie ihm, aber die Polizei war nicht in der Lage gewesen, sie aufzuspüren. »Ein Reporter von Mister Pritchard sprach mit einer Nachbarin, die gegen halb zehn die Party für eine Viertelstunde verließ, um nach ihrer Tochter zu sehen, die allein zu Hause geblieben war. Auf dem Heimweg durchquerte sie den Garten und die dahinterliegende Parkfläche. Sie war sicher, Aylards Auto nicht gesehen zu haben.«

»Und wer hat Rita Morden zuletzt gesehen?«

»Nun, nicht unbedingt Mister Jermyn, der als Zeuge vor Gericht aussagte. Er gab an, sie gegen neun im Garten gesehen zu haben, aber Mister Pritchards Chefreporter fand einen Partygast, der eine halbe Stunde später mit ihr gesprochen hat. Er kam erst recht spät, sah sie aus einem Nebeneingang des Hauses kommen und begrüßte sie.«

Richard wollte wissen, ob der Mann Rita Morden gut gekannt hatte.

»Nein, er war ihr zuvor noch nie begegnet.«

Richard unterdrückte ein Gähnen. Sie verzettelten sich. Die Gewichtung verlagerte sich eindeutig von Winterlea auf Aylard. Er war es langsam leid, daß Gillian offenbar jeden Fall penibel nachrecherchieren wollte, der ihr unter die Finger kam. In seinen düstereren Momenten verdächtigte er sie, am liebsten die gesamte Kriminalgeschichte Englands aufzurollen, beginnend mit der Landnahme der Normannen 1066. Nun, dazu würde er sich nicht überreden lassen. Er wußte, was Sinn machte und was nicht.

Er setzte seine Brille auf, äugte auf den Kalender, der zwischen seinen Papierstapeln klemmte, und las den Aphorismus des Tages laut vor. »Wenn irgendwo ein Unrecht geschieht, ist die Gerechtigkeit allgemein gefährdet.«

Gillian lachte. »Verzeihung, Euer Ehren, aber das hat schon Martin Luther King gesagt.«

Sie brach ihre Regenschirmbeobachtung ab und kehrte an ihren Schreibtisch zurück. »Ich hatte keineswegs die Absicht, mich in den Morden-Fall zu verbeißen, aber sehr vieles daran stimmt mich ausgesprochen unbehaglich. Die Polizei kann einem Mann endlich etwas nachweisen, auf den sie schon lange Zeit aus ist. Der Pathologe frisiert seine Beweismittel zugunsten der Staatsanwaltschaft. Und die Presse jubelt, weil endlich ein mieser kleiner Schieber auf der Anklagebank sitzt und sie mit ausgestrecktem Zeigefinger darauf verweisen kann, wohin das allzu süße Leben führt.«

»Vergessen Sie die beiden Mädchen nicht, die die Tote jederzeit hätten finden können. Die Tochter und ihre Freundin. Die lokalen Blätter haben sich vor der Festnahme doch buchstäblich auf die bedauernswerte Ann gestürzt, oder?«

»Und sie *war* durcheinander. Zuerst will sie ihre Mutter zu einem bestimmten Zeitpunkt gesehen haben, später ändert sie diese Aussage. Erst behauptet sie, daß Sandy auf der Party war, dann widerruft sie auch das.«

»Nein, Gill«, empörte er sich. »Ich lasse nicht zu, daß Sie den widersprüchlichen Äußerungen eines kleinen Mädchens, dessen Mutter gerade ermordet wurde, irgendeine Bedeutung zumessen. Ann muß zutiefst verzweifelt gewesen sein, vielleicht hat ihr der Arzt irgendein Beruhigungsmittel gegeben, das ihr Wahrnehmungsvermögen beeinträchtigte. Sie können doch nicht ...«

Sie hob begütigend die Hände. »Okay, okay. Sie haben recht. Ich werde nicht mehr darüber reden und mich statt dessen auf Ihren Freund Winterlea konzentrieren.«

Und das taten sie auch.

12. Kapitel

Schon als ich die Worte aussprach, wußte ich, wie töricht sie waren. »Ich bin Journalistin.«

Natürlich wurden mir Fragen gestellt, und ich antwortete mit Lügen. Wie ich Lügen hasse. Wenn man nicht sehr auf der Hut ist, verstrickt man sich in ein ganzes Geflecht aus Unaufrichtigkeit, aus dem man keinen Ausweg mehr findet. Gelegentlich kann eine kleine Lüge ganz hilfreich sein, aber nur, wenn man dazu fähig ist, unter allen Umständen dabei zu bleiben. Die Behauptung, ich sei Journalistin, gehörte in die andere Kategorie von Lügen, in jene, bei der eins zum anderen führt.

Zumindest brachte ich genügend Grips auf, mich als freie Mitarbeiterin zu bezeichnen und nicht als Redaktionsmitglied einer Zeitung, einer Zeitschrift oder gar eines Fernsehsenders. Fernsehen wäre fatal gewesen. Sie wissen, daß die Leute das für eine neue Form des Boulevardtheaters halten. Hätte ich das Fernsehen erwähnt, wäre ich ihnen nie entkommen. Nein, ich würde noch immer da stehen und mir Antworten auf die Frage ausdenken, wie Trevor MacDonald im täglichen Umgang eigentlich so ist.

»Ich bin Journalistin«, sagte ich, und die beiden Frauen im Rathaus der behaglichen Kleinstadt in Dorset starteten ihre Attacke.

»Für welche Publikation arbeiten Sie?« fragte die ältere der beiden, eine matronenhafte Dreißigerin in einem schlechtsitzenden Kostüm, unter dessen Rock sich ihr Bauch vorwölbte.

»Kennen Sie Lindy Loughborough? Sie schreibt für die Gartenseite. Ich bin ihr einmal begegnet.« Die jüngere Frau hatte die ungesunde Hautfarbe einer Schlankheitsfanatikerin. Wahrscheinlich hatten sie Miss Loughboroughs Betrachtungen über kalorienarmen Kopfsalat beeindruckt.

Die Kontakte ihrer Kollegin beschränkten sich nicht auf Redaktionsräume. »Die Tante des Freundes meiner Nichte arbeitet in der Anzeigenabteilung des *Mirror*. Sie heißt Adrianna Boulton. Kennen Sie sie vielleicht zufällig?«

»Oh, Sie sind freie Mitarbeiterin. Äh ... Nun, vermutlich kennen Sie da Leute in allen Zeitungen?«

Schließlich ergriff ich die Initiative, sah auf meine Armbanduhr und sagte: »Entschuldigen Sie, aber ich habe es ziemlich eilig. Würde es Ihnen etwas ausmachen, mir die Adresse herauszusuchen?«

Sie verschwanden kurz, kehrten zurück und schossen erneut eine Salve von Fragen ab.

»Was halten Sie eigentlich von der Berichterstattung über das verschwundene Kind in Newton?«

»Oder von der Art und Weise, wie sie den armen Mann im Forest of Dean schikaniert haben?«

Ich streckte die Hand nach dem Zettel aus, den die ältere der beiden auf den Bürotresen gelegt hatte. Sie schien nicht bereit, sich davon zu trennen. Ich las die Aufschrift trotzdem: Sandra Brown, 2 Uffington Road.

Bevor sie einsah, daß es keinen Grund gab, unsere Unterhaltung zu verlängern, mußte ich erst meine Armbanduhr mit der Wanduhr hinter ihr vergleichen. Dann schob sie mir den Zettel zu. Ich steckte ihn ein.

»Vielen Dank. Sie haben mir wirklich sehr geholfen.«

»Äh, Entschuldigung, aber zahlen Zeitungen nicht für Gefälligkeiten?« fragte die jüngere, als ich zur Tür ging.

Die Schnorrerei überraschte mich. »Ich bin keine Zeitung, nur eine kleine, freie Mitarbeiterin«, lachte ich und lief auf die Straße hinaus, bevor sie mich in eine Diskussion verwickeln konnten.

Als ich die High Street hinunterlief, fragte ich mich, ob sie möglicherweise recht hatten. Natürlich war mir Scheckbuch-Journalismus nicht unbekannt, aber nie hätte ich angenommen, daß dazu auch Obolusse für jede beantwortete Frage gehörten, für jede gewährte Gefälligkeit. Mit Sicherheit nicht, aber ich beschloß doch, meine Tarnung als Journalistin aufzugeben.

An der Straßenecke betrat ich ein Hotel, das auf einer Tafel neben der Tür sein Frühstück anpries. Von außen machte das Haus einen angenehm alten Eindruck, entsprach aber innen dem Standard moderner Behaglichkeit: chintzbezogene Sessel und dicke Teppiche, chinesisch inspirierte Lacktische und Kommoden, an der Blümchentapete hingen geschmackvolle Drucke. Kate mit ihrem traditionell englischen Stil hätte perfekt hierhin gepaßt.

Jedenfalls in die Lounge, die man von der Straße aus betrat. Aber vom im Foyer zur Schau gestellten Luxus läßt sich kaum auf den Zustand der Zimmer schließen, oder?

Das Frühstück wurde in dieser Lounge serviert. Zwei

Tische waren besetzt. An einem schwärmten zwei ältere Frauen von dem hervorragenden Angebot an Vorhängen und Gardinen in einem Geschäft, das sich offenbar Dimity nannte. Ich beschloß, daß es sich dabei eher um den Namen des Geschäfts handelte als um den der Besitzerin.

»Sie verfügt über eine absolut tadellose Auswahl, und natürlich unterstützt man gern ortsansässige Geschäfte, wann immer man kann«, sagte die eine der beiden Frauen, die ihre grauen Haare mit einem schwarzen Samtband aus dem Gesicht hielt.

Ihre Freundin mit dem Pfauenmuster-Schal stimmte zu. »Oh, selbstverständlich.«

Am anderen Tisch blätterte ein in sich zusammengefallener, weißhaariger Mann mit zitternden Händen im *Daily Telegraph*.

Nachdem ich einen Kaffee bestellt hatte, bat ich die Empfangsdame um einen Stadtplan. Sie hielt mich für eine Touristin, drehte die Karte um und verwies auf Abbildungen der Burgruine und der Kirche.

»Befinden wir uns hier in der Hauptgeschäftsstraße?« fragte ich.

Bevor sie mir antwortete, mußte sie sich die langen Haare hinter die Ohren streichen. Dann beugte sie sich über den Plan und fuhr mit dem Finger die Straße hinauf, an der das Hotel lag, und eine andere hinunter, die in spitzem Winkel auf sie traf.

»Die meisten Geschäfte sind in diesem Gebiet«, sagte sie. »Auch der Markt, doch dort tut sich heute nichts. Markttag ist der Sonnabend. Hier weiter oben finden Sie vor allem Antiquitätengeschäfte.«

Während ich ihr dankte, wurde mein Kaffee serviert. Ich ließ meinen Blick flüchtig über den Plan schweifen und drehte ihn um. Innerhalb eines Rahmens aus Geschäftsanzeigen entdeckte ich ein alphabetisches Straßenverzeichnis. Ich begann von hinten und hatte die Uffington Road schnell gefunden.

Im Gang hinter der Lounge entdeckte ich einen Münzfernsprecher, aber keine Telefonbücher. Ich rief die Auskunft an, nannte den Namen Brown und die Adresse. Eine Minute später schrieb ich eine Telefonnummer auf.

Dann machte ich mir bewußt, daß ich gar keine Absicht hatte, sie anzurufen. Absolut keine.

Mit wackligen Knien ging ich zu meinem kaltwerdenden Kaffee zurück und plagte mich mit Fragen herum, warum ich diese absurde Nachforschung begonnen hatte, warum ich eigentlich hergekommen war. Ich hatte Sandy nichts zu sagen, nicht wirklich. Was konnte es schon bringen, sie auf die Wißbegierde des CJI hinzuweisen? Wenn ich es mir recht überlegte, gab es vielmehr ernsthafte Gründe, das *nicht* zu tun. Wenn ich mit ihr sprach, ging ich das Risiko ein, daß sie meinen Besuch Gillian Spry gegenüber erwähnte.

Nach Wochen imaginärer Gespräche mit Sandy begriff ich, wie absurd meine Überlegungen waren. Falls sich ihr Charakter nicht radikal geändert hatte, wäre völlig egal, was ich dachte. Jede Kontaktaufnahme von mir mußte sie in höchstes Erstaunen versetzen, und es war unvorstellbar, daß sie sie für sich behalten würde. Unter Umständen könnte sie durchaus dazu fähig sein, selbst beim CJI anzurufen, anstatt darauf zu warten, daß sie sie aufspürten.

O ja, dazu wäre sie durchaus fähig.

Sie hatte einen Hang zum Dramatischen, es übte eine geradezu unwiderstehliche Anziehungskraft auf sie aus.

Die Wahrheit mußte sie ausschmücken. Was es nicht gab, erfand sie. Das Gewöhnliche war Sandy so unerträglich, daß sie es unweigerlich und wie durch Zauberhand in etwas Aufregendes verwandeln mußte.

Mir wurde glühend heiß, ich konnte kaum atmen – so sehr erschütterte mich mein Entrinnen um Haaresbreite. Während der gesamten Suche nach ihr hatte ich stolz meine winzigen Triumphe verzeichnet. Aber es waren mitnichten Erfolge gewesen, sondern Schritte auf dem Weg in die Katastrophe. Erst kurz vor dem klaffenden Abgrund war ich zur Vernunft gekommen.

Man stelle sich nur vor, ich hätte sie angerufen! Innerhalb weniger Sekunden hätte ich Sandys Stimme hören, meinen Namen preisgeben können. Vermutlich wäre mir auch über die Lippen gekommen, daß ich mich in ihrer Stadt aufhielt, so nahe, daß es unsinnig wäre, sich nicht zu treffen. Ohne mir dessen bewußt zu sein, hätte ich den letzten, tödlichen Schritt getan.

Schweiß trat mir auf die Stirn, verstohlen zog ich ein Taschentuch hervor, doch niemand achtete auf mich. Der *Daily Telegraph* zitterte in den Händen des alten Mannes. Die flötenden Frauenstimmen schwärmten nicht mehr von Dimity, sondern von Cara, ein weiteres absolut wundervolles Geschäft. Ich verstaute den Stadtplan in meiner Tasche und hob meine Tasse an die Lippen. Der Kaffee war kalt. Ich trank ihn trotzdem.

Gillian Spry trat durch die Tür, als ich nach Tasche und Autoschlüsseln griff, um zu gehen.

»Anna!« In der gedämpften Stille der Lounge war ihre Stimme eine Spur zu laut.

Die Cara-und-Dimity-Fans widmeten uns ihre uneingeschränkte Aufmerksamkeit. Der *Daily Telegraph* wurde gesenkt. Hinter dem Empfangstresen äugte die langhaarige junge Frau hervor.

»Herr im Himmel«, sagte ich. »Wie schön, Sie hier zu treffen.«

Es ist schon deprimierend, daß die meisten von uns auf Überraschungen offenbar nur mit derlei abgedroschenen Phrasen reagieren. Wenigstens rang sich Gillian Spry ein ironisches »Die Welt ist klein« ab.

Bevor ich wußte, wie mir geschah, bestellte sie zwei Tassen Kaffee und setzte sich mir gegenüber.

»Wir sind aus dem gleichen Grund hier, nehme ich an«, sagte sie untypisch zurückhaltend.

Ich nahm meinen Verstand zusammen. »Und der wäre?«

»Sie sind auf verzweifelter Suche nach Sandy.«

»Nein«, sagte ich und schüttelte den Kopf. »Ich bin nicht auf der Suche nach ihr.«

Es war eigentlich keine richtige Lüge, eher eine Sache der Chronologie. »Haben Sie sie gefunden?« schob ich nach. »Hier? Ich hätte sie mir eher in einer der größeren Städte vorgestellt.«

Gillian lächelte, doch ich konnte ihr Lächeln nicht deuten. »Sie wohnt hier, Mistress Foley. Sie hat einen Firmendirektor geheiratet, lebt aber inzwischen von ihm getrennt. Sie hat zwei oder drei Kinder, die inzwischen natürlich erwachsen sind.«

So beiläufig wie möglich stellte ich die entscheidende Frage. »Haben Sie schon mit ihr gesprochen?«

»Noch nicht.«

Keine Ahnung, warum ich am Tisch sitzen blieb und vorgab, für den Kaffee dankbar zu sein, den sie bestellt hatte, obwohl das nur ein Vorwand war, mich am Verlassen des Hotels zu hindern. Besorgt fragte ich mich, was sie mir sagen würde und wie gut ich parieren konnte. Lange kann es nicht mehr dauern, bis sie die Bombe platzen läßt, dachte ich.

»Würden Sie sie gern wiedersehen?« fragte Gillian Spry. »Ich könnte es bei meinem Besuch erwähnen.«

Nur mit Mühe drängte ich das vehemente »Nein« zurück, das mir über die Lippen wollte. In meinem Kopf drehte sich alles, und ich hatte keine Ahnung, wie ich mich verhalten sollte. Also spielte ich um Zeit.

»Darüber können wir ein anderes Mal reden«, sagte ich. »Nachdem Sie mit ihr gesprochen haben, meine ich.«

»Wie Sie wollen.« Sie verrührte Zucker in ihrer Kaffeetasse und trank einen Schluck.

Vielleicht überließ sie mir absichtlich den nächsten Zug. Aber das vermag ich nicht zu entscheiden, weil ich sie nicht gut genug kannte. »Eigentlich bin ich davon ausgegangen, daß Sie bereits mit ihr gesprochen haben«, sagte ich nach einer kleinen Pause.

Wieder eine Lüge. In Wahrheit war ich davon überzeugt, daß sie nach einem Gespräch mit Sandy unverzüglich wieder auf meiner Schwelle aufgetaucht wäre. Doch das hatte sie nicht getan.

»Diese Nachlässigkeit müssen Sie verzeihen«, entgegnete sie mit feiner Ironie. »Aber wir sind wahnsinnig beschäftigt, und Sandy Minch ist von eher peripherer Bedeutung. Wie Sie wissen, gelten unsere Nachforschungen vor allem dem Pathologen.«

»Natürlich.«

Es entstand eine Pause. Sie schien auf eine Äußerung von mir zu warten, aber ich hatte keine Ahnung, was sie von mir hören wollte.

Schließlich kam ich auf die Idee, sie danach zu fragen,

ob auch der Mordfall meiner Mutter in den CJI-Berichten über Winterlea auftauchen würde. Als sie und Richard King mich aufgesucht hatten, war das nicht deutlich geworden.

Ich verzichtete in meiner Frage bewußt auf das Wort Mord, um an den Nebentischen kein Interesse zu erregen.

»Einige Aspekte seiner Arbeit in diesem Fall stimmen durchaus nachdenklich«, antwortete Gillian Spry ohne zu zögern. »Aber uns liegt nichts Greifbares vor.«

»Nun, vermutlich war es zuviel der Hoffnung, Sie würden in diesem Fall nichts für Sie Zweckdienliches entdecken. Vielleicht ist das eine egoistische Sicht der Dinge, aber ich fände es doch sehr bedauerlich, wenn eine Tragödie nach fünfundvierzig Jahren wieder an das Licht der Öffentlichkeit gezerrt würde.«

Meine innere Nervosität ließ mich ungewöhnlich aufgeblasen klingen. Ich wünschte, so locker ironisch sein zu können wie Gillian Spry. Mit dieser Begabung kann man ungefährdet buchstäblich alles sagen. Allerdings sollte ich mich wirklich nicht beklagen, denn ich verliere auch unter Druck nie die Fassung, und das ist ein weit größerer Vorzug.

Es kam zu Stirnrunzeln und besorgten Blicken, als der alte Mann aufstand, Geld auf dem Tisch zurückließ und mit unsicheren Schritten auf die Tür zuwankte. Ein rundlicher junger Kellner flitzte heran, um ihm den Arm zu reichen, und es wurde offensichtlich, daß er das nicht zum ersten Mal tat. Nachdem er den Mann auf die Straße geführt hatte, kehrte der Kellner zurück, und eine allgemeine Diskussion setzte ein.

Seufzend schüttelte die Empfangsdame den Kopf, daß ihre langen braunen Haare flogen. »Der arme Mister Smith.«

»Ein wahrer Jammer«, sagte die Frau mit dem Samthaarband.

»Parkinson«, diagnostizierte ihre Freundin.

»Leicht wie eine Feder«, berichtete der dralle, junge Kellner. »Nur noch Haut und Knochen.«

»Früher war er Mannschaftskapitän im Bowls-Club«, erläuterte die Frau mit dem Haarband, »ein prachtvoller Mann, aber jetzt ...«

Alle legten eine Schweigeminute für das ein, was Mr. Smith verlorengegangen war.

Dann sagte Gillian Spry: »Ich bin wirklich froh, Sie getroffen zu haben, Anna. Das gibt mir die Chance, Ihnen ein paar Fragen zu stellen. Natürlich nur, wenn es Ihnen nichts ausmacht.«

Wie hätte ich mich weigern können? »Fragen Sie nur.«

Sie begann mit den Widersprüchlichkeiten im Hinblick auf den Zeitpunkt, an dem meine Mutter zuletzt gesehen wurde, und von wem. Offenbar befriedigten sie Marcus Winterleas Aussagen über die mutmaßliche Todeszeit nicht. Sie erinnerte mich an die Einzelheiten des Prozesses, die ich längst vergessen hatte, und erzählte mir Dinge, die mir absolut neu waren. Dann schob sie eine Frage ein, und ich entgegnete wie üblich, mich nicht erinnern zu können.

Nach etwa zehn Minuten berührten wir ein Thema, mit dem ich mich sehr wohl auskannte, und ich sah ihr an, daß ihr das nicht entging. Meine ausweichenden Antworten schienen sie zunehmend zu reizen. Mir blieb die Wahl zwischen zwei Möglichkeiten: ihr einen Teil der Wahrheit zu erzählen, oder mein stures Beharren auf Gedächtnisschwund zu begründen.

Ich schlug noch ein paar verbale Finten, dann traf ich meine Entscheidung. »Das Gedächtnis ist eine komische

Sache, finden Sie nicht auch?« hielt ich ihr auf ihre letzte Frage entgegen. »Wir können nicht auswählen, was wir erinnern und was nicht. Häufig entfallen uns die Dinge, an die wir uns gern erinnern würden, und andererseits verdrängen wir Ereignisse, die zu schmerzlich sind.«

»O ja, aber wenn man sich genügend konzentriert, kann man Erinnerungen wiederfinden, die man verloren geglaubt hat. Ich spreche oft mit Menschen, die zunächst behaupten, dies oder jenes nicht mehr zu wissen, doch dann, manchmal Wochen später, erinnern sie sich wieder. Unsere Unterhaltung hat irgendeine Blockade in ihrem Gedächtnis gelöst.«

»Dann muß ich eine große Enttäuschung für Sie sein«, murmelte ich zerknirscht.

Vermutlich hatte ich das schon einmal gesagt und auf ähnliche Weise – halb beschämt, halb frustriert. Aber wie Sie wissen, habe ich eine bewährte Methode zur Abwehr von Fragen. Ich erzähle die Geschichte, die mir alle Probleme erspart, und durch die Wiederholung wird sie zur Wirklichkeit. Für mich zumindest.

Und für Gillian Spry? Es war ihre zweite Unterhaltung mit mir, und ich spürte, daß sie meine Standfestigkeit brechen wollte. Moment mal. Wenn unser Gespräch in meinem Haus auf Band aufgenommen worden war, hatte sie es sich wiederholt angehört und wußte nun mit Sicherheit, daß ich Themen ausweiche, denen ich mich nicht stellen will. Und das war gar nicht gut. Also mußte ich ihr eine plausible Erklärung bieten.

»Hören Sie«, sagte ich vertraulich, »es ist nicht meine Absicht, um Mitleid zu buhlen, aber die erste Zeit nach dem Mord war eine Katastrophe für mich. Sie wissen, daß meine Familie die Stadt verlassen hat, aber machen

Sie sich auch bewußt, daß wir buchstäblich in alle Winde zerstreut wurden? Nachdem ich die ersten acht Jahre meines Lebens im Schoß einer großen Familie verbracht hatte, war ich plötzlich ... buchstäblich ganz allein.«

Sie sah mich voller Mitgefühl an.

»Es war eine ungeheure Umstellung, und sie fiel mir sehr schwer. Man behauptet zwar immer, daß Kinder nahezu alles verkraften, aber in den meisten Fällen ist das Wunschdenken. In meinem Fall traf es jedenfalls nicht zu. Ich reagierte zutiefst verstört.«

Jetzt murmelte sie Worte des Mitleids.

»Mittlerweile glaube ich, daß ich mich an Einzelheiten dieser schrecklichen Vorfälle so schlecht erinnern kann, weil ich sie verdrängt habe. Vielleicht war das falsch, aber vergessen Sie nicht, daß ich gerade einmal acht Jahre alt war und von niemandem professionellen Beistand erhielt. Heutzutage braucht man nur zu niesen und sieht sich von einer Schar medizinischer und psychologischer Ratgeber umgeben. Aber in meiner Kindheit schien die Lösung meiner Probleme darin zu liegen, daß ich die Ereignisse vergaß. Viele Leute haben mir das geraten. Also hielt ich mich daran.«

Meine Erklärung schien Gillian Spry Unbehagen zu bereiten. Sie äußerte ein paar tröstliche Platitüden, stellte aber keine weiteren Fragen. Ich griff nach meiner Tasche, um den Waschraum aufzusuchen, aber sie mißdeutete das als Zeichen zum Aufbruch und bot an, auch meinen ersten Kaffee zu bezahlen. Sie wirkte ausgesprochen verwirrt. Ich sah ihr an, daß sie glaubte, unser Gespräch irgendwie verpatzt zu haben, und es schadete nichts, sie dabei zu belassen.

»Bevor Sie gehen, Anna ...«

»Ja?«

»Es geht um Meryl Aylard. Sie würde Sie gern kennenlernen.«

Ich runzelte die Stirn. »Den Namen habe ich noch nie gehört.«

»Sie ist Dennis Aylards Tochter.«

In diesem Augenblick haßte ich Gillian Spry. Weil sie mir keine Ruhe ließ, weil sie mir nicht glaubte, vor allem aber wegen ihrer letzten Bemerkung.

Sie musterte mich nachdenklich. »Sie wußten doch, daß er Kinder hatte, oder?«

Ich schüttelte den Kopf. Eine weitere Lüge. Und dazu eine törichte, denn das hatte in allen Zeitungen gestanden. Ein Leben, das zu einem aufsehenerregenden Mordprozeß führt, wird in der Presse in aller Ausführlichkeit wiedergegeben.

»Nun, ich weiß nicht, ob es mir bekannt war«, wand ich mich. »Ob es mir vielleicht entfallen ist. Ich habe mir darüber keine Gedanken gemacht.«

Ich brach ab, bevor ich, ähnlich wie June, zu schwafeln begann und unter Umständen zuviel verlauten ließ.

»Dennoch ist es eine beunruhigende Vorstellung, mich mit ihr treffen zu müssen.«

Gillian Spry hob begütigend die Hand. »O nein, Anna. Sie *müssen* es nicht tun. Meryl Aylard wollte lediglich wissen, ob Sie zu einer Begegnung bereit wären, und ich versprach, Sie zu fragen.«

»Sie haben Ihr doch nicht meine Adresse genannt?«

»Großer Gott, nein! Wir halten das Prinzip der Vertraulichkeit strikt ein. Sie brauchen wirklich nicht zu befürchten, daß wir derartige Informationen weitergeben.«

Ich nickte. »Aber offensichtlich haben Sie ihr von

unserem Gespräch erzählt, denn sonst hätte sie ihre Bitte nicht äußern können.«

»Nein. Es war anders. Sie trat an uns heran, weil sie erfahren hatte, daß das CJI Gerichtsverfahren untersucht, bei denen Marcus Winterlea als Pathologe auftrat. Die Familie ist von Dennis Aylards Unschuld überzeugt und hofft, das mit unserer Hilfe beweisen zu können.«

Ich öffnete den Mund, schloß ihn aber wieder.

»Vor drei Wochen hat sie mich angerufen und mir mitgeteilt, daß die Familie Anstrengungen zu seiner Ehrenrettung unternimmt.«

»Verstehe. Und Sie liefern ihr die Beweise.« Der Vorwurf in meiner Stimme war nicht zu überhören.

»Nein. So ist es nicht. Ich war Ihnen gegenüber aufrichtig, glauben Sie mir. Da gibt es diese verdächtigen Aspekte, über die wir geredet haben, aber es fehlen überzeugende Beweise.«

»Und Aylards Tochter? Welche Beweise hat sie?«

Gillian Spry schien ihre Antwort abzuwägen. »Natürlich betrachte ich alles, was sie mir gesagt hat, als vertraulich. Das werden Sie verstehen. Aber wenn Sie mich nach ihren Fortschritten fragen, würde ich sagen, daß sie von ihrem Ziel noch meilenweit entfernt ist. Im besten Fall kann sie mit ihren Bemühungen erreichen, daß sich das öffentliche Augenmerk auf ihren Vater richtet. Falls unsere Nachforschungen zu einer Wiederaufnahme von einigen der Verfahren führen sollte, an denen Marcus Winterlea beteiligt war, würde der Mordfall Rita Morden mit Sicherheit dazugehören.«

Ich schluckte. »Erzählen Sie mir bitte, was sie über mich gesagt hat.«

Fast hilflos hob Gillian Spry die Hand. »Der Mord hat sich vor fünfundvierzig Jahren ereignet. Es gibt kaum noch Zeitzeugen, es sei denn, sie waren damals noch sehr jung. Aus den Pressearchiven weiß sie, daß Rita Morden eine achtjährige Tochter hatte, die am Abend ihres Todes zugegen war. Also sagte sie zu mir: ›Bitten Sie sie, sich mit mir zu treffen, wenn Sie bei Ihren Nachforschungen auf sie stoßen.‹«

Ich seufzte, es klang wie ein Stöhnen. »Das bringt doch nichts. Ich kann ihr nichts erzählen. Das konnten Sie selbst feststellen. Als Zeugin bin ich absolut nutzlos für sie – ganz gleich, was sie auch beweisen möchte. Würden Sie ihr das bitte ausrichten?«

»Wenn Sie das wollen.«

Den Brennpunkt unseres Gesprächs leicht verschiebend, erkundigte ich mich nach Meryl Aylard. »Wie alt war sie, als ...« Aber dann konnte ich es doch nicht aussprechen.

»Als ihr Vater hingerichtet wurde? Elf.« Sie ließ mich volle dreißig Sekunden über ihre Antwort nachdenken, bevor sie hinzufügte: »Meryl entstammt seiner Ehe. Aber es gibt noch weitere, uneheliche Kinder.«

Sie setzte mich unter Druck, durchaus subtil, aber ich merkte es dennoch.

»Tut mir leid, ihr nicht behilflich sein zu können. Erwecken Sie bei ihr bitte nicht den Eindruck, sie könne mich umstimmen, wenn sie sich direkt an mich wendet. Ich kann ihr nichts sagen. Machen Sie Ihr das bitte klar, Gillian.«

Als ich diesmal nach meiner Tasche griff, ging ich wirklich.

Gillian Spry blieb zurück, um zu zahlen. Ich lief die Straße wieder hinauf, Richtung Parkplatz. Der Regen hatte aufgehört, aber Windböen peitschten die Pfützen, die sich auf den verstopften Abflüssen gebildet hatten.

Als ich in Höhe der Kirche die Straße überquerte, machte ich mir bewußt, wie energisch ich dahinmarschierte. Offenbar war ich erregter als angenommen. Ein paar ältere Leute drückten sich unwillkürlich an die Kirchenmauer, da mein Sturmschritt keinen Zweifel an meiner Entschlossenheit ließ, nichts und niemandem auszuweichen.

Mein Zorn richtete sich nicht gegen die Welt im allgemeinen, sondern zunächst und vor allem gegen mich, weil ich mich auf Gillian Spry eingelassen hatte. Ich hätte mich unter dem Vorwand einer Verabredung rechtzeitig entfernen müssen. Ich konnte nicht glauben, daß die Begegnung zufällig war. Sehr viel logischer erschien mir die Vorstellung, daß sie mir in der Annahme gefolgt war, ich würde Kontakt zu Sandy aufnehmen wollen.

Ungeachtet ihrer Beteuerung, mir gegenüber stets aufrichtig gewesen zu sein, mißtraute ich ihr. Irgend etwas verheimlichte sie. Oh, ich bezweifelte keineswegs, daß sie dafür berufliche Gründe hatte, aber das hieß noch längst nicht, daß ich einfältig genug war, ihrer Versicherung von Offenheit und Aufrichtigkeit zu glauben.

Besorgt begann ich zu überlegen, was sich zwischen der Frau vom CJI und Dennis Aylards Tochter tatsächlich abgespielt hatte. Ich vermutete, daß Gillian Sprys Schilderung lückenhaft gewesen war. Schien es nicht sehr viel einleuchtender, daß sie den Vorschlag gemacht hatte, mich für die Bemühungen der Familie Aylard einzuspannen?

Ich setzte mich in mein Auto und dachte eine Weile darüber nach, welche Konsequenzen das haben könnte und was dagegen zu unternehmen war. Mir fiel nichts ein.

Ich holte den Stadtplan aus meiner Tasche und informierte mich darüber, wie man vom Parkplatz zur Uffington Road gelangte. Meiner Ansicht nach konnte es nichts schaden, die Straße hinunterzufahren, um mir das Haus anzusehen, aber anhalten würde ich nicht. Falls Sandy zufällig aus der Tür trat und mich entdeckte, wäre das genauso schlimm, wie wenn Gillian Spry mich erspähte.

Die in nördlicher Richtung aus der Stadt führende Straße nennt sich Castle Road. Ihre Verlängerung ist die Uffington Road. Gut für mich. Falls Gillian Spry mir folgte, könnte sie mir nichts Verdächtiges unterstellen, schließlich wäre ich auf meinem Weg, die Stadt zu verlassen. Anhand des Plans rief ich mir ein Bild der Uffington Road vor mein geistiges Auge: eine von Reihenhäusern gesäumte Hauptverkehrsstraße, wie sie für die Ausfallstraßen fast aller englischen Städte typisch ist. Die meisten der Häuser würden aus den dreißiger Jahren stammen, mit einigen modernen Einsprengseln, hin und wieder vielleicht sogar einem bescheidenen Wohnhausblock.

Aber die Uffington Road hielt eine Überraschung für mich bereit. In großzügigem Abstand zueinander und von der Straße standen imposante Villen auf parkähnlichen Grundstücken. Im Vorüberfahren las ich die Namen an den Toreinfahrten: Deepdene, Wardour Lodge, Stoddens. Für so etwas Gewöhnliches wie Hausnummern war hier kein Platz.

Ich fragte mich, in welchem dieser Prachtbauten Sandy lebte. Und ärgerte mich über mich selbst. Wie hatte ich so einfältig sein können, sie mir in einem ganz gewöhnlichen Haus an einer ganz gewöhnlichen Straße vorzustellen? Die Uffington Road war das Feinste vom Feinen.

Und wie schätzen Sie Sandy Minch ein? Ich habe Ihnen doch erzählt, daß sie geistesgegenwärtig ist, gern das Sagen hat und Situationen zu ihrem Vorteil zu nutzen versteht. Sie sehen, wie absurd meine Annahme war, sie hätte sich mit etwas Mittelmäßigem zufriedengegeben.

Meine mangelnde Vorstellungskraft bestärkte mich in meinem Entschluß, jeder Versuchung zu widerstehen, sie aufzusuchen oder mit ihr zu sprechen. Also kein Klopfen an ihre Tür, kein Wählen ihrer Telefonnummer. Sandys Welt ist so verschieden von meiner, daß es für uns beide besser ist, es dabei zu belassen.

Ein oder zwei Jahre lang hatten wir uns mit der Intensität der Kindheit sehr nahe gestanden, aber die beiden Mädchen von damals sind seit langem Fremde für mich. Ihre Gedanken und Taten waren die von Geschöpfen, zu denen ich keinerlei Berührungspunkte mehr hatte. Die Vergangenheit läßt sich nicht zurückgewinnen und, noch bedauerlicher, nicht ändern.

Ich fuhr weiter und machte mir Sorgen darüber, daß Meryl Aylard Sandy aufspüren könnte. Dann überwältigten mich Erinnerungen, und ich konnte an nichts anderes denken als an den Tag der Hinrichtung.

13. Kapitel

Sie vollstreckten das Todesurteil an einem Morgen im November, einem nebligen, trostlosen Tag.

In der Nacht wurde Ann wach, aufgeschreckt durch die Kälte der irdenen Wärmflasche, die gegen ihr Bein drückte, und dem Gefühl, daß eine Hand ihr Gesicht berührte. Verschlafen rutschte sie ein Stück von der Flasche fort, doch die rollte ihr nach.

Sie traute der Flasche nicht. Eines Nachts war sie in einer kleinen Wasserpfütze wachgeworden. Sie hatte sich darüber beschwert, daß die Gummidichtung porös geworden war, bekam aber lediglich zur Antwort, es sei ihre Schuld, offenbar hätte sie die Flasche nicht fest genug zugeschraubt.

Sie tauchte unter die Decke, um nach dem verdammten Ding zu greifen, als es ihr bewußt wurde. Blitzartig hellwach schoß sie wieder unter der Decke hervor.

Sie begann am ganzen Körper zu zittern und hörte sich murmeln: »Heute geschieht es. Heute ist der Tag, an dem sie ihn hängen!«

Eine Sekunde lang befürchtete sie, laut schreien zu müssen. Sie schlug eine Hand vor den Mund und starrte entsetzt in die Dunkelheit.

Die Worte wurden zu einem stummen Sprechgesang: *Heute. Heute hängen sie ihn.*

Im Zimmer war es eisig. In ihrem dünnen Nachthemd saß sie kerzengerade im Bett und zitterte vor Kälte und Angst. Allmählich ließ der Zwang nach, die Worte laut hinausschreien zu müssen, und sie konnte die Hand sinken lassen.

In ihrem Kopf summte es weiter: *Heute hängen sie ihn.*

Ann kauerte sich zusammen, ballte die Hände so fest zu Fäusten, daß die Fingernägel ihre Haut aufschürften. Vor ihren Augen tauchten grauenerregende Bilder auf.

»Schluß damit.« Anfangs war es nur ein kaum hörbares Flüstern, ein verzweifelter Befehl an sich selbst, das Entsetzen nicht noch weiter zu schüren.

Doch sehr schnell nahmen die Worte eine andere Bedeutung an: *Schluß mit den Hinrichtungen. Schluß mit den Hinrichtungen.*

Diese Forderung stand auf den Transparenten der Demonstranten, die häufig in den Zeitungen abgebildet wurden, aber Ann konnte nur an eine Hinrichtung denken, an Dennis Aylards Hinrichtung.

Heute geschieht es. Heute hängen sie ihn.

Sie stand auf, so steif, als hätte die Kälte des Zimmers ihre Glieder gelähmt. Mit ausgestreckten Händen ertastete sie sich ihren Weg zur Tür. Neben der Tür befand sich der Lichtschalter. Es war ein unvertrauter Raum, sie kannte sich nicht recht in ihm aus.

Ann schätzte die Länge des Bettes falsch ein, stieß dagegen und rammte sich den Zeh. Sie ignorierte den Schmerz und das unangenehm kalte Linoleum unter ihren nackten Fußsohlen, wollte unbedingt wissen, wie spät es war. Auf dem Vertiko stand eine Uhr. Wenn sie das Licht einschaltete, könnte sie die Zeit lesen.

Sie erreichte die Tür, tastete rechts daneben die Wand ab. Ihre suchenden Finger fanden die braune Bakelitdose, den Schalter.

Dann kam ihr ein Gedanke. Sie zögerte.

Wenn ich Licht mache, wissen sie, daß ich wach bin. Und sie werden wissen warum.

Sie trat vom Schalter zurück und lief zum Fenster hinüber. Glücklicherweise standen nur wenige Möbel im Zimmer, so daß sie sich nirgendwo stoßen konnte. Am Tag verabscheute sie das Zimmer, weil es so abstoßend und fast leer war. Vor Urzeiten hatte jemand eine bräunliche Tapete mit Farnwedelmuster an die Wände geklebt, und die hing dort noch immer. Einen Teppich oder Läufer gab es nicht, und das kam ihr besonders knauserig vor, weil selbst vor jeder Tür im Korridor aus alten Florstrümpfen gefertigte Fußmatten lagen.

Als sie das Zimmer erstmals betrat, war ihr ein schaler, muffiger Geruch aufgefallen. Mit der Zeit gewöhnte sie sich daran, aber die schäbige Einrichtung fand sie noch immer abstoßend.

Es war der typische wenig genutzte Raum in einem Haus, in dem kein Wert auf ein ansprechendes Gästezimmer gelegt wurde. Ein Familienmitglied hatte ihn sogar in ihrem Beisein als Abstellkammer bezeichnet.

»Wir haben Ann die Abstellkammer gegeben.«

»Oh, da ist doch Platz genug für sie.«

Inzwischen scherte sich Ann nicht mehr darum. Das Zimmer war einfach ein Ort, an dem sie schlafen konnte, bis sie wieder fortging. Oder besser gesagt, bis man genug von ihr hatte und sie fortschickte.

Sie erreichte das Fenster, griff nach den Vorhängen

und zog sie ein paar Zentimeter zur Seite. Die Gardinenringe waren rostig, und man mußte sie förmlich über die Gardinenstange zerren.

Am Fenster kam es ihr sogar noch kälter vor. Mit einer Hand drückte sie ihr Nachthemd an den zitternden Körper, während sie sich vorbeugte, um hinauszuspähen. Auf der Innenseite der Scheibe hatte sich eine feine Reifschicht gebildet. Sie rieb eine kleine Fläche frei und blickte hinaus.

Das Dorf lag in nächtlicher Dunkelheit. In seinem Zentrum stand die normannische Kirche mit ihrer Turmuhr. Bei Tageslicht konnte man Kirche und Turmuhr deutlich erkennen. Das einzig Schöne an ihrem Zimmer war sein Ausblick.

Enttäuscht wandte sich Ann vom Fenster ab. Draußen herrschte pechschwarze Nacht. Keine Sterne, kein Mond, kein Dorf, keine Kirche. Alles wie weggewischt, ausgelöscht. Es gab nur noch dieses Zimmer und ihren Tastsinn.

Sie überlegte, ob sie vielleicht doch Licht machen sollte, ob ein kurzes Anknipsen ausreichen würde, die Hausbewohner zu wecken. Da sie nur selten nachts wach wurde, wußte sie nicht, ob die anderen einen leichten Schlaf hatten und, hochgeschreckt, möglicherweise zu ihr gelaufen kamen.

Und wenn sie in ihr Zimmer kamen, was würden sie sagen? Vielleicht: Keine Angst, das war nur ein Alptraum?

Einen kurzen, bitteren Moment lang fühlte Ann sich versucht, sie zu wecken. Um herauszufinden, was sie zu einem neunjährigen Mädchen sagen könnten, das sich bewußt geworden war, daß der Mann, den man des Mordes an ihrer Mutter für schuldig befunden hatte, in wenigen Stunden hingerichtet wurde.

Mit der Hand am Schalter blickte sie in Richtung der tickenden Uhr auf dem Vertiko, aber ihr fehlte der Mut, das Licht anzuknipsen. Sekunden verstrichen, Minuten.

Und dann geschah es. Mit einem leisen Knarren, das fast wie ein Räuspern klang, begann die Kirchturmuhr zu schlagen. Fünfmal. Es war fünf Uhr früh an dem Tag, an dem Dennis Aylard für den Mord an Rita Morden hingerichtet wurde.

Ann ging wieder ins Bett.

In drei Stunden werden sie ihn hängen ...

Mit ans Kinn gezogenen Knien und fest geschlossenen Augen saß sie im Bett. Eine Träne lief ihr über die Wange. Sie versuchte zu beten, aber alle ihre bisherigen Gebete hatten nichts genutzt. Wie denn auch? *Bitte laß es nicht wahr sein. Bitte mach sie wieder gesund. Bitte laß sie ihn nicht verurteilen. Bitte ... bitte ... bitte ...*

Jetzt flehte sie nur noch um eins: *Bitte mach, daß sie ihn nicht hängen.*

Aber auch die Bitte war sinnlos.

Ann glaubte nicht an eine Begnadigung in allerletzter Minute, obwohl sie wußte, daß so etwas schon vorgekommen war. Sie fragte sich, ob Dennis Aylard noch auf Rettung hoffte, ob auch er jetzt wach lag und die Stunden zählte.

In den Monaten nach seiner Festnahme hatte er sich allmählich von einem umtriebigen Provinz-Geschäftsmann in ein Monstrum verwandelt. Das geschah in den Zeitungen, in Gesprächen. Er wurde ein skrupelloser Mörder, ein unbarmherziger, habgieriger Mann, der sich durch nichts, nicht einmal seine Gefühle für seine Geliebte in seinem Bemühen stören ließ, so schnell wie möglich noch reicher zu werden. Die Presseberichte, die Äußerungen hatten ihn verändert, bis er nicht mehr der

Mann war, den Ann kannte. Wie auch die Rita Morden, über die vor Gericht gesprochen wurde, keine Ähnlichkeit mit ihrer Mutter mehr hatte.

Sie kaute auf ihrer Unterlippe und stellte ihn sich in der Todeszelle vor. Aylard, der große Autos schätzte, rauschende Partys, der es liebte, mit Geld um sich zu werfen, war nichts geblieben, und bald würde auch er nicht mehr sein. Sie rieb sich die Augen und fragte sich, ob auch er schluchzte.

Es wäre töricht von ihm, auf eine Begnadigung zu hoffen. Das hatten die Leute schon am Tag der Verurteilung gesagt und erneut, als er ein Gnadengesuch einreichte, durch das sein Todesurteil in eine lebenslange Gefängnisstrafe umgewandelt werden sollte. Erst gestern hatte sie es wieder vernommen, als sie glaubten, sie würde es nicht hören.

»Wenn er sich einbildet, dem Galgen entgehen zu können, dann irrt er sich gründlich.«

»Sein Anwalt sagt, er würde bis zur letzten Sekunde um eine Begnadigung kämpfen.«

»Reine Zeitverschwendung. Aylard hat es nun einmal getan, er ist schuldig.«

Sie stellte sich Aylard in seiner Zelle vor, wenige Schritte von der Stelle entfernt, an der sie ihn auf die vorgeschriebene Weise und zur festgelegten Stunde hinrichten würden. Zwei Justizbeamte würden ihn bewachen, um zu verhindern, daß er Selbstmord beging. Und falls er krank wäre oder sich auch nur erkältet hätte, würde die Hinrichtung verschoben, bis er wieder gesund war. Ann hatte eine Menge schockierender Dinge über die Vollstreckung von Todesurteilen erfahren.

Hingerichtet zu werden, sei die schlimmste Art zu

sterben, sagten die Leute, weil man genau wußte wann und wie. Und wenn ...

Ann hielt den Atem an. Ein fernes Röhren drang an ihr Ohr. Die Kirchturmuhr schlug halb sechs.

Ein Zittern durchlief ihren dünnen Körper. Um acht würde er hingerichtet. Bis zu seinem Tod würde die Kirchturmuhr noch fünfmal schlagen. Sie wußte, daß sie wach bleiben und die Schläge zählen mußte.

Sobald ihr Zittern nachließ, dachte sie über die Eigentümlichkeit nach, daß sie vorhin nicht an die Turmuhr gedacht hatte. Bis vor wenigen Wochen war sie zwar defekt gewesen, aber seitdem hatte sie immer wieder Bemerkungen über die Reparatur gehört. Ihre Wanderung über den kalten Linoleumboden war überflüssig gewesen. Eine Strafe für ihre Vergeßlichkeit.

Sie fragte sich nach ihren Fähigkeiten im Vergessen. Immer wieder sagte man ihr, daß sie sich bemühen müßte zu vergessen, anstatt über Dinge zu grübeln, die doch nicht zu ändern waren.

»Du bist noch jung«, sagten sie. »Du wirst darüber hinwegkommen. Die Zeit heilt alle Wunden. Du wirst es schon sehen.«

Sie hörten sich sehr weise an, aber sie war klüger. Sie wußte ganz instinktiv, daß bestimmte Wunden nicht heilen konnten, weil sie einem das Herz brachen.

Ann streckte sich im Bett aus und stieß an die kalte Wärmflasche. Sie klemmte sie zwischen ihre Beine und versuchte, sie in die Greifweite ihrer Hände zu bringen, aber die Bettdecke hinderte sie daran. Mühsam rutschte sie noch tiefer, bekam die Flasche zu fassen und legte sie vorsichtig neben dem Bett auf den Boden. Wie eng sie die Bettdecke festgesteckt haben, dachte sie mürrisch, eng wie einen Sarg.

Morgen mache ich es selbst, dachte sie. Nicht so fest, und ich schiebe es auch nicht direkt an die Wand.

Aber morgen war heute und heute der Tag, an dem Aylard hingerichtet wurde. Eine Leere breitete sich in ihr aus, als sie sich wieder an alles erinnerte.

»Vergiß es«, sagten sie zu ihr. »Du mußt es vergessen.«

Aber sie hatte inzwischen erfahren, daß sie sich nach einer kurzen Phase des Vergessens immer wieder erinnerte. Aus Furcht vor dem, was sie wußte, kniff sie die Augen fest zu.

Die Uhr schlug sechs.

Bilder von Dennis Aylard und ihrer Mutter tauchten vor ihr auf. In seinem Auto, in einem Pub am Fluß, im Garten des Hauses an der Avenue, auf einer Party, im *Red Lion.* Abends trug ihre Mutter das pinkfarbene Chiffonkleid oder das mit den Schmetterlingen bedruckte aus blauer Seide, häufig auch das elegante schwarze Ripskleid oder eins der vielen anderen, die Ann nicht beschreiben konnte.

Dem jeweiligen Anlaß entsprechend, trug sie eine Pelzstola, eins ihrer Seidencapes oder einen mit Satin gepaspelten Abendmantel. Für den Tag konnte sie aus einer Vielfalt von Kleidern auswählen, zu denen sie passende Schuhe, Handtaschen und Schmuckstücke besaß. Vieles von ihrer Garderobe wurde vor Gericht erwähnt.

Bei der Gelegenheit, an die sich Ann gerade erinnerte, trug Rita ein engtailliertes Jackenkleid aus türkisfarbener Shantungseide. Am Revers steckte eine Brosche aus roten, blauen und grünen Steinen.

»Hey, du siehst ja fabelhaft aus«, rief ihr Dennis aus dem Auto zu, als sie ihm entgegeneilte.

Rita warf einen ängstlichen Blick über die Schulter.

Sie bemerkte Ann nicht, die ihr aus einem der oberen Fenster nachsah, aber Ann war auch nicht wichtig, denn Rita überprüfte nur die Fenster im Erdgeschoß.

Sie stieg ins Auto und wehrte sich kurz, ließ dann aber zu, daß Aylard sie an sich zog und küßte. Sofort befreite sie sich wieder und bedeutete ihm loszufahren, nicht noch länger vor dem Haus stehenzubleiben, wo sie jeder beobachten konnte.

Das war das letzte Mal, daß Ann beobachtete, wie sie sich trafen. Danach schlüpfte Rita zur Hintertür hinaus und durch den Garten, hinter dem der Humber auf sie wartete. Gelegentlich hörte Ann ihre Mutter in der Diele im Flüsterton telefonieren, für gewöhnlich zu den Zeiten, an denen ihr Vater in der Küche sein Radio eingeschaltet hatte.

Nummer siebzehn hatte einen gemeinsamen Telefonanschluß mit einem Haus gegenüber. Gesellschaftsanschluß wäre eine passende Bezeichnung, fand Ann, weil fast alle Anrufe ihrer Mutter galten und sie in ihrem Pinkfarbenen, dem Blauen mit den Schmetterlingen oder in ihrem eleganten Schwarzen zu Partys entführten.

»Gesellschaftliche Treffen gehören nun einmal zum Geschäft«, erklärte Rita ihrer Tochter.

Wenn Rita fort war, stöberte Ann in ihrem Schrank oder ihrer Frisierkommode. Irgend etwas Neues fand sie immer. Französische Schuhe mit einer dazu passenden Tasche. Ein Kleid oder eine Bluse. Eine Flasche Parfum. Schmuck. Hin und wieder sogar einen Hut.

Ann schmückte sich mit den neuen Dingen und paradierte mit ihnen vor dem Spiegel wie eins der Mannequins, die sie in den Zeitschriften abgebildet sah. Für eine halbe Stunde war sie eine Titelblattschönheit, ein Filmstar, eine für einen Ball herausgeputzte Prinzessin.

Dann hängte sie die Kleider wieder fort, wischte sich das Make-up vom Gesicht, setzte sich in ihrem Zimmer ans Fenster und dachte darüber nach, wie es sein würde, wenn die Liebe zu ihr kam. Dennis Aylard liebte ihre Mutter. Das bewies jedes Schmuckstück, jedes Kleid, jedes Paar hochhackiger Schuhe. Er liebte sie und konnte nicht anders, als ihr ständig neue Sachen zu kaufen. Dinge, in denen sie noch hübscher und eleganter aussah. Dinge, mit denen sie seinem prunkvollen Lebensstil besser entsprach. Und was sollte sie nun, da sie diese Dinge alle besaß, eigentlich noch davon abhalten, das Haus an der Avenue für immer zu verlassen, um in seiner reichen neuen Welt zu leben? Nach Anns Ansicht nichts, absolut nichts.

Seit Monaten schon fühlte Ann diesen Moment näherkommen, spürte ihn in den Knochen. Auch Sandy Minch schien es gemerkt zu haben und wies Ann auf die Punkte hin, die der entgangen waren, was sowohl ein freundschaftlicher Akt als auch ein Ärgernis war, weil Ann sich nun nicht sagen konnte, daß sie Gespenster sah. Wenn auch Sandy es spürte, mußte es wahr sein.

An einem regnerischen Abend ging sie mit Sandy in das Zimmer ihrer Mutter, nachdem Rita in einem streng geschnittenen grauen Flanellkostüm das Haus verlassen hatte. Zu einem geschäftlichen Treffen, wie sie betonte, bei dem es um den Kauf eines Grundstücks am Rand der Stadt ging, das möglicherweise in Bauland umgewandelt wurde.

Anns Vater saß vor dem Fernsehapparat, der am Sonnabend zuvor auf Ritas Betreiben und von ihrem Geld gekauft worden war, knurrte etwas Unverständliches und stand auf, um das Bild zu korrigieren.

»Komm nicht allzu spät, Rita«, sagte er, ohne den Blick vom Fernseher zu nehmen.

Er drehte an einem Knopf, aber es war der falsche. Horizontale Streifen flimmerten über den Bildschirm.

Mit lautem Knall fiel die Haustür hinter Rita ins Schloß. Da ihnen das Haus nicht gehörte, weigerte sich Anns Vater, die Tür soweit reparieren zu lassen, daß sie sich geräuschlos schließen ließ. Ann und Sandy standen im Wohnzimmer und starrten auf den Fernsehschirm. Auf dem wanderten noch immer Streifen abwärts, bis er hinter den Apparat trat und an einem anderen Knopf drehte, so daß das Bild langsam zur Ruhe kam.

Sie sahen ihm zu, wie er seine Schritte zählte, als er zu seinem Sessel zurückkehrte. Man sollte tunlichst eine Entfernung von vier Metern zum Bildschirm einhalten, weil das den Augen weniger schadete. Er entschied offenbar, daß sein Sessel in den Risikobereich hineinragte, und schob ihn ein wenig zurück, bis er gegen das Sideboard stieß. Sandy grinste Ann an und machte eine Kopfbewegung zur Tür. Geräuschlos verließen sie das Wohnzimmer.

Oben veranstaltete Ann ihre erste und einzige gemeinsame Anprobe.

»So sollten wir fotografiert werden«, erklärte Sandy und stolzierte in dem türkisfarbenen Jackenkleid auf und ab. Sie hatte sich eine straßbesetzte Armbanduhr umgebunden, aber sie war zu weit und schlackerte leise klirrend um ihr Handgelenk.

Ann erschauerte. »Nein, damit würden wir uns nur verraten.«

»Wie haben doch sowieso keinen Apparat.«

Ann hoffte inständig, daß sie sich nicht an die Ilford-Box erinnerte, mit der sie ihre Mutter im vergangenen

Sommer im Garten aufgenommen hatte. Sie hatten eine kleine Ewigkeit in die Sonne geblinzelt, bis Rita endlich auf den Auslöser drückte. Nachdem das Foto entwickelt war, beschwerte sich Rita über Anns leicht dümmliches Lächeln. Sandy, die irgendwann zu lächeln aufgehört hatte, war mit einer ausgesprochen wissenden Miene abgelichtet worden, aber Rita meinte, sie sähe sehr viel hübscher aus.

Nach einer Weile glaubte Sandy, jemanden ins Haus kommen zu hören. Sie schleuderte die hochhackigen Sandaletten von den Füßen und begann fieberhaft, sich das Jackenkleid auszuziehen.

»Psst«, zischte Ann und lief auf Zehenspitzen auf den Korridor hinaus und zum Treppenabsatz. Normalerweise blieb ihre Mutter stundenlang fort.

Unten hörte sie Ritas Stimme. Panische Angst stieg in ihr hoch, und sie gab Sandy aufgeregt Zeichen, sich zu beeilen.

Die hatte inzwischen die Jacke abgestreift und schälte sich aus dem Rock. Durch ihre Hast löste sich der Verschluß der riesigen Brosche, und die Nadel verfing sich in einem der im Schrank hängenden Kleider. Sie stopfte das Shantungkleid in den Schrank, schnappte sich ihre eigenen Sachen vom Bett und flüchtete in Anns Zimmer. Die Uhr trug sie immer noch.

Ann steckte in einem braunen Kleid mit Nerzkragen fest. Der Reißverschluß ließ sich nicht bewegen. Sie schob Schuhe und Handtaschen in die Kommode zurück, griff nach ihrem Trägerkleid und rannte Sandy nach.

Sandy brach in Lachen aus. »Oh, wenn das keine Titelblattschönheit ist ...«

»Still. Hilf mir lieber mit dem Reißverschluß. Schnell.«

Es gelang ihr gerade einmal, ihn zwei Zentimeter zu bewegen, mehr nicht. Schallend lachend wälzte sich Sandy auf Anns Bett. Beleidigt zog Ann ihren Morgenrock über das Kleid. Das fand Sandy noch komischer.

»Sei still«, fuhr Ann sie an. »Und nimm endlich diese Uhr ab.«

Die Zimmertür öffnete sich. Rita trat ein, wie üblich ohne anzuklopfen.

»Sandy? Du bist immer noch hier?«

Wie immer, wenn ein Erwachsener auftauchte, war Sandy die Folgsamkeit in Person. »Großer Gott. Offenbar habe ich die Zeit vergessen.« Die Hand mit der Uhr steckte in ihrer Tasche.

»Sagtest du nicht, daß du um sieben zu Hause sein sollst? Jetzt ist es Viertel nach sieben.«

Sandy bedankte sich für die Erinnerung, verabschiedete sich von Ann und verschwand. Ann fragte sich, was nun aus der Uhr wurde.

»Und?« Streng sah Rita Ann an. »Seit wann treibt ihr diesen Unsinn?«

Stumm hielt Ann den Morgenrock zusammen. Sie wußte nicht, was Rita meinte. Für Ann waren viele Dinge unsinnig.

Rita ließ eine Hand vorschnellen und riß den Morgenrock auseinander.

Zusammenzuckend erinnerte sich Ann an die Schläge vom letzten Mal, als Rita sie in ihren Sachen erwischt hatte. »Zieh sofort das Kleid aus!« schrie Rita sie an.

»Das geht nicht«, jammerte Ann. »Der Reißverschluß klemmt.«

Heftig drehte Rita sie um und zerrte an dem Reißverschluß, aber er rührte sich nicht. Spöttisch lachte sie auf. »Nun, das ist dein Problem. Du wolltest es ja unbedingt anziehen. Nun sieh zu, wie du es wieder los wirst.«

Sie ging in ihr Zimmer und überließ Ann ihrem Kampf mit dem braunen Kleid. Eine Stunde lang bemühte sich Ann, den Reißverschluß zu öffnen oder sich sonstwie aus dem Kleid zu winden. Es klappte nicht.

Die Anstrengung ließ ihre Arme schmerzen. Sie fühlte sich total erschöpft. Schon Angst zu haben erschöpfte, stellte sie fest, und in letzter Zeit hatte sie ständig Angst. Angst davor, daß Rita sie verließ, Angst davor, daß Rita wieder mit ihrem Vater stritt, Angst davor, was Rita ihr antun könnte.

Und dann hatte sie einen dieser kleinen, lichten Momente, einen Anflug von Einsicht. Sie erkannte, daß sie mit allem fertig werden konnte, was auch geschah. Das wußte sie durch die Beobachtung anderer Menschen. Auch wenn Katastrophen über sie hereinbrachen und ihre Zukunft noch so düster aussah, bewältigten sie ihre Probleme, und das Leben ging weiter. Ann begriff, daß es die Ungewißheit war, die Ängste verursachte. Sobald ein Problem sichtbar, eine prekäre Situation deutlich wurde, wuchs den Menschen auch die Kraft zu ihrer Bewältigung zu.

Begeistert von ihrer Theorie beschloß Ann, sie unverzüglich in die Praxis umzusetzen. Sie klopfte an die Tür des elterlichen Schlafzimmers.

»Ich bekomme diesen Reißverschluß nicht auf.«

»Pech für dich!« rief Rita zurück.

»Du wirst mir helfen müssen, Mummy.«

»Tatsächlich?« erkundigte sich Rita ironisch. »Und warum sollte ich das tun?«

»Weil ich sonst Daddy darum bitte.«

Eine Minute Schweigen, dann fügte Ann hinzu: »Es

ist deine Entscheidung. Ich zähle jetzt bis zehn, dann gehe ich die Treppe hinunter.«

Wieder kurze Stille, dann: »Eins.«

Erneut eine Pause. »Zwei.«

Als sie bei sechs angelangt war, bewegte sich etwas im Zimmer. »Erpresserisches kleines Miststück«, hörte sie. Die Tür wurde geöffnet, Rita griff nach ihr, drehte sie um und zerrte an dem Reißverschluß. Ann entdeckte die protzige Uhr am Handgelenk ihrer Mutter und stellte erleichtert fest, daß Sandy sie offenbar beim Verlassen des Hauses auf die Frisierkommode zurückgelegt hatte.

Ann zählte weiter, und als sie »acht« sagte, gab der Reißverschluß nach. Sie schlüpfte aus dem Kleid und ging in ihr Zimmer. Sie zitterte am ganzen Körper, war aber auch mit sich selbst sehr zufrieden. Der Vorwurf der Erpressung scherte sie wenig, weil er ihrer Meinung nach nicht zutraf. Sie hatte einer mehrdeutigen Situation lediglich die Ungewißheit genommen.

In gewisser Hinsicht war Ritas Kapitulation bedauerlich, denn nun würde Ann nie erfahren, was geschehen wäre, wenn sie ihren Vater darum gebeten hätte, ihr aus dem französischen Modellkleid zu helfen, das ein Geschenk des Liebhabers ihrer Mutter war.

Statt dessen ging sie leise hinunter und leistete ihm vor dem Fernsehschirm Gesellschaft, auf dem ein Töpfer gerade geschmeidigen Ton formte, dem Material immer neue Gestalt gab, scheinbar beiläufig und doch seiner Kontrolle unterworfen. Fasziniert sahen Ann und ihr Vater zu.

Viel zu schnell wurde das kunstvolle Töpfern durch einen Ansager im Dinnerjacket ersetzt. Er hatte kaum den Mund geöffnet, als das Bild zusammenbrach und wieder die altbekannten horizontalen Linien erschienen.

Die Kirchturmuhr schlug halb sieben. Anns Gedanken kehrten in die Gegenwart zurück, in das kalte Zimmer in dem nachtdunklen Dorf und in die finsterste aller Zellen, in der Dennis Aylard seine letzten Stunden verbrachte, bevor Gefängniswärter hereinkamen, ihn bei den Armen packten und in den Nebenraum führten, in dem der Strang auf ihn wartete. Sobald er einmal dort war, blieben ihm noch fünfzehn Sekunden, die Zeit, die der Henker brauchte, um ihm die Kapuze überzustreifen, ihm die Schlinge um den Hals zu legen, sich zu vergewissern, daß der Knoten unter dem linken Kieferknochen saß, und den Hebel zu bedienen. Der Scharfrichter Mr. Pierrepoint rühmte sich, so human und effizient zu arbeiten, daß der abrupte Sturz ins scheinbar Bodenlose das Rückgrat des Delinquenten brach und der Tod unverzüglich eintrat.

Manchmal erschreckte es Ann, so viele grauenhafte Einzelheiten der Hinrichtung zu kennen, aber diese Kenntnisse hatten sich als unvermeidlich erwiesen. Man sprach über das Thema, schrieb darüber in den Zeitungen, erwähnte es im Radio. Seit dem Tag von Aylards Festnahme nahm sie mit jedem Atemzug neue Informationen in sich auf.

Sein Schicksal war entsetzlich, aber sie konnte ihre Gedanken nicht davon losreißen. Übelkeit überkam sie, sie ballte die Fäuste so fest, daß es schmerzte, aber ihre Überlegungen blieben auf die Schlinge gerichtet, den Sturz, den gebrochenen Hals.

Sie hatte gehört, daß Hingerichtete in den Gefängnissen begraben wurden, in denen sie gestorben waren, in kalkreicher Erde, die ihre Körper schnell zersetzte. Bei der Beerdigung von Dennis Aylard würde es keinen blumengeschmückten Sarg geben, keine weinenden Verwandten und Freunde, kein Zeichen des Bedauerns und der Trauer über seinen Tod. Aber Ann weinte um ihn. Weinte verzweifelt, weil es für alle Gebete und jede Hoffnung zu spät war.

Die Schlinge.

Der Sturz.

Das Straffen des Seils.

Ann zog die Bettdecke über das Gesicht. Ihre Tränen machten sie schnell feucht. Ihre Kehle schmerzte vor unterdrücktem Schluchzen, aber innerlich klagte sie bitterlich darüber, wie falsch das alles war und wie unrecht.

Irgendwann fiel sie in einen unruhigen Schlaf, aber gleich darauf erschien ihr ihre Mutter im Traum, und Ann kämpfte sich ins Wachsein zurück. Rita trug das Oberteil des türkisfarbenen Jackenkleides, das Sandy anprobiert hatte. Es war zerrissen, und sie beschuldigte Ann, es mit der Nadel der Glitzerbrosche ruiniert zu haben.

»Sieh es dir nur an«, rief Rita und fuchtelte mit dem Riß vor Anns Gesicht herum. Sie lachte höhnisch.

Ann setzte sich auf und bemühte sich, ruhiger zu atmen. Sie träumte selten von ihrer Mutter, aber wenn sie es tat, verhöhnte Rita sie mit kleineren Missetaten. Dieser Traum war so absurd wie alle anderen. Zunächst einmal war Sandy für den Riß verantwortlich, weil sie die Jacke mit offener Brosche zu hastig in den Schrank zurückgestopft hatte. Zum zweiten wäre Rita vor Wut fast geplatzt, als sie den Schaden entdeckte.

Das türkisfarbene Jackenkleid war vor Gericht zur Sprache gekommen. In der Abendzeitung erschienen ausführliche Berichte über den aktuellen Prozeßverlauf, und Ann hatte sie etliche Tage lang verfolgt, bevor ihre Tante es bemerkte und verfügte, daß die Zeitung ihr nicht mehr ins Haus gebracht werden durfte. Während sie las, stellte sich Ann die Stimmen von Verteidiger und Staatsanwalt sonor psalmodierend vor und die des gelegentlich eingreifenden Richters ernsthafter und bedeutungsschwerer.

»Haben Sie Rita Morden ein Jackenkleid aus türkisfarbener Shantungseide geschenkt?« fragte der Vertreter der Anklage Dennis Aylard.

»Ja.«

»Würden Sie bitte einen Blick auf diese Fotografie werfen? Zeigt sie Rita Morden mit diesem Jackenkleid?«

»Ja.«

Dann bat der Richter Aylard, seine Antworten noch einmal zu wiederholen. Das ereignete sich mehrmals während des Kreuzverhörs.

Soweit Ann es verstand, wurde davon ausgegangen, daß Aylard das Kleid nicht bezahlt hatte. Offenbar gehörte es zu einer seiner geschäftlichen Transaktionen, die die Staatsanwaltschaft den Geschworenen gegenüber als dreiste Gaunermethode bezeichnete. Es wurde vermutet, daß Aylard ein Modegeschäft eröffnet hatte, um die Gelder aus seinen dunklen Geschäften zu waschen, und die Geschenke, mit denen er seine Freundinnen überschüttete, gewissermaßen gestohlen waren.

Eindeutiger und für Ann weit verstörender war die Information, daß er neben ihrer Mutter noch weitere Freundinnen gehabt hatte. Ann bemühte sich zwar, darüber nicht nachzudenken, aber sie konnte dieses Wissen nun einmal nicht verdrängen. Und wenn sie daran dachte, dann drängte sich auch der Gedanke auf, daß Rita möglicherweise gar nicht mit ihm durchgebrannt wäre. Vielleicht war Rita von dieser Vorstellung begeisterter als er selbst und hatte von ihren Rivalinnen nichts gewußt.

Die Tanten, Onkel, älteren Cousinen und Cousins sowie Freunde der Familie konnten sich über die anderen Freundinnen kaum beruhigen. Ann entging dieses besondere, fast lüsterne Interesse keineswegs, obwohl das nur einer von vielen Punkten war, die gegen Aylard sprachen. Und sie bemerkte auch, daß die Freundinnen das bedauernde Kopfschütteln über die »arme Rita« wieder aufnahmen. Dazu war es schon seit geraumer Zeit nicht mehr gekommen, vor allem nicht vor Gericht: bei der Erörterung von Ritas rücksichtslosem Verhalten und ihrer Vernachlässigung eines kriegsversehrten Ehemannes.

An manchen Tagen fühlte sich Ann versucht, mit ihrer Tante über den Fall zu sprechen, Fragen zu stellen und Antworten zu fordern. Doch jeder noch so schüchterne Versuch scheiterte an Tante Megs eisernem Entschluß, daß Ann damit nicht belastet werden dürfe, daß sie den Mord zu vergessen und das alles hinter sich zu lassen hätte.

An anderen Tagen war Ann froh über diese Einstellung ihrer Familie. Denn sonst wären unter Umständen von den anderen Fragen gekommen, und sie hätte antworten müssen. Alles in allem schien es das beste zu sein, nichts zu sagen.

Ann verkroch sich wieder tiefer im Bett, lag mit geschlossenen Augen da und dachte über ihr Vagabundenleben nach. Fast zwei Monate lang wohnte sie jetzt auf der Farm bei Tante Meg, ihrem Mann Freddie und ihren

Kindern Lucy und Jimmy. Zeit zum Weiterziehen, dachte sie. Höchste Zeit, eine andere Tante mit einer Abstellkammer in einem anderen Teil des Landes zu finden.

Ann nannte sie Tanten, aber manche waren gar keine. Zwei von ihnen waren in Wahrheit Cousinen ihres Vaters. In Gedanken suchte sie nach Menschen, die sie künftig aufnehmen könnten. Es wird den Leuten schwerer fallen, dachte sie, mich durchs ganze Land zu verfrachten, wenn mir die Tanten, Cousinen und Freunde der Familie ausgehen.

In das Haus an der Avenue zurückzukehren kam ihr nicht in den Sinn. Natürlich dachte sie noch oft an das Haus, aber nicht mehr als Zuhause. Selbst ihr Vater wohnte dort nicht mehr.

Es gab noch einen weiteren Grund. Sie hatten ihren Namen geändert, die Tanten und Onkel. Morden erschien ihnen nicht mehr passend, da sie als Tochter des berüchtigten Mordopfers erkannt werden könnte. Sie machten aus ihr eine Foley, gaben ihr den Mädchennamen ihrer toten Mutter. Gefragt wurde sie nicht. Derartige Entscheidungen trafen sie »zu ihrem Besten«. Und Ann brachte es nicht über sich, ihnen zu sagen, wie sehr sie diesen Namen verabscheute.

Die Turmuhr begann dumpf zu röhren und schlug dann sieben. Todmüde und erschöpft starrte sie zum Fenster und wartete darauf, daß der Tag anbrach.

Aber es blieb dunkel. November. In diesem Jahr war es früh Winter geworden, und seit einer Woche bedeckte morgens Reif die Fensterscheiben, lag auf Wiesen und Hecken. Unangenehme Winde drangen durch jeden Spalt ins Innere der Häuser. Und dieses Haus, das Haus ihrer Tante, war ohnehin immer kalt.

Es war eines dieser Häuser, vor dessen Betreten man

eine Strickjacke anzog. In allen Räumen zog es, und alles, was man berührte, fühlte sich klamm an. Bei einem ihrer früheren Besuche, die stets nur wenige Stunden währten, war ihr der Unterschied zwischen dem trockenen, luftigen Obstgarten draußen und der feuchten Kühle drinnen aufgefallen.

»Gott sei Dank brennt ein Feuer im Herd«, hatte ihre Mutter nach einem Pflichtbesuch bemerkt. »Die Küche ist der einzig warme Raum im ganzen Haus.«

»Das hat Tradition«, hatte ihr Vater geantwortet. »Früher haben alle so gelebt.«

Aber ihre Mutter entgegnete: »Ja, aber heute lebt kaum noch jemand so. Sie sind zu geizig, um Geld für eine Modernisierung auszugeben. Das ist ihr Problem.«

Und prompt war ein Streit über Geld zwischen ihnen entbrannt: Wie man es in die Hände bekam, wie man es ausgab und daß sie selbst hoffnungslos wenig davon hatten. Der Besuch fand statt, als Ann sechs Jahre alt war, ein Jahr, bevor ihre Mutter begann, zu Geschäftstreffen mit Dennis Aylard zu gehen und Geld, Kleider und Schmuck nach Hause zu bringen.

Das alte Farmhaus war buchstäblich der letzte Ort, den sich Ann ausgesucht hätte, aber die Tanten reichten sie weiter wie ein unerwünschtes Paket. Seit dem Tod ihrer Mutter hatte sie bei vier von ihnen gewohnt. Sie boten Übergangsquartiere, bis das Problem gelöst war, was mit dem Mädchen geschehen sollte, aber Ann mochte keine von ihnen besonders, und die Tanten und ihre Familien mochten sie nicht.

Wäre sie ein gewinnenderes Kind gewesen, ein hübscheres, aufgeschlosseneres Mädchen, hätte das die Sache für alle leichter gemacht. Aber ihre Pflegefamilien beschwerten sich darüber, daß sie »schwierig« war, also wenig hilfsbereit, spröde und in sich gekehrt. Selbst Junes Eltern fanden Gründe, sie nicht zu behalten: Sie lebten in der Stadt, in der sich der Mord ereignet hatte, und die Leute flüsterten hinter vorgehaltener Hand.

Ann trauerte und grübelte, nahm kaum wahr, daß ihre Tanten und deren Kinder sie nicht gern um sich hatten. Sie protestierte nicht, wenn eine neue Runde in dem alten Spiel eingeläutet und sie in ein anderes Quartier geschickt wurde.

Sie suchte unter ihrem Kopfkissen nach einem Taschentuch, fand jedoch keins und mußte erneut aufstehen. In dem Vertiko lagen Taschentücher. Ihre Cousine Lucy, eine zwölfjährige, eingebildete Pute mit Zöpfen, hatte ungefähr ein Dutzend gebügelt, während Ann dabeisaß und zusah. Keine von ihnen sprach auch nur ein Wort. Sie hörten Radio oder taten nur so. Das Radio war eine wunderbare Ausrede, nicht reden zu müssen. Es schien Ewigkeiten her zu sein, seit sie mit Sandy Minch herumgetobt war, während ihr Vater versunken Radio hörte oder auch nur so tat.

Die Kälte des Linoleumbodens ließ sie zusammenfahren. Auf Zehenspitzen rannte sie zum Vertiko und streckte die Hand nach Lucys ordentlichem Taschentücherstapel aus. Sie ging zum Fenster und drückte das Gesicht gegen die Scheibe. Merkwürdig, noch immer wollte es nicht Tag werden. Das konnte sie nicht verstehen.

Ann kletterte wieder ins Bett zurück und zog sich die Decke bis ans Kinn. Sie erschauerte, jedoch nicht nur wegen der Kälte im Zimmer. Der verzögerte Tagesanbruch erschreckte sie. Zu spät für Hoffnungen, zu spät für Gebete, und doch hielt irgend etwas das Tageslicht zurück.

Wenn es nicht Tag wird, können sie ihn nicht hängen.

Seit seiner Verurteilung hatte sie darauf gehofft, daß seine Anwälte entlastende Beweise entdeckten, daß die Politiker sich von den Demonstrationen gegen die Todesstrafe beeindruckt zeigten. Doch nun schien er durch Zauberei gerettet zu werden. Es wurde einfach nicht Tag. Die Stunde der Hinrichtung würde nicht kommen. Ein Wunder. Ihre Gebete waren schließlich doch erhört worden.

Dann schlug die Turmuhr halb acht, und Anns zaghafte Hoffnungen auf ein Wunder begannen zu schwinden. Die mechanische Zeit bewegte sich weiter, auch wenn die Natur das nicht zu tun schien. Sie bezweifelte nicht, daß es im Gefängnis eine Uhr gab und der Scharfrichter eine Armbanduhr besaß. Wie könnte er sonst wissen, daß er exakt fünfzehn Sekunden für die Kapuze, die Schlinge und das Bedienen des Hebels benötigte? Mit oder ohne Tageslicht: Sie würden Dennis Aylard hängen.

Ann drehte sich auf den Bauch und verbarg das Gesicht im Kissen. Sie wollte die sonderbare Verzögerung des Tagesanbruchs nicht länger beobachten, da sie ja doch nichts brachte.

Es ist leichter, an eine Naturerscheinung zu glauben als an ein Wunder, entschied sie mutlos und verzweifelt.

Als die Turmuhr Anstalten machte, acht zu schlagen, überwältigte sie nacktes Grauen.

Jetzt geschieht es. Jetzt hängen sie ihn!

Sie preßte das Gesicht ins Kissen, drückte es gegen beide Ohren. Aber das Schlagen der Uhr nahm sie doch wahr. Real oder eingebildet hallte es in ihrem Schädel wider.

»Nein! Nein!« stöhnte sie laut auf. Entsetzt fuhr sie

hoch, lauschte nach Schritten auf dem Flur. Aber das einzige Geräusch waren ihre krampfhaften, abgehackten Atemzüge. Ihre Lungen drohten vor stummen Angstschreien zu zerplatzen, ihre Kehle schmerzte, Schweiß trat ihr auf die Stirn. Sie riß sich das Nachthemd auf, aber das half nicht viel. Sie hatte trotzdem das Gefühl zu ersticken.

Niemand rührte sich im Haus. Nach ein oder zwei Minuten beruhigte sich Ann ein wenig und schlich zum Fenster. Aber statt auf die zögernde Helle am östlichen Himmel, die gelblichen Lichter in den Häusern des Dorfes, die gelegentlichen Scheinwerferkegel eines Autos blickte sie auf eine undurchsichtige Nebelwand.

Es wurde erst spät hell an dem Tag, an dem Dennis Aylard hingerichtet wurde. Als Ann die rötlichen Dächer im Dorf ausmachen konnte, die Streifen winterlich bereifter Hecken, war er bereits eine Stunde tot. Sie wandte sich in dem Moment vom Fenster ab, als die Uhr neun zu schlagen begann.

Jetzt, da nichts mehr zu hoffen, nichts mehr zu ändern war, überkam Ann eine unerwartete Ruhe. Es war geschehen. Sie hatten es getan. Die Polizei, die Anklagebehörde, die Geschworenen und der Richter hatten seinen Tod bewirkt. Das war unrecht, und sie trugen die Verantwortung.

Ihre Aufgabe war die Wahrheitsfindung, und insgeheim hatte Ann geglaubt, daß sie sie auch fanden. »Sie werden ihn laufen lassen, wart's nur ab«, hatte Sandy Minch gesagt. Und: »Es ist Gesetz, daß der Richter tut, was die Geschworenen sagen.« Und: »Wen sie zum Täter erklären, der wird gehängt.«

14. Kapitel

»Die Polizei hat den beiden kleinen Mädchen zuwenig Aufmerksamkeit gewidmet«, sagte Gillian Spry.

Richard King schnaubte verächtlich. »Aber sie hätten doch nie mit angesehen, daß ein Unschuldiger am Strang stirbt.«

»Nein, wahrscheinlich nicht.«

»Sie waren *Kinder*, Gillian. Keine abscheulichen Monster. Es waren zwei guterzogene kleine Mädchen.«

»Das war ich auch, und sehen Sie sich an, was aus mir geworden ist. Ich beschäftige mich täglich nur mit Verbrechen.«

»Anns Familie war so verdammt vornehm, daß sie die Schande einfach nicht ertrug, in der Stadt weiterzuleben. Und es handelte sich um die Familie des Opfers, nicht die des Täters. Nein, wir haben es mit wohlanständigen Kindern zu tun.«

»Ja, sicher. Das weiß ich auch, aber mich beunruhigt, was ich nicht weiß. Denken Sie doch einmal nach, Richard. Ein Partygast bemerkt Sandy Minch im Garten und sagt, Ann wäre ebenfalls dort gewesen, auch wenn er sie nicht wirklich gesehen hat. Das ist keine widersinnige Annahme, denn die Mädchen wurden allgemein für unzertrennlich gehalten, und die Party fand im Garten des Hauses statt, in dem Ann wohnte.«

Er hob eine Hand. »Genauer gesagt nebenan. Nicht in der von Anns Vater gemieteten Hälfte von Nummer siebzehn. Wenn sich Sandy im Garten aufhielt, könnte sie eine Einladung erhalten haben oder von einem anderen Gast mitgebracht worden sein. Sie dürfen nicht einfach davon ausgehen, daß sie mit Ann dort war.«

»Vielleicht nicht«, räumte Gillian ein. »Aber der Mann, der Sandy sah, ging davon aus. Er kannte Sandy gut und war sich ganz sicher, sie zwischen den Sträuchern am hinteren Rand des Gartens gesehen zu haben. Offenbar nahm sie an der Party nicht direkt teil. Er hatte sogar den Eindruck, daß sie sich verstecken wollte.«

»So etwas tun Kinder nun einmal. Bei einem Erwachsenen mag ein solches Verhalten heimlichtuerisch erscheinen, aber als Kind verhält man sich so. Man veranstaltet seine eigene Party, schafft sich seine eigene Welt, zu der die Erwachsenen keinen Zugang haben.«

»Zugegeben. Aber der Polizei gegenüber erklärte Ann zunächst, Sandy wäre anwesend gewesen, nahm das jedoch später zurück. Sandy hat es immer bestritten. Sogar jetzt noch, bei meinem kürzlichen Besuch.«

Einem recht kurzen Besuch, denn beide Frauen waren sich auf Anhieb unsympathisch. Gillian gewann den Eindruck, daß sich die frühere Ehefrau von Mr. Eliot Brown, Firmenchef und einstmals Lehrer, zu einer veritablen reichen Zimtzicke gemausert hatte. Ihr Teint zeugte von langen Stunden in südlichen Gefilden oder auf der Sonnenbank, und ihre Haare schimmerten in einem unnatürlichen Gelbblond. Um eine Mutmaßung gebeten, hätte Gillian als Sandys Hobbys Schlankheitskuren und Alkohol genannt.

Sandra gewährte ihr Zugang in die Halle des von Bäumen beschatteten Hauses an der Uffington Road. Dort sprachen sie im Stehen miteinander, was in Gillian keinen Zweifel daran ließ, daß Sandra sie so schnell wie möglich wieder vor die Tür zu setzen gedachte.

Die Halle ließ an Prunk nichts zu wünschen übrig: Kristallüster, an den Wänden Eiche und Reproduktionen von Ölgemälden, samtweiche Teppiche, mit Goldbronze eingefaßte Marmortische und eine geschwungene Treppe ins obere Stockwerk. Im Kopf überschlug Gillian die Summen, die das alles gekostet hatte. Inzwischen war sie bei drei Frauen zu Hause gewesen – Anna, June Foley und Sandy Minch –, doch hier fühlte sie sich am wenigsten wohl.

Die elegant-behagliche Einrichtung von Annas Reihenhaus spiegelte die Sorgfalt wider, die sie auch auf ihr Äußeres verwandte. Junes ererbtes Mobiliar, die ausgetretenen Teppiche schufen genau die Atmosphäre von Understatement, in der sich Engländer schon immer wohl gefühlt hatten. Verglichen damit war Sandys Haus ein ausgefeilt gestylter Alptraum, der absolut nichts über die Persönlichkeit der Bewohner, aber sehr viel über die Höhe ihrer Bankkonten aussagte. Gillian ertappte sich bei dem Gedanken, wie unermeßlich das Haus gewinnen würde, wenn Junes Möbel hier aufgestellt werden könnten und Anna freie Hand bei der Farbgestaltung erhielt.

Sandra Brown sprach mit lauter Stimme, obwohl sie nahe beieinander standen. »Ich weiß wirklich nicht, warum Sie damit zu mir kommen. Diese Frau wurde getötet, als ich ein kleines Kind war.«

Sie waren neun. Sie müßten sich erinnern, widersprach Gillian unhörbar. Laut sagte sie: »Das ist mir bewußt, Sandra. Aber wenn Sie gestatten, würde ich Ihnen dennoch gern zwei oder drei Fragen stellen.«

»Damit verschwenden Sie nur Ihre Zeit.«

Und so bewies ihr Gillian, daß sie recht hatte, und verschwendete ihre Zeit mit einer Reihe von Fragen, die Sandra ausnahmslos mit einem gelangweilten Nein beantwortete.

»Hielten Sie sich am Tag des Mordes irgendwann vor der Party in dem Haus auf?«

»Nein.«

»Waren Sie im Verlauf des Abends dort?«

»Nein.«

»Erinnern Sie sich an irgend etwas im Zusammenhang mit dem Mord?«

»Nein.«

Und nach ein paar weiteren Fragen schließlich die letzte: »Würden Sie vielleicht gern zu Kontakt Ann Morden aufnehmen?«

»Nein.«

Als Gillian wenige Minuten später durch das Tor auf die Uffington Road hinausfuhr, dachte sie lächelnd: Vielleicht ist es ganz gut, daß sich Sandy nicht mit Anna treffen will. Ich glaube, Anna wäre erschüttert.

Viel hatte sie Richard über ihren Besuch nicht zu berichten. Manchmal schilderte sie gern ihre Eindrücke von Menschen und Orten, aber ihr Gespräch mit der ehemaligen Sandy Minch war so inhaltsleer gewesen, daß darüber kaum mehr zu sagen war, als daß die Frau alles verneinte.

»Niemand hat die Mädchen ausführlich befragt«, betonte sie jetzt. »Wenn sie sich zu dem Zeitpunkt im hinteren Teil des Gartens aufhielten, zu dem der Gast Sandy gesehen haben will, hätten sie sehr wohl mitbekommen können, ob Aylard in seinem Auto saß oder sogar mit Rita Morden stritt.«

Richard schüttelte den Kopf. »Nein, nein. Das hängt ganz davon ab, *wann* der Mann Sandy gesehen hat. Er sagte aus, er hätte sie zwanzig Minuten nach seiner Ankunft bemerkt.«

»Und er ist später gekommen. Etwa gegen neun.«

»Gibt es dafür irgendeine Bestätigung?«

Sie lachte spöttisch. »Im Fall Rita Morden gibt es für nichts irgendeine Bestätigung.«

Sie dachte eine Weile nach und fügte dann hinzu: »Im Grunde läuft alles auf Zeiten hinaus, Richard. Die Zeit, zu der Sandy im Garten gesehen wurde, die Zeit, die Aylard nach Ansicht der Polizei brauchte, um Ritas Haus zu erreichen und sie zu töten, die Zeit, die er zur Rückfahrt benötigte, den Zeitpunkt von Ritas Tod, den Zeitpunkt, an dem sie letztmals lebend gesehen wurde ... Wenn man sich die Zeugenaussagen genauer ansieht, kommt es einem so vor, als wären alle auf unterschiedlichen Partys gewesen. Nur ein Zeuge sieht Sandy. Nur einer hört Motorengeräusche hinter dem Garten. Nur einer sieht Rita Morden gegen zehn nach neun. Und so weiter und so weiter.«

Richard schlug einen eleganten Haken zu der Rolle des Pathologen. »Genau dieses Fehlen bestätigender Aussagen macht Winterleas forensische Erkenntnisse so entscheidend. Er ging davon aus, daß sie irgendwann zwischen halb zehn und zehn den Tod fand, also nachdem der Nachbar ein Auto kommen hörte.«

»Gut. Aber um halb zehn und eine Viertelstunde später noch einmal überquert eine Frau das Parkgelände, auf dem angeblich das Auto steht, sieht es aber nicht. Auch Aylard nicht. Oder Rita Morden. Sie sieht niemanden.«

»Und wann will der Zeuge, den dieser Zeitungsreporter ausgegraben hat, Rita Morden zum letzten Mal gesehen haben?«

»Um halb zehn, als Rita aus der Seitentür des Hauses trat. Der von der Staatsanwaltschaft geladene Zeuge, ein gewisser Mister Jermyn, sagte vor Gericht aus, ihr eine halbe Stunde vorher im Garten begegnet zu sein.«

Richard verzog das Gesicht. »Aber das können doch nur Schätzungen sein, oder? Ich meine, man blickt doch nicht jedesmal auf die Uhr, sobald man jemanden trifft oder etwas hört. Und dann noch auf einer Party! Da hat man doch weiß Gott anderes zu tun, als über jede Bewegung der anderen Gäste mental Buch zu führen.«

Gillian trat vor das Flip-chart in der Ecke des Raums und malte ein großes Rechteck darauf. »Nehmen wir an, das wäre der Garten von Nummer siebzehn. Und das ist das freie Gelände dahinter, das als Parkplatz genutzt wurde. Hier das Haus. Hier die Seitentür, aus der Rita Morden um halb zehn kam. Und das ...«

Sie zeichnete die Positionen von Zeugen und die Zeiten ein, zu denen sie sich aufgrund ihrer Aussagen vor Gericht oder in Presseinterviews dort aufgehalten hatten.

»Hübsch«, bemerkte Richard, »aber beweist es irgend etwas über das hinaus, was wir bereits wissen?«

»Natürlich nicht.« Sie warf den Stift hin und ging zum Fenster. Wieder ein trüber, regnerischer Tag. Auf der Straße unter ihr spannte eine Frau ihren Schirm auf.

»Doch, Moment mal. Am Tag des Mordes hat es kurz, aber heftig geregnet.«

»Wann?«

Sie lief zu ihrem Schreibtisch und begann hastig, auf ihrer Computertastatur zu tippen. »Ja, hier ist es. Kurz nach zehn. Das ergab eine Nachfrage bei den Meteorologen nach der Tat. Sie hatten eine von Stürmen begleitete Regenfront aus Westen vorhergesagt, und gegen zehn kam es zu einem heftigen Schauer.«

Nachdenklich blickte Richard auf das Flip-chart. »Vermutlich sind alle blitzschnell ins Haus gerannt, und um Viertel nach zehn hielt sich keine Menschenseele mehr im Freien auf.«

»Die in der Nähe wohnenden Gäste könnten es sogar vorgezogen haben, statt dessen nach Hause zu gehen. Auch die Frau, deren Kind allein daheim war. Das heißt, daß sie den Parkplatz ein drittes Mal überquert hat, ohne Aylard, Rita oder ein Auto zu entdecken.«

»Eine weitere Gartenpforte?«

Doch daran hatte Gillian bereits gedacht. »Ich hab mich ein bißchen umgesehen und alte Pläne konsultiert. Es gab und gibt nur einen Hintereingang zur Avenue Nummer siebzehn. Wenn die anderen Zeitangaben stimmen, hätte jeder der Nachbarn, die beim Einsetzen des Regens den Garten durch die Hintertür verließen, über Rita Mordens auf dem Weg liegende Leiche stolpern oder bemerken können, wie sie auf dem Parkplatz um ihr Leben kämpfte.«

Es würde doch zunehmend deutlicher, daß die Angaben nicht stimmen könnten, murrte er vor sich hin. »Wissen Sie«, fügte er nach einem Moment hinzu, »langsam empfinde ich fast Mitleid mit der Polizei. Vierzig Partygäste, aber niemand sieht Aylard und kaum einer bemerkt Rita Morden.«

Gillian hielt abrupt die Luft an. »Sie haben ein Feuer entzündet, Richard.«

»So?«

Sie griff wieder nach dem Stift und zeichnete ein

Bündel Flammen auf ihre Skizze. »Aus Sicherheitsgründen nicht zu nahe am Haus, aber auch nicht zu weit entfernt von den Tischen mit den Speisen und Getränken. Daher muß es ungefähr hier gewesen sein, an der Grenze zum Grundstück der Mordens.«

Mit einem triumphierenden Lächeln drehte sie sich zu ihm um. »Das könnte eine Erklärung für die Unachtsamkeit der Gäste sein. Sie wurden von einem Feuer abgelenkt, und Sie wissen, wie sehr Flammen Menschen faszinieren.«

Er schenkte ihr einen bewundernden Blick, ärgerte sich aber gleichzeitig maßlos darüber, daß ihnen die Bedeutung des Feuers so lange entgangen war. Bisher hatten sie lediglich über die Gründe gesprochen: Der Gastgeber fand, ein Feuer wäre ganz angenehm, wenn es abends dunkel und kühl wurde, außerdem war es eine willkommene Gelegenheit, den Garten von den während der Frühjahrsstürme herabgefallenen Ästen zu befreien.

»Das Feuer hielt die Gäste von dem Pfad und dem Parkplatz fern«, spann Richard Gillians Überlegungen weiter. »Und wenn ich es mir recht überlege, verursacht ein Feuer doch jede Menge Geräusche. Möglicherweise hörte deshalb niemand etwas von einem Streit auf dem Parkgelände. Sehen Sie her.«

Er fuhr mit einem Finger über die Skizze des Gartens. »Die Frau, die die Motorengeräusche hörte, hielt sich am hinteren Ende des Gartens auf. Deshalb konnte nur sie sie wahrnehmen. Und Rita Morden tritt hier aus der Seitentür. Sie läuft den Weg entlang, ohne einem der anderen Gäste zu begegnen.«

»Vergessen Sie nicht, daß das nur meine grobe Schätzung ihrer Aufenthaltsorte ist«, bremste Gillian seinen Enthusiasmus.

»Aber die entscheidenden Punkte stimmen. Als er um zehn vor neun von der Toilette in einem Nachbarhaus zurückkehrt, bemerkt Mister Jermyn, daß Rita Morden auf ihr Haus zugeht. Vierzig Minuten später sieht sie ein anderer Mann ihr Haus durch die Seitentür verlassen und vor sich den Gartenweg hinuntergehen. Dann wendet er sich höchstwahrscheinlich dem Feuer und den um die Tische versammelten Partygästen zu.«

»Das nehme ich auch an. Allerdings sagte er aus, sie aus den Augen verloren zu haben, sobald sie den Garten erreicht hatten.«

»Was durchaus der Fall sein könnte, wenn sie zur Hinterpforte gelaufen ist.«

Es entstand eine kleine Pause, dann sagte Gillian leise: »Suchen wir jetzt nicht nach Beweisen dafür, daß sich der Mord genauso abgespielt hat, wie von der Polizei behauptet, Richard? Aylard fuhr mit dem Auto zum ...«

Das Klingeln des Telefon unterbrach sie. Richard King hatte nichts dagegen. Seiner Meinung nach hielten sie sich viel zu lange bei diesem Thema auf. Doch jedesmal, wenn er sie darauf hinweisen wollte, fiel ihr bedauerlicherweise etwas Neues dazu ein. Er hätte sich lieber auf Marcus Winterlea konzentriert, aber es war sinnlos, das zu erwähnen, denn dann entgegnete sie sofort, Rita Morden sei schließlich ein Winterlea-Fall. Und wenn ihre Vermutung zutraf, daß Dennis Aylard keinen fairen Prozeß erhalten hatte, könnte das sehr wohl ein entscheidendes Argument in ihrer Untersuchung werden.

Richard wollte Kaffeewasser aufsetzen, sah aber, daß keine Milch da war, und schaltete den Wasserkocher wieder aus. Er setzte sich, blickte in den stetigen Regen hinaus und hörte Gillians Telefongespräch zu.

»Nein, ich versichere Ihnen, daß diese Information

nicht aus diesem Büro stammt«, sagte sie gerade. »Wir halten uns strikt an die Gebote der Vertraulichkeit.«

Eine Frauenstimme entgegnete Unverständliches.

»Es stimmt, daß sie sich bei uns gemeldet hat. Aber wir haben ihr keine Details ...«

Die Stimme unterbrach sie.

Nach zwei Minuten, während denen Richard vergeblich versuchte, ihren Blick einzufangen, um nach dem Namen der Anruferin zu fragen, versicherte Gillian noch einmal, das CJI fühle sich unbedingt an Vertraulichkeit gebunden, und schien entschlossen, das Gespräch zu beenden. Doch dann änderte sich der Tenor der Unterhaltung. »Morgen, wenn es Ihnen recht ist«, hörte er Gillian sagen.

Richard blickte auf den Terminkalender. Morgen? Wann denn? Der Tag war proppenvoll. Er machte eine entsprechende Geste, aber sie achtete nicht auf ihn.

Gillian legte den Hörer auf. »June Foley«, sagte sie.

»Annas Cousine? Die Sie beim ersten Besuch kaum über die Schwelle ließ und beim zweiten nicht einmal die Tür öffnete?«

»Genau die. Und raten Sie mal, warum sie angerufen hat.«

»Verraten Sie's mir.«

»Dennis Aylards Tochter hat sich bei ihr gemeldet.«

Richards Augenbrauen fuhren in die Höhe, betonten sein leicht eulenhaftes Aussehen. »Aber ... Ich will ja nicht unhöflich erscheinen, aber glaubt sie etwa, Sie hätten das verhindern können?«

»Jetzt nicht mehr, nachdem ich sie davon überzeugen konnte, daß ich Meryl Aylard nicht auf ihre Spur gehetzt habe. Immerhin ist sie nun bereit, mit mir über den Mord zu sprechen.« Sie lächelte unwillkürlich über June Foleys Meinungsänderung.

»Um ein paar Dinge klarzustellen? Einiges zu berichtigen? Etwas in dieser Richtung?«

»Sieht ganz so aus.«

»Glaubt sie immer noch, Sie wären vom Fernsehen?«

»Das nehme ich an. Sie hat sich dazu nicht geäußert.«

Gillian trat ans Fenster und blickte auf ein Meer aus Regenschirmen. »Lassen Sie uns bei *Giovanni's* einen Cappuccino trinken. Ich lade Sie ein.«

»Aber sonst beschweren Sie sich immer über die Preise, Gill, und behaupten, in dem Nepplokal nicht nachdenken zu können.«

»Ich weiß, ich weiß. Aber ich finde, eine kleine Belohnung habe ich mir verdient. Abgesehen davon will ich gar nicht nachdenken. Das tue ich viel zu oft.«

Sie ging zur Tür und nahm ihren Trenchcoat vom Garderobenständer. »Kommen Sie?«

»Hm ... ja. Also gut.«

Es fiel ihm nicht leicht, sich ihren Stimmungsschwankungen anzupassen. Nachdem er den Anrufbeantworter eingeschaltet hatte, folgte er ihr aus dem Zimmer.

Unten auf der Straße legte sie sich den Trenchcoat schützend über den Kopf und rannte die paar Schritte zum Café.

»Ich glaube«, sagte sie und schüttete Regentropfen auf Giovannis Bodenfliesen, »das ist mein bester Einfall seit langem.«

Richard wich schnell einen Schritt zurück und trat an den Tresen. Wenn Giovanni guter Stimmung war, bediente er seine Gäste an den Tischen, zu anderen Zeiten ignorierte er sie, bis sie sich klarmachten, daß er einen Selbstbedienungstag ausgerufen hatte. Richard wollte kein Risiko eingehen.

Gillian setzte sich an einen Tisch am Fenster und

beobachtete die Schirmträger zur Abwechslung mal aus gleicher Höhe. Sie dachte über June Foleys Anruf nach. Auch wenn Meryl Aylards Vorstoß mißlich war, hatte er June doch veranlaßt, die Initiative zu ergreifen.

»June Foley?« vermutete Richard und stellte zwei schaumgekrönte Tassen auf den Tisch.

»Ja. Warum hat sie angerufen? Und was bezweckt sie damit?«

»Die erste Antwort liegt auf der Hand: Sie spricht lieber mit Ihnen als mit Meryl Aylard. Und das kann ich gut nachempfinden.«

Gillian verzog das Gesicht. »Aber was will sie uns mitteilen? Doch nicht wieder, wir sollen uns um unsere eigenen Dinge kümmern ...«

Versonnen blickte Richard zur Decke, bevor er antwortete. »Sie geht davon aus, daß Meryl Aylard uns etwas über den Mord erzählt, was wir noch nicht wissen, und will nun die erste sein, die es uns sagt.«

Sie wiederholte seine Worte. »Um ein paar Dinge klarzustellen, einiges zu zu berichtigen. Ja, aber was?«

Er griff zum Löffel und schob den Schaum in seiner Tasse zu einem kleinen Berg zusammen. »Wenn sie Ihnen irgendwas über den Mord erzählt, dann sind das Informationen aus zweiter Hand. Sie war in den Ferien.«

»Das habe ich nicht vergessen. Ich würde nur gern wissen, ob sie mir mitteilen will, daß die Familie Aylard für unschuldig hielt, oder ob sie mir Beweise für seine Schuld liefert.«

»Das zweite, würde ich sagen. Die Familien von Opfern müssen sicher sein können, daß der Schuldige zur Verantwortung gezogen wurde. Wie oft haben wir das nicht schon erlebt? Auch wenn Bürgerinitiativen, Juristen und große Teile der Bevölkerung davon überzeugt sind, daß ein Fehlurteil gesprochen wurde, kann sich die Familie des Opfers nie dazu durchringen.«

Gillian wandte ein, daß dieses durchaus übliche Verhalten nicht in allen Fällen galt. Sie trank einen Schluck Kaffee. »Morgen«, sagte sie. »Ich brauche nur bis morgen zu warten. Dann werde ich es wissen.«

Richard schob sich genüßlich einen Löffel Cappuccinoschaum in den Mund. »Ich frage mich, ob Ihr Treffen mit June Foley nicht in Wirklichkeit Annas Idee war. Dieser Vorschlag scheint mir irgendwie untypisch für June zu sein, während sich ihre Cousine uns gegenüber doch recht aufgeschlossen gab.«

»Ohne uns wirklich etwas zu sagen. Immer dann, wenn wir zur Sache kommen wollten, behauptete sie, sich nicht zu erinnern.«

»Dennoch würde ich nicht ausschließen, daß sie June überredet hat.«

Gillian nickte. Wieder waren sie bei Anna Foley angelangt, die acht Jahre alt war und Ann Morden hieß, als ihre Mutter ermordet wurde. Im Gegensatz zu den Angaben ihrer Cousine waren ihre wenigen Aussagen insofern glaubhaft, als sie sich in der Nähe des Tatortes aufgehalten hatte, angeblich in ihrem Zimmer, in das sie aus Furcht vor dem Feuerwerk geflüchtet war. Aber vielleicht stimmte das nicht. Zunächst hatte sie gesagt, sie wäre mit Sandy Minch im Garten gewesen und bei Ausbruch des Regens mit ihrer Freundin ins Haus gelaufen.

»Nun kommen Sie schon. Erzählen Sie's mir.«

»Tut mir leid, eigentlich wollte ich ja nicht länger darüber nachdenken, aber ...«

»Schießen Sie los.«

»Es ist nichts.«

»Ach ja?«

»Ich meine, nichts, was Sie hören möchten.«

»Gillian ...«

»Also gut. Es will mir scheinen, als käme ich von Anna Foley nicht los, als wäre sie der Dreh- und Angelpunkt. Sobald ich versuche, in eine andere Richtung zu denken, taucht sie prompt wieder auf.«

Richard wünschte, er hätte die Überlegung für sich behalten, Anna Foley könnte hinter dem Sinneswandel ihrer Cousine stecken. Er überlegte sich seine nächsten Worte sehr genau.

»Hören Sie, Gill, meinen Sie nicht, daß Sie sich über Gebühr in Anna Foley verbeißen? Ich weiß, wie sehr es Sie nervt, daß sie sich kaum erinnert. Aber so ist es nun einmal.«

»Vielleicht, aber das heißt noch längst nicht, daß ich mich irre. Denken Sie an die Tonbandaufnahmen, erinnern Sie sich an die Art und Weise, wie sie heiklen Themen ausgewichen ist. Dafür muß es doch Gründe geben.«

»Sie war ein *Kind*«, entgegnete er heftiger als beabsichtigt. »Ein kleines Mädchen. Wie könnte es für sie kein heikles Thema sein, daß ihre Mutter niedergeschlagen und sterbend im Garten zurückgelassen wurde?«

Gillian hob die Hände. »Okay, okay. Aber Sie haben mich gefragt, was ich denke, und ich werde nun einmal den Verdacht nicht los, daß dieses wohlerzogene Mädchen mehr weiß, als es uns erzählt.«

»Was macht das schon aus?«

»Sehr viel, wenn Dennis Aylard nicht der Täter war.«

Richard schwieg. Sie hatte recht. Darauf deuteten alle ihre bisherigen Ergebnisse der Nachforschungen im Fall Winterlea hin. Aufgrund seiner forensischen Feststellungen war ein Mann verurteilt worden, gegen den keine wirklichen Beweise vorlagen. Vorurteile sicher, aber keine Beweise.

»Ich stimme ihnen zu, daß ein Kind ein gefährliches Spiel treibt, wenn es in einer solchen Situation bewußt Informationen zurückhält oder lügt. Aber wäre ein achtjähriges Kind dazu überhaupt in der Lage? Handeln Kinder nicht impulsiv, anstatt die Konsequenzen zu bedenken wie Erwachsene?«

Sie schüttelte den Kopf. »Wer weiß? In unserem Land hat sich die Meinung darüber geändert. Im Jahr dreiundsechzig wurde die strafrechtliche Verantwortung von acht auf zehn Jahre heraufgesetzt. Aber vom Mittelalter an bis zum Anfang des zwanzigsten Jahrhunderts setzte sie mit dem siebten Lebensjahr ein.«

Diese Abschweifung bedauerte er, da er weit mehr an der kindlichen Psyche interessiert war als an Gesetzen. Um es schnell hinter sich zu bringen, erwähnte er kurz die aktuelle Diskussion über die These, daß Kinder zwischen zehn und vierzehn Jahren zu bewußt kriminellen Taten unfähig seien, weil ihnen die Einsicht in die Ernsthaftigkeit ihrer Handlungen fehle.

Er wollte das Thema wieder auf das geheimnisvolle Funktionieren des kindlichen Verstandes lenken, aber Gillian unterbrach ihn. »Sie unterschätzen die Bosheit von Kindern.«

»*Bosheit?* Das ist stark.«

»Ganz und gar nicht. Damit meine ich die in uns allen schlummernde Fähigkeit, absichtlich Böses zu tun. Manche Kinder sind die unschuldigen kleinen Geschöpfe, für die Sie sie offenbar halten, aber andere sind es nicht. Das ist eine Frage des individuellen Verhaltens, genau wie bei Erwachsenen.«

Richard hielt ihr entgegen, daß Kinder, die ernsthafte Verbrechen wie Mord, Totschlag, Vergewaltigung oder Brandstiftung begangen hatten, fast ausnahmslos Opfer physischer, sexueller oder psychischer Gewalt waren. »Doch darum geht es im Fall Rita Morden nicht. Hier sprechen wir über ein Mädchen, das Ihrer Meinung nach Dinge für sich behalten hat, die für den Verlauf eines Prozesses möglicherweise hätten entscheidend sein können. Ich halte die Annahme für ebenso unfair wie unzulässig, daß Ann Morden die Konsequenzen ihres Schweigens voll bewußt waren.«

Gillian betrachtete die vor dem Fenster vorbeiwandernden Regenschirme. »Es war eine Frage von Leben oder Tod, Richard«, sagte sie leise. »Und ich kann nicht glauben, daß Ann das nicht erkannt hat.«

15. Kapitel

Sobald ich ihre Stimme hörte, schwante mir Unheil, aber bevor sie bereit war, mir den Grund ihres Anrufs zu nennen, führten wir eine unserer absurden Unterhaltungen. Ich fürchte, ich reagierte ein bißchen ungeduldig, denn hinter mir lag ein reichlich frustrierender Tag.

Das Telefon klingelte anhaltend, als ich die Haustür aufschloß, und ich stürzte an den Apparat. Es war heiß im Wohnzimmer, und ich knöpfte mir mit einer Hand den Mantel auf, während meine andere nach dem Hörer griff.

»Hallo?« keuchte ich.

»Anna?« Der Beiklang von Besorgnis in Junes Stimme entging mir nicht. »Ich wollte gerade auflegen«, fuhr sie anklagend fort. »Den ganzen Nachmittag versuche ich schon, dich zu erreichen.«

»Ich komme gerade von der Arbeit, June.«

Ich verdrehte die Augen. Dem Himmel sei Dank für die Erfindung des Telefons. Von Angesicht zu Angesicht würde man sich diese Reaktion auf unsinnige Bemerkungen nie erlauben. June scheint nicht zu begreifen, daß ich zu arbeiten habe. Es war nicht das erste Mal, daß sie zu den unmöglichsten Zeiten anruft und sich dann beschwert, mich nicht angetroffen zu haben. Manchmal begeht sie sogar die Torheit, mich um einen Besuch mitten in der Woche zu bitten.

»Oh«, machte sie und behauptete dann eine Spur eingeschüchtert, sich die Tage nie merken zu können, an denen ich meiner Tätigkeit nachging. Das ließ sie alt und schusselig wirken, und vielleicht merkte sie das selbst, denn sie änderte ihre Taktik und rückte mit ihren Neuigkeiten heraus.

»Ich habe mit Dennis Aylards Tochter gesprochen, Anna. Sie heißt Meryl Aylard. Ja, sie nennt sich noch immer so«, sprudelte June so hastig hervor, als befürchtete sie, nicht weiter zu können, wenn sie auch nur eine kurze Pause machte. »Als sie ihren Namen nannte, traf mich fast der Schlag. Ich meine, nicht einmal im Traum wäre ich darauf gekommen, daß jemand aus seiner Familie so unverfroren sein könnte, an einen von uns heranzutreten. Aber sie tat es, durchaus freundlich und höflich, und sie fragte, ob sie sich mit mir treffen könne. Wenn es mir nichts ausmachte, fügte sie hinzu. Warum denn um alles in der Welt, wollte ich wissen. Eine berechtigte Frage, wenn auch vielleicht eine Spur zu grob. Daraufhin erläuterte sie mir, daß sie im Namen ihrer Familie um meine Hilfe bitte, weil sie Anstrengungen unternehmen würden, seine Unschuld zu beweisen. Es klang ganz so, als hätte sie sich vor mir schon an unzählige andere Leute gewandt. Nun, ich reagierte ziemlich brüsk und wollte wissen, was sie zu der Annahme verleitete, ausgerechnet ich würde ihnen helfen. Aber sie nahm es nicht übel. Vor allem ginge es ihnen darum, bestimmte Beweismittel mit modernen wissenschaftlichen Methoden neu untersuchen zu lassen. Sie sind überzeugt, damit seine Unschuld nachweisen zu können.«

Ein kurzes Schweigen ermunterte mich zu einer Reaktion, aber mein Mund war zu trocken. Bestenfalls hörte sie ein Krächzen.

»Unter anderem geht es um das Protokoll der polizeilichen Vernehmung ihres Vaters«, fuhr June fort. »Ihren Worten zufolge hat Aylard stets bestritten, daß die ihn belastenden Passagen von ihm stammen. Das habe ich gar nicht gewußt. Du?«

Eine Frage. Ich mußte antworten. »Nein, davon habe ich noch nie etwas gehört.« Meine gelassene Stimme war meine Rettung. Da sie nicht in der Lage war, mein kreideweißes Gesicht zu sehen, konnte sie nicht ahnen, wie sehr mich ihre Neuigkeiten erschütterten.

Es stellte sich heraus, daß Meryl Aylard am Tag zuvor angerufen hatte und June sich seither fragte, ob und was sie mir davon berichten sollte.

»Ich war mir nicht sicher, ob ich dich damit behelligen soll«, sagte sie in einem Ton, der darauf hinwies, daß sie sich noch immer unschlüssig war.

»Zu diesem Thema würde ich gern alles erfahren.«

»Nun, solange du dich nicht allzusehr darüber aufregst.«

Ein leicht gönnerhafter Ton klang in ihrer Stimme mit, als wäre ich wieder acht Jahre alt und dürfte mit dieser schrecklichen Geschichte, die ich ohnehin nicht verstand, nicht belastet werden. Ich riß mich zusammen. Hinter mir lag ein aufreibender Tag, und ich verhielt mich June gegenüber ungerecht.

Und hinterhältig, denn ich hatte ihr verschwiegen, daß ich über die Ehrenrettungskampagne der Aylards bereits informiert war – wenn auch nur darüber, daß eine stattfand. Von einer Überprüfung polizeilicher Dokumente hatte Gillian Spry nichts gesagt.

»Was hast du zu ihrem Vorschlag eines Treffens gesagt?« erkundigte ich mich vorsichtig.

»Ihn natürlich abgelehnt. Rundweg. Mit der absolut einleuchtenden Begründung, daß ich mich zum Zeitpunkt der Tat nicht in der Stadt aufhielt und ihr daher nichts darüber mitteilen könne.«

»Hat sie deine Entscheidung akzeptiert?«

»Nun, ich äußerte mich sehr energisch, also gehe ich davon aus. Ich ließ absolut keinen Zweifel daran, daß sie auch bei einem Überraschungsbesuch nicht auf einen Sinneswandel hoffen kann.«

Ich mußte über June und ihre angebliche Entschlossenheit lächeln. Dann gab ich mir einen Stoß und gestand ihr, daß ich von der Ehrenrettungskampagne wußte und bereits einen Annäherungsversuch via Gillian Spry abgewehrt hatte.

June machte ein paarmal »hmm« und »oh«, fragte aber nicht nach, was mir eine Schilderung meines Zusammentreffens mit Gillian in dem Hotel ersparte.

»Nie hätte ich angenommen, daß Meryl Aylard auch dir lästig werden könnte«, schloß ich. »Jetzt denke ich, es wäre besser gewesen, dich vorzuwarnen, aber ich wollte dich nicht beunruhigen.«

Sie sei nicht beunruhigt, entgegnete June. Sie hätte in der gegebenen Situation ihr Bestes getan und glaube zuversichtlich, von der Frau nichts mehr zu hören. Dann hatte sie einen komischen Einfall.

»Meinst du, ich könnte sie wegen Verletzung der Privatsphäre anzeigen, falls sie mich dennoch belästigt?«

»Versuch es«, erwiderte ich nur halb im Scherz. »Bei neuen Gesetzen weiß man nie, wie sie ausgelegt werden können.«

Aber jede Hoffnung, uns mit Hilfe des neuen Gesetzes

allen Ehrenrettern und Nachforschern entziehen zu können, war hinfällig. Derartige Verfahren erregten enormes öffentliches Interesse nebst ausführlicher Medienberichterstattung. Wenn June und ich endgültig prominent werden wollten, brauchten wir nur eine Klage wegen Verletzung unserer Privatsphäre einzureichen. Wie viele unserer neuen Gesetze schützte uns auch dieses zwar theoretisch, bewirkte in der Realität jedoch das Gegenteil.

»Vor Gericht werde ich mein schwarzes Kostüm anziehen. Man will doch vermeiden, leichtfertig zu erscheinen.«

»Vor Gericht?«

»Bei unserem Verfahren wegen Verletzung der Privatsphäre, Liebes.«

»O ja«, lachte ich auf.

Belanglosigkeiten schlossen sich an. Jedenfalls waren es für mich Belanglosigkeiten. June äußerte sich erbost darüber, daß der Lebensmittelhändler die auf seiner Rechnung stehenden Kekse »vergessen« hatte zu liefern. Auch ihr Spaniel bot Anlaß zur Sorge. Frisky hatte eine wunde Pfote, und June dachte an einen Besuch beim Tierarzt.

»Nicht so einfach, wenn man ans Haus gebunden ist«, murrte sie.

»Aber ...«

Gerade noch rechtzeitig verstummte ich und verkniff mir die Bemerkung, daß es doch relativ einfach war, Menschen dafür zu gewinnen, einem Tier in Nöten zu helfen. In Nöten? Ich erinnerte mich an das Klick-klick-klick von Friskys überlangen Krallen auf den Küchenfliesen und dachte mir meinen Teil. Was war eigentlich mit Mr. Tompkins, dem Nachbarn, der Frisky auf den Friedhof geführt hatte?

»Entschuldige«, sagte ich, »aber ich muß auflegen. Es klopft an der Haustür.«

Hastig verabschiedeten wir uns voneinander. Natürlich hatte es nicht geklopft, aber meine Lüge gab mir Gelegenheit, über Junes Telefonat mit Meryl Aylard nachzudenken. Mir war klar, daß ich June zurückrufen müßte, entweder noch heute abend oder morgen, aber jetzt mußte ich erst einmal überlegen. Ich stand vor Entscheidungen, und es hatte keinen Sinn, sie aus dem Ärmel zu schütteln.

Ich zerrte das Anzeigenblättchen aus dem Briefkasten, in den der Botenjunge es wenige Minuten zuvor gestopft hatte, hängte meinen Mantel auf und goß mir ein Glas Wein ein. Unter ernsthaftem Schock hätte ich mich für Brandy oder auch Whisky entschieden, aber inzwischen lag das Schlimmste hinter mir, und ich fand ein Glas vollmundigen Rotwein durchaus ausreichend. Am Abend zuvor hatte ich eine Flasche geöffnet, als meine Freundin Susie bei mir Ablenkung von ihrem katastrophalen Ehealltag suchte.

Keine Angst, ich werde Sie mit Susies Kummer nicht belasten und verspreche, beim Thema zu bleiben und nicht abzuschweifen. Es ist nur so ungewöhnlich für mich, darüber zu sprechen, daß ich jetzt, da ich einmal damit begonnen habe, nichts außer acht lassen möchte.

Jetzt ging es zunächst einmal um die Entscheidung, ob ich June die Dinge auf ihre Weise regeln lassen oder eingreifen, sie beeinflussen sollte. Und das war gar nicht so einfach. Das ist es nie.

Hätte ich auch nur eine Sekunde lang glauben können, daß June Meryl Aylard in ihre Schranken gewiesen hatte, wäre alles in Ordnung gewesen. Doch mein Instinkt, meine Erfahrung sagten mir etwas anderes. Welcher Kämpfer für eine gerechte Sache gibt schon nach einem Anruf auf? Sicher war es von Meryl Aylard reichlich naiv gewesen, zu telefonieren anstatt persönlich zu erscheinen, aber diesen Fehler würde sie nicht noch einmal begehen. Familien, die einen der ihren retten wollen, sind bemerkenswert zäh. Gibt es überhaupt keine Hoffnung, denken sie sich eine aus. Gibt es einen Funken Hoffnung, blasen sie ihn zu einer unanfechtbaren Möglichkeit auf. Professionelle Ermittler können aufgeben und sich anderen Fällen zuwenden, aber Familien opfern sich für die Sache auf.

Die wenigsten lassen sich fünfundvierzig Jahre Zeit.

Was hatte die Aylards dazu bewogen, gerade jetzt ihre Kampagne zu starten? Hatten sie, wie Gillian Spry behauptete, eine Verbindung zwischen ihrer Nachforschung und Marcus Winterleas Gutachten gegen Dennis Aylard gezogen? Oder steckte etwas anderes dahinter, etwas, was uns gegenüber niemand erwähnt hatte?

Weder June noch ich hatten uns in dieser Sache besonders klug verhalten. June mauerte, und ich reagierte verdutzt. Hätten wir mehr Informationen verlangt, hätten wir sie unter Umständen auch erhalten.

Ich spielte mit der Idee, Gillian Spry zu Aussagen zu verlocken, aber sie war eine professionelle Geheimnistuerin. Von ihr würde ich nichts Wichtiges erfahren.

Dann fragte ich mich, ob ich an Meryl Aylard herantreten und ihr ein paar überraschende Fragen stellen sollte. Aber vielleicht ließ sie sich nicht überraschen, und darüber hinaus hatte ich keine Ahnung, wo sie wohnte.

Ich goß mir ein neues Glas Wein ein und betrachtete das Dilemma von verschiedenen Blickwinkeln. Einerseits wollte ich mich, June im besonderen und unsere

Familie im allgemeinen davor schützen, daß alte Wunden wieder geöffnet wurden. Andererseits war ich darauf bedacht, jeden Versuch scheitern zu lassen, Dennis Aylards Unschuld zu beweisen.

Was hätte das Jahrzehnte nach der Vollstreckung des Todesurteils noch für einen Sinn? Es gibt das Klischee, daß verzögerte Gerechtigkeit verweigerte Gerechtigkeit ist, aber wenn ein Unschuldiger hingerichtet wurde, kann dieses Unrecht nicht wiedergutgemacht werden. Was konnte es Dennis Aylard nutzen, wenn Polizei, Richter und Geschworene bekannten, sich bedauerlicherweise geirrt zu haben?

Ich bin keineswegs so herzlos, daß ich kein Mitleid mit den Aylards hätte. Das müssen Sie mir glauben. Sie tragen einen nicht gerade häufigen Namen, und der Fall ist seinerzeit ungemein bekannt gewesen. Er bleibt es für jene, die gern Presseartikel oder Bücher mit Titeln wie *Berühmte Verbrechen der Vergangenheit* oder *Mordfälle in den fünfziger Jahren* lesen. Die Affäre Rita Morden – wie der Fall seinerzeit genannt wurde, vermutlich wegen der Zweideutigkeit des Wortes »Affäre« – wird auch in einer ausgesprochen schauerlichen Anthologie der Verbrechen des zwanzigsten Jahrhunderts an prominenter Stelle abgehandelt. Eines Tages, wenn ich besonders mutwilliger Stimmung bin, werde ich June ganz beiläufig ein Exemplar zukommen lassen und sehen, wie sie darauf reagiert.

Ja, ich bemitleide Meryl Aylard. In gewisser Weise ähneln sich unsere Schicksale. Meine Mutter hat man als habgierige Hure gebrandmarkt und ihren Vater wegen Mordes zum Tode verurteilt. Sie wurden zu Verfemten, deren Namen man nur mit Erschauern erwähnte. Jede von uns hat ein Elternteil verloren. Ich war acht, sie elf Jahre alt. Wir lebten in derselben Stadt, auch wenn wir einander, soweit ich weiß, nie begegnet sind.

Aber das alles ist fast ein halbes Jahrhundert her. Die Trauer, das Leid müssen doch inzwischen nachgelassen haben. Oder ist sie eine dieser alten Frauen, die immer wieder Qualen ihrer Jugendzeit heraufbeschwören müssen und einfach nicht vergessen können? Die sich beispielsweise an frühe, unerwünschte Schwangerschaften erinnern, die mit einer Abtreibung oder Adoption endeten, und sich damit nur Neurosen einhandeln? Nichts bringt die Vergangenheit zurück, sie läßt sich nicht verändern.

Meryl Aylard sollte doch begreifen, daß all ihre Bemühungen letztendlich sinnlos sind. Sie kann die Jahre der Schande nicht auslöschen, weil sie sie bereits durchlebt hat. Sie kann einen unschuldigen Vater nicht wieder zum Leben erwecken, weil … nun ja, weil das nun einmal unmöglich ist. Das einzige, was sie sich von einer erfolgreichen Kampagne erhoffen kann, sind ein paar Absätze in den Zeitungen, eine kurze Meldung in den Fernsehnachrichten, eine Fußnote in den Büchern über authentische Verbrechen und die persönliche Genugtuung, offizielle Justizakten korrigiert zu haben.

Ich frage mich, ob ihr das genügt.

Zweifellos würde sie das bejahen und betonen, daß es ihnen ausschließlich um Gerechtigkeit geht. Aber es wird ihnen nicht genügen. Der Rechtfertigung folgt die Aufrechnung. Welche finanziellen Nachteile waren damit verbunden, ohne Vater aufwachsen zu müssen, ohne einen Ehemann, einen Sohn, einen Schwiegersohn? Heutzutage berechnen die Leute alles nach Pfund und Penny und treffen die Behörden dort, wo es schmerzt, im Portemonnaie.

Nun, vielleicht können sie dem Innenministerium tatsächlich eine beträchtliche Wiedergutmachung abringen, aber niemand, der je eine solche Summe erhalten hat, würde behaupten, daß sie das erlittene Leid wettmacht. Die Durchsetzung einer Vergütung ist für mich eine Art Rache, die aber nie über den Verlust eines Vaters hinwegtrösten kann, der für ein Verbrechen hingerichtet wurde, das er nicht begangen hat. Wenn Meryl Aylard das nicht weiß, sollte es ihr jemand sagen.

Ich ging in die Küche und schob eine Pizza in die Mikrowelle. Ich holte die Zutaten für einen Salat aus dem Kühlschrank und bereite ihn zu wie in Trance. Ich dachte über June und Meryl nach und darüber, was ich als nächstes tun sollte. Eine Idee schoß mir durch den Kopf, zunächst wollte ich sie wieder verdrängen, merkte aber, daß das so einfach nicht war. Je länger ich darüber nachdachte, desto mehr erschien sie mir als die einzig logische Lösung. Vielleicht nicht unbedingt als Lösung, aber doch als vernünftiger nächster Schritt. Wie auch immer, ich fand meine Idee von Sekunde zu Sekunde brillanter.

Ich war versucht, auf der Stelle June anzurufen, um den Plan in die Tat umzusetzen, aber instinktive Vorsicht hielt mich davon ab. Es empfiehlt sich, einen brillanten Einfall eine Nacht zu überschlafen, vor allem, wenn einem dieser Einfall nach drei Gläsern Wein vor dem Abendessen kommt. Ich rief June nicht an. Nachdem ich meine Pizza gegessen hatte, ging ich früh ins Bett und sah fern, bis ich einschlief.

Am nächsten Tag verzögerte das unablässige Klingeln des Telefons meinen Anruf bei June. Zunächst wollte sich eine Auftraggeberin früher als vereinbart mit mir treffen, und um sie zufriedenzustellen, mußte ich die weniger wichtige Verabredung mit einem anderen Auftraggeber verschieben. Dann rief Kate an und teilte mit, daß sie Karten für Covent Garden ergattert hätte; eine kleine Sensation, da ihr bei einem früheren Versuch erklärt worden war, sie wären ausverkauft. Sie hatte kaum aufgelegt, als sich Susie meldete und mir schluchzend von ihrem jüngsten häuslichen Desaster berichtete. Susie ist das genaue Gegenteil von Kate: eindeutig labil und zur Hysterie neigend. Kate regt mich an, Susie auf.

Ich erklärte mich zu einem abendlichen Treffen mit Susie bereit, bei mir natürlich, denn ihre Wohnung ist ein Chaos. Danach blieb ich neben dem Apparat sitzen und wartete auf das nächste Klingeln. Nach ein paar Sekunden der Stille hielt ich es für gefahrlos, es allein zu lassen, um mir eine Tasse Kaffee zu brühen. Ich brauchte eine kleine Aufmunterung, bevor ich June anrief.

Auch im ernüchternden Licht des Morgens kam mir mein Plan durchaus erfolgversprechend vor, wenn auch nicht mehr ganz so brillant. Jedenfalls war es das Beste, was ich tun konnte, und ich war mir zu fünfundneunzig Prozent sicher, daß es klappte. Die Prozenteinschätzung variierte, hielt sich aber im Neunzigerbereich. Und bei welchem Vorhaben kann man sich des Ausgangs schon hundertprozentig sicher sein?

Kaffeegestärkt wählte ich Junes Nummer und stieß zu meiner Verblüffung auf einen Anrufbeantworter. Eine Nachricht zu hinterlassen schien sinnlos zu sein, weil ich gleich zur Arbeit fahren wollte und mir keine andere Mitteilung einfiel, als daß ich angerufen hatte. Und die verkniff ich mir, weil sie sich dann den ganzen Tag lang gefragt hätte warum, und ich nicht wußte, auf welche Vermutungen sie kommen könnte.

Nach Ende ihres Sprüchleins wartete ich noch einen Moment lang, um festzustellen, ob sie nicht doch da war und ihre Anrufe sondierte, wie es manche Leute gern tun. Stille. Ich legte den Hörer auf.

Ich machte mir Sorgen. June war in ihrer Bewegungsfähigkeit eingeschränkt, sie hatte plötzlich einen Anrufbeantworter. Wo war sie, und was ging da vor sich? Sie konnte natürlich mit dem Spaniel zum Tierarzt gegangen sein, aber eine so banale Erklärung befriedigte mich nicht. Einige Minuten lang war ich fest überzeugt, daß sie gestürzt war und das Telefon nicht erreichen konnte. Ich zermarterte mir das Hirn nach den Namen ihrer Nachbarn, damit ich sie alarmieren und zu ihr schicken konnte.

Oder ich könnte die Polizei anrufen, dachte ich, obwohl das mit Sicherheit das letzte Mittel wäre.

Ich beschloß, es kurz vor dem Verlassen des Hauses noch einmal bei ihr zu versuchen, und formulierte eine Nachricht für ihren Anrufbeantworter. Ich wollte gerade ihre Nummer wählen, als der Apparat wieder zu klingeln begann. Zuerst wollte mir ein Mann eine neue Küche verkaufen, dann meldete sich June.

»Wie gut, daß ich dich noch erreiche, Anna. Ich befürchtete schon, du könntest bereits zur Arbeit gegangen sein.«

»Ich stehe kurz davor. Wie geht es dir? Du hörst dich an, als wärst du außer Puste.«

»Oh, ich bin nur durch die Gegend gehetzt, das ist alles. Du hast angerufen, aber keine Nachricht hinterlassen.«

»Dein Anrufbeantworter hat mich so überrascht, daß ich nicht wußte, was ich sagen sollte.«

»Meine neueste Erwerbung. Neulich ist mir mein Telefon runtergefallen und zerbrochen. Die Leute von der Telefongesellschaft haben es durch ein modernes Tastentelefon ersetzt und meinten, ein Anrufbeantworter könnte sich für mich als durchaus nützlich erweisen.«

Ich versicherte ihr, das sei eine gute Idee.

»Nun, vielleicht wenn die Anrufer Nachrichten raufsprechen würden. Bisher hat es noch niemand getan, offenbar scheut man davor zurück. Ich muß Eins-vier-sieben-eins wählen, um zu sehen, wer angerufen hat.«

Der Anrufbeantworter war das modernste Gerät in ihrem Haus, machte ich mir bewußt. Könnte sie an neuzeitlicher Technik Gefallen finden? Den Gasherd durch eine Mikrowelle ersetzen, das stromnetzabhängige Radio auf den Müll werfen und sich einen Walkman anschaffen? Ich verdrängte weiteren Unsinn und kam zur Sache.

»Ich habe über Meryl Aylard nachgedacht, June, und über die Bemühungen ihrer Familie, Dennis Aylards Unschuld zu beweisen.«

»Beunruhigend, nicht wahr? Es kann nicht in unserem Interesse sein, diese unerfreulichen Geschichten aufzuwärmen.«

»Ich habe versucht, mir eine Methode auszudenken, wie wir sie entmutigen können. Wenn wir etwas sagen, wird sie das ebensowenig abschrecken wie wenn wir schweigen. Soweit ich sehe, haben wir zwei Probleme. Das CJI und Meryl Aylard. Was hältst du davon, sie gegeneinander aufzubringen?«

»Ich denke, sie verdienen keine Schonung«, erwiderte sie trocken. »Was schwebt dir vor?«

»Ich schlage vor, daß du Gillian Spry vorwirfst, Meryl Aylard auf dich gehetzt zu haben, nachdem sie selbst bei dir nicht weitergekommen ist. Spiel die schikanierte ältere Lady, June. Erkläre Miss Spry, du wärst davon überzeugt, daß Meryl Aylard mit dem CJI unter einer Decke steckt, und drohe damit, deinen Anwalt einzuschalten, wenn sich einer von ihnen noch einmal in die Belange unserer Familie einmischt.«

Nicht gerade ein brillanter Vorschlag, ich weiß, aber er könnte Verwirrung stiften und eine konzertierte Aktion verhindern.

»Oh, Liebes«, antwortete June skeptisch. »Hältst du das wirklich für die optimale Vorgehensweise?«

»Ja.« Ich erklärte ihr meinen Plan, Verwirrung zu stiften. »Wir können sie nicht dazu zwingen, mit ihren Nachforschungen aufzuhören, wohl aber drohen, mehr Schwierigkeiten zu machen, als die Sache wert ist. Vergiß nicht, daß das CJI nach eigenem Bekunden Marcus Winterleas Verhalten überprüft und nicht den Fall Dennis Aylard. Für Gillian Spry und Richard King ist Aylard nebensächlich.«

»Oh, Liebes.« Sie war und blieb ein Hasenfuß.

»Hör mal, June, als gemeinnützige Organisation ist das Criminal Justice Investigations auf Spenden angewiesen. Gillian Spry wird sich hüten, den guten Ruf ihrer Institution in der Öffentlichkeit durch ein von uns initiiertes Aufsehen zu gefährden. Unsere Argumentation muß natürlich sein, daß sie Meryl Aylard auf uns angesetzt hat. Und soweit wir wissen, hat sie das auch getan.«

Alles, was an mein Ohr drang, war ein Seufzen.

»Ich würde es ja selbst tun, June«, bohrte ich nach, »aber von dir hört es sich einfach überzeugender ...«

»Darum geht es nicht, Anna«, unterbrach sie mich. »Das Problem besteht darin, daß Gillian Spry heute zu mir kommt. Ich habe ihr gesagt, daß ich bereit bin, mit ihr zu sprechen.«

»O Gott.«

Ich weiß nicht, ob ich diese Worte aussprach oder nur in meinem Kopf hörte.

»Ich habe einen Entschluß gefaßt, und den führe ich auch durch. Und ich habe beschlossen, dich damit nicht zu behelligen. Es tut mir leid, wenn du es für eine falsche Entscheidung hältst, Anna, aber nun ist es zu spät, etwas daran zu ändern.«

Sie betonte ihr Bedauern, mir das nicht schon gestern abend gesagt zu haben, betonte, wie fest entschlossen sie wäre, und daß ich mich auf sie verlassen könne und mir keine Sorgen zu machen brauche.

Aber ich machte mir Sorgen. Ich hörte nur halbherzig zu, der Rest meiner Aufmerksamkeit galt meiner zunehmenden Panik. Am liebsten hätte ich darauf bestanden, bei der Unterhaltung dabei zu sein, aber mein Tag war voll ausgebucht. Ich hatte nicht die geringste Chance, heute zu ihr zu fahren.

Es ist nicht so, daß ich mich für klüger als June halte oder sie für unfähig. Weit gefehlt. Aber ihre und meine Interessen stimmen nicht unbedingt überein. Was sie für gut und vorteilhaft hält, ist in meinen Augen höchst riskant. Daß sich June mit Gillian Spry zusammensetzt, um über die Affäre Rita Morden zu sprechen, ist dafür ein Beispiel. Aber das könnte ich June nie erklären. Sie hat ihre Betrachtungsweise und ich meine. Und die beiden sind nun einmal nicht deckungsgleich.

Nachdem wir uns voneinander verabschiedet hatten, brach ich über die unvorstellbar üble Wendung der Dinge in hysterisches Gelächter aus.

Als mein Lachkrampf so abrupt aufhörte, wie er begonnen hatte, eilte ich in die Küche, holte eine Flasche Mineralwasser aus dem Kühlschrank und goß mir ein

Glas in der Hoffnung ein, daß das eisige Wasser meinen überhitzten Schädel kühlte, mein wild pochendes Herz beruhigte und meine Panik abklingen ließ.

Der Kälteschock brachte zumindest etwas Klarheit in meine Gedanken. Erschöpft vom Widerstreit der Emotionen setzte ich mich an den Küchentisch und wartete ab, bei welchem Gefühl das Pendel zur Ruhe kommen würde. Es verharrte bei bitterer Resignation. June würde tun, was June sich vorgenommen hatte, und es bestand keine Hoffnung mehr, auch nur einen Bruchteil meines schlauen Plans in die Realität umsetzen zu können.

Meryl Aylard konnte sich von June fernhalten oder auch nicht, aber es gab keine Möglichkeit mehr, sie mir vom Hals zu schaffen. Wenn ich es mir recht überlegte, durfte es mich an diesem grauenhaften Tag kaum überraschen, wenn sie jede Minute vor meiner Tür auftauchte.

»Bleib ruhig«, redete ich mir gut zu. »Dreh bloß nicht wieder durch.«

Aber ich drehte nicht durch. Ich erkannte durchaus rational, wie schlimm die Dinge standen und daß sie von Stunde zu Stunde ärger wurden. Gillian Spry beispielsweise. Wie konnte ich darauf hoffen, daß sie sich nach dem Gespräch mit June nicht erneut auf mich stürzte? Inzwischen hatte sie mich dreimal gesehen: auf dem Friedhof, bei mir zu Hause und in dem Hotel in der Stadt, in der Sandy Minch lebte. Und da erwartete sie von mir, daß ich ihr glaubte, sie konzentriere sich ausschließlich auf Marcus Winterlea! Grotesk. Alles war grotesk. Ich sollte . . .

Ich stand auf, ging ans Fenster, hob den Vorhang ein wenig und spähte hinaus. Am Ende der kleinen Gasse kam ein Pärchen vorbei. Ich ließ den Vorhang fallen.

»Ich sollte«, wiederholte ich, gab dem Satz aber einen neuen, vernünftigen Schluß: »endlich arbeiten gehen.«

Mein Auto stelle ich für gewöhnlich auf dem Parkplatz hinter unseren Reihenhausgärten ab, wie die anderen Nachbarn auch. Ich könnte ihn durch den Garten erreichen, doch dann müßte ich meine Gartentür unverschlossen lassen, weil sie nur einen Riegel besitzt. Daher verlasse ich das Haus stets durch die Vordertür und gehe außen herum, wenn ich zu meinem Wagen gelangen will.

Als ich mich dem Ende der Häuserreihe näherte, kam ein halbwüchsiges Mädchen um die Ecke geschossen und prallte mit mir zusammen. Laut fluchend stieß es mich zur Seite und rannte zu einer Haustür, die unverzüglich geöffnet wurde.

Während ich nach Atem rang, bogen zwei Polizisten im Laufschritt um die Ecke.

»Da drinnen.« Ich deutete auf das Haus.

»Danke.«

Sie klopften an die Tür. Sie klopften noch immer, als ich meinen Weg zum Parkplatz fortsetzte. Die Polizei brauchte mich nicht. Sie kannte ihre Pappenheimer: Ladendiebinnen, Randaliererinnen, die vermutlich auch mit Drogen dealten. Es war ein trauriger Tag für mich und die Nachbarn, als die Greenes ins Ausland zogen und ihr Haus durch einen Makler vermieten ließen. Es blieb ein ungelöstes Geheimnis für uns, warum die Mieterinnen nicht längst vor die Tür gesetzt worden waren.

Auf dem Parkplatz eilte eine Frau in mittleren Jahren auf mich zu. Eine Marktanalystin vermutlich, aber ohne Clipboard.

»Verzeihen Sie, aber sind Sie vielleicht Anna Foley?«

Stirnrunzelnd musterte ich ihre intensiv blauen Augen, die unnatürlich kastanienbraunen Haare, den guten

Schnitt ihrer Jacke. Eine Bekannte, an die ich mich nicht erinnerte?

»Tut mir leid, aber ich fürchte, ich ...«

»Nein, Sie haben mich noch nie gesehen, aber meinen Namen werden Sie kennen. Ich heiße Meryl Aylard.«

Ich starrte sie nur an, brachte kein Wort heraus.

»Ich würde zu gern ein paar Worte mit Ihnen wechseln, wenn Sie gestatten.«

Heftig schüttelte ich den Kopf. »Nein, nein.«

»Auf der Straße macht es sich schlecht. Können wir nicht nicht in irgendein Café gehen?«

»Auf keinen Fall. Ich möchte nicht ... Ich habe nicht die Absicht ... Nein, ich ...«

»Aber es ist sehr wichtig. Nie hätte ich Sie angesprochen, wenn es nicht nötig wäre.«

Mit zitternden Fingern umklammerte ich Autoschlüssel und Tasche. »Wie Sie sehen, will ich zur Arbeit. Ich bin bereits spät dran und habe wirklich keine Minute Zeit. Darüber hinaus gibt es absolut nichts, was ich Ihnen sagen könnte.«

Sie sah mich fast flehend an, aber ich war nicht bereit, mich davon beeinflussen zu lassen.

»Gillian Spry hat mir gesagt, daß Sie so reagieren würden.«

»Sie hätten ihr glauben sollen«, erwiderte ich. »Glauben Sie mir, es bringt nichts, wenn Sie, Miss Spry oder sonst jemand mir ständig Fragen stellt. Ich war acht alt Jahre alt, als meine Mutter ermordet wurde. Ich weiß so gut wie nichts von den damaligen Vorgängen.«

Ihre Miene veränderte sich nicht, aber ich konnte es mir nicht leisten, meinem Mitgefühl nachzugeben. Ich machte ein paar Schritte auf mein Auto zu. Sie lief neben mir her.

»Das sehe ich durchaus ein, Anna. Auch ich war zum Zeitpunkt des Mordes erst zehn Jahre alt. Elf, als mein Vater hingerichtet wurde. Es ist mir bewußt, daß Sie nicht viel wissen, aber ich möchte Sie von den Plänen meiner Familie unterrichten. Es wäre unfair, Sie im unklaren zu lassen.«

Es war unerträglich. Ich wollte entgegnen, daß dazu auch ein Brief genügt hätte und daß sie mich nie wieder belästigen solle. Doch statt dessen fragte ich: »Hat Ihnen das CJI meine Adresse mitgeteilt?«

»O nein. Zu meiner Enttäuschung wollten sie mir gar nichts sagen, aber sie müssen nun einmal Vertraulichkeit wahren.«

»Und wie haben Sie mich dann aufgespürt?«

Sie stand zwischen mir und meinem Wagen. Um zu ihm zu gelangen, hätte ich sie aus dem Weg stoßen müssen.

»Ich selbst gar nicht. So etwas kann ich nicht. Ich habe einen Privatdetektiv engagiert.«

»Einen *Detektiv?*«

Meine Empörung schien sie zu erheitern. »Ja, einen richtigen Privatdetektiv. Er ist sehr tüchtig.«

»Verstehe.« Ich fragte mich, wie er vorgegangen war. Hatte er sich bei Bekannten und Verwandten umgehört? Oder noch schlimmer: War er mir etwa gefolgt? Niedergeschlagen erkannte ich, was sie als nächstes sagen würde.

»Er hat auch Ihre Freundin Sandy Minch gefunden.«

Endlich bekam ich meine Nerven zumindest ein wenig in den Griff. »Sind Sie schon bei ihr gewesen?«

Sie antwortete mit einer Gegenfrage: »Hören Sie, warum gehen wir nicht irgendwohin, wo wir ausführlich miteinander reden können?«

»Das habe ich Ihnen doch schon gesagt. Ich muß zur Arbeit und bin bereits spät dran.«

Ich schob sie zur Seite, schloß die Autotür auf und fügte hinzu: »Und ich habe nicht die Absicht, zu einem anderen Zeitpunkt über dieses Thema zu sprechen.«

Ich hörte mich hart und entschlossen an, glaubte aber nicht, daß sie das sonderlich beeindruckte. Sie war dickfellig, so leicht würde sie sich nicht abwimmeln lassen. Ich setzte mich hinter das Steuer und murmelte einen kühlen Abschiedsgruß, bevor ich die Tür zuzog.

Sie streckte eine Hand aus. Eine überflüssige Geste, denn ich verriegelte die Tür. Ihre Augen sahen mich unverwandt an, als ich mir den Sicherheitsgurt umlegte und den Motor anließ. Ich sah sie nicht an, bis ich flüchtig die Hand hob. Erst da trat sie einen Schritt zurück und ließ mich davonfahren.

Ein paar Minuten lang fuhr ich rein mechanisch dahin. Erst als ich die Umgehungsstraße erreicht hatte, stürmten wilde Überlegungen auf mich ein.

Meryl Aylard hatte mich mit Hilfe eines Detektivs ausfindig gemacht. Der auch wußte, wo Sandy wohnt. Heute trifft sich June mit Gillian Spry. Ich bin absolut machtlos. Jeder Eingriffsversuch von mir würde alles nur noch schlimmer machen.

Von plötzlicher Übelkeit erfaßt fuhr ich in eine Parkbucht und hielt. Gewaltige Laster dröhnten nur Zentimeter von mir entfernt vorbei. Wenn ich die Tür öffnete, um auszusteigen, könnte ich von ihnen zerquetscht werden. Es kam zu einem Rückstau, die Autos verlangsamten das Tempo, ihre Fahrer blickten mich beiläufig an. War einer von ihnen ein Detektiv? Ich wandte den Kopf ab und starrte auf die lückenhafte Randbepflanzung, den weggeworfenen Abfall.

»Ich wünschte, sie würden mich alle endlich in Ruhe lassen«, entfuhr es mir ebenso gereizt wie verzweifelt, denn natürlich würde keiner der Akteure in diesem Drama auch nur im Traum daran denken. Und doch hatte die schiere Hoffnungslosigkeit meiner Situation auch etwas Positives. Sie machte mir klar, daß es ebenso sinnlos war, Pläne zu schmieden, wie sich im voraus Sorgen zu machen. Ich mußte eben den Gang der Dinge abwarten und inzwischen versuchen, jeden Gedanken daran zu verdrängen.

Ich fuhr weiter und konzentrierte mich auf die bevorstehende Besprechung. Die Auftraggeberin ist eine meiner besten Kundinnen und eine persönliche Freundin. Es ist angenehm, mit einem Menschen zusammenzuarbeiten, den man bewundert und der einem vertraut.

Vor einem Jahr hatte sie mir eine Position in ihrer Firma angeboten, was ich als durchaus schmeichelhaft empfand, aber dennoch ablehnte. Aus den fadenscheinigen Gründen, daß mir der tägliche Weg zu ihr zu weit sei und ich nicht umziehen wolle. Sie versuchte nicht allzu intensiv, mich zu überreden. Frauen verstehen eher als Männer, daß man ein liebgewonnenes Haus nicht aufgeben will oder daß andere private Umstände Prioritäten haben können. Sie nahm es mir nicht übel, und unsere geschäftliche Beziehung lief weiter wie gewohnt.

Etwa zwölf Kilometer außerhalb der Stadt gibt es auf dieser Route eine Überführung. Für gewöhnlich zwingt sie mich in den Kriechgang, weil sich schwere Nutzfahrzeuge auf den Zufahrten zur Autobahn stauen. Aber da es heute schon recht spät war, blieb mir das Schlimmste erspart. Ich erreichte den Kreisverkehr und wollte gerade auf die mittlere Spur ziehen, als es hupte und mir ein schnellfahrender Kleintransporter bedenklich nahe kam.

Der Transporter raste an mir vorbei. Ich hörte es krachen und sah, wie ein von rechts kommender Wagen mit ihm zusammenprallte.

Hinter mir hupte es. Ich gab Gas und raste über die Zufahrt auf die Autobahn. Ich war entkommen, frei, hatte mich allem entzogen. Ich konnte fahren, wohin ich wollte. Das ging nur mich etwas an. Ich war *frei*. Ich brauchte keine Erklärungen abzugeben oder mich zu rechtfertigen. Wenn ich alles hinter mir lassen wollte, konnte ich das auch. Also tat ich es.

Ich hatte keine Ahnung, wohin ich wollte, aber gerade das machte Spaß. Es war Freude genug, eine Zeitlang unerreichbar zu sein. Aus Abscheu vor der Vergangenheit und Angst vor der Zukunft beschloß ich, ausschließlich in der Gegenwart zu leben. Für mich zählte nur noch, ausreichend Benzin im Tank und eine Straße unter den Reifen zu haben. Ich fuhr. Weiter und immer weiter.

Ich unterfuhr Autobahnbrücken, auf denen sich Rinder und Farmer wie ein Fries vor dem Horizont abhoben. Ich fuhr an Orten vorbei, deren Industrieansiedlungen wie vorübergehende Zeltlager neben der Autobahn wirkten. Ich ließ Lastwagen hinter mir zurück und wurde von spesenfinanzierten Limousinen überholt. Kurzfristig bemerkte ich eine Anhäufung von Pferdetransportern und las dann auf einem Schild den Hinweis auf eine Rennbahn. Schafe steckten ihre wolligen Nasen durch die Spalten von Viehtransportern. Auf den Rücksitzen von Kombiwagen schnitten mir Kinder Gesichter.

Ich fuhr unaufhörlich weiter, blinzelte in die durch die Windschutzscheibe einfallende Sonne, schaltete den Scheibenwischer ein, als ein heftiger Schauer niederging. Gleichmütig starrte ich auf das graue Band der

Fahrbahn. Als sich Hunger einstellte, hielt ich an einer Raststätte und aß eine undefinierbare Suppe, gefolgt von einem Teller mit etwas Gebratenem nebst Fritten. Dann saß ich vor einer Tasse brühheißen, schwarzen Kaffees. Vor dem Fenster rauschten die Autos vorbei, Laster, Kleintransporter, Pferdetransporter, Viehlaster und immer wieder Personenwagen. Alle fuhren irgendwohin. Im Gegensatz zu mir schien jeder zu wissen, wohin er wollte.

Ein halbwüchsiger Junge mit Pubertätspickeln erschien mit einem Servierwagen neben mir und räumte das schmutzige Geschirr vom Tisch. Ich dankte ihm mit einem Lächeln, aber er blickte zum Fenster hinaus, auf die Laster, die Lieferwagen, das endlose Band der Autos.

Ich betrat den Laden, um mich mit Schokolade, Keksen und Mineralwasser zu versorgen. Sie boten auch Reisezubehör an, daher kaufte ich Zahnpasta und eine Bürste und bemühte mich, wie eine vergeßliche Reisende zu wirken und nicht wie eine Ausreißerin.

Denn das war ich. Eine Ausreißerin. Ein Flüchtling vor Problemen. Ein Drückeberger vor mißlichen Situationen. Da ich weder die Probleme beseitigen noch die Situation verbessern konnte, lief ich vor ihnen davon. Es bot sich an, war sinnvoll.

Ich empfand wieder wie ein Kind, sah den naheliegenden Ausweg und lief los, ohne mich von erwachsenen Überlegungen daran hindern zu lassen. Wie das kleine Mädchen auf dem Fensterbrett, das den Leichenwagen beobachtet hatte, wurde ich von einer simplen Logik beherrscht. Einst war ich dieses kleine Mädchen gewesen. Ich hatte geglaubt, es nie wieder sein zu können. Aber an diesem Tag, für eine gewisse Zeit, wurden wir wieder eins.

16. Kapitel

Der kleine rote Wagen hielt ein gleichmäßiges Tempo ein, drei Autos hinter mir. Nie mehr, nie weniger.

Ich trat auf den Gashebel, überholte einen französischen Laster, zog wieder auf die mittlere Spur und fuhr für die nächsten beiden Kilometer schneller, als das Tempolimit erlaubte. Das kleine rote Auto blieb hinter mir, drei Wagen entfernt.

Am Hinweisschild auf eine Tankstelle fuhr ich auf die rechte Fahrspur und tat so, als würde ich halten. Im letzten Moment schaltete ich den Blinker wieder aus und fuhr weiter. Vor mir ballte sich der Verkehr. Einige Male wechselte ich die Fahrbahnen, bog dann auf die rechte Spur und blickte in den Rückspiegel.

Verdammt. Der rote Wagen war immer noch da. Drei Fahrzeuge hinter mir. Immer im gleichen Abstand zu mir.

Wann hatte ich ihn eigentlich zum ersten Mal bemerkt? Vor hundert Kilometern, hundertzwanzig? Aber seit wann folgte er mir schon, bevor ich ihn entdeckt hatte? Seit ich zu Hause losgefahren war? Oder seit ich auf der Autobahn war? Sie hatte sich mit ihm in Verbindung gesetzt, und er war mir nachgejagt.

»Verlieren Sie sie nicht aus den Augen«, hatte sie ihm gesagt. »Ich möchte wissen, wohin sie fährt, mit wem sie sich trifft, was sie tut. Aber vor allem *muß ich wissen, was sie vorhat*. Mir würde sie es nicht sagen, wissen Sie. Mir nicht und auch keinem anderen. Das hat sie noch nie getan. Also müssen Sie es herausfinden. Schließlich sind Sie Detektiv, oder? Also los, bringen Sie es in Erfahrung.«

Ich hörte ihre Stimme so deutlich wie auf dem Parkplatz. Meinem Parkplatz, meine ich. Dem hinter meinem Haus. O ja, ich hörte, wie Meryl Aylard ihn auf meine Fährte hetzte.

»Gleichgültig, was es kostet und wie lange es dauert«, sagte sie. »Ich muß es wissen. Schließlich geht es um Leben und Tod. Um das Leben und den Tod meines Vaters. Oh, natürlich auch um das Leben und den Tod ihrer Mutter, aber das ist für mich zweitrangig. Haben Sie verstanden? Ich möchte wissen, was sie macht, wohin sie fährt und vor allem, *was sie vorhat*.«

In der Umgebung der nächsten Stadt wurde der Verkehr reger. Wir fuhren in enger Reihe, stauten uns, wichen auf andere Fahrspuren aus. Wir ignorierten die Geschwindigkeitsbegrenzungen, hupten verträumte Fahrer gereizt an, wechselten die Spuren, stauten uns wieder. Und immer blieb das kleine rote Auto hinter mir.

Saß möglicherweise Gillian Spry am Steuer? Sie war mir schon einmal gefolgt. Warum sollte sie es nicht ein zweites Mal tun? Aber besaß sie ein rotes Auto? Ich hatte es als grün in Erinnerung. Oh, aber vermutlich würde sie ein anderes benutzen, um nicht meinen Verdacht zu erregen. Dann erinnerte ich mich, daß sie es nicht sein konnte, weil sie June aufsuchen wollte. Und davon würde sie sich durch nichts abbringen lassen.

Behende schlängelte ich mich zwischen den anderen Wagen hindurch. Und dann, auf der linken Spur und bei einem Tempo von ohnehin mehr als hundert, legte ich erneut zu und schoß förmlich davon. Als ich genügend Raum zwischen mich und die folgenden Fahrzeuge gelegt hatte, schaltete ich den Blinker ein und scherte über drei Fahrspuren hinweg auf eine Ausfahrt zu. Ich raste sie hinauf, bremste kreischend ab, fädelte mich in die lange Schlange der Autos in einem Kreisverkehr ein und begab mich in wesentlich gelassenerem Tempo wieder auf die Autobahn.

Er war hinter mir, drei Wagen entfernt.

Inzwischen schäumte ich vor Zorn. Wie hatte er das nur geschafft? War er einfach über den Randstreifen geschlichen und hatte abgewartet, daß ich wieder auftauche? Egal wie. Ich kochte. Dazu hatte er kein Recht. Er war kein Polizist sondern ein Privatdetektiv. Meryl Aylards Privatdetektiv, mehr nicht. Also kein Grund zur Sorge, aber er belästigte mich, machte mich rasend und veranlaßte mich zu Handlungen, die ich nicht wollte.

Ich beschloß, meine Taktik zu ändern. Anstelle panischer Flucht- und Täuschungsmanöver würde ich mein Tempo verlangsamen und ihn so zwingen, mich zu überholen. Und das müßte er, wenn er weiterhin den Anschein erwecken wollte, ein ganz normaler Fahrer auf der Autobahn zu sein. Eigentlich könnte ich sogar ganz anhalten.

Mit abnehmendem Tempo wurde ich langsam ruhiger. Ich fuhr langsam und bedacht, voller Rücksicht auf die anderen Verkehrsteilnehmer. Der Wagen hinter mir wechselte die Spur und überholte. Der ihm folgende auch. Jetzt sah ich im Rückspiegel und in einiger Entfernung nur noch den kleinen roten Wagen.

Er schließt einfach nicht auf, dachte ich. Das ist der Beweis, der endgültige Beweis. Falls ich auch nur den geringsten Zweifel an meinen Instinkten gehegt hatte, fühlte ich mich nun bestätigt. Ich empfand fast so etwas wie Genugtuung darüber, daß er seinen Abstand stur beibehielt.

Nun, auf die Art weiß ich wenigstens, wo du bist, dachte ich. Und für die nächsten paar hundert Meter war das eine Beruhigung. Hätte er das Fahrzeug gewechselt, um mich zu täuschen, wäre mir die Gefahr unbekannt geblieben.

Es zahlt sich aus, Gefahren zu erkennen. Ich habe es nicht immer gekonnt, und das hat mir etliche unangenehme Erfahrungen eingebracht. Aber nein, darüber will ich nicht nachdenken. Das sind Dinge der Vergangenheit. Vergessen und begraben. Es hat keinen Sinn, sie wieder auszugraben. Wofür denn? Um zu sehen, ob sie mich noch so verletzen können wie früher? Um herauszufinden, ob ihre Gefahren abgenommen haben oder ich härter geworden bin und gelernt habe, mit ihnen umzugehen? Nutzlos. Lassen wir sie, wo sie sind. Lassen wir sie begraben sein.

Langsam begann es zu dämmern. Ich hatte eigentlich nicht vorgehabt, noch mal anzuhalten, aber das Benzin ging zur Neige. Als ich an der Zapfsäule wartete, sah ich ihn. Er war etwa Mitte Dreißig, mit kurzgeschnittenen Haaren und einem rötlichen, wettergegerbten Gesicht. Der rote Wagen hielt rechts von mir, und ich sah ihn ganz deutlich, als er ausstieg. Ich beobachtete ihn, während er seinen Tank auffüllte, und mußte mit widerwilliger Bewunderung einräumen, daß er so beherrscht war, daß er mich zu ignorieren schien. Niemand wäre auf den Gedanken gekommen, daß er mich seit Stunden verfolgte.

Ohne sich umzusehen ging er ins Büro, um zu bezahlen. Als er wieder herauskam, füllte ich meinen Tank. Flüchtig, aber absolut gleichgültig sah er in meine Richtung. Es war der einzige Blick, den er in meine Richtung riskierte.

Als ich die Tankstelle verließ und wieder auf die Autobahn fuhr, konnte ich nichts von ihm entdecken. Aber ich hütete mich vor der Annahme, er könnte seine Verfolgung aufgegeben haben. Nach drei oder vier Kilometern tauchte das rote Auto wieder in meinem Rückspiegel auf. Es war fast eine Erleichterung. Wenigstens brauchte ich mich jetzt nicht mehr zu fragen, was aus ihm geworden war.

Während der nächsten halben Stunde herrschte nur spärlicher Verkehr, in der Nähe einer Stadt nahm er zu, um danach erneut ruhiger zu werden. Der rote Wagen blieb mir so unverwandt auf den Fersen, als verbinde uns ein sehr langes Abschleppseil. Langsam begann ich mich zu fragen, was er machen würde, wenn es richtig dunkel war.

Als die nächste größere Stadt nur ein elektrischer Lichtschimmer am Horizont war, beschloß ich, die Autobahn zu verlassen. Ich fuhr eine steile Abfahrt hinunter, bog in die erste Straße links ein und brauste eine gutbeleuchtete Landstraße hinunter. Meine Nachhut schien ich verloren zu haben. Für einen knappen halben Kilometer gehörte die Straße nur mir allein, bevor im Rückspiegel die Scheinwerfer eines Autos aufleuchteten.

Unglücklicherweise kam ich in ein Dorf mit Tempobegrenzung, gewundenen Straßen und ausgesprochen zähem Verkehr. Mir blieb nichts anderes übrig, als langsamer zu werden und zuzulassen, daß mein kurzhaariger Detektiv zu mir aufschloß.

Jenseits des Dorfes fand ich mich auf einer gewundenen Landstraße wieder, und natürlich folgte er mir. Unsere Scheinwerfer glitten über verlassene Scheunen, majestätische Bäume und leere Felder. Vom Auto selbst sah ich kaum etwas, und als ich es dann doch einmal tat, verschluckte die Dunkelheit seine Farbe.

Mein Nachteil war mein Zaudern, auf der unbekannten Straße schnell zu fahren. Ich suchte nach anderen Möglichkeiten, ihn abzuschütteln. Als ich an einer Straßenkreuzung einen Pub entdeckte, fuhr ich über seinen Parkplatz und bog dann nach links ab. Aber schon bald tauchten hinter mir wieder Scheinwerfer auf. Ich dachte daran, in einer Parkbucht zu halten, erkannte aber sehr schnell, daß ich mich dadurch in Gefahr bringen würde. Statt dessen bog ich im nächsten Dorf blitzschnell auf die Zufahrtsstraße zu einer Reihe von Geschäften ein, blieb stehen und duckte mich über das Steuer, was sich aber als Fehler erwies, da ich so nicht richtig bemerkte, ob er vorbeifuhr oder zurückblieb und auf mich wartete.

Einige Minuten später wagte ich die Weiterfahrt. Nach geraumer Zeit wurden die Ortschaften größer, lagen näher beieinander und schmolzen schließlich zu einem geschlossenen Wohngebiet zusammen. Als ich in die Stadt hineinfuhr, merkte ich, wie müde ich war. Zorn und Angst sind aufreibend, und von beidem hatte ich an diesem Tag mehr als genug.

Ich stand vor der Wahl: links zum Hafen oder rechts ins Stadtzentrum. Instinktiv bevorzugte ich den Hafen, um den Kanal zu überqueren und im Durcheinander des Kontinents unterzutauchen. Ich zögerte. Ein ungeduldiger Motorradfahrer manövrierte sich um meine Kühlerhaube herum. Ich mußte unbedingt an Bord eines Schiffes, aber verkehrten die auch nachts? Nun, ich konnte mich erkundigen. Ich riß das Steuerrad nach links, zauderte aber erneut. Würde ich ohne Paß überhaupt an Bord eines ins Ausland fahrenden Schiffes gelassen? Ich hielt das für ausgeschlossen und fuhr nach rechts Richtung Stadtzentrum.

Schon bald entdeckte ich ein Hotel, parkte und ging hinein. Als mir der Mann am Empfang den Zimmerschlüssel aushändigte, sagte ich zu ihm: »Mein Gepäck hole ich später aus dem Auto. Ich muß ohnehin das Hotel noch einmal verlassen.«

Er wünschte mir eine gute Nacht. Ich fragte mich, ob er mir ansah, daß ich viel zu erschöpft war, um mich irgendwo anders hinzubegeben als ins Bett, und ob er wußte, daß in meinem Auto kein Gepäck war. Vermutlich. Diese Leute haben einen sechsten Sinn für unsere kleinen Ausflüchte und Notlügen, oder?

Das Zimmer war sauber und auf eine typisch englische Landhaus-Art behaglich. Ich schleuderte meine Schuhe von mir, ließ meinen Mantel auf einen Blümchensessel fallen, schlug die Steppdecke zurück, streckte mich auf dem Bett aus und schlief offenbar auf der Stelle ein.

Ich träumte von meiner Mutter. Verächtlich lachend warf mir Rita irgendein törichtes Verhalten vor. Ich begriff nicht, was sie meinte, aber sie hielt mir immer wieder meine Dummheit vor und lachte mich aus. Verzweifelt versuchte ich, ihr zu entkommen, und bemühte mich, die Tür zu öffnen. Doch als es mir endlich gelang, stellte ich fest, daß es die Tür ihres Kleiderschranks war. Drohend ragte sie vor mir auf. Sie trug das Kleid mit den Schmetterlingen.

Sie lachte, aber ihre Worte waren nicht spaßig. Ich hielt mir die Ohren zu, hörte sie aber trotzdem.

»Ich bringe dich um, du kleines Miststück. Ohne dich säße ich nicht hier in diesem stinkenden Loch fest. Das ist dir doch klar, oder? Es ist alles nur deine Schuld. Wenn du nicht wärst ... Ich bringe dich um. Kleines Miststück.«

Es wiederholte sich wie ein Sprechgesang, immer die gleichen Sätze. Ihre Reihenfolge mochte sich ändern, nicht aber ihr bösartiger Sinn.

Ihr Gesicht kam mir ganz nahe, zu einer häßlichen Grimasse verzogen. Ich bekam plötzlich Angst, daß sie mich beißen könnte, trat einen Schritt zurück, stolperte aber und hielt mich an der Tür fest. Sie schlug meine Hand fort, stieß mich in den Schrank, drückte mich gegen die Hurenkleider, die ihr ihr Geliebter gekauft hatte. Ihr Geruch ließ mich würgen. Eingetrockneter Schweiß, schales Parfum, Make-up-Reste, Tabakrauch. Mühsam gewann ich das Gleichgewicht wieder und wollte rückwärts aus dem Schrank heraus. Aber sie drückte mich mit festem Griff wieder hinein.

Und während der ganzen Zeit schrie sie: »Kleines Miststück. Schlampe. Ich bring dich um. Miststück. Ich bring dich um, bring dich um ...«

Die Tür schlug zu. Der Schlüssel drehte sich. Der Geruch der Kleider überwältigte mich. Ich übergab mich auf das elegante schwarze Ripskleid.

Ruckartig wurde ich wach, desorientiert und ohne jede Erinnerung daran, wo ich mich befand und wie ich hierhergekommen war. Tief verängstigt lag ich auf dem Bett, zu Tode erschöpft und verwirrt.

Unter der Tür drang ein schmaler Lichtstreifen vom Korridor herein. Ich stand auf und lief darauf zu. Mein Bein stieß gegen einen Sessel. An einer Wand entlang tastete ich mich bis zu einem Lichtschalter und knipste ihn an. Es wurde hell im Zimmer.

Blitzartig kam mir alles wieder ins Gedächtnis zurück. June und ihre Torheit, mit Gillian Spry sprechen zu wollen. Meryl Aylard, die Verfolgung durch den Detektiv, die Stadt und das Hotel. In welcher Stadt war ich eigentlich? In welchem Hotel? Ich griff nach einem Werbeprospekt auf der Kommode und machte mir bewußt, daß ich mich in einem Teil Englands befand, in dem ich noch nie gewesen war.

Ich bin geflüchtet, dachte ich. Hier kennt mich niemand. Ich bin geflüchtet und fahre nie wieder zurück. Ich fahre nicht zurück, weil ich nicht will, daß Sandy Minch mich aufspürt, und weil ich keine Ruhe finden werde, solange Meryl Aylard lebt.

Doch dann hörte ich wieder die Stimme meiner Mutter: »Es ist alles nur deine Schuld ...«

Aus Angst, sie könnte im Zimmer sein, fuhr ich herum. Nach ihrem Tod hat mir meine Einbildung oft Streiche gespielt und mich davon überzeugt, sie liefe die Straße hinunter, führe in einem Bus vorbei, wäre im Hintergrund eines Ferienfotos zu sehen, das mir eine Freundin zeigte. Nach ihrem Tod trat sie im Fernsehen auf, spielte eine Rolle in einer australischen Soap Opera, posierte vor unzähligen wohlbekannten Monumenten, war beim Fall der Berliner Mauer dabei. Ich habe sie buchstäblich überall gesehen.

Ich habe sie überall gesehen und in meinen Träumen auch gehört. Aber was sind Träume? Flüchtige Phantasien oder wiederkehrende Fragmente wirklichen Lebens? Daß sie mich im Kleiderschrank einsperrte, war real. Daß ich ihr schwarzes Kleid ruinierte auch. Die bösartigen Worte haben sich in mein Gedächtnis eingebrannt, auch wenn ich sie nur im Schlaf höre.

Wie kann ich sagen, was real und was Einbildung ist?

Ich bin nicht mehr das leidende Kind, und ich kann mich auch nicht in die kleine Tochter hineinversetzen, die ich war. Ich weiß nicht, wie schwer diese Szenen auf ihrer Bewertungsskala wiegen. Wenn ich als Erwachsene über ihr unablässiges Leid Schmerz verspüre, dann deshalb, weil ein Erwachsener so reagiert, wenn einem Kind Unrecht getan wird. Waren Ritas Wutanfälle schlimmer als die Mißachtung des Vaters? War beides ärger als der Treuebruch einer Freundin? Meine Maßstäbe unterscheiden sich von den ihren. Ihre Gefühle sind mir verborgen. Sie ist mir fremd.

Ich wusch mir das Gesicht und öffnete die Flasche Mineralwasser, die auf der Kommode stand. Da ich Hunger hatte, aß ich die drei Kekse, die neben dem Wasserkessel, dem Pulverkaffee, den Teebeuteln und den Milchportionen auf einem Tablett lagen. Dann hängte ich meinen Mantel auf, zog mich aus und fiel ins Bett.

Aber sobald ich die Augen schloß und einschlafen wollte, ließ mich das schreckliche Lachen wieder hochfahren. Rita griff mich in dem Jackenkleid aus türkisfarbener Shantungseide an, von dem vor Gericht die Rede war. Sie schrie mich in dem pinkfarbenen Kleid an, in dem sie unförmig aussah wie ein Pudding. Schließlich beschuldigte sie mich in dem schwarzen Ripskleid, dessen Rock getrocknete Streifen von Erbrochenem verunzierten.

»Ich bin tot, und das ist nur deine Schuld, du kleines Miststück.«

An Schlaf war nicht zu denken. In meinem Kopf überschlugen sich Bilder, Anschuldigungen, Erinnerungen und phantastische Wünsche, die nie erfüllt werden konnten. Von Schuldgefühlen gepeinigt, verteidigte ich mich mit Gegenvorwürfen. Stunde um Stunde tobten die Auseinandersetzungen in meinem Inneren. Meine Glieder fühlten sich bleischwer an, als verausgabten sich alle meine Energien im altvertrauten Kampf, in der Abwehr der Feinde, die mich zu überwältigen drohten.

Dennis Aylard lächelte mich an, zeigte sein breites Grinsen, das mich jedesmal zusammenzucken ließ. Er fuhr sich an den Hals, knöpfte sich den Hemdkragen auf, lockerte seine Krawatte. Mit ausgestreckter Hand kam er auf mich zu. Es war eine dickliche Hand, mit einem breiten Siegelring an einem Finger, den protzige rote, weiße und blaue Steine zierten. Eine sehr patriotische Farbwahl für einen Betrüger und Schmuggler. Ich sah die Hand immer näher auf mich zukommen, wich aber keinen Zentimeter.

Es wäre absurd, vor ihm davonzulaufen, hatte Sandy Minch gesagt. Sehr viel besser wäre es, ihm die Stirn zu bieten und ihm zu sagen, er solle verschwinden.

»Verschwinden Sie«, wisperte ich fast unhörbar, als sich die Hand auf meine Schulter legte.

Seine Augen verschwanden in Fleischfalten, als sein Lächeln noch breiter wurde. »Verschwinden? Hast du gerade gesagt, ich soll verschwinden, Ann? Das ist doch nicht dein Ernst.«

Es war eine allzu vertraute Szene. Er wartete darauf, daß ich mich seinem Griff entwand, und ich fühlte mich paralysiert wie üblich.

Ich hatte keine Macht. Nicht über ihn. Ich konnte einen Erwachsenen bis zur Weißglut reizen, wie ich es bei Rita getan hatte, aber das war auch alles. Ich konnte keinen Erwachsenen dazu bewegen, mich zu respektieren.

Sandy hatte gesagt, daß ich mir das nicht gefallen zu

lassen brauchte. »Mädchen dürfen Männern nicht alles erlauben, weil sie danach nicht mehr respektiert werden.«

»Wer hat das gesagt?«

»Das sagen alle«, erklärte sie auf ihre großspurige Art, aber ich vermutete, daß sie es lediglich irgendwo aufgeschnappt hatte. Ich bezweifelte, daß ihr die besondere Bedeutung klar war, sie hielt es für einen allgemein anwendbaren Rat. Und ich nutzte ihn zu meiner Verteidigung gegen Dennis Aylard.

»Hören Sie auf damit. Verschwinden sie.«

Diesmal klang meine Stimme zwar etwas lauter, aber noch immer nicht energisch genug. Ich wünschte, ich würde mich drohend anhören, wie eine ungebärdige Range, die aus Leibeskräften zu schreien begann, wenn ihr etwas nicht paßte.

Aber wer würde mir zur Hilfe kommen, wenn ich schrie? Mein Vater, der in der Küche am Radio hing? Meine Mutter, die sich oben auf einen Abend mit diesem Ungeheuer vorbereitete und sich in Parfumwolken hüllte? Ich stellte mir vor, wie sie ihre Brüste in das frivole Spitzenmieder zwängte, das er ihr gekauft hatte, ihr Hinterteil mit dem Seidenhöschen bedeckte, sich die hauchdünnen Strümpfe über die Beine streifte und sich durch einen Blick über die Schulter in den Spiegel vom Sitz der Nähte überzeugte. Sie ging mit ihm zu einem geschäftlichen Treffen, sie war zu beschäftigt, um auf mich zu hören. Ich schrie nicht.

Er wußte, daß ich nicht schreien würde, wußte es seit Monaten. Ich stand wie erstarrt, als er näher trat und mit der Hand über meinen Oberkörper strich, wo mir eines Tages Brüste wachsen würden. Seine Hand bewegte sich weiter, hob meinen Rock und griff mir zwischen die Beine.

»Ich soll verschwinden?« wiederholte er und zwickte mich in den Schenkel. »Du weißt, daß es dir gefällt.«

Seine Stimme hatte sich verändert, er atmete schwerer, und sein Gesicht war meinem sehr nahe. Er wirkte eigentümlich verträumt, als könnte er jeden Moment einschlafen.

Irgendwo im Haus fiel eine Tür ins Schloß. Er bewegte sich so schnell von mir fort, daß niemand, der in dieser Sekunde den Raum betrat, etwas hätte vermuten können. Außerdem vertraute er mit Sicherheit darauf, daß ich nichts sagte. Schließlich war es nicht das erste Mal, und nach einer Weile schien es unmöglich zu sein, darüber zu sprechen. Jeder hätte mich doch gefragt, warum ich nicht schon längst etwas gesagt hatte, und mir darüber hinaus vermutlich nicht geglaubt. Als ich meiner Mutter erzählte, er hätte bei einem unserer Ausflüge Sandys Knie getätschelt, nannte sie mich eine Lügnerin.

Meine Lösung bestand darin, ihm aus dem Wege zu gehen, und das gelang mir auch sehr gut. Aber an diesem Tag hatte ich den Fehler begangen, ihn ins Haus zu lassen, um auf Rita zu warten, und nicht zu vermuten, daß er es wagen würde, mich in unserem Haus anzurühren. Es war mein Fehler, und folglich war es auch meine Schuld.

Ich erzählte niemandem davon, nicht einmal Sandy. Sie erfuhr von mir nur, daß er gelegentlich seine Hand auf meine Schulter legte und mich tätschelte, und wie widerlich mir das war. Das war die Wahrheit, doch nicht die ganze. Als ich ihr das sagte, wollte ich mir eigentlich alles von der Seele reden, aber das plötzliche interessierte Funkeln in ihren Augen sagte mir, daß ich es bitter bereuen würde. Sandy war eine unverbesserliche Klatschbase.

So erzählte ich niemandem davon, aber dann war es zu meiner größten Verblüffung Dennis Aylard selbst, der den Mund aufmachte. Betrunken brüstete er sich vor Rita damit.

Wie eine Furie kam sie in mein Zimmer gestürmt, rüttelte mich wach, schlug auf mich ein und schrie: »Du Luder! Du kleine Hure! Miststück, ich bringe dich um.«

Schluchzend erklärte ich, mir keiner Schuld bewußt zu sein. Sie klärte mich auf, gründlich und brutal. Seinen Worten zufolge hatte ich mich an ihn herangemacht, ihn gestreichelt, ihm mir völlig unbekannte Worte zugeflüstert und mit allen Mitteln versucht, ihn sexuell für mich zu interessieren.

Ich fand nur eine Erklärung: Sie waren beide verrückt geworden. Ein Onkel von Rita litt unter Verfolgungswahn und war als Folge davon gewalttätig geworden, vielleicht lagen Geisteskrankheiten in ihrer Familie. Aber Aylard? Hatte auch er eine geistesverwirrte Verwandte?

Am nächsten Tag besuchte mich Sandy. Mit den Spuren von Ritas Nägeln in meinem Gesicht bestand keine Chance, die Vorgänge der Nacht zu verheimlichen. Abgesehen davon verspürte ich plötzlich einen Drang, darüber zu reden.

»Ich begreife es einfach nicht«, schloß ich.

Sie setzte ein ungemein wichtiges Gesicht auf. »Du läßt dir zuviel gefallen, Ann. Es ist höchste Zeit, daß du etwas dagegen unternimmst.«

»Ja«, jammerte ich, »aber *wie?*«

Sandy neigte den Kopf zur Seite und musterte mich nachdenklich. Dann sagte sie es mir.

Ich fuhr aus dem Hotelbett hoch und warf dabei die Nachttischlampe zu Boden, daß die Glühbirne zerbrach.

Dann lief ich rastlos im dunklen Raum auf und ab, kämpfte mit den Dämonen, die mich peinigten.

Es war zuviel gewesen. Ich hatte zuviel erduldet. Ich konnte es nicht mehr ertragen, mußte etwas dagegen unternehmen.

Die Dämonen schleuderten mir Sandys Worte, die Beschimpfungen meiner Mutter, Aylards Abscheulichkeiten, die Gleichgültigkeit meines Vaters entgegen ... Es wäre alles nur meine Schuld, kreischten sie. Manchmal hatten sie Ritas Stimme. Dann Sandys oder Aylards. Sie bedienten sich buchstäblich jedes Menschen, den ich kannte.

Meine Augen gewöhnten sich an die Dunkelheit. Ich wanderte vom Bett zum Fenster. Ich fand mich im Bad wieder. Ich umrundete den Sessel. Ich setzte mich hin, sprang aber sofort wieder hoch. Es gelang mir nicht, den quälenden Stimmen zu entkommen. Einmal sah ich aus dem Augenwinkel ein rotes Auto, drüben neben der Kommode, aber als ich herumfuhr, um Meryl Aylards Detektiv beim Schnüffeln zu ertappen, war da nichts als die Kommode.

Mit unsicheren Händen goß ich mir ein Glas Wasser ein, und als ich es trank, klapperten meine Zähne gegen den Glasrand. Die Dämonen kreischten Dinge, die ich nicht hören wollte.

»Ich höre einfach nicht zu«, rief ich, aber meine Stimme war kaum mehr als ein Wispern.

»Oh, du wirst es müssen«, erwiderten sie.

Ich warf mich aufs Bett und zog mir das Kissen über den Kopf. Aber ich roch muffiges Parfum und Erbrochenes, schleuderte das Kissen neben dem Bett auf den Boden und begann zu weinen.

Meine Tränen weckten Erinnerungen an frühere Tränen. An meine geheimen Ängste in der Nacht vor der Hinrichtung. An meinen Weinkrampf, als man mir vom Tod meiner Mutter erzählte. An unzählige Tränen aus unzähligen Gründen. Weinend erinnerte ich mich an sie alle. Und die Erinnerung ließ mich noch mehr weinen.

Mein Leben kam mir so hoffnungslos vor. Ich hatte mich mit einer Katastrophe nach der anderen herumgeschlagen, und doch, nach all diesen Jahren, nichts erreicht. Ich konnte die Tragödie meiner Kindheit nicht vergessen. Sie hat mich immer belastet, auch wenn es mir gelang, sie mit Ausnahme der drei Jahrestage zu verdrängen. Aber eine Initiative der Familie Aylard und eine CJI-Untersuchung drohten, den Fall erneut aufzurollen, mich der Öffentlichkeit preiszugeben, und damit war es mir nicht mehr möglich, meine Verdrängungstaktiken fortzusetzen.

Der Tod schien der einzige Ausweg zu sein. Ich warf mich aufs Bett und dachte darüber nach, wie ich meinem Leben ein Ende setzen könnte. Ich wog Möglichkeiten ab, verglich die Methoden meines eigenen Sterbens. In dieser Nacht kam mir das absolut nicht absurd oder exzessiv vor. Wenn die Vermeidung weiteren Leidens den Tod bedeutete, dann war ich zum Sterben bereit.

Die Wasserleitung rauschte. Der Gast im Nebenzimmer hatte eine schwache Blase und ging in der Stunde der Morgendämmerung dreimal auf die Toilette. Als es hell wurde, zog ich die Vorhänge zurück und blickte hinaus. Ich wollte sehen, wie sie aussah, diese Stadt, in der ich meine letzten Stunden verbringen würde.

Ein Strand, bleich und grau in der Dämmerung. Aus der Dunkelheit trieb mit den Wellen weiße Gischt heran. Die diffusen Formen ankernder Boote deuteten auf einen Hafen hin. Eine Möwe landete auf meiner Balkonbrüstung, ihre flatternden Flügel verwehrten mir die Sicht. Mit einer Handbewegung scheuchte ich sie fort, damit ich einen einsamen Spaziergänger beobachten konnte.

Der Himmel hellte sich auf, machte das weite Meer und das Straßengewirr der Stadt sichtbar. Fischerboote kehrten in den Hafen zurück. An vertäuten Yachten flappten die Leinen im Wind. Ein dicklicher Mann joggte. Hin und wieder rollten Autos und Fahrräder vorbei. Ein Zeitungsjunge trug seine Last von Briefkasten zu Briefkasten. Eine rührselige Sonne schickte ihre zitternden Strahlen aus und färbte den Himmel himbeerrosa. Als sie höher stieg, erweckten die längeren Schatten den Eindruck, daß alles in Sicht erwachte und sich streckte – bereit für den neuen Tag.

Plötzlich empfand ich den brennenden Wunsch, auch da draußen zu sein.

17. Kapitel

»Na, hat sich die lange Fahrt gelohnt?« fragte Richard King, als er am Morgen nach Gillian Sprys Besuch bei June Foley das Büro betrat.

»Durchaus.«

Er sah sie neugierig an. »Und?«

»Ich warte, bis Sie sich gesetzt haben. Schließlich will ich nicht, daß Sie vor Überraschung umfallen.«

Er lief zu seinem Schreibtisch. »Okay, ich sitze.«

»Dennis Aylard ist unschuldig. John Morden hat seine Frau getötet.«

»Allmächtiger. Tatsächlich?« Mit seinen verblüfft hochgezogenen Brauen sah er ungemein eulenhaft aus.

Gillian unterdrückte ein Lächeln. »Miss Foley ist davon überzeugt.«

»Wow!«

»Das habe ich auch gesagt.«

Er nahm sich die Brille von der Nase und ließ sie am Bügel kreisen. »Und was hat sie als Beweis zu bieten?«

»Nur ein Geständnis.«

»Ein *Geständnis!*«

Gillian warf einen Blick über die Schulter. »Heute morgen scheint hier im Raum ein Echo zu sein ...«

Er musterte sie finster. »Kommen Sie, Gillian. Ich möchte alles haarklein erfahren, bevor ich auch nur eine Silbe glaube.«

»Und ich brauche unbedingt eine Tasse Kaffee, bevor ich mich der anstrengenden Aufgabe widme, Sie zu überzeugen.«

Sie schaltete den elektrischen Wasserkocher an, suchte die Tassen zusammen und ließ Richard über das Wenige nachdenken, was sie ihm bereits erzählt hatte. Sie konnte sich ein kleines Lächeln nicht verkneifen.

Ein paar Minuten später begann Gillian ihre Schilderung so ausführlich, wie sie es gestern abend im Bett geplant hatte. Sie hielt es für notwendig, daß er tatsächlich alles erfuhr. Ideal wäre es gewesen, wenn er sie begleitet hätte, aber sie waren personell unterbesetzt, und darüber hinaus hatte Mrs. Foley nur sie zu sich gebeten. Im nachhinein war es die falsche Entscheidung, aber wie hätten sie wissen können, was die zuvor so ablehnende June Foley von sich geben würde?

»Also fangen wir an«, sagte Gillian, sobald die Kaffeetassen auf ihren Schreibtischen standen, und schlug ihr Notizbuch auf.

Sie erzählte, wie sie vor June Foleys Haus geparkt hatte, und schilderte ihm das alte, heruntergekommene Haus am Park in allen Einzelheiten. Richard hatte es nie gesehen, und sie fand es wichtig, daß er sich in die Atmosphäre einfühlen konnte.

Nachdem sie zweimal geklingelt hatte, befürchtete Gillian schon, daß Mrs. Foley erneut ihre Meinung geändert hatte und ihr nicht öffnen wollte. Doch dann rührte sich drinnen etwas, eine Kette wurde entfernt, ein Schlüssel drehte sich im Schloß.

June Foley trug ein blaßgrünes Jerseykostüm, ihr

graues Haar war sorgfältig frisiert. Sie war gertenschlank, was ihr in Gillians Augen eine Eleganz verlieh, um die sie viele jüngere Frauen beneiden würden. Doch als sie vor Gillian die Diele durchquerte, bemerkte diese ihre Gehbehinderung.

Sie betraten das Wohnzimmer. June Foley setzte sich in ihren üblichen Sessel und überließ ihrem Gast die Wahl unter den vier anderen. Gillian entschied sich für einen, von dem sie das Gesicht ihrer Gastgeberin besonders gut sehen konnte.

»Ist es Ihrer Meinung nach zu früh für einen Sherry?« fragte June Foley in einem Ton, der suggerierte, daß man ein Spielverderber war, wenn man diese Frage bejahte.

»Nein, ein Sherry wäre angenehm.« Gillian war die Uhrzeit ebenso egal wie das, was sie tranken; vorausgesetzt June Foley erzählte ihr etwas, was die lange Fahrt lohnte.

Der Sherry war trocken, so trocken, daß sich ihre Zunge nach dem ersten Schluck ausgesprochen pelzig anfühlte. Unwillkürlich fragte sie sich, wie sich Anna Foley verhielt, ob sie den Sherry ablehnte oder aus Höflichkeit ertrug. Sie konnte sich nicht vorstellen, daß er ihr schmeckte.

»Hatten Sie eine angenehme Fahrt?« fragte June Foley.

Gillian nickte. »Bis auf einen kleinen Stau vor dem Ortszentrum.«

»Die Stadtverwaltung bezeichnet die veränderte Verkehrsführung als Verbesserung, aber ich habe noch keinen Autofahrer getroffen, der dem zustimmt.«

Nach einem zweiten, sehr vorsichtigen Schluck Sherry versuchte Gillian zur Sache zu kommen. »Sie wissen natürlich, wie es früher war. Schließlich wohnten Sie schon hier, als der Mord geschah.«

»Nein, zu diesem Zeitpunkt war ich verreist, in den Ferien.«

»Ja, ich weiß. Aber es ist Ihre Heimatstadt.«

»Wir haben alle hier gelebt, alle Mordens und Foleys. Rita war die jüngste der drei Schwestern meines Vaters. Patch – nun ja, ihr richtiger Name war Patricia, aber die Familie nannte sie nur Patch. Sie heiratete einen Amerikaner und zog in die Staaten. Nella, eigentlich hieß sie Eleanor, heiratete den Sohn des Eisenwarenhändlers, und sie wohnten über dem Geschäft in der Church Street.«

Gillian hörte sich die Familiengeschichte geduldig an und vertraute darauf, daß nicht allzu viele Foleys und Mordens aufzulisten waren, bis sie über den Mord reden konnten. »Was tat Ihr Vater beruflich, June?«

»Er war Steuerberater und arbeitete in einem Büro neben dem *Red Lion*. Es existiert längst nicht mehr. Er war der älteste Sohn und hieß Stewart Foley, wie sein Vater. Meine Mutter Jean war die Tochter einer verwitweten Schuldirektorin, die ein paar ziemlich heruntergekommene Cottages in der Church Passage geerbt hatte.«

Sie machte eine kurze Pause, fuhr dann aber schnell fort: »Diese Cottages führten zu erheblichen Verstimmungen, weil die Foleys verlangten, daß meine Großmutter eins davon Nella und ihrem Mann überließ. Aber meine Großmutter weigerte sich, den dort wohnenden Mietern zu kündigen. Meine arme Mutter wurde von den Foleys nahezu in Verzweiflung getrieben, die unablässig Nellas Unglück beklagten, vier Kinder in zwei kleinen Zimmern über dem Laden aufziehen zu müssen.«

Junes vehemente Verteidigung ihrer Familie hatte sich Gillian bisher damit erklärt, daß die Foleys in den fünfziger Jahren eine verschworene Gemeinschaft gewesen waren, die durch den Mord in ihren Grundfesten erschüttert wurde. Nun war sie sich dessen nicht mehr ganz so sicher.

»Und was ist mit den Mordens?« schob sie ein.

June machte eine abwehrende Handbewegung. »Lassen Sie mich zunächst über Rita sprechen. Mir ist bewußt, daß Sie aufgrund Ihrer Nachforschungen annehmen, genug über sie zu wissen, aber hören Sie sich meine Sicht der Dinge an. Als sie starb, war ich achtzehn Jahre alt. Ich mochte sie sehr. Sie war temperamentvoll und verwegen – auf eine Art, wie es damals nur wenige Frauen wagten.«

Gillian drängte sich die lächerliche Vermutung auf, daß June dabei war, aus Rita Morden eine frühe Feministin zu machen, und fragte sich, ob es ihr gelingen würde, nicht loszulachen. Aber zum Glück hatte June nichts dergleichen im Sinn.

»Sie war der verwöhnte Liebling der Familie und konnte in den Augen ihrer Eltern einfach nichts falsch machen. Mein Vater fand ihre Mätzchen ganz amüsant, aber Patch und Nella nahmen ihr die Bevorzugung übel. Innerhalb der Familie, meine ich. Was später geschah, als sie sich in Dennis Aylard verliebte, war natürlich etwas ganz anderes. Obwohl ich glaube, daß das durchaus dem Verhalten entsprach, das sie bereits als Heranwachsende an den Tag legte.«

Sie füllte Gillians halbleeres Glas auf und goß auch sich selbst nach. Die Tür schob sich auf. Ein verfetteter Spaniel kam in den Raum getrottet und beschnüffelte Gillians Schuhe. Ein strenger Geruch stieg aus seinem

Fell auf, und Gillian hatte Mühe, nicht die Nase zu rümpfen. Das Tier lief zu June Foley hinüber und sackte neben ihrem Sessel auf den Teppich.

June Foley tätschelte den Hund und erzählte, daß Rita John Morden gegen den ausdrücklichen Wunsch ihrer Familie geheiratet hatte und ihm während der Kriegsjahre im Gegensatz zu anderen Ehefrauen in der Stadt auch treu blieb.

»Für die Foleys war John Morden ein Mann ohne jede Eigeninitiative, der nur das tat, was Rita anordnete. Sie waren überzeugt, daß Rita bei ihrem Aussehen und ihrem Geschick fürs Nähen etwas Besseres verdient hätte. Ohne Bezugsscheine kamen Frauen damals nur zu neuen Kleidern, wenn sie selbst nähten oder sie sich von einer Freundin schneidern ließen. Nella und Rita stritten sich so häufig um die Nähmaschine, daß ihre erbitterten Auseinandersetzungen zu einer Art Familienlegende wurden.«

Sie legte eine kurze Pause ein und berichtete dann, wie der Krieg John Mordens Persönlichkeit veränderte und daß dies zu der Tragödie geführt hätte. Gillian täuschte ein größeres Interesse vor, als sie tatsächlich empfand. Im Gegensatz zu June Foleys Annahme war das meiste dem CJI bereits bekannt.

»Er erlitt zwar selbst keine ernsten Verwundungen, mußte aber mit ansehen, wie seine Kameraden starben«, fuhr June Foley fort und schob den Kopf des Spaniels von ihrem Schoß. »Und das hat ihm seelisch schwer zu schaffen gemacht. Er begab sich in eine Art innere Isolation. Heutzutage würde man sein Leiden vermutlich als posttraumatisch bezeichnen und eine psychiatrische Behandlung empfehlen. Aber damals mußten die Menschen lernen, allein damit fertig zu werden.«

Inzwischen schien sie zu merken, daß sie in Gefahr war, sich mit ihrer Ausführlichkeit zu verzetteln, und wurde knapper in den Formulierungen. Auch nach Anns Geburt wäre Rita John treu geblieben, berichtete sie. Doch dann, als ersichtlich wurde, daß sich Johns Zustand nicht verbesserte, begann sie ihr eigenes Leben zu führen.

»Meine Eltern waren schockiert über ihre ständigen Klagen über ihr verpfuschtes Leben, und daß auch sie ein Recht auf ein bißchen Vergnügen hätte. Die nächste Phase ist allgemein bekannt: andere Männer und schließlich Dennis Aylard. Dabei wird leicht übersehen, daß Rita Geld verdiente und John von ihr abhängig war. Er hatte kein Einkommen, auch wenn die beiden die Familie glauben ließen, er hätte das Haus an der Avenue mit Hilfe eines Vermächtnisses gekauft und sie würden von der Vermietung der anderen Hälfte leben. Doch das war eine erfundene Geschichte, um das Gesicht zu wahren.«

»Eine Lüge. Aber warum? Wäre die Familie nicht eingesprungen, wenn sie die Wahrheit gewußt hätte?«

»Der Grund lag in Ritas Stolz. Unserer Ansicht nach war John zu keiner Entscheidung fähig. Er fand sich einfach mit der Täuschung ab.«

»Und saß zu Hause, während sie ihrer zweifelhaften Tätigkeit nachging?«

»Bevor sie Aylard kennenlernte, waren ihre Tätigkeiten absolut in Ordnung. Zunächst arbeitete sie für einen Mann, der hinter dem alten Polizeirevier einen kleinen Betrieb besaß. Dann hatte sie eine Zeitlang einen Marktstand. Danach arbeitete sie als Vertreterin für eine Wollspinnerei. Ihre folgenreichste Tätigkeit war jedoch die für eine Baufirma, weil sie in diesem Zusammenhang mit einem Immobilienmakler namens Dennis Aylard zusammentraf.«

Gillian wandte ein, daß er nur wenige Grundstücksgeschäfte getätigt hätte, und die in großem zeitlichem Abstand, und daß sie nach allgemeiner Auffassung als Tarnung für eine Vielzahl von Betrügereien dienten.

»Ja«, erwiderte June Foley. »Ich bestreite nicht, daß er ein Betrüger war, aber Rita gehörte zu seinen Opfern. Nach Überzeugung der Familie hat sie ihn weder durchschaut noch begriffen, daß er sie als seine Komplizin benutzte. Mein Vater stellte erbittert fest, daß sie zu einem Gangsterliebchen geworden war, und damit lag er gar nicht so falsch.«

Gillian erinnerte ihre Gastgeberin an die Schlußfolgerung des Gerichts, daß Aylard Rita getötet hatte, weil sie hinter seine Machenschaften gekommen war.

Abwesend strich June Foley über den Kopf des Spaniels, der wieder auf ihrem Schoß lag. »Nein«, sagte sie leise. »Dennis Aylard hat sie nicht umgebracht. Das hat John Morden getan.«

»Was?« schrie Gillian auf.

Die untypische Heftigkeit ihrer Reaktion veranlaßte June Foley zu hastigen Erläuterungen. Während Gillian noch mit ihrer Verblüffung kämpfte, erzählte sie ihr, daß John im Garten wartete, bis Rita nach einem Treffen mit Aylard den Weg entlangkam.

»John hat es meinem Vater selbst anvertraut. Mein Vater besuchte ihn, und da hat er es ihm gesagt. Oh, das war drei oder vier Jahre nach Aylards Tod. Bis dahin hatte keiner von uns auch nur die geringste Ahnung. Aber es stimmt: Man hat einen unschuldigen Mann hingerichtet.«

Gillian verspürte die Erregung, die sie immer dann

überkam, wenn ein Rätsel vor der Lösung stand. Mit ein paar Fragen versuchte sie, so viele Details wie möglich in Erfahrung zu bringen – für den Fall, daß June Foley einen Rückzieher machte. Sie kannte die Unzuverlässigkeit der Menschen aus Erfahrung, besonders solcher, die dramatische Ereignisse schilderten. Sie wollte wissen, welches Tatwerkzeug er benutzt hatte. Wann er Rita getötet hatte. Und warum.

June Foley antwortete, ohne zu zögern. Er hatte sie mit einer Anlasserkurbel erschlagen, die er auf dem Parkgelände hinter dem Garten gefunden hatte, ohne zu wissen, daß sie Aylard gehörte. Als der letzte der Partygäste seiner Nachbarn die Leiche entdeckte, befand er sich bereits eine halbe Stunde wieder im Haus. Zu seinen Motiven äußerte er sich nicht, doch die lagen für Foleys Eltern auf der Hand.

»Für mich übrigens auch«, fügte June Foley hinzu. »Er war über die Maßen tolerant, aber irgendwann reichte es ihm. An diesem Abend hat es keinen Streit zwischen Dennis Aylard und Rita gegeben, sondern einen zwischen Rita und ihrem Mann.«

Irgendwie war nicht unbedingt eindeutig, was John Morden Stewart Foley wirklich erzählt hatte, was Stewart und Jean Foleys Mutmaßungen waren und was ihre Tochter später folgerte. Gillian bemühte sich durch Nachfragen um Klärung, und mit ein wenig Geduld gelang es ihr auch.

Als sie am nächsten Tag Richard King von ihrem Besuch berichtete, hielt sie sich möglichst genau an das, was John Morden seinem Schwager angeblich erzählt hatte.

»Die Einzelheiten ihres Gesprächs sind uns natürlich unbekannt. June Foley zufolge hat Stewart Foley ihn drei oder vier Jahre nach dem Mord in einer Rehaklinik aufgesucht. Nach Ritas Tod war John Morden häufig krank. Vielleicht sollte ich besser sagen, sein Zustand verschlechterte sich, weil einiges darauf hinweist, daß er seit seiner Rückkehr aus dem Krieg gesundheitlich anfällig war. Aus heiterem Himmel heraus gesteht er Stewart Foley, Rita mit einer Anlasserkurbel getötet zu haben, die er hinter dem Garten gefunden hatte. Offenbar war Stewart Foley geistesgegenwärtig genug, ihn nach Einzelheiten zu fragen, woraufhin John Morden entgegnete, er hätte im Gartenschuppen auf sie gewartet, bis sie von ihrem Treffen mit Aylard zurückkam.«

Richard trat vor das Flip-Chart und musterte nachdenklich die Skizze des Tatortes. »Wenn sie das Haus verlassen konnte, ohne von den Partygästen gesehen zu werden, konnte er das sicherlich auch. Aber haben nicht mehrere Leute sein Alibi bestätigt? Er soll doch in das Nachbarhaus gegangen sein, als es zu regnen begann, oder? Und dort bis zum Ende der Party geblieben sein.«

Sie biß sich auf die Lippe. »Wieder einmal der Zeitpunkt. Alles hängt davon ab, wann sie erschlagen wurde.«

Richard zeigte auf die Zeichnung. »Wenn er sich in diesem Zimmer aufhielt, in dem die Musiktruhe direkt am Fenster stand, hätte er in den Garten schauen und bemerken können, wie sie auf ihrem Weg zu Aylard war. Dann hätte er hinausgehen und warten können, bis sie zurückkehrte.«

»Unmöglich. Er hätte sie nicht sehen können, weil aus Sicherheitsgründen die Elektrizität ausgeschaltet wurde, sobald es zu regnen anfing. Man hatte nur ein paar Kabel mit Glühbirnen zwischen den Bäumen aufgehängt, und so etwas ist bei Regen ziemlich riskant. Das wurde vor Gericht geklärt. Es war dunkel.«

»Ach ja, jetzt erinnere ich mich. Hmmm.« Nachdenklich ließ er seine Brille kreisen und überlegte, wie John Morden seine Frau ermordet haben könnte.

»Meine Bedenken betreffen die Anlasserkurbel«, bemerkte Gillian. »Als John Morden sie seinem Schwager gegenüber erwähnte, war allgemein bekannt, daß das Gericht sie für das Tatwerkzeug hielt.«

»Aylards Anlasserkurbel, auf dem Abdrücke seiner Handfläche festgestellt wurden.«

»Ja. Und vergessen wir nicht, daß Winterlea ursprünglich davon ausging, daß sie mit einem Holzgegenstand erschlagen wurde. Er erwähnte Splitter in den Wunden.«

Sie stand auf und ging zum Fenster. Unten auf der Straße kämpften Passanten gegen Windböen an. Richard äußerte sein Mitgefühl für die Polizei, die an einem vom Regen durchweichten Tatort nach Beweisen suchen mußte. Die Spurensuche war von einem der beteiligten Beamten als wahrer Alptraum bezeichnet worden.

Gillians Gedanken bewegten sich in eine andere Richtung. »Moment«, rief sie. »Erinnern Sie sich, was im Prozeß über das Auffinden der Anlasserkurbel ausgesagt wurde?«

»Kaum.«

Sie ging zum Schreibtisch zurück und hämmerte auf die Tastatur ihres Computers ein. »Dann hören Sie gut zu. Die Polizei wollte sie im hinteren Bereich des Gartens gefunden haben, während Aylard behauptete, daß sie entwendet wurde, als die Polizei am Tag nach dem Mord sein Auto durchsuchte. Wenn seine Angaben richtig sind, hat die Polizei ihm etwas untergeschoben, und

Winterlea manipulierte seine Erkenntnisse entsprechend.«

Er zuckte mit den Schultern. »Inzwischen wissen wir, daß er so etwas in einer ganzen Reihe seiner Fälle tat. Ich möchte ja nicht übermäßig begriffsstutzig erscheinen, aber in welcher Weise kann uns das bei der Klärung der Frage helfen, ob John Mordens Geständnis echt ist?«

»Entscheidend ist, daß er nichts gesagt hat, was nicht auch beim Prozeß zur Sprache gekommen wäre. Und inzwischen wissen wir, daß dort nicht immer die Wahrheit gesagt wurde. Daher können wir davon ausgehen, daß sein Geständnis falsch sein muß, falls er überhaupt jemals eins abgegeben hat.«

Richard merkte an, daß sie diesen Punkt mit Sicherheit nicht mehr klären konnten, da John Morden nicht mehr lebte. »Hat June Foley gesagt, wann er das Zeitliche gesegnet hat?«

»Anfang der siebziger Jahre. Er zog ins Ausland und ist dort auch gestorben. Das genaue Jahr hat sie nicht genannt.«

Eine Weile hingen sie ihren Gedanken nach, dann sprach Gillian sie aus. »Es ist einfach zu glatt, finden Sie nicht auch? Jetzt, da eine reelle Chance besteht, daß sich Dennis Aylard als unschuldig erweist, wird das Geständnis eines Toten aus dem Hut gezaubert.«

Er entgegnete, daß er das nicht für »passend« hielt, sondern für ausgesprochen entmutigend. »Der optimale Beweis für Aylards Unschuld ist ein Geständnis des wahren Täters. Aber wie die Dinge nun einmal liegen, kann John Morden nicht mehr befragt werden.«

»Ein Weg bleibt uns noch. Vielleicht können wir jemanden finden, der auch von Mordens Geständnis weiß. June hat nur von ihrem Vater davon erfahren, aber möglicherweise können wir einen Ohrenzeugen aufspüren.«

Sie dachte an Pfleger oder Patienten der Rehaklinik, Angehörige der Familie Morden vielleicht, die ihn gleichfalls während seiner Krankheit besucht hatten.

»Anna? Sie haben immer angenommen, daß sie mehr weiß, als sie sagt.«

Gillian fand seine Überlegung geschmacklos. »Auf keinen Fall. Ich halte es für unvorstellbar, daß er sie mit dem Wissen belastet hat, ihre Mutter getötet und seelenruhig zugesehen zu haben, daß ein Unschuldiger dafür zum Tode verurteilt wurde.«

Das müßte sie eigentlich besser wissen, entgegnete Richard. Schließlich hätte sie ihre berufliche Erfahrung gelehrt, zu welch gefühllosen Handlungen Menschen fähig waren.

»Also gut«, räumte sie ein. »Ich kann es mir vorstellen, glaube es aber nicht.«

»Hat sie irgend etwas über Anna Foley geäußert, was wir noch nicht wußten?«

Gillian antwortete mit einer ausführlichen Schilderung des Moments, an dem sich ihre Unterhaltung der kleinen Ann zuwandte.

Der übelriechende Spaniel schnarchte inzwischen neben dem Sessel, daher sah June Foley ihr Gegenüber voll an. Gillian entdeckte in ihrem Gesicht nichts, was ihr Mißtrauen erregt hätte. Nach ihrer Erklärung, daß John Morden der Täter und Aylard demzufolge unschuldig war, schilderte sie die familiären Konsequenzen des Mordes fast beiläufig, ganz so, als wolle sie nur nichts auslassen, messe ihren Worten aber keine große Wichtigkeit bei.

»Nach Ende des Prozesses konzentrierte sich die ganze Sorge der Familie auf Ann. Da ihre Mutter tot war und ihr Vater kränkelte, fühlte man sich verpflichtet, für sie zu sorgen, damit sie nicht in ein Heim kam. Heute nennt man es ›Pflege‹, aber damals hieß es immer ›Heim‹. Und damit war eine gewisse Stigmatisierung verbunden, denn wenn ein Kind in ein Heim gegeben wurde, kam die Familie schnell in den Ruf, sich ihrer Verantwortung zu entledigen. Ich könnte mir vorstellen, daß das Relikte aus der Kriegszeit waren, in der ein ausgeprägtes Solidaritätsgefühl vorherrschte.«

Diese Deutung war Gillian neu, aber sie fand sie nicht unlogisch. Sie nickte.

June Foley betonte, daß sich die kleine Ann als höchst schwieriges Kind erwies. »Wissen Sie noch, was ich Ihnen über die junge Rita erzählte?«

»Sie sprachen davon, daß sie sehr verwöhnt wurde, aber nach allem, was wir über Anns Kinderjahre wissen, scheint das auf sie nicht zuzutreffen.«

»So ist es, Miss Spry. Ann war nicht verwöhnt, eher im Gegenteil. Aber ich meinte die Art und Weise, wie sie auf Streßsituationen reagierte. Sie war das, was man als schwieriges Kind bezeichnet. Wutanfälle und Tränen waren ebenso an der Tagesordnung wie Phasen mürrischer Verschlossenheit. Der Umgang mit ihr gestaltete sich nicht einfach, und so wechselten sich die einzelnen Familienmitglieder mit ihrer Betreuung ab.«

Gillian wollte wissen, ob auch June Foleys Eltern Ann zu sich genommen hatten.

»Ja, denn wir hatten eine Menge Platz, da mein Bruder bereits erwachsen und ausgezogen war. Meine Eltern waren überzeugt, daß sich Ann bei uns wohl fühlen würde und daß es für sie das beste wäre, in der Nähe ihrer Freundinnen zu wohnen. Doch nach wenigen Wochen sahen sie sich zu ihrem Bedauern gezwungen, ihre Meinung zu ändern.«

»Weil sie sich nicht eingewöhnen konnte?«

»Wegen des Geredes. Es machte keinem von uns das Leben leichter, aber am schwierigsten war es für Ann. Der Fall erregte immenses Aufsehen. Die Leute hier waren darüber empört, daß ein Kriegsheld zum Hahnrei gemacht worden war, aber sie konnten nicht glauben, daß Aylard den Mord begangen hatte. Man rechnete allgemein damit, daß er freigesprochen würde, und nach seiner Verurteilung hofften die Leute auf den Erfolg seiner Berufung. Vom Tag seiner Festnahme an wurde hinter den Mordens und Foleys getuschelt, sobald sie auch nur die Straße betraten.«

Sie umriß Anns Nomadenleben bis zum Ende ihrer Schulzeit. Fernab der Stadt sah es zunächst so aus, als könnte sie sich in ihrer neuen Umgebung eingewöhnen, aber über kurz oder lang bereitete sie wieder Probleme.

»Sie wurde in der Familie weitergereicht wie ein Staffelstab«, erklärte June Foley erbittert. »Das kann nicht gut für das Mädchen gewesen sein. Wie denn auch? Andererseits sah man die Dinge damals anders als heute. Die Familie war sicher, das Richtige zu tun, denn immerhin brauchte Ann nie in ein Heim. Sobald sie alt genug war, brach Ann alle familiären Brücken hinter sich ab.« June Foley sah Gillian bekümmert an. »Ich kann sagen, daß es nicht leicht für mich war, sie zu finden. Und selbst wir sehen uns nur gelegentlich.«

Gillian fragte, ob sie irgendwann über die Tragödie in Annas Kindheit gesprochen hätten. Sie hätte bewußt jede Erwähnung vermieden, erwiderte June Foley, aber nachdem Gillian Spry und dann auch noch Meryl Aylard auf der Bildfläche erschienen wären, sei das hinfällig.

»Vermutlich ist es töricht«, fügte sie hinzu, »aber ich habe das Gefühl, Anna beschützen zu müssen. Ich bin sicher, daß sie mir das nicht danken würde, wenn sie es wüßte.«

»Das tun die Menschen selten«, antwortete Gillian und dachte an eine ganz anders geartete Situation in ihrem eigenen Leben.

June sprach gerade über Annas gescheiterte Ehe und das, was sie »die Enttäuschung über ihr Kind« nannte, als das Telefon klingelte. Es stand auf einem Tisch hinter Gillian, und sie drehte sich ganz automatisch um. Der moderne Anrufbeantworter kam ihr inmitten von June Foleys schäbiger, zusammengestückelter Wohnzimmereinrichtung ein wenig deplaziert vor, aber vielleicht gab es keinen besseren Platz dafür.

June Foley schob den Spaniel zur Seite und stand auf, um den Hörer abzunehmen. Das Gerät war auf Raumempfang gestellt, so daß Gillian jedes Wort hören konnte.

»Guten Tag, ist da June?«

Junes zögerndes »Ja« machte deutlich, daß sie die Stimme der Anruferin nicht erkannte.

»Mein Name ist Susie Witham. Ich bin eine Freundin von Anna Foley und versuche seit einiger Zeit vergeblich, sie zu erreichen. Ist sie vielleicht zufällig bei Ihnen?«

Überrascht verneinte June Foley und stellte überflüssige Fragen: »Ist sie nicht zu Hause? Oder bei der Arbeit?« Die Frau hätte mit Sicherheit nicht angerufen, wenn Anna da wäre, wo sie zu vermuten war.

»Nun ... nein, deshalb ...«

Gillian registrierte das Zögern der Anruferin, Unruhe zu verbreiten, und June Fowleys zunehmende Überzeugung, daß Anlaß zur Beunruhigung bestand.

»Weshalb sagen Sie mir nicht einfach, warum Sie sich um sie sorgen?« fragte June Foley.

»Sie hatte mich gebeten, gestern abend gegen acht zu ihr zu kommen. Auf dem Weg zu ihrem Haus wurde ich von ein paar Mädchen überfallen und beraubt. Sie stahlen mir meine Handtasche, das übliche.«

»Oh, wie schrecklich. Wurden Sie verletzt?«

»Nur mein Stolz. Aber viel wichtiger ist, daß ich Anna nicht antraf. Sie ist auch bislang nicht nach Hause gekommen. Ich versuche verzweifelt, sie zu finden.«

Es entstand eine Pause, in der Gillian und June Fowley unabhängig voneinander zu der Erkenntnis kamen, daß ihnen wichtige Informationen vorenthalten wurden.

»Aber Sie müssen doch einen Grund haben, sich Sorgen um sie zu machen«, beharrte June Foley.

»Nun ja. Ich bedaure sagen zu müssen, daß bei ihr eingebrochen wurde. Als ich an ihrer Tür klingelte, stellte ich fest, daß das Schloß aufgebrochen wurde. Ich fürchte, im Haus herrscht ein grauenhaftes Durcheinander.«

»Haben Sie die Polizei informiert?«

»Ja, unverzüglich. Über den Überfall und den Einbruch. Ich habe ein neues Schloß an der Tür anbringen lassen, aber ... Oh, ich wünschte, ich könnte Anna finden. Haben Sie vielleicht eine Ahnung, wo sie stecken könnte?«

»Nicht die leiseste, fürchte ich. Aber woher haben Sie eigentlich meine Telefonnummer?«

Susie Witham erklärte, auf Annas Anrufbeantworter

nach Hinweisen auf ihren Verbleib gesucht zu haben. Dann hätte sie sich mit dem entsprechenden Tastendruck über die Nummer der letzten Anruferin informiert. Das war June gewesen.

»Sie hörten sich an wie eine Freundin, nicht wie eine Geschäftspartnerin. Da habe ich mein Glück versucht und Sie angerufen.«

»Sehr findig. Ich bin ihre Cousine.«

»Oh, diese June sind Sie. Ja, sie hat über Sie gesprochen. Hören Sie, ich möchte Sie wirklich nicht beunruhigen, aber vielleicht sollte ich Ihnen doch sagen, daß ich auf dem Band den Anruf einer mir unbekannten Frau vorfand, offenbar einer Auftraggeberin. Sie wollte wissen, warum Anna gestern vormittag nicht zu ihrer Verabredung erschienen ist.«

Das Gespräch endete, ohne daß eine der drei eine Lösung gefunden hätte.

Nachdem sie den Hörer aufgelegt hatte, sah June Foley Gillian irgendwie durchtrieben an. »Das ist eher Ihr Terrain als meins, Miss Spry. Anfangs hielt ich Sie für eine Fernsehjournalistin, aber inzwischen weiß ich, daß Sie Juristin und so etwas wie eine Detektivin sind. Also wie spüren wir eine Frau auf, die verschwunden ist?« Sie wirkte ungerührt, und bei dem Wort »verschwunden« hatte ihre Stimme eine leicht ironische Note.

Aber Gillian dachte gerade darüber nach, ob Anna Foley verschwunden sein könnte, weil June Foley ihren Vater als Mörder benannt hatte.

Am nächsten Tag erzählte sie Richard King, daß sie sich bemüht hatte, von June Foley so viel wie möglich über die möglichen Aufenthaltsorte ihrer Cousine herauszubekommen, wenn diese nicht zu Hause war oder arbeitete, um sich dann von ihr zu verabschieden.

›Plötzlich glaubte ich, Anna Foley zu verstehen, wirklich zu verstehen‹, hatte sie Richard anvertrauen wollen, als sie gestern abend im Bett über alles nachdachte, ›und ich wollte mich June Foley und ihren Meinungen entziehen, um meinen eigenen nachhängen zu können.‹ Jetzt verzichtete sie darauf – aus Furcht, er könnte sie für verschroben halten.

»Ich würde mich zu gern mit dieser Susie Witham unterhalten«, sagte sie statt dessen. »Am besten bevor Anna Foley wieder auftaucht.«

Er musterte sie gelassen. »Nein, das stimmt nicht, Gill. Sie hätten es längst getan, wenn es so wäre.«

»So? Und wie ist es dann?«

»Sie glauben nicht, daß Anna Foley wieder auftaucht.«

Statt es zuzugeben, zuckte sie nur mit den Schultern. »Ich werde Susie Witham befragen. Ihre Telefonnummer kenne ich, weil sie sie June Foley in meinem Beisein genannt hat.«

»Interessiert es Sie unter Umständen, was *ich* gestern gemacht habe?« erkundigte er sich gespielt resigniert.

»Ich ging davon aus, daß Sie das Dossier über Winterlea vervollständigen«, entgegnete sie mit leisem Spott.

»Nun, immerhin habe ich von Meryl Aylard erfahren, daß der von ihrer Familie engagierte Detektiv zwei Alibizeugen aufgespürt hat. Sie haben die ganze Zeit in Bristol gelebt. Seinerzeit hatte Aylard behauptet, zum Zeitpunkt des Mordes in einem Pub gewesen und auf dem Parkplatz mit einem Pärchen ins Gespräch gekommen zu sein, weil sie den gleichen Autotyp fuhren.«

»Ein Gespräch über Autos auf einem Pub-Parkplatz ist kein sonderlich überzeugendes Alibi«, wandte Gillian ein.

»Aber das Ehepaar erinnert sich, weil er angeboten

hatte, ihnen ein neueres Modell zu besorgen. Wie Sie wissen, hat er sich mit Autoschiebereien beschäftigt.«

»Ja, aber ...«

»Er hat ihnen seinen Namen und seine Telefonnummer genannt, Gill.«

»Ja, aber ...«

»Weil nichts anderes zur Hand war, hat die Frau beides auf das Programm einer Veranstaltung geschrieben, die sie gerade besucht hatten. Und wissen Sie was? Sie hebt die Programme aller Veranstaltungen auf, die sie jemals ...«

»Allmächtiger.«

»Wußte ich's doch, daß es Sie irgendwann interessiert. Aber bevor Sie doch wieder ein Haar in der Suppe finden, noch etwas: Durch das Ende der Vorstellung und ihre Fahrtzeit zum Pub läßt sich nachweisen, daß Aylard an diesem Abend nicht in der Nähe des Tatortes gewesen sein kann. Genau wie er gesagt hat.«

Ihr fielen Ähnlichkeiten zu einem anderen Winterlea-Fall auf. »Wissen Sie, woran mich das erinnert, Richard? An Rhea und die tanzende Puppe. Auch in diesem Fall fand die Polizei die von Rhea genannten Zeugen nicht, obwohl seine Familie sie Jahre später aufspüren konnte.«

»Das waren Polizeikräfte aus einem anderen Bezirk. Wir können es nicht gegen Winterlea verwenden, so gern ich es auch täte.« Doch er wußte, daß ihr Winterleas frisierte Beweismittel weniger wichtig waren als Aylards Unschuld.

Sie sah ihn durchdringend an. »Zwei Fragen hätte ich noch, Richard.«

»Ja?«

»Wer ist der Detektiv der Aylards? Und wie kommen wir an ihn heran?«

Er räusperte sich. »Das wird Ihnen nicht gefallen, Gill.«

»Wie bitte?«

»Er heißt Stephen Kuyper.«

»Mist.«

»Wir wußten, daß er gut ist.« Und unhörbar fügte er hinzu: Was vor allem Sie immer wieder betont haben.

Sie schlug mit der Faust auf den Tisch. »Dieser verdammte Schwarzarbeiter.«

»Yup, er ist so emsig, daß er gleichzeitig für zwei Seiten arbeitet.« Diesen Sarkasmus konnte er sich nicht verkneifen. Der monatelange Streit um Kuypers Verdienste endete als Farce.

»Aber jetzt ist er durchschaut. Wir müssen diese Sache klären, Richard. Entweder arbeitet er für uns oder nicht.«

Er erinnerte sie an ihre vage Vereinbarung, die Kuyper seiner Ansicht nach zuviel Bewegungsfreiheit einräumte. »Er hat keinen Vertrag mit dem CJI. Wir werfen ihm lediglich hin und wieder ein paar Brocken hin.«

»Aber er braucht uns, weil das seine Glaubwürdigkeit erhöht. Unsinn. Er *hat* uns gebraucht. Nachdem er die Aylard-Zeugen gefunden hat, braucht er niemanden mehr.«

»Aber wir brauchen ihn, Gillian.«

»Wenn wir ihm nicht einen guten Verdienst und einen Vertrag anbieten können, wird unsere Liebe unerwidert bleiben. Ist Ihnen das klar?«

»Augenblick mal ...« Er sah aus, als käme ihm eine Idee.

Sie hob ihre linke Augenbraue. Richard wußte nicht, wie sie das schaffte. Er konnte nur beide Brauen gleichzeitig heben und sah dann eher erstaunt als skeptisch aus.

»Lassen wir ihn doch zu einer Besprechung über Winterlea und weiteres antanzen.«

»Ja, das ist eine gute Idee. Dann wird er uns von den Aylard-Zeugen erzählen müssen, und wir können aus ihm herausholen, was sonst noch für uns von Bedeutung ist.«

»Einschließlich der Frage, ob er weiß, wo sich Anny Foley versteckt hat.«

Aber Gillians Gesicht verdüsterte sich. Richard hatte recht gehabt. Sie glaubte nicht, daß Anna wieder auftauchen würde. Jedenfalls nicht lebend.

18. Kapitel

Es tut mir aufrichtig leid, daß ich so lange nicht mehr von mir hören ließ. Unsere Unterhaltungen haben mir wirklich sehr geholfen. Aber gleich nach meiner Heimkehr ereignete sich eine Reihe von Dingen in so schneller Folge, daß ich ganz schwindlig wurde. Zunächst einmal mußte ich mit der Tatsache fertig werden, daß mein Vater gestorben war, was nicht gerade leicht war, da ich mich ohnehin schon in einem emotionalen Dilemma befand.

Aber nein, immer eins nach dem anderen.

Ich blieb drei Tage lang in der Stadt am Meer, unternahm einsame Spaziergänge und dachte über Dinge nach, die ich normalerweise verdränge. Am ersten Morgen ging ich zu Marks & Spencer und kaufte ein paar T-Shirts, Unterwäsche, Strumpfhosen sowie eine Reisetasche. Nicht unbedingt ein Haus, in dem ich normalerweise Textilien kaufe, aber es vermittelte mir ein Gefühl von Sicherheit und Vertrautheit, und abgesehen davon glaube ich nicht, daß ich in dieser Stadt meine Art von Geschäften gefunden hätte. Danach kaufte ich Snacks für ein Picknick, was Ihnen einen Hinweis darauf gibt, wie sich meine Verfassung seit der nächtlichen Alpträume gebessert hatte.

Vor mir an der Kasse stand eine junge Mutter mit einem Kind, einem etwa fünfjährigen Jungen. Die Art, wie er herumhopste wie ein aufgezogenes Spielzeug, vor sich hin lachte und keine Sekunde stillstehen konnte, erinnerte mich an meinen Mikey. Mikey ist immer auf alles hinaufgeklettert, von allem heruntergesprungen – absolut furchtlos. Nun, dieser kleine Bursche war genauso. Auch wenn er ihm nicht ähnlich sah, das meine ich nicht.

Er drehte sich um und grinste mich strahlend an. Aber seine Mutter streckte den Arm aus, riß ihn wieder zu sich herum und fauchte: »Kannst du denn keine Sekunde Ruhe geben, du unmögliches Gör? Wie oft muß ich dir das noch sagen?« Sie stieß ihn mit dem Kopf gegen das Transportband, daß er zu weinen begann. Jetzt schrie sie auf ihn ein, schubste und stieß ihn vor sich her durch die Kasse, so heftig, daß er stolperte und sich den Kopf erneut an einem Hocker stieß.

Ja, es war eine sehr häßliche Szene, und sie schien kein Ende nehmen zu wollen. Aber das Schlimmste daran war, daß niemand dem Kind zur Hilfe kam. Drei Frauen befanden sich in nächster Nähe: das Mädchen an der Kasse, ich und die Kundin hinter mir. Keine von uns sagte ein Wort. Wir taten, als wäre alles in Ordnung.

Wahrscheinlich reagierten wir schockiert auf diesen unverständlichen Gewaltausbruch, aber ich vermute, daß auch eine geheime Faszination im Spiel war, als fragten wir uns, was die Mutter als nächstes tun würde. Sie ließ von dem Kind ab, um zu bezahlen, und stürmte dann auf den Ausgang zu, ohne sich um das Kind zu kümmern, das ihr schluchzend nachlief. Mehr nahm ich nicht wahr, weil ich mit dem Bezahlen an der Reihe war. Weder die Kassiererin noch die Frau hinter mir suchten meinen Blick. Keine atmete erleichtert auf, daß es endlich vorüber war. Keine von uns, vermutlich alles Mütter, hatte auch nur ein Wort zu seiner Verteidigung über die Lippen gebracht.

Der Zwischenfall ließ mich erbeben. Hätte der Junge mich nicht an Mikey erinnert, wäre es vielleicht anders gewesen, aber Mikey ist mein großer Kummer. Er war mein Zauberkind, müssen Sie wissen, nach meiner Scheidung geboren und mein wundervolles Geheimnis. Ich weiß noch genau, wie ich das eines Morgens dachte, als ich ihn badete. Zwanzig Jahre lang hatte ich mit einem furchtbaren Geheimnis gelebt, da kam es mir nur gerecht vor, mit einem wundervollen entschädigt zu werden. Ja, Mikey war mein wundervolles Geheimnis.

Unser Leben besteht nun einmal aus Höhen und Tiefen, finden Sie nicht auch? Vielleicht gibt es Menschen, die ihre selbst verursachen, ich weiß es nicht. Mir wurden sie aufgezwungen: das furchtbare Geheimnis durch ein Kind, das ich nicht länger begreifen kann, und das wundervolle durch eine junge Frau, für die ich immerhin eine gewisse Sympathie empfinde. Erwarten Sie nicht, daß ich mich für die Handlungen der beiden entschuldige. Sie sind nicht ich.

Ich frage mich, wie viele »Ichs« noch kommen werden. Vielleicht blicke ich als Greisin auf die Frau zurück, die ich jetzt bin: Ende Fünfzig und vor Entscheidungen gestellt, auf die ich schlecht vorbereitet bin. Ich frage mich, ob sie entsetzt über meine Entscheidungen sein wird oder nur verblüfft.

Aber zurück zu den Ereignissen, den verwirrenden Ereignissen, die mich zu hektischer Aktivität veranlaßten, während es besser gewesen wäre, mich an den Strand zu setzen und den Wellen zuzuschauen. Den ersten Tag verbrachte ich mit planlosem Nichtstun. Den Höhepunkt bildete ein unglaublich mieses Abendessen im Hotelrestaurant, ein mit Blutwurst gefülltes Huhn. Zäh, fade, farblos und fett. Meine Schuld, eine so schlechte Wahl getroffen zu haben, aber auf französisch hatte es recht vielversprechend geklungen.

Aber inzwischen ging es mir schon sehr viel besser; gut genug, um das Wagnis mit einem *Poulet sauté* einzugehen, gut genug, um ein Glas Wein zu trinken, gut genug, um über die Enttäuschung lachen zu können. O ja, sehr viel besser. Den größten Teil des Nachmittags hatte ich verschlafen, ohne jeden Alptraum. Ich warf mir vor, mich der Einbildung hingegeben zu haben, von einem roten Auto und einem Detektiv verfolgt zu werden. Mit anderen Worten: Ich kehrte in den Zustand der Normalität zurück.

Als ich früh am nächsten Morgen am Strand entlangschlenderte, dachte ich über die mögliche Bedeutung dieser Phantasterei nach. Die Flut hatte nur einen schmalen Streifen Sand zurückgelassen, auf dem man gefahrlos laufen konnte, ohne durchnäßt zu werden. Ich fand, daß wir Strandläufer alle wie Passanten auf einem Bürgersteig wirkten, und mußte unwillkürlich lächeln.

Eine Frau mit einem Collie mißdeutete meine Erheiterung als Geste des Erkennens und blieb tatsächlich stehen, um mir einen guten Morgen zu wünschen. Nach ein paar belanglosen Worten trennten wir uns wieder voneinander – ich noch intensiver lächelnd als zuvor, und sie vermutlich stirnrunzelnd, weil sie sich das Hirn nach meinem Namen zermarterte.

Vor zwei Tagen hätte ich mit Freude einen anderen Namen, irgendeine andere Identität angenommen, aber jetzt, ausgeruht und erholt, war ich bereit, der Realität ins Auge zu blicken. In diesem Moment kam mir das rote Auto ins Gedächtnis, und sofort stellte sich dieses niederschmetternde Gefühl ein, das unerfreulichen Überlegungen stets vorausgeht.

Ich setzte mich auf einen Vorsprung der Kaimauer, der als eine Art Bank diente. Hunde und Spaziergänger paradierten an mir vorbei, aber da sie auf die Wellen zu achten hatten, schenkten sie mir kaum einen Blick. Also brauchte ich nicht zu befürchten, daß jemand meinen Gesichtsausdruck fehldeutete und mich für eine Bekannte hielt. Ungestört dachte ich über das rote Auto nach oder, besser gesagt, über seine Bedeutung.

Im Grunde lief es darauf hinaus, daß mein Realitätssinn schwer angeschlagen war, und das keineswegs nur als Folge der Nachstellungen des CJI und Meryl Aylards. Meine dunkle Vermutung war vielmehr die, daß mein Verstand anders funktionierte als der anderer Menschen. Immer anders funktioniert hatte. Immerhin war meine Mutter Rita gewesen, die wilde Hummel des Foley-Clan. Und mein Vater John Morden, den der Krieg und die persönliche Katastrophe des Mordes seelisch aus der Bahn geworfen hatte. Wie könnte es da jemanden überraschen, wenn ich, gelegentlich, nicht ganz rational reagierte?

Auf ihre tolpatschige Art waren sowohl die Foleys wie die Mordens gut zu mir gewesen. Sie räumten ihre Abstellkammern und legten ein zusätzliches Gedeck für mich auf. Sie achteten auf mich und sie beobachteten mich. Sie warteten darauf, und das zweifellos mit Angst, daß ich explodierte.

Rita war häufig genug explodiert, John implodierte. Was würde ich tun? Darauf, daß ich nichts tun könnte, war keiner von ihnen vorbereitet.

Sobald ich dazu in der Lage war, machte ich mich aus dem Staub. Sie waren freundlich und fürsorglich, und zwei der Tanten besaßen das, was sie stolz Zusammengehörigkeitsgefühl nannten, was aber in Wahrheit Pflichtgefühl war. Ich empfand den überwältigenden Drang, ihren alles sehenden Augen zu entkommen. Fast zehn Jahre überwachten sie mich, dann entzog ich mich ihnen durch Flucht.

Sie konnten mich nicht länger belauern, meine Worte und mein Verhalten registrieren und Vermutungen darüber anstellen, wann ich zusammenbrechen würde. Sie konnten es nicht mehr tun, aber *ich* tat und tue es.

Jeder Ausbruch, jede Reaktion, die möglicherweise eine *Über*reaktion ist, wird von mir am Verhalten anderer, gewöhnlicher Menschen gemessen. Ständig veranstalte ich mentale Lackmustests und frage mich, wie »normal« ich bin, war oder werden könnte. Und schon das allein macht mir angst. Selbstbeobachtung führt zu keinem Verständnis. Sie erschwert es sogar. Wenn ich beispielsweise am Dienstag zu der Erkenntnis komme, daß Handlungen von mir auf mentale Störungen hindeuten, könnte ich am Mittwoch beschließen, daß ich mich geirrt habe, aber ich weiß nicht, welche Annahme korrekt ist.

Überall vermute ich Verzerrungen und Entstellungen. Die Wahrheit, falls es die unverrückbare Wahrheit überhaupt gibt, an die June glaubt, ist unabänderlich tief verborgen. Wenn ich zu intensiv nach ihr suche, könnte ich Gründe für Selbstvorwürfe finden, und davor habe ich Angst. Ich könnte mir vorstellen, daß das für Sie eine lahme Ausrede ist. Mag sein, aber vergessen Sie nicht, daß ich einen Rolladen in mir herabgelassen habe, um mit dem Geheimnis leben zu können. Das habe ich sehr gründlich getan. Ist es nicht vorstellbar, daß sonst die Befürchtungen meiner Familie wahr geworden wären? Meine Explosion. Mein Zusammenbruch. Nennen Sie es, wie Sie wollen, es hätte mich zerstört.

Die Menschen verfügen über einen äußerst ausgeprägten Selbsterhaltungstrieb, glaube ich. Mit Ausnahme jener düsteren Tage, oder besser Nächte, wenn genug genug ist, die Zukunft hoffnungslos und es absolut logisch erscheint, unserer physischen Existenz ein Ende zu setzen. Abgesehen von diesen Stimmungen sind wir als Spezies überaus geschickt im Erfinden von Überlebenstechniken. Meine kennen Sie: den Rolladen, die Abwendung von der Familie, die Rastlosigkeit, die mich unbewußt nach dem angenehmsten Wohnort, dem bequemsten Leben suchen läßt.

Als ich da am Meer saß, fragte ich mich, ob ich mutig genug war, über meine Ängste zu sprechen. Wir leben doch in einer Zeit, in der über buchstäblich alles gesprochen wird, stimmen Sie mir da nicht zu? Denken Sie daran, wie schnell die Fremde am Strand eine Unterhaltung begonnen hat. Wenn sie glaubte, ich hätte sie angelächelt, wäre ein erwiderndes Lächeln durchaus ausreichend gewesen. Aber nein, sie war stehengeblieben, um sich mit mir zu unterhalten. So etwas bereitet den Menschen, den meisten jedenfalls, absolut keine Probleme. Auf der Welle des Gesprächs dringen sie in andere Leben ein und halten sie in Schwung. Als ich da auf dem Kaimauervorsprung saß, machte ich mir erstmals die Tatsache bewußt, daß ich Ihnen möglicherweise nicht alles erzählen könnte, wenn ich nicht auch über meine Angst vor emotionaler Instabilität spreche.

Ist es nicht erstaunlich, wie wenige Untersuchungen es darüber gibt, auf welche Weise Kinder Traumata bewältigen? Als ich von ihrer Arbeit hörte, dachte ich: Hurra! Endlich kümmert sich jemand darum! Und das in einem Jahrhundert, in dem sich die eine Hälfte der Menschheit therapieren läßt und die andere aus Therapeuten zu bestehen scheint. Wie ist diese Zurückhaltung zu erklären? Mit Gleichgültigkeit gegenüber dem Leid von Kindern?

Wenn meine persönliche Erfahrung etwas aussagen kann, dann war weniger der Mangel an professioneller Hilfe entscheidend, als vielmehr das Fehlen jeglichen Beistands. Niemand ermutigte mich, über den Mord an meiner Mutter zu sprechen, aber ich nehme es einer Durchschnittsfamilie nicht übel, daß sie der damals gängigen Auffassung folgte: Je weniger darüber gesprochen wird, desto besser. Sie taten eben das, was sie für das Beste hielten.

Abgesehen davon glaube ich zu wissen, daß ich alle Versuche abgeblockt hätte, mich zum Reden zu bringen. Nachdem ich meine Überlebenstechniken entwickelt hatte, wären auch Psychologen und Psychiater an mir gescheitert. Mir ist bewußt, daß ich im Vergleich mit anderen traumatisierten Kindern noch Glück gehabt habe. Ich bin weder kriminell geworden, noch habe ich mein eigenes Kind mißhandelt oder leide unter Nervenzusammenbrüchen. Aber natürlich bin ich auch nicht geheilt.

Als ich zum Hotel zurückging, um zu frühstücken, bekam der Vorhang der Erinnerung einen kleinen Riß. Durch ein kleines Mädchen, glaube ich, das mit seinen Gummistiefeln durch die Brandung stapfte. Warum das so war, kann ich mir nicht erklären. Das Mädchen erinnerte mich an niemanden, den ich kannte, ebensowenig wie der von seiner Mutter gepeinigte Junge meinem

Sohn ähnelte. Aber aus irgendeinem Grund drängte sich eine Pausenhofszene in mein Gedächtnis.

Es ist ein trüber Tag, und ich laufe über den Pausenhof einer alten Schule auf dem Land. Ich trage eine Strickjacke aus aufgetrennter Wolle und einen dunkelblauen Rock, den eine meiner Tanten aus einer abgelegten Marineuniform angefertigt hat. Glücklicherweise sind meine Tanten sehr geschickt im Nähen, und da die anderen Kinder ähnlich gekleidet sind, falle ich nicht weiter auf. Im Dorf kannte man meinen Rock sogar länger als ich. Er war ursprünglich für eine meiner älteren Cousinen geschneidert worden und wurde seither in der Familie weitergereicht.

Aber jeder, buchstäblich jeder starrt mich an. Die Kinder, die mit ihren Spielen aufhören. Die beiden Lehrerinnen am Portal. Der Hausmeister, der sich gerade bückt, um einen verlorenen Schuh aufzuheben. Ihre Blicke durchbohren mich. Ich laufe weiter auf den Eingang und die Lehrerinnen zu.

Das ist nur vernünftig, denn Lehrerinnen wissen, daß es sich nicht gehört, jemanden anzustarren, selbst wenn sonst niemand widerstehen kann, und sie setzen ihre normalen Mienen auf, bevor ich sie erreiche. Eine von ihnen, Miss Daltry, tritt zur Seite und fordert mich mit einer Geste zum Eintreten auf. Die andere, an deren Namen ich mich nicht erinnern kann, weil ich erst seit kurzem diese Schule besuche, läuft auf den Pausenhof, klatscht in die Hände und ruft den Kindern zu, sich ein wenig zu bewegen, damit sie sich nicht erkälten. Sobald ich außer Sichtweite bin, tun sie es auch.

Es ist der Morgen der Hinrichtung. Bis auf einen leichten Schleier über dem Fluß hat sich der Nebel aufgelöst, aber die Wolken hängen tief und schwer über dem Dorf. Der Himmel sieht so aus, wie ich mich fühle.

Ich kam zu spät, hatte gar nicht zur Schule gehen wollen, traf damit jedoch auf den Widerstand meiner Tante, die mich mit einem Entschuldigungszettel und der Behauptung losschickte, ich hätte mich nicht wohl gefühlt. Die Familie war entschlossen, so zu tun, als wäre heute ein Tag wie jeder andere. Ihrer Überzeugung nach wußte niemand, daß ich Rita Mordens Tochter war, da ich inzwischen Foley hieß. Ich glaubte ihnen, bis ich über den Pausenhof lief und alle zum Erstarren brachte.

Wer hatte es ihnen erzählt? Bestimmt meine Cousine Lucy. Meine tugendhafte, scheinheilige Cousine Lucy, die nichts für sich behalten kann.

Den ganzen Tag lang sah ich mich fast brutaler Neugierde ausgesetzt. Jungen, die mich sonst kaum eines Blicks würdigten, drängten sich förmlich um mich. Mädchen, die sonst nett und freundlich gewesen waren, zogen sich vor mir zurück. Das Mädchen, über das alle die Nase rümpften, weil seine Eltern sich scheiden ließen, zeigte sich nun über mich schockiert. Auch die Lehrerinnen blickten immer wieder verstohlen in meine Richtung, wenn sie etwas mit Kreide an die Tafel schrieben, die Glocke läuteten oder andere Dinge verrichteten.

An diesem Tag wurde Dennis Aylard hingerichtet, und meine Welt brach in sich zusammen.

Wenn ich sage, daß ich mich plötzlich an die Pausenhofszene erinnerte, ist das eine Untertreibung. Die Episode war so intensiv, daß ich sie noch einmal durchlebte. Ich litt mit dem kleinen Mädchen, das ich gewesen war, wurde zu ihm. Unglücklicherweise werden meine Erinnerungen zunehmend lebendiger. Ich fühle mich versucht, die Pausenhof-Erinnerung einen Flashback zu nennen, bin mir jedoch nicht sicher, wo das eine Phänomen endet und das nächste beginnt.

Die Veränderung fällt mit meiner Erkenntnis zusammen, daß sich das CJI an mich heranarbeitet, glaube ich. Bis dahin kannte ich, wie gesagt, nur drei Jahrestage: den Tag des Mordes, den Tag der Hinrichtung und Sandys Geburtstag. Darüber hinaus verdrängte ich jede Erinnerung.

Als der Pausenhof-Flashback endete, überquerte ich gerade die Straße vor meinem Hotel. Ohne mir dessen bewußt zu sein, war ich mehrere hundert Meter gelaufen und hatte mich auf die Fahrbahn gestürzt. So intensiv war meine Erinnerung, und deshalb nenne ich sie Flashback.

Es dauerte eine Sekunde, bevor ich wieder wußte, wer ich war, wo ich war, wohin ich wollte und warum. Gleich darauf fühlte ich mich in neue Verwirrung gestürzt: eine Mischung aus Erleichterung, wieder in der Wirklichkeit angekommen zu sein, und Angst darüber, daß ich die Kontrolle über mich verloren hatte.

Ich lief in mein Zimmer und betrachtete mich im Spiegel, um mich zu vergewissern, daß alles in Ordnung war. Dann ging ich mit zitternden Knien frühstücken. Ich wußte nicht, ob der Flashback ein einmaliges Ereignis bleiben oder ob ich künftig häufiger in die Vergangenheit eintauchen würde. Wie immer war die Unsicherheit das beunruhigendste.

Der Flashback ist der Grund, weshalb ich noch einen weiteren Tag in dem Ort am Meer blieb. Eigentlich hatte ich am Nachmittag heimfahren wollen, weil es mir sehr viel besser ging, aber wegen meiner absoluten Geistesabwesenheit während des Flashbacks hielt ich es für riskant, mich hinter ein Steuer zu setzen. Also verbrachte ich den Tag mit dem Besuch eines nahe gelegenen Adelssitzes, stöberte in einem Buchgeschäft, unternahm Strandspaziergänge, aß ausgiebig und vertrödelte so meine Zeit. Aber ich fühlte mich wohl und wurde von keinen weiteren Erinnerungen überwältigt.

Am nächsten Tag fuhr ich nach Hause. Doch zuvor telefonierte ich. Ich wollte mich bei meiner Auftraggeberin dafür entschuldigen, daß ich sie versetzt hatte, mußte aber mit ihrer Sekretärin vorliebnehmen. Ich rief Susie an, um ihr zu sagen, daß es mir leid tat, sie im Stich gelassen zu haben, erreichte aber nur ihren Anrufbeantworter.

Als ich meinen eigenen Anrufbeantworter abfragen wollte, meldete sich zu meiner Überraschung Susie und erklärte mir, daß bei mir eingebrochen worden war und ich vermißt würde. Offenbar war sie bei mir eingezogen, um »nach dem Rechten zu sehen«. Gut, daß sie in diesem Moment mein Gesicht nicht sehen konnte, denn mir war absolut klar, weshalb sie dort wohnte. Susie hatte ein Refugium gefunden. Das war mein Haus zwar schon immer für sie gewesen, aber ohne mich vermutlich ein noch weitaus angenehmeres!

Nachdem ich den Hörer aufgelegt hatte, mußte ich über die absurde Situation lachen. Doch mein Lachen wich einem ironischen Lächeln bei der Überlegung, wieviel Zeit es mich kosten würde, Susie zum Rückzug in ihr eigenes Quartier zu bewegen. Ich nahm mir vor, ihr dankbar zu sein, ihren Problemen meine ganze Aufmerksamkeit zu widmen und energisch auf Auszug zu bestehen.

Bevor ich die Stadt verließ, kaufte ich ein Mitbringsel für sie, einen von einem ortsansässigen Töpfer gefertigten Kaffeebecher. Er war künstlerisch reizvoll, aber eindeutig ein Haushaltsgegenstand, den man in seiner eigenen Küche ins Regal stellt und nicht bei einer Freundin herumstehen läßt. Vielleicht verstand sie den Wink mit dem Zaunpfahl.

Einige Stunden später öffnete mir Susie meine Haustür. Sie wirkte tief erschüttert und erläuterte, mein Schlüssel passe nicht mehr, weil sie das Schloß auswechseln lassen mußte. Ich setzte meine Reisetasche am Fuß der Treppe ab und sah mich um. Teils, um Hinweise auf den Einbruch zu entdecken, teils um herauszufinden, was sie tatsächlich bedrückte. Neue Schlösser und alte Schlüssel waren keine ausreichende Begründung.

»Und was ist *wirklich* los, Susie?« unterbrach ich ihren Wortschwall.

Sie verkrampfte die Hände. Im Zustand der Erregung neigen sie zum Flattern. Doch nun zuckten ihre Finger.

»Heute früh hat das Cliffway Nursing Home für dich angerufen, Anna. Dein Vater ...«

Ich griff nach dem Geländer und ließ mich auf die Treppe sinken. Vor mir kämpften Susies Finger um ihre Freiheit. Ich schloß die Augen.

»Was haben sie gesagt?« Wieder ließ mich diese wunderbar gelassene Stimme nicht im Stich.

»Sie wollten, daß du zurückrufst. Es ginge um deinen Vater. Ich wollte von ihnen wissen ... Nun, um ehrlich zu sein, Anna, ich hatte keine Ahnung, daß dein Vater noch lebt ...«

»Kannst du dich an den genauen Wortlaut erinnern?«

»Sie meinten nur, daß es um deinen Vater geht und sie um deinen Anruf bitten.«

Ich wurde eindeutig. »Sagten sie, daß er gestorben ist?«

»O nein, das mit Sicherheit nicht. Aber mir gegenüber wollten sie sich nicht weiter äußern.«

Ich atmete tief durch. »Nun, dann sollte ich sie besser anrufen.«

Nach meinem Zusammenbruch auf die Stufe war sie ganz nahe an mich herangekommen, und nun mußte ich warten, daß sie einen Schritt zurücktrat, bevor ich aufstehen konnte. »Hör mal«, sagte ich, als ich mich erhob und meinen Rock glattstrich, »warum gießt du uns nicht ein Glas ein, während ich anrufe?«

Ihr Blick flog zur Küchenuhr, die durch die geöffnete Tür sichtbar war. Aber ihre Regel, vor sechs keinen Tropfen zu trinken, hätte mir gleichgültiger gar nicht sein können. Ich ignorierte ihren unausgesprochenen Einwand.

»Im Küchenschrank steht eine Flasche Rotwein«, sagte ich und ging ins Wohnzimmer und zum Telefon.

Zwei Minuten später hatte ich mit der Direktorin des Pflegeheims gesprochen und erfahren, daß mein Vater in der vergangenen Nacht von ihnen gegangen wäre. Ja, sie sagte tatsächlich: »... von uns gegangen.« Man sollte doch annehmen, daß ein Heim voller geriatrischer Patienten auf den Tod vorbereitet ist, oder? Das unbefriedigende »... von uns gegangen« hing einen Moment lang zwischen uns, dann stellte ich die in dieser Situation üblichen Fragen. Ist er krank gewesen? Allein gestorben? War er in seinen letzten Stunden bei Bewußtsein?

Die Frau beantwortete alle Fragen mit Nein und erweckte in mir die Vorstellung eines gebrechlichen Achtzigjährigen, dessen Verstand seit Jahren umnachtet gewesen war und der endlich friedlich den längstverdienten Schlaf angetreten hatte.

Als ich den Hörer auflegte, sah ich Susie zu meiner Überraschung mit einem randvollen Glas Wein auf mich zukommen. Ich hatte sie ganz vergessen, und als ich sie bemerkte, war mein erster Gedanke, daß sie offenbar nie lernte, ein Glas richtig einzugießen.

Sie rang die Hände, verzweifelt darüber, die Botin meiner traurigen Nachrichten gewesen zu sein, obwohl sie weiß Gott keine Skrupel kennt, mir ihre eigenen zu erzählen.

»Es tut mir sehr leid, Anna. Ich hatte gehofft, daß es das nicht wäre, aber als sie sagten, es ginge um deinen Vater ... Nun, ich konnte mir wirklich nicht vorstellen, was es sonst sein sollte.«

Ich quittierte ihr Beileid mit einem dünnen Lächeln und drehte mich dann zum Fenster um. Ich sehnte mich danach, allein zu sein. Jemanden in meiner Nähe zu haben, wie mitfühlend auch immer, kam mir unerträglich vor. Mit derartigen Dingen hatte ich stets allein fertig werden müssen, im Alleinsein kannte ich mich aus.

Ich hob das Glas an meine Lippen, vorsichtig, um nichts zu verschütten.

»Oh, du solltest deine Cousine June anrufen und ihr sagen, daß du zurück bist«, sagte sie hinter mir.

Der Wein tropfte auf meine Hand, auf die Manschette meiner Bluse. *»June?«*

»Ich habe sie auf der Suche nach dir angerufen«, verteidigte sich Susie. »Ich habe buchstäblich jeden angerufen, dessen Nummer ich hier vorfand.«

Entsetzt fuhr ich herum und starrte sie an, während sie weiter ihr Vorgehen rechtfertigte, das mir höchst übertrieben vorkam. Ich war ein erwachsener Mensch, der sein eigenes Haus unangekündigt verließ, aber innerhalb von vierundzwanzig Stunden hatte es Susie für nötig gehalten, die Polizei sowie alle zu informieren, deren Telefonnummern sie habhaft werden konnte. Oh, Susie! O Gott!

Ich machte ihr keine Vorwürfe. Ich glaube, mein Gesichtsausdruck war deutlich genug. Ich schnappte mir das Telefon, rief June an und erklärte ihr, daß ich zwei Tage Seeluft geschnuppert hätte.

June wirkte verwirrt. »Anna ... Liebes. Deine Freundin Susie erzählte mir, du wärest verschwunden. Es hörte sich alles sehr beunruhigend an.«

»Nun ja ...« erwiderte ich in einem Ton, der keinen Zweifel daran ließ, daß die betreffende Freundin neben mir stand und das weitere Diskussionen verbot. Ich wollte sie gerade über den Tod meines Vaters informieren, als June wieder das Wort ergriff.

»Es freut mich zu hören, daß alles in Ordnung ist. Bis auf das Haus natürlich. Vermutlich ist es in einer grauenhaften Unordnung.«

»Tatsächlich?« Bisher hatte ich lediglich abgesprungenen Lack rund um das Haustürschloß entdeckt. »Ich habe mich noch nicht umgesehen.«

»Ah.« Ich konnte förmlich hören, wie June ihre Meinung über meine Freundin revidierte. Dann sagte sie: »Ihr Anruf kam zu einem ausgesprochen ungünstigen Zeitpunkt, fürchte ich. Gillian Spry war gerade bei mir.«

»Hat sie mitbekommen, worum es ging?« fragte ich ahnungsvoll.

»Ja. Ich kenne mich mit dem neuen Apparat noch nicht besonders gut aus und hatte ihn irrtümlich auf Raumempfang gestellt.«

Ich reagierte mit einem tonlosen »Himmel«.

Dann fragte ich nach dem Verlauf ihres Gesprächs mit Gillian Spry. Keine Ahnung, warum ich ihr nicht vom Tod meines Vaters erzählte. Vielleicht wollte ich zunächst das Schlimmste über June und das CJI erfahren, um es hinter mich zu bringen. Nach dem Motto: Eins nach dem anderen.

»Darüber möchte ich lieber nicht am Telefon sprechen, Anna. Warum kommst du nicht zu mir? Wie wäre es morgen?«

Ärger stieg in mir hoch. Sie wußte doch, daß ich erst eine halbe Stunde zuvor von einem dreitägigen Ausflug ans Meer zurückgekehrt, daß in mein Haus eingebrochen worden war. Ich mußte die Polizei und alle anderen über mein Wiederauftauchen informieren. Sie verhielt sich noch absurder als sonst, wenn sie Besuche forderte und vergaß, daß ich berufstätig war.

»Das wird in dieser Woche kaum möglich sein. Ich bin gerade erst zurückgekommen.«

»O ja«, sagte sie, »natürlich«, und wiederholte dann, daß sich gewisse Dinge am Telefon nun einmal schwer besprechen ließen. Mit fehlte das nötige Verständnis. Meiner Erfahrung nach bleiben heikle Dinge heikel. Egal ob am Telefon oder Auge in Auge. Ich äußerte mich entsprechend.

»Ja, das stimmt«, erwiderte June und entschloß sich dann doch zum Reden. »Übrigens, was die Blumen auf dem Grab und die Gedenkanzeige anbelangt, Anna … Ich habe herausgefunden, wer dahintersteckt.«

Nie hätte ich ihr zugetraut, dieses Thema anzuschneiden – es sei denn, wir saßen uns in ihrem Wohnzimmer gegenüber, einen trockenen Sherry in Greifweite.

»Tatsächlich? Wer?«

»Erinnerst du dich an Mister Tompkins?«

»Das ist doch der Nachbar, der hin und wieder Frisky ausführt, oder?«

»Ja. Er hat eine Schwester ... Nein, ich erzähle es falsch herum. Ich meine, ich wußte nicht, daß die Frau seine Schwester ist. Sie ging mit deiner Mutter zur Schule. Man könnte sogar sagen, sie war eine der wirklich guten Freundinnen von Rita Morden. Aber ...«

»Ja. Weiter.«

»O Liebes. Ich fürchte, ich habe mich mit ihr überworfen. Sie heißt übrigens Alice Carpenter. Vermutlich sagt dir der Name nichts. Kurz nach meiner Rückkehr hierher klingelte sie bei mir, stellte sich vor und begann mich in regelmäßigen Abständen zu besuchen.«

Der Name sei mir fremd, erklärte ich.

»Ich erinnere mich dunkel, sie früher häufig mit Rita zusammen gesehen zu haben, kannte sie aber nur als ihre Freundin Alice. Es ist mir ein bißchen unangenehm, dir sagen zu müssen, daß es zwischen uns zu einer Auseinandersetzung kam.«

Der Fleischer, der Bäcker, der Lebensmittelhändler und die liebenswürdige Nachbarin Alice. Ja, ich konnte mir vorstellen, wie es zu dem Zerwürfnis gekommen war, und beschloß, nicht zu fragen, wodurch diese Alice ihre Verbannung ausgelöst hatte.

Offensichtlich hatte June ihre freundliche Nachbarin nicht mit der Jugendfreundin meiner Mutter in Verbindung gebracht. Ebensowenig fiel ihr auf, daß sie die Schwester ihres anderen Nachbarn Mr. Tompkins war. Die sympathische Alice empfand Mitleid mit der ans Haus gefesselten June und überredete ihren Bruder dazu, ihr ein wenig Hilfe anzubieten. June, die von Mr. Tompkins als hilfreichem Geist ausging, akzeptierte und hatte keine Ahnung, daß die Spaziergänge mit dem Spaniel und andere Besorgungen in Wahrheit von seiner Schwester ausgeführt wurden. So weit, so gut – bis zu der Gedenkanzeige in der Zeitung und den Blumen vor dem Grabstein.

Es ist eine kleine Stadt. Nachfragen in der Anzeigenabteilung der Zeitung führten zu Unterhaltungen im *Red Lion*. Alice begann sich zu sorgen, daß Junes Familie sich aufregte und ihr Bemühen um Diskretion nach hinten losgegangen sein könnte. Aber da sie wußte, daß June keineswegs in London lebte, wie sie den Anzeigenleuten vorgespielt hatte, ging sie mit einem Blumenstrauß zu ihr und beichtete.

Nach einem Moment ungläubiger Empörung begriff June, daß sie mit den besten Absichten im dunkeln gehalten worden war. Eine Freundschaft wurde gekittet.

»Es scheint keinen Grund zu geben«, fügte June eine Spur mürrisch hinzu, »sie nicht mit dem Hund spazierengehen und ein paar Dinge für mich einkaufen zu lassen.«

Ich verstand ihr Zögern. »Du befürchtest, sie könnte dir Gespräche über den Mord aufdrängen, die du nicht willst.«

»Genau.«

»Dieses Risiko besteht durchaus.«

»Ja, vor allem, weil Alice seinerzeit dafür gesorgt hat, daß Ritas Grabstein erhalten blieb. Aber sosehr sie mich auch reizt, sie hat ein gutes Herz und unserer Familie durchaus einen Dienst erwiesen.«

Ich fragte mich flüchtig, ob Alice Carpenter irgend etwas über den Mord wußte, was June und mir unbekannt war. June schien meine Gedanken lesen zu können.

»Abgesehen davon, daß wir in derselben Straße wohnen, haben wir noch etwas gemeinsam. Wir waren zum Zeitpunkt des Mordes nicht hier.«

Mir wurde bewußt, daß ich dabei war, das Gespräch enden zu lassen, ohne ihr vom Tod meines Vaters erzählt zu haben. Vermutlich hatte ich das so lange für mich behalten, daß eine Erwähnung jetzt absurd klingen mußte, aber ich erkannte auch, daß es noch schlimmer wäre, nichts darüber verlauten zu lassen.

»June«, sagte ich schnell, »ich muß dir eine traurige Mitteilung machen. Mein Vater ist in der vergangenen Nacht gestorben.«

Ich wartete auf Äußerungen des Mitgefühls, aber am anderen Ende der Leitung herrschte eigentümliches Schweigen. Ich wünschte mir, ihr Gesicht sehen zu können.

Ich begann mit Erläuterungen meines Anrufs im Pflegeheim. Dann reagierte sie. Mit Bekundungen des Beileids, des Mitgefühls. Dem Üblichen eben.

Als ich den Hörer auflegte, dachte ich darüber nach, wie unaufrichtig sie sich angehört hatte.

Zum zweiten Mal innerhalb kurzer Zeit überraschte mich Susie allein durch ihre Anwesenheit. Ich trank meinen Wein aus und schenkte mir nach. Als ich ihr einladend die Flasche entgegenhielt, schüttelte sie den Kopf. Ich riß mich zusammen und bat sie um Ratschläge in puncto Bestattung und all der Behörden und Leute, die von John Mordens Tod informiert werden mußten. Sie kannte sich in diesen Dingen besser aus als ich, weil sie vor nicht allzulanger Zeit einen Trauerfall in der Familie hatte. Ich wurde freundlicher und war ihr aufrichtig dankbar für die Unterstützung, die sie mir gewährte, die Dinge, die sie seit meinem Verschwinden für mich getan hatte.

Es ist interessant, wie sehr man sich an Nichtachtung gewöhnt, sich mit dem Zweitbesten zufriedengibt, weil in der Schlange um Zuwendung und Unterstützung so viele andere vor einem stehen. Als Ergebnis davon kann man nur schwer angemessen reagieren, wenn sie einem doch einmal zuteil werden. Man plagt sich einfach weiter ab und hofft, daß es niemand bemerkt. Für mich ist es stets leichter, zu geben als zu empfangen. Das garantiert ein Mindestmaß an Kontrolle. Wenn ich meine Familie dafür verantwortlich mache, verweise ich auf ihren Hang zur Selbstsüchtigkeit und Opferbereitschaft.

Irgend etwas hatte June vor. Diese Erkenntnis kam mir am späten Abend, als Susie im Gästezimmer leise schnarchte und ich wach im Bett saß und das letzte Glas der zweiten Flasche Rotwein trank. Die zweite hatte ich nur geöffnet, um sie zu reizen. Mir war es im Grunde egal, ob ich noch etwas trank oder nicht, aber mein Mutwille zwang mich dazu, sie aufzubringen.

Ich nippte mich so durch den Abend, während ich eine Reihe von Telefonaten erledigte, einschließlich eines zweiten Anrufs bei June, um sie zu fragen, ob wir vielleicht jemanden aus der Familie vergessen hatten. Sie ist im Hinblick auf Namen und Adressen sehr viel besser als ich, da ich mich von der Familie losgesagt habe, wie Sie wissen. June war bereit, sich an der Verbreitung der traurigen Nachricht zu beteiligen. Während dieses zweiten Gesprächs hörte sie sich knapp, fast einsilbig an.

Später dämmerte es mir, daß das die Wirkung etlicher Gläser zungenlähmenden Sherrys sein mußte. Der Gedanke kam mir im Bett, und ich lachte laut auf, verstummte aber schnell wieder, um Susie nicht zu wecken. Ich war überzeugt, daß sie mir Informationen vorenthielt oder mich täuschen wollte.

»Ich lasse mich nicht hinters Licht führen«, sagte ich und drohte einer imaginären June mit dem Finger.

Ich hatte mich mit dieser Geschichte über Alice Carpenter, die echte Freundin, abspeisen lassen, als hätte sie sich eine Minute davor nicht geweigert, auch nur ein Wort darüber zu sagen. Je länger ich darüber nachdachte, desto überzeugter wurde ich, daß es noch etwas anderes geben mußte, etwas, was sie mir nur anvertrauen würde, wenn wir beide im selben Raum waren. Aber was könnte das sein? Und dann ihr sonderbares Schweigen auf die Nachricht von John Mordens Tod.

Inzwischen hatte ich einer Handvoll von Leuten davon erzählt, und keiner von ihnen hatte mit erstarrtem Schweigen reagiert. Warum auch? Der Mann war uralt und die meiste Zeit seines Lebens krank gewesen. Nur June schien fassungslos zu sein, und dabei hatte sie ihm nicht einmal sonderlich nahe gestanden. Er war nur der Mann ihrer Tante Rita, bei deren Tod June achtzehn Jahre alt gewesen war, und danach verschwand mein Vater für den ersten seiner vielen Krankenhausaufenthalte. Er hatte nie wieder in dieser Stadt gelebt.

Das Rätsel hielt mich stundenlang wach, ebenso wie der Wein und der Kaffee, den ich Susie zuliebe in mich hineingeschüttet hatte, die auch nach größeren Mengen Koffein problemlos schlafen konnte. Ich tüftelte an dem Problem herum, förderte aber nichts zutage, was Junes Schock erklärt hätte. Schließlich sagte ich mir, daß ich das Rätsel nie lösen würde, wenn ich sie nicht selbst fragte. Mit dieser Erkenntnis schlief ich irgendwann ein.

Am nächsten Morgen stolperte ich aus dem Bett, um dem beharrlichen Klingeln an meiner Haustür ein Ende zu bereiten. Meinen Morgenrock um mich raffend, blickte ich in das Gesicht einer adretten jungen Frau, die direkt vom Friseur zu kommen schien.

»Susie Witham?« fragte sie und knipste ein berufsmäßiges Lächeln an.

»Wer will das wissen?«

»Ich bin vom Bund zur Unterstützung von Verbrechensopfern, Mrs. Witham.«

Ihr Lächeln wich auch nicht, als sie mir erklärte, sie sei gekommen, um mir bei der Bewältigung meiner schrecklichen Erlebnisse zu helfen, und kurzerhand in mein Haus eindrang. Wahrscheinlich bin ich vor ihrer Attacke unwillkürlich zurückgewichen, jedenfalls befanden wir uns plötzlich beide in der Diele, und sie schloß die Haustür und scheuchte mich in die Küche.

Die Küche war unaufgeräumt. Zwei leere Weinflaschen bewachten das schmutzige Abendbrotgeschirr. Miss Unterstützerin nahm das Ganze mit einem Blick in sich auf und widmete sich der Teezubereitung. Sie zog einen Stuhl unter dem Küchentisch hervor und befahl mir, mich zu setzen. Ich tat es und dachte: Nun gut, soll sie mir einen Tee machen, wenn sie unbedingt will. Das kann jeder, ich bin nicht wählerisch.

Während das Wasser kochte, während sie Tassen aus dem Schrank holte, Milch und Zucker bereitstellte, sprach sie zu mir über meine beängstigenden Erfahrungen und wie entscheidend es sei, sich danach nicht als Opfer zu fühlen. Sie betonte die Wichtigkeit entschiedener psychischer Gegenwehr. Ihr Lächeln wirkte wie angeklebt.

»Verbrechen«, sagte sie und strahlte geradezu missionarisch, »sind ein zutiefst bedauerlicher Bestandteil unserer Zeit. Und Verbrechen, bei denen man physische Schäden erleidet, sind besonders schwer zu bewältigen.

Viele Opfer halten sich im Moment für sehr stark, doch häufig sind sie dann diejenigen, die noch lange unter den Folgen zu leiden haben. Glücklicherweise gibt es wirksame Methoden der Hilfe. Damit meine ich natürlich therapeutische Hilfe.«

O ja, natürlich.

»Wie heißen Sie, wenn ich fragen darf?« fragte ich.

Das strahlende Lächeln verblich ein wenig, als sie begriff, daß sie versäumt hatte, ihren Namen zu nennen.

»Julie. Nennen Sie mich Julie.«

»Nun, Julie ...«

Aber meine mutwillige Ader ließ mich verstummen. Wenn Julie mir Tee zubereitete, konnte sie wenigstens niemandem sonst auf die Nerven gehen.

Wenig später, als wir mit unserer ersten Therapiestunde begannen, waren oben Schritte zu hören. Die Dusche rauschte, Türen öffneten und schlossen sich, dann kam Susie die Treppe heruntergesprungen. Sie betrat die Küche und sah aus wie das genaue Gegenteil von mir: ausgeruht, frisch, rosenwangig.

»Du hast Besuch, Susie«, sagte ich. »Das ist Julie.« Ich stand auf und ließ sie miteinander allein.

Oben fuhr ich mir mit dem Kamm durch die Haare, bevor ich die Dusche anstellte. Daher entging es mir nicht, daß die Haustür lautstark ins Schloß fiel und ein Paar hochhackiger Schuhe davonstakte. Brüllend vor Lachen kam Susie die Treppe heraufgestürmt. Seit Jahren hatte ich sie nicht mehr lachen gehört.

Geschlagene zehn Minuten erfreuten wir uns großer Heiterkeit auf Julies Kosten, dann zog ich mich ins Bad zurück. Während ich darauf wartete, daß das Duschwasser eine körperfreundliche Temperatur erreichte, hing ich meinen eigenen Gedanken über Julie und ihresgleichen nach. Wo hatten sie gesteckt, als ich sie gebraucht hätte? Sie waren nicht dagewesen, als meine Mutter starb, und auch nicht, als mein Leben zum zweitenmal auseinanderbrach. Wie lächerlich, daß sie jetzt bei mir auftauchten, um Susie zu therapieren, die beim Diebstahl ihrer Handtasche ein bißchen unsanft behandelt worden war.

Erneut mußte ich lachen, unter der Dusche, wo man es nicht hören konnte. Das komischste war die Vorstellung ihres Gesichts, wenn ich mich ihr tatsächlich »geöffnet« hätte. Diesen Prozeß bezeichnete sie als unerläßlich.

»Lassen Sie uns einfach ganz von Anfang an beginnen«, hatte sie gesagt. Ihre Stimme klang schmeichelnd, ihre Augen leuchteten begierig.

Aber was wäre gewesen, wenn ich uns wirklich an jenen warmen Frühlingsabend zurückversetzt hätte, an dem meine Mutter ermordet wurde?

19. Kapitel

Ann öffnete das Schiebefenster und kletterte auf das Flachdach hinaus. Sie war kaum draußen, als ein schwarzweißes Fellbündel an ihr vorbei ins Zimmer sprang.

»Mabel!«

Ann zögerte. Es gefiel ihr nicht, die Nachbarskatze da drinnen zu lassen, sah aber keine Möglichkeit, sie wieder daraus zu vertreiben, weil das Fenster offenbleiben mußte. Wegen der Dunkelheit im Zimmer konnte sie nicht erkennen, ob ihre Tür geschlossen war. Sie glaubte, sie geschlossen zu haben, weil sie das gemeinhin tat, um nicht gestört zu werden, konnte sich aber nicht sicher sein.

Ann drehte sich wieder um, kroch auf Händen und Knien über das Dach und rutschte an der Regenrinne hinunter. Das war nicht allzu schwer, weil das Fensterbrett der Speisekammer genau an der Stelle vorsprang, an der ein sichernder Tritt gebraucht wurde, und Ann das Haus bereits etliche Male auf diese Weise verlassen hatte.

Nachdem sie sich vergewissert hatte, daß niemand sie beobachtete, lief sie über den Weg neben dem Haus und tauchte in den Schatten der begrenzenden Mauer ein. Einen Moment später betrat sie das baufällige Gewächshaus und durchquerte es. Am Ende bot eine fehlende Scheibe einen bequemen Zugang. Sie schlüpfte in den angrenzenden Schuppen.

»Du hast ja Ewigkeiten gebraucht«, beschwerte sich Sandy aus der Dunkelheit.

»Er hat einfach nicht aufgehört zu reden«, keuchte Ann atemlos.

»Aber du sagst doch immer, daß er nie mit dir spricht.«

»Nun, heute hat er es getan. Er beschwerte sich über die Party und den Jazz. Er haßt Jazz.«

»Wo ist die Uhr?«

Ann griff sich in die Tasche. Die Uhr ihrer Mutter war ein Armband mit einem winzigen Zifferblatt inmitten von Diamantsplittern. Ann konnte sie nicht finden.

»Sie muß doch da sein. Bevor ich aus dem Fenster kletterte, hatte ich sie noch.«

Sandys Seufzer drückte hellste Empörung aus. »Du hast sie verloren. Du verbummelst ständig Uhren.«

Ein Geräusch wie ein Donnerschlag. Beide Mädchen kreischten unterdrückt auf.

»Das ist nur das Feuerwerk.« Sandy erholte sich als erste.

Jammernd hielt Ann sich die Ohren zu. »Ich kann diese Knaller nicht ausstehen.«

»Vielleicht war das der einzige. Die anderen haben anders geklungen.«

Durch die Schuppentür blickten sie in den Garten hinaus, auf das flackernde Feuer, die Party. Aber der Stamm des mächtigen Baumes blockierte ihre Sicht, und sie mußten sich die um das Buffet auf dem hinteren

Rasen versammelten Gäste vorstellen. Nur die Jazzmusik, die aus der Musiktruhe hinter dem geöffneten Fenster ertönte, war real.

»Du solltest langsam zur Sache kommen«, sagte Sandy energisch.

Als Ann zauderte, packte Sandy ihren Arm und schob sie zur Tür hinaus. Derart genötigt kletterte Ann am Stamm entlang in die Äste und auf das Schuppendach.

Oberhalb des Hauses und der Mauer bemerkte sie erstmals den leichten Wind. Da der Baum fast noch winterkahl war, hatte sie einen guten Überblick über die Party. Über dem Rasen zog sich ein Kabel mit Glühbirnen von Ast zu Ast, aber das Schuppendach lag in absoluter Dunkelheit. Niemand konnte sie sehen.

Plötzlich wurde der Himmel von einer Unzahl goldener Sterne erhellt. Sie breiteten sich aus, bis sie ihr ganzes Blickfeld erfüllten, doch gleich darauf begannen sie zu fallen, zu sinken, wurden vom Wind seitwärts getrieben. Ann kauerte sich zusammen und wartete darauf, daß Lichtfünkchen auf sie niederrieselten, aber sie schienen irgendwo zwischen Himmel und Erde verblichen zu sein.

Tastend bewegte sie sich über das Dach. Ein weiteres Feuerwerk leuchtete auf, und in seinem purpurfarbenen Schein fand sie den Ast, den Sandy zurückgelassen hatte. Er war dicker, als Ann angenommen hatte. Sie wollte ihn mit einer Hand anheben, aber er war zu schwer.

Sie beugte sich über den Dachrand und flüsterte: »Sandy?«

Aus der Schuppentür blickte ein blasses Gesicht zu ihr auf. »Was?«

»Der Stock ist zu schwer. Ich kann ihn nicht anheben.«

»Natürlich kannst du das. Ich konnte es doch auch. Was meinst du, wie er sonst da hinaufgekommen wäre?«

Es entstand eine Pause, in der Ann darüber nachdachte, daß Sandy älter, größer und kräftiger war. »Ich dachte, er wäre kleiner«, sagte sie dann. »So wie der, den du mir am Sonnabend gezeigt hast.«

Der leichtere Ast wäre für das Partyfeuer eingesammelt worden, zischte Sandy zurück. Da hätte sie einen neuen suchen müssen. »Los, versuch es noch einmal. Mit beiden Händen.«

»Aber ...« Ann verstummte, als das blasse Gesicht wieder im Schuppen verschwand.

Mit beiden Händen ergriff sie den Ast und schwang ihn hin und her. Leicht war es nicht, aber wahrscheinlich hatte sie keine andere Wahl. Sie legte ihn wieder aufs Dach und durchsuchte ihre Taschen nach der Armbanduhr.

Sie verstand noch immer nicht, wozu sie die brauchten. »Bring die Uhr mit«, hatte Sandy gesagt. Und alle Fragen mit einem verächtlichen Blick beantwortet, als wäre Sandy es endgültig leid, Selbstverständlichkeiten erklären zu müssen.

Ann gab auf. Bis auf ein sorgsam gebügeltes Taschentuch waren ihre Taschen leer. Sie wischte sich die Hände an ihrem Rock ab und setzte sich mit verschränkten Beinen an den Dachrand, um die Party zu beobachten.

Der Wind trug die Stimmen der Gäste zu ihr heran. Sie waren Nachbarn, Freunde und Leute, die sie nie zuvor gesehen hatte. Kinder befanden sich nicht unter ihnen, und die wenigen Hunde, die mitgebracht worden waren, hatte man vor Beginn des Feuerwerks ins Haus geführt. Ann dachte an Mabel, die sich ebenfalls vor der Knallerei und den Blitzen in Sicherheit gebracht hatte.

Jetzt ging ein silberner Sternenschauer nieder. »Geh vom Dachrand weg, sonst sieht man dich noch«, zischte Sandy von unten. »Jedesmal, wenn das Feuerwerk aufleuchtet, ist es so, als würde eine riesige Lampe angeknipst.«

Ann entfernte sich vom Rand. Es war nicht gemütlich, so allein auf dem Dach. Als Sandy ihren Plan entwickelte, hatte sie das nicht bedacht. Das Alleinsein. Die Unsicherheit. Das Risiko. Wäre sie allein gewesen, ganz allein, wäre sie wieder hinuntergeklettert und nach Hause gegangen. Aber sie war nicht ganz allein, weil Sandy da unten am Fuß des Baumes stand. Sie konnte nichts tun, ohne daß Sandy es merkte und billigte.

Als die silbernen Sterne erstorben waren, flüsterte Sandy: »Hast du es mit beiden Händen geschafft?«

»Ja.«

Sobald sie das Wort ausgesprochen hatte, wußte sie, wie töricht das war. Sie hätte nein sagen können, damit wäre alles vorbei gewesen.

Es zischte, es krachte ohrenbetäubend, und eine Handvoll roter Leuchtkugeln flog durch die Nacht. Als es wieder ruhig war, stellte Ann fest, daß sie in panischer Furcht an den anderen Rand des Daches zurückgewichen war. Sie hätte einen Schritt zuviel machen und durch das Glasdach des Gewächshauses stürzen können. Verzweifelt wünschte sie sich, das Dach verlassen zu können, und begann zu überlegen, womit sie Sandy dazu bewegen konnte, es ihr zu erlauben. Ein einfaches Geständnis der Angst würde nicht ausreichen. Davon ließ sich Sandy nur selten beeindrucken.

Ann fragte sich, wie spät es war und wie lange das

alles noch dauern würde. Sie schien Tage mit Warten zugebracht zu haben, mit Beobachtungen, wann Rita telefonierte, wann sie heimkam oder das Haus verließ.

Hinter Rita lag eine anstrengende Woche. Abgesehen von ihren beruflichen Terminen und der Teilnahme an zwei Partys aus geschäftlichen Gründen, hatte sie mit drei Leuten Auseinandersetzungen gehabt: Mit Ann, die kaum zählte, mit ihrem Mann, mit dem sie so häufig stritt, daß es nichts Besonderes war, und mit Dennis Aylard.

Worüber ihre Mutter mit Dennis Aylard gestritten hatte, wußte Ann nicht, da sie nur das Ende eines erregten Telefonats mitbekommen hatte. Aber unter Hinweis auf Gespräche im *Red Lion* versicherte ihr Sandy, daß es um Dennis Mallards Vorhaben gehen mußte, mit Rita durchzubrennen. Dabei ließ sie offen, ob er oder sie auf die Verwirklichung dieses Plans drängte, und als Ann nach Einzelheiten fragte, seufzte sie nur tief und ungeduldig.

Irgendwie, irgendwann – und als sie da oben mit dem Ast auf dem Dach hockte, wußte sie wirklich nicht wie – kamen sie überein, den Streit zur Beendigung von Ritas geschäftlichen Treffen zu nutzen. Sandy sprudelte vor blendenden Ideen geradezu über, während es Ann überlassen blieb, die Uhr im Auge zu behalten und Lügen zu erzählen.

Sandy gab Ann Anweisungen. »Sag, daß er angerufen hat und sich mit ihr an der hinteren Gartenpforte treffen will.« Und: »Sie wird glauben, er hätte es getan, weil er wütend auf sie ist. Dann wird sie nicht mehr mit ihm ausgehen.«

Eine weitere Explosion ließ Ann auf dem Dach vor Angst schluchzen. Doch bevor der Nachhall verebbte, hörte sie Sandys Signal von unten: drei Schläge gegen den Stützpfeiler des Schuppens.

Nahezu außer sich vor Nervosität schritt Ann zu der verabredeten Tat. Während grüne Sterne auffunkelten und wieder vergingen, packte sie den Stock, setzte sich rittlings auf einen Baumast und bereitete sich auf den Schlag vor.

Sie hörte Sandys »Jetzt!«, schwang den Stock, traf, aber dann entglitt er ihren Händen. Unten in der Dunkelheit hörte sie Sandy fluchen. Ann rutschte vom Baum. Als sie sich nach ihrem Stock bückte, traf eine ausholende Hand ihr Gesicht, und das machte sie wütend. Sie nahm den Stock in beide Hände und schlug um sich, traf den Boden, den Baumstamm, hieb wild auf alles ein, was ihr im Weg war, und das alles während der ohrenbetäubenden Explosion einer Rakete und der bewundernden Schreie der Gäste.

Ann ließ den Stock fallen. Sandy sprang auf ihn zu. Ann sah zu, wie sie ihn aufhob und krachend niederfahren ließ, als wollte sie Ann zeigen, wie es gemacht werden mußte: zielstrebig und bewußt. Ann wollte es sich nicht zeigen lassen. Sie sah zum Himmel empor. Er war voller goldener Sterne. Sie fielen und fielen und fielen.

Dann sah sie Sandy schwer atmend über der auf dem Weg liegenden Gestalt stehen, den Stock locker in der Hand.

»Sandy?«

Eine paar Sekunden lang war nichts zu hören als das Keuchen. Dann, beunruhigt durch ein Geräusch, packte Sandy den Stock fester und sah sich um.

Das Geräusch waren die ersten Tropfen des schnell stärker werdenden Regens. Sandy warf den Stock zu Boden. »Los!« rief sie Ann zu. »Da hinüber!«

Sie hob den Kopf an und überließ Ann die Füße. Der Körper war schwer, es gelang ihnen nicht, ihn hochzuheben, und sie schleiften ihn nur wenige Meter weiter. Ein Schuh fiel zu Boden. Ann hob ihn auf und schob ihn wieder über den Fuß. Sandy zischte Ann zu, ins Haus zu laufen. Inzwischen goß es in Strömen. Lachend eilten die Gäste ins Trockene. Ein Mann war vernünftig genug, die Lichterkette auszuschalten. Und in der Dunkelheit warf Sandy Minch den blutigen Stock in das Feuer.

Durchnäßt und schmutzig kletterte Ann die Regenrinne zu ihrem Zimmer hinauf. Der Windzug durch das offenstehende Fenster hatte die Tür aufgestoßen, und Mabel war auf Beutesuche durchs Haus gestromert, bis Anns Vater sie aus der Küche scheuchte. Er folgte der Katze die Treppe empor, um zu erkunden, wie sie hereingelangt war, und traf oben auf dem Treppenabsatz seine Tochter.

20. Kapitel

Richard King räumte seinen Schreibtisch auf. Auf einer Party am Wochenende hatte er ein faszinierendes braunhaariges Wesen kennengelernt. Minne war angesagt, Schlamperei out.

Gillian Spry, die überpünktlich erschien, aber nicht früh genug, um die erste zu sein, erkannte die Zusammenhänge mit einem Blick, fragte aber leicht spöttisch: »Sie verlassen uns?«

»Schön wär's.« Er knüllte eine Papiertüte und etliche Bögen zusammen und schleuderte das Ganze Richtung Papierkorb. Der war voll, und das Geschoß landete auf dem Boden. Von neuer Ordnungsliebe beseelt bückte er sich, um sie aufzusammeln.

Gillian grinste, doch das entging ihm, weil er mit dem Fuß in den Papierkorb trat, um den Inhalt zu verdichten. Sie hatte keine Ahnung, wer seine neue Flamme war, empfand ihr gegenüber aber unendliche Dankbarkeit. Die ganze letzte Woche hindurch hatte sie sich gefragt, wie lange sie den Müllhaufen auf Richards Schreibtisch noch ertragen würde. Dreimal hatte sie sich sogar dabei ertappt, lieber auf die Köpfe der Passanten zu starren als auf die Verwahrlosung des Büros.

Der Fuß wurde gehoben, das Papierknäuel verschwand im Korb. Verblüfft musterte Richard die verbliebene Unordnung. »Das ist ja genauso schlimm wie das Aufräumen des Kühlschranks.«

Gillian hängte ihren Mantel auf. Schon vor Monaten hatte sie erkannt, daß ihm seine Anfälle von Aufräumwut bei jeder neuen Liebe offenbar völlig unbewußt waren. Sie dachte darüber nach, seine neueste Angebete aufzuspüren und ihr ins Ohr zu flüstern: Auch wenn Owlie Sie zur Verzweiflung treibt – bitte behandeln Sie ihn nachsichtig, bis wir mit der Winterlea-Untersuchung fertig sind.

Sie trat an ihren nahezu leeren Schreibtisch. Ein grüner Aktenordner lag darauf. Sie berührte ihn mit der Fingerspitze und hob fragend eine Braue. Wieder konnte Richard diese Fähigkeit nur bewundern.

»Das Winterlea-Dossier«, bemerkte er beiläufig.

»Oh. Gut.« Sie hörte sich uninteressiert an.

Aber er ging ihr nicht auf den Leim. »Dachte, Sie würden es gern überfliegen. Falls Sie ein paar Minuten erübrigen können.«

Lächelnd schlug sie den Ordner auf. Eine neue Liebe und Marcus Winterlea innerhalb von fünf Minuten. O Gott, der Rest der Woche konnte nur enttäuschen.

Nachdem Gillian den Inhalt gelesen und sie eine Weile darüber diskutiert hatten, faßte sie zusammen.

»In Ordnung. Ich bin überzeugt. Erstens haben wir genügend Beweise gegen Winterlea, um unser übliches öffentliches Getöse zu veranstalten. Zweitens spielen wir den Fall Rita Morden herunter, weil davon ausgegangen werden kann, daß June Foleys Information korrekt ist. Und selbst wenn sie gelogen hat, haben wir weder Möglichkeit noch Anlaß, die Sache weiter zu verfolgen. Drittens: Wenn die Familie Aylard an uns herantritt, womit nach Bekanntwerden der Winterlea-Affäre zu rechnen ist, geben wir ihr einen Wink, aber ohne in Details zu gehen.«

»Und viertens«, fügte er hinzu, »brechen wir in ein dreifaches Hoch auf die britische Justiz aus, ohne die Sie und ich arbeitslos wären.«

Sie sah ihn gespielt empört an. »Zynismus? Gleich zu Wochenbeginn?«

»Die Woche beginnt am Sonntag«, widersprach er. »Wo waren Sie, als ich mich gestern mit dem Winterlea-Dossier abgeplagt habe?«

Sie errötete vor unterdrücktem Lachen – teils über ihr Geplänkel, teils in Erinnerung an den mit ihrem Vielflieger-Freund im Bett verbrachten Sonntag.

»Ich habe delegiert«, erklärte sie würdevoll. »Das würden Sie als Boss auch tun.«

»Und da wundern Sie sich, wenn ich an Kündigung denke?«

Der Gedanke an einen beruflichen Wechsel war ihm tatsächlich gekommen. Nie könnte er wie Gillian Jahr um Jahr beim CJI bleiben. Dafür waren die Erfolge zu mühsam und zu selten. Er entfaltete einen Plastikmüllbeutel und begann Papiere hineinzustopfen.

»Oh, und dann noch etwas, Gillian. Ein großes Lob für Stephen Kuyper, der einen geradezu popeligen Vertrag angenommen hat. Das kann ich mir nur damit erklären, daß er ein Auge auf Sie geworfen hat.«

»Eher auf Sie«, lächelte sie zuckersüß und genoß den kurzen Moment seiner Verwirrung.

Richard ließ einen Notizblock in den Müllsack fallen, bemerkte den Irrtum und griff hinein. Seine Brille rutschte ihm von der Nase, und er konnte sie nicht wiederfinden, da der Müllsack schwarz und seine Brille dunkelbraun war.

»Würden Sie mir bitte helfen, Gill?« erscholl es gedämpft aus dem Sack.

Plötzlich war sie ungeheuer in die Winterlea-Unterlagen vertieft. »Hmm?«

Sein Kopf tauchte wieder auf, er kippte den Müllsack auf dem Boden aus und ging in die Knie. Gillian schoß hinter dem Schreibtisch hervor und schnappte sich die Brille, bevor er sie zerbrechen konnte. Unvorstellbar, daß er die Gläser ruinierte, nachdem sie sich an sie gewöhnt und seine neue Flamme sich an seinen Anblick mit ihnen verliebt hatte. Schlamperei könnte wieder angesagt sein und Minne out. Erleichtert reichte ihm Gillian die Brille.

»Danke. Zur Belohnung spendiere ich Ihnen einen Cappuccino bei *Giovanni's*, wenn Sie mögen.«

Sie interpretierte die Einladung als Erkenntnis, daß sie vergessen hatten, neuen Kaffee zu kaufen. »Ausgezeichnet. Jetzt gleich?«

»Nein, lassen Sie mich erst das hier beenden.« Emsig durchforstete er Papierschicht um Papierschicht und warf tatsächlich das meiste fort.

Ein neuer Scherz lag ihr auf der Zunge, aber sie beschloß, ihn nicht weiter aufzuziehen. Statt dessen trat sie ans Fenster. Die Passanten trugen leichte Sakkos oder Pullover. Hüte waren kaum zu sehen und kein einziger Regenschirm.

Sie dachte über die Winterlea-Untersuchung nach, überprüfte im Geist, ob ihnen nicht doch etwas entgangen war. Richards Bericht schien tadellos zu sein. Sie hatten unangreifbare Beweise gegen Winterlea im Tanzpuppen-Fall sowie in den Fällen Johnson, Middlemarch, Restoril, Helmdon und Bacton, weniger schlüssige in zwei weiteren Fällen. Es bestand wirklich keine Veranlassung für sie, weiter im Fall Rita Morden nachzubohren.

Mit leichtem Stirnrunzeln erinnerte sie sich an ihre erbitterten Diskussionen. Im Hinblick auf das Winterlea-Dossier hatte Richard recht behalten.

Ihre eigene Einstellung in diesem Fall beunruhigte sie. Ich wurde einfach den Verdacht nicht los, daß Anna etwas zu verbergen hat, und das seit dem Abend des Mordes, dachte sie. Ich war überzeugt, daß alle achtjährigen Mädchen scharfe Augen und einen noch schärferen Verstand haben. Der Himmel mag wissen, warum ich so energisch daran festhielt.

Dann kam ihr ein anderer Gedanke: Ich sollte froh sein, daß sich nichts ergeben hat. Angenommen, wir hätten herausgefunden, daß sie ihren Vater deckte. Oder – noch schlimmer – daß sie und Sandy Minch Rita Morden getötet haben. Wie um alles in der Welt hätten wir dann vorgehen sollen? Sie waren zum Zeitpunkt der Tat Kinder und sind nicht zu kriminellen Erwachsenen herangewachsen. Also was hätten wir mit unseren Erkenntnissen angefangen?

Sie stellte sich die Auseinandersetzungen vor, die sie darüber mit Richard geführt hätte. Mir fehlt die gefühlvolle Nachsicht, die er Kindern gegenüber empfindet, dachte sie. Wie lautete doch gleich das Zitat, das er mir neulich an den Kopf geworfen hat? O ja. »Ehre die Kindheit und laß dich nicht zu vorschnellen Urteilen über Gut und Böse verleiten.« Gut und schön, aber wenn wir Beweise dafür gefunden hätten, daß die Mädchen in einen Mord verwickelt waren, wären wir zu gewissen Schritten gezwungen gewesen, oder etwa nicht? Gott sei Dank haben wir nichts gefunden.

Sie dachte noch immer darüber nach, welche Erleichterung es doch war, sich geirrt zu haben, als Richard den Frühjahrsputz für beendet erklärte und mit ihr zu *Giovanni's* ging.

21. Kapitel

June erschien nicht zur Beerdigung meines Vaters, einer tristen Angelegenheit mit einem halben Dutzend Kränzen und ebenso vielen Trauergästen, darunter zwei Repräsentanten des Pflegeheims. Nach der üblichen Musik und den üblichen Reden fuhr ich zu ihr.

Sie hatte daran teilnehmen wollen, war aber wenige Tage zuvor gestürzt. Eine Nachbarin, die hilfsbereite Alice Carpenter vermutlich, hatte einen Schlüssel für mich auf der Veranda hinterlegt.

June stand im Wohnzimmer, geisterähnlicher denn je. Ihr hellgrünes Jerseykostüm hing mehr als locker an ihr herab, einem schiefsitzenden Kamm war eine Haarsträhne entglitten. Sie wirkte so ätherisch, als hielten nur ihre klobigen Schuhe sie auf dem Teppich fest. Als sie mir die Hand entgegenstreckte, bemerkte ich, daß sie die Ringe ihrer Mutter trug. Sie klirrten, als wir uns die Hände schüttelten, und danach mußte sie sie wieder richtigherum drehen. Das war eine Ablenkung, und ich fragte mich, ob sie sie trug, um bei heiklen Themen mit ihnen spielen zu können.

»Wie geht es dir, June?« Ich knöpfte meine Kostümjacke auf und stellte meine Tasche auf den kleinen

Tisch neben dem Sessel, in dem ich für gewöhnlich saß.

»Oh, ganz gut, denke ich. Und nach einem Glas Sherry wird es mir noch besser gehen, jetzt, da du da bist.«

Ich unterdrückte ein Lächeln über die Andeutung, sie wäre eine Frau, die allein nichts trank. Während ich eingoß, erzählte ich ihr von der Beerdigung. Das war mit drei, vier Sätzen erledigt, dann schob Frisky mit seiner Nase die Tür auf und kam auf mich zugetrottet, um meine Schienbeine zu lecken.

»Hierher, Frisky!« rief June scharf. »Laß Anna in Ruhe.«

Der Spaniel, der seit meinem letzten Besuch noch fetter geworden war, wälzte sich schwanzwedelnd und übliche Gerüche verbreitend auf June zu. Ich reichte June ihren Sherry und zog mich in meinen Sessel zurück, erfreulicherweise eine geruchsfreie Zone.

Wir tauschten weitere Neuigkeiten aus, doch das waren nur wenige, da wir in der vergangenen Woche häufig miteinander telefoniert hatten. Das einzige Thema von Bedeutung ergab sich aus der Tatsache, daß Junes Unfall die Ärzte des Krankenhauses dazu veranlaßt hatte, ihr einen Termin für ihre Hüftoperation zu nennen. Bedauerlicherweise erst in einigen Monaten.

Sie war keineswegs über den Hund gestolpert, wie Sie vielleicht annehmen könnten. Nein, sie war die Treppe hinuntergestürzt, nachdem sie sich aus irgendeinem Grund die Stufen ins Obergeschoß hinaufgequält hatte. Das Ganze war insofern höchst deprimierend, weil sie lange Zeit hilferufend in der Diele lag, bis der Zeitungsjunge sie endlich rettete.

Ich hatte sie nie gefragt, warum sie das Haus bezogen

hatte, anstatt es nach dem Tod ihrer Eltern zu verkaufen. Da es unter den gegebenen Umständen eine taktlose Frage gewesen wäre, verzichtete ich auch jetzt auf sie. Statt dessen plauderten wir über Hüftoperationen und Verjüngung. Ich stürzte den Sherry mit einem Schluck hinunter.

Langsam hielt ich es für angebracht, daß wir uns dem anderen Thema zuwandten, ganz gleich, was es auch war. Sie hatte darauf bestanden, daß ich nach der Beerdigung zu ihr kam, anstatt direkt nach Hause zu fahren, »weil es da etwas gibt, worüber ich mit dir sprechen muß, Liebes.« Ich war mir sicher, daß es sich dabei um die Sache handelte, der sie so beflissen ausgewichen war, um mir statt dessen von der Lösung des Friedhofsblumen-Rätsels zu berichten.

»Nun ...«, bemerkte ich auffordernd, nachdem das Thema Verjüngung erschöpfend behandelt worden war. Ich unterstrich meine Wißbegier mit einer höchst aufmerksamen Miene.

June stellte ihr Glas ab und drehte an ihren Ringen. Frisky legte ihr seinen Kopf auf den Schoß. Abwesend streichelte sie sein Ohr. Die Ringe ihrer Mutter klapperten und klirrten.

»Ich muß etwas beichten, Anna«, sagte sie sehr leise und sehr ernst.

Ich neigte den Kopf zur Seite, wartete ab.

»Ich habe Lügen erzählt«, fuhr sie fort. »Dir und Gillian Spry. Ich tat es, weil ich es für das beste hielt, und vielleicht war es das auch. Nein, nicht vielleicht, es war bestimmt am besten so. Aber mein Sturz ... Nun, er zwang mich zu der Erkenntnis, daß ich nicht ewig lebe und du davon erfahren solltest ...«

Ich machte eine abwehrende Handbewegung. Großer

Gott, die Frau war Anfang Sechzig, nur zehn Jahre älter als ich.

June lachte kurz auf. »Ja, ich gebe zu, das eben klang, als stünde ich mit einem Fuß im Grab. Ich wollte nicht übertreiben.«

Frisky entzog ihr seinen Kopf. Wahrscheinlich genervt von dem Ringgeklingel in seinen Ohren. June faltete ihre Hände auf dem Schoß, begann aber nach zwei oder drei Sekunden wieder mit ihren Ringen zu spielen. Ich hielt meinen Blick fest auf ihr Gesicht gerichtet, um mich nicht ablenken zu lassen. Die zögerliche Bekanntgabe ihrer Mitteilung brachte mich fast um den Verstand.

Wahrscheinlich bemerkte sie meine Ungeduld, denn sie riß sich zusammen und kam endlich zur Sache.

»Ich habe dich absichtlich im unklaren darüber gelassen, was ich Gillian Spry erzählen würde, wenn sie mich besucht, Anna. Tatsächlich sagte ich ihr, daß dein Vater deine Mutter getötet hat.«

Ihre Worte verschlugen mir den Atem. Für Sekunden herrschte absolute Stille. Sekunden? Minuten, Stunden! Erst verstand ich kein Wort, dann glaubte ich meinen Ohren nicht, dann wollte ich sie bitten, ihre Worte zu wiederholen, aber mein Mund war staubtrocken. Schließlich fuhr ich mir mit der Zunge über die Lippen und bemühte mich, meine Fassungslosigkeit in Worte zu fassen.

»Warum?« war alles, was ich herausbrachte. Aber dieses Wort stand stellvertretend für viele Fragen. Warum hatte sie es für nötig gehalten, überhaupt etwas zu Gillian Spry zu sagen? Warum hatte sie meinen Vater beschuldigt? Warum hatte sie mich getäuscht? Warum, warum, warum?

Sie antwortete schnell. »Weil mir nach Meryl Aylards Anruf bewußt wurde, daß bald niemand mehr glauben wird, daß Dennis Aylard den Mord begangen hat. Daher mußte ein anderer Schuldiger gefunden werden.«

»Ja, aber ...« Hilflos verstummte ich wieder. In meinem Kopf schwirrte eine Vielzahl von Fragen, die ich nicht zu stellen wagte.

»Ich habe Gillian Spry erzählt, daß John Morden meinem Vater den Mord gestanden hat, als er ihn vor Jahren in der Nervenklinik besuchte.«

»June!« Ihre Gerissenheit verblüffte mich, aber sie deutete meinen Ausruf als Verärgerung.

»Tut mir leid, Anna, aber ich habe es nun einmal getan. Und ...«

Ohne es zu wissen, sprang ich vom Sessel hoch.

Sie hob die Hand. »Nein, geh nicht. Laß mich ausreden. Du mußt auch den Rest erfahren.«

Was sie mir da erzählte, war unglaublich. Es besaß eine weit tiefere Bedeutung, als auf den ersten Blick sichtbar wurde. Aber wie konnte ich sie danach fragen? Wie zum Kern der Dinge vordringen?

Ich bemühte mich, ihr zu versichern, daß ich keineswegs gehen wollte, nicht einmal im Traum daran dachte, aber alles, was sie von mir hörte, war unzusammenhängendes Gestammel. Ich ließ mich wieder in meinen Sessel fallen und bemühte mich, entspannt und gelassen auszusehen.

»Die zweite Sache, die ich Gillian Spry erzählte, war auch nicht gerade fein, aber da ich mich nun einmal zu diesem Schritt entschlossen hatte, blieb mir nichts anderes übrig. Ich mußte ihr sagen, daß dein Vater seit langem tot ist.«

Jetzt verstand ich ihr sonderbares Schweigen auf meine Mitteilung, mein Vater sei gestorben. »Du mußt dir vorgekommen sein, als hättest du ihm den Tod gewünscht.«

»Ich war völlig fassungslos. Welch ein verhängnisvoller Zufall. Schließlich hätte er in den letzten dreißig Jahren an jedem x-beliebigen Tag sterben können.«

Aber ich hatte keine Zeit für Mitgefühl. »Hör zu, June, kannst du dich an Gillian Sprys Reaktion erinnern? Hat sie dir geglaubt?«

»Soweit ich weiß hat sie das getan. Jedenfalls hat sie keine bohrenden Fragen gestellt.«

Ich persönlich bezweifelte, daß das CJI so leicht hinters Licht zu führen war. Auf jeden Fall würden sie das Datum seines Todes im Standesamtsregister überprüfen. Damit stand June als Lügnerin da, und damit fiel auch der Rest ihrer schlauen Strategie in sich zusammen.

»Jetzt wirst du mir gleich vorhalten, daß sie meine Aussage jederzeit überprüfen und feststellen konnte, daß er noch lebt.«

»So ist es.«

»Deshalb behauptete ich, er wäre ins Ausland gegangen und dort auch gestorben ist. Vielleicht hätte es nicht funktioniert, aber ich glaubte, sie damit von Nachforschungen abzuhalten.«

Erneut mußte ich Junes Schläue bewundern.

»Nun, jetzt, wo der arme Mann wirklich tot ist, gibt es dieses Problem nicht mehr. Ich möchte wirklich nicht erleichtert klingen, aber ...«

Ich nickte. Es war ein Nicken, mit dem man üblicherweise Silberstreifen am Horizont bedenkt. Wir tauschten einen Blick tiefer, ungewöhnlicher Übereinstimmung aus.

Noch immer stürmten Fragen auf mich ein, aber es

gab keine Chance, sie beantwortet zu bekommen. June würde mir nur das erzählen, was sie sich vorgenommen hatte. Mehr nicht. Ich konnte ihr zuhören, würde aber nie die ganze Geschichte erfahren. Damit mußte ich mich abfinden.

Dann verblüffte sie mich schon wieder. »Ist dir eigentlich klar, daß du gar nicht gefragt hast, ob es wahr ist, Anna?«

»Nicht? Aber natürlich ...«, stammelte ich. »Ich meine ...«

Sie zeigte ein leicht überlegenes Lächeln. »Nein, Liebes, du hast nicht gefragt. Findest du das nicht auch merkwürdig?«

Ich lachte fast hysterisch auf. »Nun, June, das brauchte ich selbstverständlich nicht zu fragen, weil ...«

Weil was? Weil ich wußte, daß er der Täter war, oder weil ich wußte, daß er es nicht war? Sie hatte mich total verwirrt. Ich saß in der Falle, und während der ganzen Zeit musterte sie mich mit diesem leisen Lächeln.

Meine Worte überstürzten sich fast. »Schließlich kommt es weniger auf meine Meinung an als auf das, was Gillian Spry glaubt. Und Meryl Aylard. Und Gillian Spry wird ihr jedes deiner Worte weitererzählen. Da bin ich ganz sicher.«

»Darauf habe ich mich verlassen«, bemerkte June trocken.

»Na, siehst du, June? Meine Meinung ist wirklich nicht wichtig, oder?«

»Nein, aber jeder andere hätte mich gefragt.«

Ich zuckte ergeben mit den Schultern. »Also gut, dann frage ich jetzt. Hat er es getan?«

Ich verabscheute, wie sie mich wieder auf die Folter spannte. Aber vielleicht war es gar nicht so. Vielleicht phantasierte sich mein Kopf Verachtung zusammen, wo es in Wahrheit nur Mitleid gab. Wie auch immer. June ließ sich ungebührlich lange Zeit mit der Antwort.

»Nein, Anna. Er hat deine Mutter ebensowenig getötet wie Dennis Aylard.«

Ich flüchtete in Ironie. »Das freut mich zu hören.«

»Aber er wußte, wer es getan hat«, fuhr sie fort. »Dieses Wissen hat ihm den Verstand geraubt. Und *das* hat er meinem Vater anvertraut, als der ihn besuchte. Daß er wußte, wer es getan hatte.«

Meine wirren Gedanken kamen zu einem abrupten Halt. Mir wurde eiskalt.

Junes Ringe drehten sich um ihren Finger. Ihr pummeliger Hund stieß gähnend seinen stinkenden Atem aus und watschelte zur Tür. Pfeifend kam der Zeitungsjunge an die Haustür und steckte die Zeitung durch den Briefschlitz. Alles um mich herum lebte, der Tag ging weiter, aber ich war erstarrt.

Schließlich kam der Spaniel wieder mit der Zeitung in der Schnauze ins Zimmer zurückgetrottet. Er ließ sie auf Junes Schoß fallen. Ihr schien der Speichelfaden nichts auszumachen, der sich über ihren Rock zog. Mir dagegen wurde schlecht.

Ich war lernfähig und verzichtete nicht noch einmal auf offenbar notwendige Fragen. »Wie lange weißt du das schon, June?«

»Seit mein Vater aus dem Krankenhaus kam. Jahre zu spät, um Dennis Aylard das Leben zu retten, falls du es ganz genau wissen willst.«

Ich runzelte die Stirn. »Aber es muß nicht unbedingt stimmen. Schließlich hörte es dein Vater von einem geistig verwirrten Mann.«

»Ich erinnere mich noch gut daran, wie meine Eltern

darüber diskutierten. Schließlich glaubten sie es. Ich saß hier in diesem Zimmer mit ihnen zusammen und hörte ihnen zu. John hat sie nicht umgebracht, sondern schützte die Person, die es getan hatte. Und das brachte ihn um den Verstand.«

Ich stellte die unvermeidbare Frage. »Wen?«

Langsam schüttelte June den Kopf. »Das sagte er nicht. Dabei wäre das das Entscheidende gewesen, oder? Er war entschlossen, das Geheimnis zu wahren. Und soweit ich weiß, ist ihm das bis zu seinem Tod gelungen.«

Betont ruhig erinnerte ich sie daran, daß er im Verlauf seiner immer länger werdenden Phasen geistiger Umnachtung eine Menge Unsinn geredet hatte.

June schwieg einen Moment lang. Dann sah sie auf ihre Armbanduhr. »Du wirst verstehen, daß ich dir heute kein Abendessen zubereite, da ich mit meinem Bein nicht lange stehen kann.«

Ich bot ihr an, alles zu tun, was sie mir auftrug.

»Das brauchst du nicht. Eine reizende indische Familie hat am Platz ein baltisches Restaurant eröffnet. Ich dachte, wir könnten sie bitten, uns ein Abendessen zu liefern.«

Balti, sie meinte *Balti*-Restaurant.

»Ja, das ist eine ausgezeichnete Idee.« Ich hörte mich erstaunlich begeistert an.

»Die Speisekarte liegt neben dem Telefon.«

Wir warfen einen Blick darauf und entschieden uns aufs Geratewohl für nordindische Garnelen- und Hühnchengerichte. Dann rief June die reizenden Inder an.

Ich ging in die Küche, um Teller im Backofen anzuwärmen und den Küchentisch zu decken. Danach brachte ich den Abfall zur Mülltonne und blieb einen Moment lang im Garten, um unbeobachtet nachdenken zu können.

Ein leichter Wind bewegte die Blütenblätter der vollaufgeblühten Rosen. Ich tat, als würde ich sie bewundern, aber natürlich grübelte ich über Junes Worte nach. Sie wußte es, das war eine unumstößliche Tatsache. O nein, nicht die Details, aber jeder würde nach einem Moment Nachdenken auf den einzigen Menschen kommen, den John Morden geschützt haben könnte.

June wußte es seit mehr als vierzig Jahren, aber erst am Tag seiner Beerdigung hatte sie den Mund aufgemacht. Warum jetzt?

Ich schloß die Augen. Mein Kopf füllte sich mit Rosenduft, der zum Geruch eines lange vergangenen Sommers wurde. Es war Sandy Minchs zehnter Geburtstag, und wir wollten etwas kaufen, weil sie eine Zehn-Shilling-Note geschenkt bekommen hatte. Sie hatte ihrer Mutter versprochen, lediglich eine halbe Krone auszugeben und den Rest auf ihr Postsparbuch einzuzahlen. Ich nahm an, daß sie mindestens eine ganze Krone verpulvern würde, vielleicht sogar acht Shilling.

Wir nahmen die Abkürzung durch den Park, blieben dann aber neben dem Rosenbeet stehen. Das war nicht geplant, aber der Parkwächter stritt mit ein paar großen Jungen herum, die einen schäbigen, alten Fußball herumkickten. Wir wollten da nicht hineingezogen werden. Die Jungen waren immer sehr frech zu uns. Wenn sie uns erwischten, knufften sie Sandy und nannten sie Sandy Pinch. Sie kannten Sandy, weil sie mit ihnen in einer Klasse gewesen war. »Bevor sie sitzengeblieben ist«, wie einer von ihnen spottete.

Um ihnen aus dem Weg zu gehen, blieben wir bei den Rosen stehen. Das war ein Fehler. Vor jeder Rose steckte eine Metallplatte im Boden, die besagte, daß der Strauch zum Gedenken an diesen oder jenen gepflanzt worden war. Die meisten der Menschen waren während des Kriegs gestorben. Ich versuchte, die Namen und Daten zu ignorieren und mich statt dessen auf die Blüten zu konzentrieren.

Sandy interessierte sich nicht sonderlich für die Blumen. Sie stand auf einem Bein und hatte das andere angezogen. Die Hand ohne das Sparbuch griff nach ihrem Knöchel. Sie hüpfte ein paarmal hin und her, bis sie ihr Gleichgewicht gefunden hatte.

»Ich frage mich, ob jemand eine Rose zum Gedenken an Dennis Mallard pflanzen wird«, sagte sie.

»Sie werden ihn nicht hängen. Sie werden merken, daß sie sich geirrt haben, hast du gesagt. Und dann können sie ihn nicht hinrichten.« Meine Stimme klang flehend. Sie sah mich nicht an.

Schulterzuckend hopste sie ein paar Schritte weiter.

»Sie werden tun müssen, was die Geschworenen sagen. Und wenn die glauben, Dennis Duck hätte es getan, werden sie ihn hängen.«

Wenn sie ihn Dennis Mallard oder Dennis Duck nannte, schien er weder real noch besonders wichtig zu sein. Wenn wir von »es« sprachen, hörte sich das nicht nach Mord an.

»Aber du hast gesagt, daß sie es nicht tun werden«, wiederholte ich störrisch.

Sie warf mir einen vernichtenden Blick zu. »Wenn sie ihn nicht hängen, werden sie jemand anders hängen, den sie für schuldig halten.«

Wortlos starrte ich sie an.

»Du kannst wohl kaum zur Polizei gehen und sagen, er hätte es nicht getan, oder?«

Und als ich noch immer nichts sagte, griff sie sich an den Blusenkragen, riß ihn seitlich hoch, warf den Kopf zurück, streckte die Zunge heraus und röchelte.

»Ich glaube nicht, daß du es irgend jemandem erzählen wirst. Oder, Ann?«

Ich riß mich von ihr los und begann zu schluchzen.

Als ich mich endlich wieder ein bißchen beruhigt hatte, stand sie mit in die Hüften gestemmten Händen vor mir. »Und damit solltest du besser auch aufhören«, sagte sie.

Mein Taschentuch war klatschnaß. Ich wischte mir mit meinem Rocksaum über die Augen. Ich wollte protestieren, aber sie kam mir zuvor.

»Wir müssen alle Opfer bringen, Ann.«

Und so kam es, daß wir Dennis Aylard opferten.

Sandy begann, den Weg hinunterzuhopsen. Blind vor verdrängten Tränen stolperte ich ihr hinterher. Auch wenn es sich seltsam anhört, war das unser letztes Gespräch überhaupt. Bevor ich sie erreicht hatte, hörte ich meinen Namen rufen und drehte mich um. Ohne mir ein Wort davon zu sagen, hatte der Familienrat beschlossen, daß ich die Stadt verlassen sollte, und die Tante, bei der ich künftig wohnen sollte, war gekommen, um mich abzuholen.

Ich öffnete die Augen und betrachtete die Rosen in Junes Garten. Blätter trugen Mehltau, Blütenblätter waren entstellt, weil sich Maden in die Knospen gebohrt hatten. Aber die Blüten an sich sahen akzeptabel aus, ihr Duft war makellos. Wenn man nicht sehr genau hinsah, kam man gar nicht auf den Gedanken, sie könnten beschädigt sein.

Rückblende. Ein anderer Sommer. Andere Rosen. Diesmal Kletterrosen, die an einem Gitter festgemacht sind. Ich sitze auf Kates Terrasse, und sie erzählt mir von ihrer neuesten Liebe, einem Cellisten, von dem sie befürchtet, daß er sie betrügt. Wie ein Wiesel huscht Mikey um uns herum, hinein in die Wohnung und wieder heraus. Er will auf das Gitter klettern, aber sein Fuß rutscht weg und bricht eine gelbe Rose ab. Kate wirkt empört, doch das ist nur ein flüchtiger Reflex, und als sie ihn höflich darum bittet, ihre Rosen nicht zu zerstören, klingt sie ganz gelassen. Jedermann hat Nachsicht mit Mikey. Er ist einfach zu flink, viel schneller als andere Jungen.

Hinter ihrem Rücken streckt ihr Mikey die Zunge heraus, dreht sich um und saust in die Wohnung. Kate erzählt weiter von ihrem attraktiven Cellisten und ihrem Verdacht, er könnte ihr untreu sein. Ich bemühe mich um Interesse, hänge an jedem einzelnen Wort, aber ich weiß, daß wir beide auf Mikey lauschen. Inzwischen müßte er seine Runde beendet haben und wieder bei uns erscheinen.

Als die Tür zur Straße ins Schloß fällt, springen wir beide auf und rennen los. Sie ist eher aus der Wohnung, weil ihr Sessel näher steht. Sie rast die Stufen zur Straße hinunter. Ich hinterher.

Ein Lastwagen kommt auf uns zu. Blockierte Bremsen heulen auf. Ein bunter Gegenstand fliegt durch die Luft. Kate begreift sofort, aber ich nicht. Tagelang nicht.

Ich vegetiere wie im Dämmerzustand, bis eine Woche nach Mikeys Beerdigung. Dann wache ich eines Morgens auf und denke: »Ich habe mein wundervolles Geheimnis verloren. Jetzt habe ich nur noch das schreckliche.«

Für mich waren sie immer miteinander verbunden. Bis zu seinem Tod betrachtete ich Mikey als mein wundervolles Geheimnis, das das schreckliche kompensierte. Nachdem er unter den Lastwagen gerannt war, überzeugte ich mich davon, daß das ein göttlicher Ausgleich der Konten war. Ich hatte ein Leben genommen und eines gegeben. Sicher ist das unlogisch, aber es half mir, Mikeys Tod zu überleben.

Ein paar Monate später zeigte mir Kate Fotos von der Beerdigung. Sie hatte eine Freundin gebeten, sie aufzunehmen, weil sie wußte, daß ich mich an nichts erinnern könnte, aber eine Zeit kommen würde, in der ich mich erinnern wollte. Der Sarg war schrecklich klein, der Blumenschmuck wundervoll. Rosen. Unmengen gelber Rosenknospen.

Nun, ich muß Ihnen von June berichten und von dem, was geschah, als ich aus dem Garten wieder hineinging. Sie sagte mir, sie hätte das »baltische« Essen bestellt, und daß noch Zeit für ein weiteres Glas Sherry blieb, bis es geliefert wurde. Ich holte eine neue Flasche aus der Küche. Als ich damit im Wohnzimmer erschien, begann sie wieder über ihre Operation zu sprechen und darüber, wie kompliziert es doch sei, allein in diesem großen Haus zu leben.

Ich weiß, daß ich mitunter ein wenig schwer von Begriff sein kann, aber ich brauchte fast den halben Abend zu der Erkenntnis, daß sie das Thema nicht wieder aufgreifen würde, wenn ich es nicht tat. Natürlich tat ich das nicht. Und so sind wir wieder da, wo wir vor Monaten waren, und vermeiden es, über die Familientragödie zu sprechen.

Mein Haus habe ich zum Verkauf angeboten, und bis es soweit ist, wohnt Susie dort und »kümmert sich darum«. June ist glücklich, mich zur Gesellschaft und Unterstützung unter ihrem Dach zu haben. Ja, ich weiß, daß sie mich ausnutzt, doch das kann ich eine Zeitlang durchaus ertragen. Vermutlich werde ich hier bleiben, bis sie ihre Operation überstanden hat und sich wieder bewegen kann. Und danach? Wer weiß? Ich bin, wie sie hin und wieder betont, absolut frei in meinen Entscheidungen.

Ich gehe mit dem Hund spazieren, der etliche Pfunde verloren hat, seit ich ihn füttere und ausführe, aber vom Friedhof halten wir uns fern. Wir unternehmen lange Spaziergänge durch die mittelalterliche Stadt und in die Umgebung. Das gibt mir Gelegenheit zum Nachdenken.

Ich denke über alles nach, auch über das, was ich getan habe, und die Folgen. Nach und nach sind mir ein paar Einzelheiten eingefallen, aber das Wesentliche bleibt mir verschlossen. Der Schmetterling versteht die Raupe schließlich auch nicht. Ich kann nicht einmal sagen, ob ich ein wahrheitsliebendes Kind war.

Sandys Einfluß auf mich ist mir inzwischen klarer, aber ich wälze die Schuld nicht auf sie ab. Sie hat mich behext, doch das ist keine Entschuldigung. Es gibt Tage, an denen ich nicht glauben kann, daß irgend etwas geschehen ist. An anderen bin ich überzeugt, daß Sandy mich angestiftet oder die Tat selbst verübt hat, während ich wie erstarrt zusah. An den schlimmsten Tagen befürchte ich, es ganz allein getan haben zu können. Das sind die Tage, an denen ich glücklich bin, nicht in die Kindheit zurückkehren zu können.

Ich beneide June um ihre Gewißheiten. Sie hat sich vor vielen Jahren für eine unwandelbare Wahrheit entschieden, und für sie ist die Vergangenheit etwas Unbedrohliches. Energisch wie sie ist, hat sie auch ihre Zukunft gesichert, mit mir als Hüterin.

Ja, aber sieht sie es ebenso? Ihre Bemerkungen und die Art, wie sie mich ansieht, weisen eher darauf hin, daß sie glaubt, *mich* zu beschützen. Wie immer betrachten wir das Ganze von unterschiedlichen Blickwinkeln aus. Was natürlich nicht heißt, daß sich eine von uns irrt.